乡村志

是是非非

贺享雍 著

四川文艺出版社

图书在版编目（CIP）数据

乡村志. 是是非非/贺享雍著. —2版. —成都：四川文艺出版社，
2019.7（2023.1重印）
ISBN 978-7-5411-5449-2

Ⅰ. ①乡… Ⅱ. ①贺… Ⅲ. ①长篇小说—中国—当代
Ⅳ. ①I247.5

中国版本图书馆CIP数据核字（2019）第125946号

XIANGCUN ZHI SHISHIFEIFEI

乡村志·是是非非

贺享雍　著

编辑统筹　罗月婷　王梓画
责任编辑　朱 兰　蔡 曦
内文设计　史小燕
封面设计　叶 茂
责任校对　段 敏

出版发行　四川文艺出版社（成都市锦江区三色路238号）
网　　址　www.scwys.com
电　　话　028-86361802（发行部）　028-86361781（编辑部）

排　　版　四川胜翔数码印务设计有限公司
印　　刷　三河市嵩川印刷有限公司
成品尺寸　168mm×238mm　　　　开　本　16开
印　张　18.25　　　　　　　　　字　数　300千
版　次　2019年7月第二版　　　　印　次　2023年1月第二次印刷
书　号　ISBN 978-7-5411-5449-2
定　价　58.00元

目录

■ CONTENTS

第一章　开　会

贺家湾人刚刚把小春粮食种子撒播在地里，乡上管组织的张委员和挂包贺家湾工作的乡政府办事员薛干事，就要来村里召开村民大会。头天下午，张委员就给贺家湾村的支部书记、村主任贺端阳打来电话，告诉他第二天开会的事。贺端阳问："领导，开啥子会？"张委员说："贯彻县上开展乡村环境整治工作的会！"贺端阳一听，便和张委员开玩笑说："去年开展的是村民矛盾纠纷大调解工作，今年又开展乡村环境整治工作，县上一年换一个中心工作呀？"张委员说："这就是陈书记的工作作风，雷厉风行，真抓实干，你还不知道？一年一个中心工作，才有创新！"贺端阳等张委员话完，便笑着说："晓得猴子掰苞谷的故事吗？猴子掰苞谷，掰一棵丢一棵，把满地的苞谷都掰完了，手里还是只有一棵！"张委员有些不高兴了，说："贺支书，看来你的认识还有问题！我可告诉你，这可不是说着玩的！开了多少次村民大会，有多少人参加；又开了多少次村民小组会，又有多少人参加；还有写了多少条标语；有多少条制度上墙；成没成立领导小组；表扬了多少好人好事；清理了多少吨垃圾；人民群众受到了什么教育等，都是要考核的！"贺端阳听出张委员的话里有了批评的意味，便说："好的，领导，我马上就去发通知！"说完，便去开了村里的大喇叭，广播了明天上午开村民大会的事。

第二天上午10点来钟，张委员和薛干事才来到贺家湾。这时贺家湾村小学外面的操场上，已经陆陆续续来了一些村民，村文书兼会计贺劲松已经带着村委会成员贺贤明、贺荣等，在操场中间用学生的课桌，搭了一个临时主席台。张委员一见村委会成员都在会场候着了，便有些不好意思起来，对大家一边抱拳打躬，一边说："对不起，对不起，来迟了！"说完这话又马上补了一句，"你们贺家湾的这条路太不好走了！"贺端阳和贺劲松听了张委员的话，忙说："不迟，不迟，领导事情多，晚点没有关系！"说完也补充了一句，"我们也刚到不久！"

　　说完这话，贺端阳就对张委员问："马上开会吗？"张委员朝会场四周看了一眼，前些日子一连下了几天霪霪秋雨，操场上的土还没干，一些坑洼地还积的有雨水，张委员便看见很多人都挤在那棵老黄葛树的树根上，抱着腿坐着。老黄葛树是贺家湾的风水树，已经有了五六百年历史，冠盖如伞，遮住了大半个操场。去年，县交通局通过县林业局，想用"保护性移栽"的名义，把这棵黄葛树挖到自己新建的办公楼前面栽起来，闹了很大一场风波，在贺家湾人齐心协力的保护下，黄葛树才免遭劫难。现在，从重重叠叠的枝叶中筛下来的片片阳光，落到村民的脸上和身上，像贴的膏药一样，黑白分明，颇有一点喜剧效果。也有人似乎想等散会后还下地干会儿活，还带着锄头，这时就将锄把横在外面的湿地上，眼睛半眯半睁，身子在锄把上半蹲半坐，慢悠悠地抽着烟，十分悠闲和享受的样子。当阳的墙脚下也坐着一些人，他们屁股下垫着一块不知从哪里搬来的石头，有的在打瞌睡，有的在说着闲话。一个老头眯缝着眼睛，正被阳光晒得有滋有味，突然"哎哟"一声叫起来，手就反过去伸到衣领里掏，也不知掏什么东西。掏了半天没掏出来，干脆解了上身的衣扣，将衣服翻过来在里面找。旁边一个女人就问："世财老辈子身上还有虱子？"老头说："你身上才有虱子！"女人又问："那你找啥子？"老头说："龟儿子瓦虱子，眯到眯到瞌睡就从房子上落一个在我颈项里，刺得老子颈项火辣辣地痛！"说完又对女人说，"你帮我看看，颈项是不是红了？"女人没朝老头的脖子看，眼睛却朝头顶的屋瓦上看了一下，突然大惊小怪地叫了起来："我的个妈呀，你们看那片上爬着好多瓦虱子，吓死个人了，哪个还敢在这里坐？"一边说，一边急忙将屁股下的石头挪离了墙脚。一些人见她挪，也都如临大敌地将自己屁股下的石头挪离墙脚。

　　张委员的目光将稀稀落落的人群扫视一遍后，见大约只有一百多人的样子，并且大多都是老人、妇女和儿童，脸便有些沉下来，做了严肃状对贺端阳问："贺家湾村一千四五百村民，怎么只来了这点人？"贺端阳也朝人群看了看，说："一千四五百人，包括小孩子。"张委员说："就是除了小孩子，也不应该只有这点人嘛！"说完不等贺端阳答话，又马上说，"再催催，喊他们快点！"贺端阳听了这话，立即对贺劲松说："再打开广播催催，喊他们快点！"贺劲松听了，立刻又跑到楼上村委会的办公室里，打开广播又催了一遍。回来时，左手拿着一只麦克风和一圈电线，右手提了一只大喇叭，走到场子中央，将手里的东西都放在临时主席台的桌子上，这才转身对贺端阳问："刚才忘记了架喇叭，现在架不架？"贺端阳没答，目光却看着张委员。张委员又朝会场看了两眼，才说："这么点人，架啥喇叭？算了，喊他们坐拢来一点就是！"

贺劲松听了这话，就转身朝众人拍了几下手，然后叫道："大家注意了，摆龙门阵的莫摆了，晒太阳的也莫晒了，有细娃儿的人把细娃儿带好，不要让他们乱跑乱动和'虮啦子'叫唤，大家往中间靠，早点开了会好早点回去哈！"喊了半天，有人往会场中间挪了一下位子，有的人屁股却像生了根，一动也没有动。贺劲松也就不再喊了。又过了一会儿，还是没见有人朝会场来，下面有人像是不耐烦地叫了起来，说："开不开哟，不开我们就回去了哟！""就是，娃儿要放学了，再不开我们要回去煮午饭了！"贺端阳看见，又对张委员说："人都出去打工了，该来的都来了，没来的都是来不了的人。"说完觉得不妥，便又建议道，"要不，我们边开边等。"张委员想了一下，也只能这样了，就下指示说："那就开吧！"

贺端阳听了这话便咳了一声，说："大家不要说话了，世财老辈子把衣服扣好，不要再找了，那瓦虮子肯定被你捏死了！大家都注意了！今天乡上张委员和薛干事在百忙之中来到我们贺家湾村指导工作，首先我代表村委会一班人和全体党员同志及村民，表示衷心的感谢！我提议大家以热烈的掌声欢迎张委员做重要指示！"说毕，将两只手举到头顶拍了两下。下面村民有来得及的，也跟着举起手来，接着贺端阳的掌声"啪啪"地鼓了几下，来不及的只咧着嘴，象征性地抬了一下胳膊肘儿。在这有一下没一下的掌声中，张委员和薛干事都从桌子后面站起来，朝大家弯了一下腰。然后张委员清了清喉咙，才说道："哪有那么多重要指示？我今天和小薛来，主要是来跟大家传达县上《关于开展乡村环境综合治理工作的通知》的！下面，我们就欢迎薛干事给我们原文传达县上的文件！"

说完，张委员带头将手抬起，"啪啪"地鼓了几下。贺端阳、贺劲松、贺荣等村委会成员，也马上鼓了起来，其他村民一见，和刚才一样，有鼓掌的，也有没鼓的，却十分好奇地瞧着薛干事。那薛干事脸上红红的，挂着几分不好意思的微笑，站起来对众人鞠了一躬，然后便从口袋里掏出一份红头文件来，用了十分庄重严肃的口吻，开始一字一句念了起来："中共××县委、××县人民政府文件，×委发××年第××号《关于开展乡村环境综合治理工作的通知》……"场上众人一听，顿时清风雅静，默然无声，只用诧异的目光望着薛干事。原来薛干事不是本地人，他操的是纯粹的京腔，抑扬顿挫，字正腔圆，像中央电视台的罗京在播新闻联播一样，让大家都惊住了。那薛干事似乎从众人的肃静中感到了极大的满足，也便愈加努力，更认真地、更严肃地往下念了下去。可下面众人的新鲜感却是稍纵即逝，很快便又"嗡嗡嘤嘤"起来，像是蜜蜂乱了营一般。薛干事虽然感到有些失望，却还是努力坚持着把文件念完了。

薛干事念完文件，也没人鼓掌，过了好一会儿，贺端阳才像明白过来似的，对众人号召说："大家欢迎！"众人这才知道文件念完了，果然鼓起掌来。掌声停后，贺端阳又对众人说："大家再欢迎张委员给我们做重要指示！"

众人听了这话，一边互相交头接耳地摆着龙门阵，一边举起手来，心不在焉地拍了两下。张委员站了起来，目光从村民身上扫了过去，似乎是想吸引大家的注意力。众人果然又静了下来，回头看着张委员。张委员见大家不说话了，满意起来，这才收回目光，说："乡党委、乡政府经过认真研究，将党委委员和乡上主要干部，派到各村去召开这样一个会议，是非常及时和重要的！这说明乡党委、乡政府对这项工作的高度重视！为什么要开展乡村环境综合治理工作呢？具体地说，就是社会主义新农村嘛，家园要美好嘛，村容要整洁嘛，环境要干净嘛！环境美不美，不是小问题，而是大问题！党中央做出了要城乡一体化的决定，什么叫城乡一体化？就是城市怎么样，我们农村也要怎么样！你们看看城市的街道有多么整洁！所以环境治理要引起大家高度重视！"

说到这里，张委员挥了一下手，像是说累了似的停了一下，然后才接着说："你们贺家湾村，前年年底贺支书'一肩挑'不久，把贺世普老校长请回来，成立了贺家湾退休返乡老人协会，开展了一次环境整治，搞得很好嘛！当时马书记还准备来村里召开现场会呢！可现在你们看看，房前屋后，又是垃圾遍地、污水横流，臭气熏天，所以不搞环境整治怎么能行呢？这可是今冬明春的一项重要任务呢，县上要组织明察暗访，大家可要注意，要以实际行动将贺家湾建设成幸福美满的社会主义新农村呢……"

张委员正讲得津津有味，忽然从下面"嘁嘁嘤嘤"声中，传来一个女人的大声叫喊："讲那些做啥子？房前屋后再臭，也是臭我们，臭不到你们乡上当官的！我只问你们，你们当干部的说话算不算话？"贺端阳朝那女人看去，见是贺桂花，正要让她别打岔时，那贺桂花却像是又气又恨、连珠炮似的叫嚷开了："姑奶奶那天去挑水，稀泥烂垮的，在路上摔了一跤，两只水桶'哐当哐当'地滚到下面的乱石坪坪里，把桶板子摔坏了好几匹，人也一屁股蹲儿坐在了烂泥里，现在屁股还在痛……"

话没说完，旁边郑中平和贺桂花开起了玩笑，笑嘻嘻地说道："那表嫂儿身上的鼓（股）摔破没有？"贺桂花立即回头瞪了郑中平道："你妈的鼓才摔破了，不信回去看，那鼓中间还有条破缝呢！"众人听了这话一阵哄笑。贺桂花接着又回头叫道："贺家湾的干部死到哪里去了，啊？说了几十年的修路修路，修了他妈的啥子路？周围团转的村，哪个村没有通水泥路？西瓜不抓，却要捡啥子芝麻……"

一听贺桂花这话，又有一个人接着她的话说了起来："就是，那天我去接娃儿，也摔了好几个扑爬。我摔死了不要紧，娃儿才是出林的笋子，要是摔得有好有歹的怎么办？"这人说完，许多人都朝贺端阳喊了起来："就是呀，我们村啥时修路？"

贺端阳知道有人故意"烧野火"了，一看朝他叫喊的人大多是大房的，便知道大房那些对他有意见的人，想借此机会，在上级领导面前出他的洋相。原来，除开郑家塝外，这贺家湾的村民虽是同一个祖宗下来的，可大房和小房一直在明争暗斗。大集体时是郑锋当支部书记，两房矛盾还不很明显。可土地下了户后，小房的贺世海接替郑锋做了村支书，不久又把小房的贺国华提起来做了村主任，又培养和小房走得近的四房贺劲松入了党，做了村文书兼会计。因此，大房的人认为小房的人把贺家湾的家当完了，心里很不服气。后来，大房的贺世忠借助城里亲戚的关系，利用县上开展农村党建工作的机会，把贺世海弄下台，自己取而代之。这样，贺家湾村的两个主要干部，大房、小房各有了一个，力量基本保持了平衡。可贺世忠没干几年，又被贺世海的侄儿贺兴成和二哥贺世凤给告了下去。但这一次，接替贺世忠的却不是小房的人，而是大房的贺春乾。贺春乾上任后，又向乡上举荐让同样是大房的贺国藩接替了贺国华村主任的职务。这样，贺家湾村的最高权力又都落在了大房人的手里，让小房人心里又不服气起来。大约是受这种不服气的影响，贺端阳从县上职业中学一回来，便参与角逐村里的权力，和贺国藩竞争村委会主任的职务。在和贺国藩角逐中，贺桂花的哥哥贺良毅、贺良礼等在贺春乾的指使下，出面唱黑脸，坚决不让贺端阳做村主任，两人成了死对头。贺良毅曾经借口贺端阳借了他的钱没还，动手打过贺端阳，贺端阳后来抓住贺良毅睡贺广全老婆"貂蝉"的事，借贺广全的手，又将贺良毅打得在床上躺了好几个月。这些事虽然过去了，可是贺端阳知道，今天贺良毅没来开会，现在贺桂花跳出来，明显是发泄不满，想要闹会场了。因此便黑了脸回道："公路没修要修嘛，着啥子急？"

可是贺桂花似乎并不满意贺端阳的回答，一边挥手，一边继续咄咄逼人地叫道："修？啥时候修，啊？这话都说老了，八字还没有一撇！想当官的时候，说得尿花水流，又是承诺，又是表态，白纸黑字还写到墙上，说啥子要改善交通条件，要把村上的路都修成水泥路，胸膛拍得当当的，可当上官以后就忘了！早晓得那×嘴巴连姑奶奶屙尿这里都不如，姑奶奶那张选票拿来擦了屁股沟子，也不得投给哪个！"说到这里，突然话锋一转，冲着张委员、薛干事道，"乡上领导你们说说，当干部的该不该说话算数？我们挖泥盘土的要求也不高，只是走路不再摔屁股蹲儿就行了……"贺桂花话还没完，更多大房人像是等不及了，也都跟在贺桂花后面，七嘴八舌地追问："对，贺支书准备啥时修路？"还有一些人像是赶热闹似的，还举起了手臂整齐地喊："修路！修路！"

贺端阳一见这个样子，知道大房人想让自己今天下不了台，便胸脯一挺，冲着这些人吼道："吵啥吵？又不是猪儿市场，吵就吵得垮了？"说完不等他们再叫，又马上拍了一下胸膛，说，"大家放心，我贺端阳说话算话，不放空炮，公路一定要修！"贺端阳以为自己这话一说，那些叫喊的人就会闭口了，可没想到他们还是紧盯着贺端阳喊："啥时动工？你定个时间！"贺端阳强忍住心里的怒气，冲那些人说："饭要一口口地吃，路要一步步地走，我知道啥时间动工？"说完又补了一句，"动工的时候就知道了！"

那些人一见，又呈现出不满的神色来，正要再喊，却听见张委员大声说："好了好了，大家不要再说了！你们这条路，乡上也是知道的，去年贺支书已经和交通局达成一个协议，交通局拿钱给你们修路，你们把这棵黄葛树让他们挖走，是你们自己不答应嘛……"众人还没等他说完，就冲张委员喊了起来："你这是啥话？凭啥我们要拿黄葛树跟他换？"张委员一听，有些不好回答了，便说："不换也就罢了，既然贺支书刚才已经表了态，路肯定是会修的！"众人还是顶撞张委员说："我们也晓得要修，可要等到哪个时候？"张委员等众人声音小了一些后，才替贺端阳解围说："全乡的通村公路没有硬化的，只有你们村和板桥村了，乡党委和乡政府都十分关心！大家放心，我们也会通过各种关系，努力向上面争取资金，争取早日把你们这条路修通，再不让你们把好鼓摔成破鼓了……"这一说，下面就传来了"哧哧"的笑声。张委员抓住这个机会，突然挥了一下手，大声宣布说："今天的会就开到这里，下来后村上好好组织落实就行了，散会！"众人一听，便呼啦一声散开了。

人走得差不多了，贺劲松、贺贤明、贺荣才过来搬桌子和板凳。这儿张委员对贺端阳说："对不起，贺书记，我没有征得你同意，就宣布散会了，也没有让你再讲话。我担心再开下去，那些人会继续对你发难，影响你的威信，不如散了！"贺端阳愤愤地说："刁民，都是刁民！我上任就开会动员大家集资修路，可他们这儿不生肌，那儿不告口，给我下整脚棋，说白了就是又想走好路，又不愿意出钱！没有钱我怎么修路？"张委员说："我怎么不知道这些情况？看来老弟肩上的担子确实不轻，得努力呀！"不等贺端阳回答，又补了一句，"不过老弟也不要着急，办法总是会有的！"贺端阳说："那还要请领导多支持！"张委员拍着贺端阳的肩膀，说："老弟放心，我是什么样的为人，老弟又不是不晓得！"

说完，张委员便要回乡上去。贺端阳听了十分惊诧，说："怎么，领导连饭也不吃，看不起我们贺家湾？"张委员说："乱说，我怎么看不起贺家湾了？我来的时候就和小薛说好了，我开会就要回乡上，他留下来和你衔接一下工作！"说完回头对薛干事问，"是不是这样，小薛？你好好和贺支书衔接衔接，多向他学习！"薛干事听了，在一旁只笑而不答。贺端阳见这样，知道张委员一定是有私事要办，因此便说："那好，既然领导还有重要的事情，我也就不强留了，等以后有了机会，我到乡上来给领导补课！"说完就让张委员走了，自己带着薛干事往家里走去。

第二章　新　政

　　贺端阳带着薛干事，一边往家里走，一边向薛干事说："对不起，薛领导，今天你没讲话！"薛干事是去年才通过"公考"考到乡政府的大学生，一张胖胖的圆脸庞，一只挺拔的鼻子，两张厚厚的嘴唇，一对招风耳，蓄着小平头，头发茬子又粗又黑，直直地向上立起，鼻梁上架着一副眼镜，很可爱的样子。他听了贺端阳的话，说："我是来向贺支书学习的，幸好没让我讲话，真要我讲，我还不知道讲什么呢！"贺端阳说："薛领导太谦虚了，堂堂大学本科毕业生，出口成章，怎么会没有讲的？"薛干事说："贺支书不要叫我领导，我是什么领导？贺支书你才是领导呢！"贺端阳说："怎么不是领导？宰相衙门七品官，乡政府来的，大小都是我们的领导呢！"

　　说着，贺端阳目光突然落到薛干事脸上，话锋一转，看着他说："年初乡上才决定杨副乡长挂包我们村，这才半年多，怎么突然换成你了？"薛干事听了这话，也一下警惕起来，看着贺端阳问："怎么，贺支书是嫌我没有工作经验？"贺端阳急忙说："哪里，哪里，薛领导多心了！我的意思是说，杨副乡长是不是要提拔了？"

　　薛干事这才说："提拔什么？马书记现在调整了全乡的工作思路，贺支书还不知道么？"贺端阳说："马书记怎么突然调整了工作思路？有一段时间没召集我们开会了，我们还不晓得马书记的葫芦里卖的啥子药呢？薛领导要是晓得马书记的葫芦里装了些啥药，何不先向我们透露透露？"薛干事想了一下说："其实也没什么，主要就是现在全乡的工作重点，转到跑钱争项、招商引资上来，这是压倒一切的中心任务、政治任务……"

听到这里，贺端阳"哦"了一声，说："啥叫跑钱争项？"薛干事说："就是'跑部钱进'呀！也就是向上面争取资金和项目呀！马书记说，有了项目就有了资金，有了资金就好办事！现在国家不向农民收农业税了，乡政府只靠上面那点转移资金，连维持基本的运转都不够，还谈什么发展？马书记还说，我们乡之所以落后，就是因为过去没有争取到国家的项目资金，没有外面的老板进来投资，因此才落后！所以马书记做了一条规定，要乡政府的干部，人人都必须成为招商员！从这一季度起，乡干部每人先交一万元的风险金，一个季度，每个干部必须向乡党委、乡政府至少提供一条可靠的招商信息！提供不出来的，就从风险金中扣2500元，提供出来又招商成功的奖5000元！"说到这里，薛干事就看着贺端阳接着往下说，"贺支书要是有什么招商信息，可要告诉我呢……"

贺端阳听到这里，心里紧了一下，没等薛干事继续往下说，就急急地对薛干事问："没给村上下紧箍咒吧？"薛干事说："暂时还没听说，不过我想，马书记也一定会给村上下任务的。因为县上也是给他们下了紧箍咒的！我听见办公室王主任说，他们正在重新制定年度考核目标，其中村上'目标责任'一章中，就用'招商引资''跑钱争项'的指标替代了原来的'农业税费征收'内容，考核分值的比重也相当高，占到了全年工作的70%。这显然是马书记的意思！你想，都把'招商引资''跑钱争项'纳入目标考核了，还不会给你们下紧箍咒吗？"

贺端阳一听，头发都立起来了，不觉说道："我的妈呀，这是要把我们基层干部往死里逼了！我们一个穿草鞋、转田坎的，在外面鬼都认不到一个，到哪儿去招商和跑钱争项？这样做，我倒还愿意收农业税费呢！"

薛干事说："乡上成立了招商引资组，马书记亲自担任组长，副组长是谢乡长，组员有劳动社会保障所的全体工作人员。主要任务是完成县上下达给我们乡的招商引资任务，争取上级项目资金等等。马书记自己立了军令状，如果没有完成任务，年度目标考核时每差一分，他自觉地拿出100元受罚，其他组员每差一分扣工资50元。"贺端阳听后隔了一会儿才说："哟，看来马书记这次是裁缝的脑壳——当针（真）了！"

薛干事又说："除了招商引资是重中之重外，全乡还有五项中心工作……"贺端阳忙道："哪五项？"薛干事说："第一项，计生综治工作。成立综治组，组长是向副书记，副组长是乡武装部程部长；成立计生组，组长是王副乡长，副组长是乡计生办黄主任。这两个组的组员有统计所、综治办、水利站、计生办的全体工作人员。任务主要是抓好农村社会治安综合治理，做到小事不出村，矛盾不上交，推进文明创建活动，年内无集体上访闹事和重大刑事案件发生，确保农村稳定。全面完成全年计划生育任务，特别是要完成社会抚养费收取，全年100万元，完不成的也要受罚。第二是财税企业的工作，成立财税企业组，组长张委员，副组长是财政所余所长，组员是财政所全体工作人员。任务除了正常的财政税收和抓好全乡财政综合平衡预、决算工作，确保职工工资及时发放外，还要完成税费老欠、债务老欠、房屋租金、自来水初装费、企业管理费等收取80万元，完成私人土地房屋转让交易契税15万元以上。第三是城建土管的工作，成立城建土管组，组长杨副乡长，组员是土管所全体工作人员。任务是抓好土地管理和审批工作，做好新村规划建设工作，完成县考核小城镇建设的各项目标任务，完成经济指标30万元。第四是林业工作，成立林业组，组长是纪检刘委员，副组长是乡林业站汪站长，任务是完成林业罚款收入、林业规费、公益林管护费等经济指标30万元，其次才是搞好林业产权制度改革，加强森林防火等工作。第五是机关后勤工作，成立了机关后勤组，组长是米副乡长，副组长是党政办王主任，组员是党政办全体工作人员。任务是保证乡党委、政府与上下各方的联络畅通，搞好公文的传阅、催办和转办，起草党委、政府文件，重要的是做好上级来客的接待安排，保证让领导满意，完成经济指标5万元……"

贺端阳听得"啧啧"咂舌，没等薛干事说完便打断了他的话道："这也要完成多少经济指标，那也要完成多少收入，乡政府成收钱的机构了。办公室怎么来完成5万元的任务，难道今后盖公章也要收钱了？"薛干事说："这我就不知道了，反正马书记是这样规定的！"贺端阳问："那农业呢，农业这一块谁来当组长？"薛干事说："农业这一块没有成立什么组，也没有谁做组长，不过马书记还是有新举措！"贺端阳听了这话又忙问："有啥新举措，是不是也要我们村上给乡上交多少钱？"

薛干事说："那倒不是。马书记把全乡九个村，分成了三个层次。陈家坝、龙会、汤家、周家沟这四个村为第一个层次的村，称作重点村。张家湾、李寨梁、黄龙洞这三个村为第二层次的村，称作一般重点村。你们贺家湾和桥板村为第三层次，称作非重点村……"听到这里，贺端阳眼睛又瞪大了，对薛干事问："马书记这是啥意思？"薛干事说："贺支书还没听明白？重点村就是今后乡上要重点关注的村，如果乡上争取来了项目和资金，就要将这些项目和资金放到那里，集中资源将重点村打造成为某项工作的亮点或典型。一般重点村和非重点村却可能享受不到……"贺端阳听后就急了，马上打断薛干事的话说："陈家坝和龙会村在318国道上，地势平，条件本来就好，乡上这样一搞，不更是肥上加膘吗……"薛干事也没等贺端阳说完，便说："正因为在318国道上，原来的基础好，现在乡上再加一把火，集中资源打造出亮点，上级领导检查，才看得到乡上的政绩噻！"贺端阳还是有些不服气，又气鼓鼓地说："原来是搞马路政绩！"说完又有些忌妒地对薛干事问，"陈家坝和龙会村的命生在公路两旁也就罢了，那汤家村和周家沟村没在公路沿线，怎么也成了重点村？"薛干事道："贺支书这就不知道了。汤家村不是县政协李主席的挂包村吗？市政府周秘书长的老家不是在周家沟吗？把它们列为乡上关注的重点村，一方面马书记是想为领导工作长脸，更重要的是想通过李主席和周秘书长多争取一些项目和资金回来！"

贺端阳一听明白了，于是脱口而出："怪不得把杨副乡长抽回去，让你来挂包我们村，敢情我们不是重点村，你也不是乡上啥领导……"薛干事一听这话，脸突然一下红了，过了半天迟疑地说："贺支书你说得确实对，重点村都是乡上主要领导挂包，一般重点村是副科级实质领导挂包！"说完停了一会儿才又红着脸说，"我本来也是不愿意来挂包你们村的，可马书记对我说，小薛可不要害怕，锻炼锻炼嘛，有什么要紧？贺家湾村目前虽说不是重点村，可上升空间很大，叫你去挂包陈家坝、龙会村，一点也没上升空间了！又说，贺家湾的贺端阳，他工作能力特别强，所以安排你去向他学习！那些支书、主任工作能力弱的村，才需要主要领导去挂包，这就是马列主义的辩证法，你知道不知道？"说到这里，薛干事突然朝贺端阳笑了。贺端阳也禁不住笑了起来，可马上又收敛了笑容，想起照这样下去，贺家湾今后别说锦上添花，就是乡上有了外部支援，自己村恐怕也难以得到一分一厘，于是又不服气地对薛干事说了起来："原来是这样！可我们贺家湾，虽然老祖宗把我们生在了这个偏僻的夹皮沟里，公路到现在还只有一条机耕道，条件是不如陈家坝和龙会村，也没上级领导来挂包，可说起出人物，我们村还是出了个国家重点中学校长……"贺端阳的话音还没落，薛干事便看着他道："你说的是贺世普校长吧？他是做过县中校长不假，可他在国家行政体制中却算不上有什么地位的人，更不用说他手里有什么资源可以支配。现在马书记要的是像市政府周秘书长那样的，既有权又有资源，可以为家乡带来好处的人呢！"贺端阳说："就算是这样，可我们贺家湾几年前就把九环制药厂引进来租了1000亩土地种植中药材，这也算得上一个招商引资项目，也不至于把我们划为非重点村，今后有了啥好处一点也沾不上……"他说到这里，薛干事突然看着贺端阳，带着一种惊讶的口气问："贺支书一点也不知道？"

贺端阳见了薛干事一副惊诧的表情，自己倒成了丈二和尚，有些摸不着头脑了："怎么回事？"薛干事朝两边看了一下，似乎害怕被人听了过去一样，然后才压低了声音对贺端阳说："九环制药厂这一季药材挖了，就要搬家了！"贺端阳一听这话，像是被人当头泼了一盆冷水，禁不住身子哆嗦了一下，立即站住了，看着薛干事说："啥，要搬家了？"

薛干事看见贺端阳一副大惑不解的样子，迟疑了半天才说："马书记要把这1000亩药材种植基地搬到公路沿线，和其他农业产业项目集中在一起，成片打造现代农业产业园区……"贺端阳还是像不肯相信似的，目光怔怔地看着薛干事："马书记怎么一点也没告诉我？"薛干事说："马书记担心群众知道药材厂不租你们的地种药材了，要找药材厂的麻烦，或者拦住不准搬，或者是把地里的药材毁了，所以暂时要保密！不过，马书记在我们乡干部的会上，却通报了这事，还叫我们抓紧招商引资，争取用其他项目来填补你们那1000亩土地……"听到这里，贺端阳并没有高兴，而是咬紧牙关骂了一句："现铁不打去炼钢，还填补个屁，鬼大爷在那里等到起的！"

薛干事见贺端阳这副神情，有些吓住了，急忙说："贺支书也别着急，我想马书记肯定会有办法的！"又说，"我好心好意告诉了贺支书，贺支书可要注意保密，不然马书记又要怪我了！"说着，像是要转移贺端阳的注意，从包里掏出一张表来，递到贺端阳面前，说，"这里有张表，我怕等会儿吃了饭一走就忘了，就先交给贺支书，你等会儿填好后交给我带回去！"贺端阳接过表一看，只见表格上端几个黑体字写着："××乡籍在外高层人才信息库"。贺端阳有些不解，把表翻过来翻过去地看了一遍，才对薛干事问："这是啥子玩意儿呀？"薛干事说："你没看清楚上面的内容？叫你把村里凡是在外面吃皇粮，不管是行政的、事业的、部队的，只要是副科级以上的干部都统计起来，特别要写明他们担任的具体职务、电话号码、家里现在还有什么亲人等。"贺端阳还是不明白，说："要这些有啥子用？"薛干事说："联络图呀！马书记要建立联络图呢！"贺端阳说："联络啥？"薛干事说："马书记对那些手里掌握一定资源支配权的家乡人，要去一一拜访，建立感情，好通过他们'跑部钱进'和招商引资呀！"

贺端阳一听，说："我晓得了，可我们贺家湾村除了贺世普，就没有在外面当官的人了。可你刚才说贺世普没掌握啥子资源支配权，还填不填？"薛干事说："也填上吧，至于马书记去不去找他，那是他的事！"

正说着，贺勇挑了一担干柴从土地坪走了下来，柴担子上还绑了两只鼓鼓囊囊的尼龙口袋。贺勇是小房人，贺端阳和贺国藩竞争村主任时，他是贺端阳竞争班子的一名得力干将。贺家湾有一片天然林，从鼓岭包、土地梁、冠顶山，一直延续到鸡公岭，加上近年的退耕还林，一共将近 1500 亩。土地改革和合作化时期，那片天然林都一直是贺家湾村的。可人民公社时期，公社领导见那片林子可爱，便连同板桥村四望山那片 1000 多亩的林子，一起收为公社所有，成立了公社林场。后来土地一到户，人民公社也改名叫了乡，那两片林子先还由原来那班林场的人管着，可后来林场那班人嫌工资低不说，乡上还经常兑不了现，便走的走、散的散，林子也被人盗伐得厉害。乡上着了急，又物归原主，把林子还给了贺家湾村和板桥村。现在那林子是长江中上游防护林工程，国家每年都拨有一笔管护资金，上面要求要有专门的护林员。贺春乾、贺国藩当政时期，村里的看林人是大房人贺世元。贺春乾一出事，贺端阳便以贺世元年纪大了行动不方便为由，把看林员换成贺勇。看林员虽然每月只有 100 块钱，却是趁种庄稼的"空空"挣的钱。加上那林子很大，如果人勤快，还可以在林子里种些香菇，挖些药材卖钱。即使不想亲自动手种，那林子里野生的香菇、松菌、地木耳，随时都是会有的，何况还有拾不尽的枯树干枝，往林子里走一趟，总不会空手而归的。因此，贺勇非常感谢贺端阳。现在与贺端阳劈面一撞，便笑着对贺端阳问："老弟这是从哪里来？"说着将肩上的扁担轻轻往上一抛，把干柴担子换了一个肩膀。

贺勇五十出头的样子，瘦长脸，两撇眉毛又浓又黑，眼睛却小，说话时眼皮不断眨动，像是进了蚊子似的，给人一种装怪相的感觉。贺端阳没回答他，却看着他反问："上午开村民大会，你上山打啥柴？"贺勇听了端阳这话，故意做出不知道的样子，说："开村民会，我怎么没听说呢？"贺端阳说："昨天我在广播里广播了几遍，聋子都听见了，你怎么会没听说？"贺勇掩饰道："我真的没听见，要不然就不得去看林子了！"说完这话，又马上带着几分讨好的样子对贺端阳问，"开的啥会，不会保密吧？"贺端阳看了他一眼，没回答，旁边薛干事却接了贺勇的话茬儿说："学习县上关于开展乡村环境治理工作的文件……"

　　薛干事话没说完，贺勇的两只眼睛眨了眨，说："那关我们啥事？"说完就像不打算理薛干事似的，转身要走。贺端阳马上对他介绍说："这是乡上薛领导！"那贺勇又才哦哦地笑了笑，说："稀客稀客，一看就晓得是领导！"话音一落，突然放下肩头担子，从柴捆上取下一只尼龙袋子，一边往贺端阳手里塞，一边笑着说，"老弟今天有稀客，我也没啥送的，把这个拿回去，和肉炒了或烧了汤让领导尝尝鲜！"贺端阳忙问："这是啥呀？"贺勇说："松菌呀！老天爷连着下了几天雨，现在太阳一出来，这东西就在林子里不甘落后地往外长，可香着呢！"贺端阳打开袋口一闻，果然清香扑鼻，便说："你给了我，你呢？"贺勇拍了一下另外一只口袋，说："我这里还有呢！那菌摘了还要长，我想吃了去林子里摘就是！"贺端阳想了想，便说："那我就不客气了！"说完提了口袋要走，却又想起什么似的，回头对贺勇问，"那林子里没人偷树吧？"贺勇说："有啥人偷树？过去一些人偷树，是为了打家具、造房子，现在都是到城里买现成的家具，农村连木匠都找不到了，盖房子也是盖水泥预制板楼房，甚至连门窗，也用铝合金来做，包产地边的树还用不完，谁还去偷树？即使偷去卖，山下林业站检查得那么严，还不是自投罗网吗？老弟你把心放进肚子里好了！"贺端阳知道他说的是实话，可还是叮咛了他一句，说："虽然是这样，可不怕一万，就怕万一，你还是要小心一些，发现了偷树的就及时报告，啊！"说完这才提着口袋，和薛干事一起走了。

第三章　争　取

　　吃过午饭把薛干事送到村口的机耕道上后，贺端阳连家也没回，就顺着旁边的土路往中药材种植基地走去。一边走一边掐了一根狗尾巴草，将草茎塞在嘴里剔着牙缝，草穗露在嘴角边，远远看去那草就像是从他嘴里长出来的一样。剔了一阵，从牙缝中剔出两条细细的鸡肉丝，用力往地上一呸，吐出的残渣中还带着一股松菌的清香味儿。

　　九环制药有限公司租赁的1000亩土地在老湾和新湾交界的河堰沟和田坝堂上。那里原先有一条沟和一座小山梁，九环制药公司租赁后，将山梁的土推下去，填平了沟壑，将两片土地连成了平展展的一片，在地中间修了像井字格的、可以走手扶拖拉机的水泥路，地两边打了水沟，还修了十几个圆形的大水池，成了贺家湾一个人造小平原。贺端阳从老湾的下头院子绕过去，就到了九环制药公司租赁的1000亩中药材种植基地上。眼下几十种中药材正到了采挖时期，贺端阳刚转过原先叫作三星桥的地方，就看见地里贺善怀、贺长军、贺兴民、贺中华以及郑家塝的郑全兴、刘辉、余小明等七八个汉子，在暖阳下赤着膊挖桔梗。挖出的桔梗一堆一堆，空气中弥漫着一股中药材的气味儿。贺端阳一看见他们便问："你们上午怎么没来开会？"郑全兴见是贺端阳，便说："我们没来开会，你不照样还当着支书和主任！"说完见贺端阳没答，又马上说，"开会哪个给我们钱？"贺中华、余小明、刘辉也说："就是！"贺端阳知道他们到中药材基地做一天活，制药公司要给每人50元钱，便说："都钻进钱眼里去了！"郑全兴说："谁没钻进钱眼里？共产主义按需分配，大家就不会钻钱眼了，可现在才是社会主义初级阶段，初级阶段就是让大家钻钱眼，贺支书说是不是？"贺端阳听了这话，一时倒不知道该怎样回答了，心里想道："钻吧钻吧，如果九环制药公司真把药材种植基地搬走了，看你们到哪里钻去？"便岔开话题问："看见张主任没有？"贺长军和贺善怀也是当初贺端阳竞选班子的人，听了这话便说："刚才还在这里，现在恐怕回去吃饭了！"贺端阳便不再说什么，朝制药公司建在基地南边的活动板房走去。

制药公司派到中药材种植基地的负责人叫张西，原是制药公司原料科的副科长，四十来岁，肥头大耳，一脸络腮胡子，样子有些吓人，喜欢说脏话，贺家湾人便给他名字多加了一个"西"字，于是张主任便成了"脏兮兮"。"脏兮兮"手下还有两个技术员，一个叫王谦，人又高又瘦，贺家湾人便叫他"刷把纤"。还有一个叫廖武，个子不高，长得敦敦笃笃的，脸上有几个疤痕，贺家湾人就把他叫"冷饭团（何首乌）"。"刷把纤"和"冷饭团"除了指导中药材种植、收获和晾晒的技术外，还负责轮流做火头军。贺端阳走进活动板房时，三个人果然正在吃饭，那活动板房上下两层，宽窄和进深和贺家湾一般的住房差不多，此时屋子的水泥地上，到处都堆码着中药材，把饭桌都逼到了一个狭窄的角落里。看见贺端阳，"刷把纤"和"冷饭团"都放下碗站了起来，说："贺书记来了！"贺端阳说："这么多药材，把屋子挤得缝都没有了，怎么没拉走？"

"脏兮兮"听了这话，嘴里一边咀嚼一边回答说："×嘴巴还好意思说，你们那条烂机耕道，天晴车轮都要陷半边，下雨天怎么拉？"贺端阳笑着说："你那嘴巴怎么成了女人那地方了？你们九环制药公司那么大的家业，还想去占领五大洲四大洋，随便拔根毫毛也把我们这点路修起来了，谁叫你们只想赚净钱，连这点血都舍不得出呢！""脏兮兮"说："美死你沙罐大爷了，企业又不是唐僧肉，租了你的地，还要帮你修路？"说完这话才又看着贺端阳笑着问，"贺支书是不是来请我们撮一顿的？"贺端阳说："我请你们撮一顿干啥？我来是问主任大人一件事的。"说着就在"脏兮兮"对面一条小凳子上坐下来。

"脏兮兮"手里虽然还举着筷子，嘴里却停止了咀嚼，瞪大眼睛看着贺端阳："贺支书有啥指示直接说就是了！"贺端阳也不绕弯子，视线也落在了"脏兮兮"脸上问："听说你们不打算租我们的地了，要搬到公路沿线去，是不是？""脏兮兮"一听端阳这话，眨巴眨巴了眼睛，这才回答说："你听谁说的？"贺端阳说：

"世上没有不透风的墙，你不管我听谁说的，你只回答我是不是有这回事？""脏兮兮"见贺端阳板起了脸，一副兴师问罪的样子，想了想便说："纸包不住火，你既然已经晓得了，我也不想瞒你，是有这样一回事。等地里的药材挖完，我们就要搬到你们乡陈家坝三关坪了……"

贺端阳听到这里，突然一下从凳子上站了起来，目光如锥子般看着"脏兮兮"，脸黑气粗地说："为啥子要搬？我告诉你们，我们是签得有协议的，现在租赁期没到，你们单方面毁约，是违反合同法的。如果你们真要搬走，我们就去法院告你们！""脏兮兮"一听这话，突然哈哈大笑起来，脸上的络腮胡随着笑声一起一动，笑完了才说："告我们？那你们先去告你们的乡党委书记吧！是他和我们老板联系，要我们搬到公路边上去的。我们又没搬到其他地方，都是在你们乡里地盘上，肉烂了在锅里头，怎么能怪我们？"

一听这话，贺端阳一时不知说什么好了，有些理屈词穷的样子，只在那里脸红筋涨地看着"脏兮兮"。过了一会儿，才说："不搬走不行吗？"声音中已经带着乞求的成分了。

"脏兮兮"见了，也放缓了口气说："这怎么取决于我们呢？也不哄到贺支书说，人家陈家坝村已经在开始给我们平整土地、开挖渠沟、修建水池和道路了，只等我们搬过去了……"贺端阳听到这里，像是不肯相信地看着"脏兮兮"问："你们去租地，人家连这些都给你们做？""脏兮兮"得意地回答说："那当然啰！三通一平、基础设施，什么都给我们做好。我们呀，就像你们常说的，只是掰开那东西等现卵就是了！"

贺端阳听了这话，正要说话，旁边"刷把纤"突然插了进来："不但如此，人家的土地租金费比你们也便宜许多呢！"贺端阳正要问便宜多少，忽见"脏兮兮"瞪了"刷把纤"一眼，说："我们倒不是为那点钱，管它赚多赚少，我们又揣不到一分在自己腰包里。我们只是听老板的话！"可说完这话却又拉长声音补了一句，"当然，人还是要往利边行的……"

贺端阳一听这话，知道他们肯定是要搬走的了，便想吓他们一下，于是说："我劝你们还是别走。你们到贺家湾几年了，别说人，连狗都搞熟了！村里一些女人隔三岔五地往药材基地跑，一来了就躲在你们这板房里半天都不出来，你们以为我们不晓得？跟你们明侃，要不是村委会和村支部帮你做工作，她们那些打工的丈夫回来，早把你们给打成肉酱了！你们现在真的要走，只要有人透半点风声，你们制药公司就派人来抬尸体吧！你们以为那些女人的男人没在家里，就好欺负是不是……"

贺端阳原本只是想吓唬吓唬他们，没想到那"脏兮兮"还没听完，脸色就变了，嘴里直说："贺支书你莫乱说，啊！玩笑归玩笑，这话可不能乱说呀！"然后不等贺端阳答话，便改了口说，"其实我们也是不想搬的！别的不说，只说这地，好不容易才把泥巴盘熟，也适应了药材的生长，搬到一个新地方去，还不知道泥土适不适合药材生长呢？再说，我们都是下力人，到哪里都是给老板打工，走一家不如坐一家，我们怎么想搬呢？贺支书真不想我们走，你只要去把你们马书记说动了，他说声不搬，我保证回去说服我们老板，我们不搬了！"

贺端阳听了这话，便知道这三个家伙心里果然有鬼，便说："你以为我不会去找马书记？我是先来把情况和你们的态度弄清楚！只要你们不想搬就好，我把你们的态度告诉马书记，马书记那儿我想不会有问题的。陈家坝也好，贺家湾也好，都在他的管辖下，手背手心都是肉，他有啥不同意的？我现在就去找马书记，你们等着哈！"说完这话，也不等"脏兮兮"再说什么，就"咚咚"地跑出屋子朝乡上去了。

可是马书记办公室的门却锁着，贺端阳只得去办公室问王主任。王主任一看见他，不等他开口便抢先问道："贺支书有什么事？"说完又说，"中午你灌了薛干事好多酒？把人家灌得二麻二麻的，我喊他来帮我整理一份材料，他说酒喝多了脑壳昏得很，要去睡一会儿，睡到现在都还没醒！"贺端阳听了这话，立即说："中午我们两个人，怕只喝了二两酒，我还喝得多些，他怎么就醉成那样呢？"王主任说："你难道不知道人家是才出林的笋子，哪能和你们这些久经（酒精）考验的酒罐比，以后可不能灌人家的酒了！"贺端阳立即说："王主任好关心同志哟，啥时候也关心我们一下，啊！"说完才向王主任打听马书记。

王主任说："你找马书记呀？那可来得不是时候！"贺端阳问："马书记下乡去了？"王主任说："回城去了？"贺端阳说："这么早就回城了？"王主任说："以后要找马书记，下午不要来，最好上午10点钟左右来。"贺端阳问："为啥？"王主任说："马书记现在的主要精力是放在招商引资、跑钱争项上，天天晚上要在城里请人吃饭喝酒，打通关节，联络感情，第二天吃了早饭再从城里赶到乡上来上班，所以上午 10 点到 12 点，马书记一般都在办公室里！"

贺端阳一听这话，只好说："那好，明天上午我再来找他吧！"说完正要走，却忽然又想起什么来，又站住对王主任说，"薛干事醒了你给他说说，哪有乡干部不喝酒的？叫他多醉几回，慢慢地也久经（酒精）考验了！"说完这话，这才走了。

可刚跨出门，迎面忽然走来几个怒气冲冲的妇人，贺端阳避让不及，差点撞到领头的妇人身上。那妇人五十岁上下，长着一身赘肉，没好气地冲贺端阳骂道："好狗不挡道，眼睛长到后脑勺上去了呀？"说完并不等贺端阳回答，接着大声武气叫了起来，"乡上当官的躲到哪里去了？凭啥要拆我们的门市？还要不要老百姓活了，啊……"其他妇人也跟着嚷道："就是，当官的打的啥鬼主意，出来跟我们老百姓说说！"

王主任听到声音急忙跑了出来，答道："领导都不在家里，吵什么吵，啊？"领头的妇人一边挥着手，一边冲王主任喷着唾沫说："不在家里，死了么？明人不做暗事，老娘把话撂在这里，谁来拆我们的门市，我们就拉他一起去跳大河！"其他妇人又跟着说："对，不让我们活，当官的也别想活！"

贺端阳仔细一看，认出了几个妇人是场镇农贸市场边上开店的，正想问问她们是怎么回事，王主任却在对他挥手，说："贺支书你走，这不关你的事。"贺端阳听了这话，果然走了。走到栅栏门外，又回头朝乡政府院子看了一眼，心里有种怅然若失的感觉。

第四章　领　导

　　事情没有落实，晚上贺端阳也没睡好觉，第二天吃过早饭便又往乡政府来。可马书记还没从城里回来，贺端阳便又到党政办等。王主任一见他，便说："贺支书怎么这么早就来了？我不是告诉你了吗，马书记一般都要 10 点钟左右才能到乡上来，这么早来干什么？"贺端阳说："我怕马书记下乡去了，早点来好等他！"王主任说："马书记一般不会下乡的。"

　　贺端阳听了王主任这话，不再说什么，却问："昨天那些婆娘来闹什么？"王主任见贺端阳问，不好隐瞒，只好压低了声音说："马书记要把原来的农贸市场拆了，重新建一个新农贸市场，现在那些在农贸市场周边开店的商家不知怎么听说了，就天天跑到乡政府来闹，想让马书记改变主意。"贺端阳说："现在这个农贸市场是伍书记手里建的，才几年时间，还能够用，怎么又要重新建？"王主任说："马书记说这个农贸市场只有 2000 平方米，小了，现在要建的农贸市场超过 3 万平方米，是原来的十多倍。那些在农贸市场周边有店面的商家，都要搬迁，所以他们反对！"贺端阳恍然大悟，说："原来是这样！"王主任说："这里面很复杂，不过再复杂，也不关贺支书的事，所以昨下午我叫你走……"

　　正说着，忽听得院子里一声小轿车的喇叭响，王主任急忙打住话头，对贺端阳道："马书记回来了！"说完便跑了出去。贺端阳见了，也跟着走出党政办的门。一看，果然是马书记回来了。

　　马书记叫马前进，原来是县委党校理论教研室主任。贺端阳就任贺家湾村村主任不久，县委党校办了一期村干部培训班，贺端阳也参加了，马书记给学员上了好几堂课，加上他又到乡上来工作了一年多，贺端阳和他经常接触，所以两个人也算得上是老熟人了。马书记三十多岁，一张国字脸，鼻梁很宽，大眼睛，英雄眉，穿一身挺括的西装，领带打得一丝不苟，皮鞋擦得锃亮，严谨中透出年轻领导的朝气。不足的是年纪轻轻的，却凸起了一个啤酒肚。贺端阳在那次学习中，就听同寝室一个学员说过马书记的成长经历。那学员是马书记老家的村主任。他说马书记的父母都是农民，原来家里很穷。马书记从小读书就很用功，语文成绩很好，在读大学时写了很多诗，毕业那年用几百块钱，买了香港天马出版公司一个书号，印了一本诗集。毕业后本来是要分配到乡下去教书的，可他却抱着自己的诗集，到处去请领导"斧正"。领导平时只看没有分行的方块字，翻了翻马书记送去的分了行、又没打标点符号的方块字，有点不知所云。但领导尊重知识、尊重人才，对变成铅字的印刷品有种天然的敬畏。又见是香港出版社出的，更觉难得，都认为马书记是个难得的人才，于是将马书记留在了县委党校。后来马书记把自己这段经历，在课堂上也对贺端阳他们讲了，主要是鼓励大家要有信心，要正确认识自我，敢拼敢闯。他说："要不是我当时有勇气到县委书记办公室里去推销自己，我今天也不会站在这里给大家讲课了！"

马书记下了车，连头也没回，就朝自己的办公室走去，王主任一手提着马书记的公文包，一手端着马书记的茶杯，紧紧跟在马书记后面。贺端阳一见，急忙叫了一声："马书记！"一边叫一边也跟了上去。马书记这才看见贺端阳，马上说："哦，贺支书来了，我正说要找你呢，来得正好！"说着话，来到办公室门边，马书记掏出钥匙开了门，一行人走了进去。

一进屋子，马书记便指了指椅子，对贺端阳说："贺支书坐吧！"又对王主任道，"给贺支书倒杯水来！"王主任答应了一声，把马书记的公文包和茶杯放到桌子上出去了。马书记把身上的西装脱下来，挂在了衣帽架上，又把领带松了一下，才坐下来对贺端阳说："让贺支书多跑路了，我这也是身不由己！一直都打算到村里来一趟的，可硬是没走出来。知道的，晓得我忙，分身乏术，不知道的，还说我是官僚主义，是不是？"

贺端阳立即说："哪里哪里，马书记，我们不会有那种想法的！农村有句俗话，叫千人吃饭，主事一人，我们晓得现在农村工作，上面千条线，下面一根针，所有的事情都要从你心头过，不说日理万机，也是日理百机，哪有不忙的？"

说完这番奉承话后，贺端阳又接着说，"马书记没时间到村上来不要紧，有啥事我们会来给党委和你汇报！"

马书记一边听，一边笑眯眯地看着贺端阳，像是很欣赏他似的。贺端阳话一完，马书记便接着说："贺支书有这样的认识，就是理解我了，看来我提议让你一肩挑，没有选错人！"贺端阳听了马书记这话，马上说："谢谢马书记！谢谢……"话没说完，王主任进来将一杯水放到了贺端阳面前，说："贺支书请喝水！"说完又问马书记，"马书记还有什么事没有？"马书记想了一想，说："把门带上，我和贺支书谈点事！"

王主任一走，马书记就对贺端阳问："贺支书你们村那片林子怎么样了？"贺端阳不明白马书记怎么突然问到他们村林子的事，便说："长得很好呀！"马书记又问："那林子好像有2000亩吧？"贺端阳还是不明白，又回答："加上近些年退耕还林的，不瞒领导说，实打实只有1500亩。"马书记便觑着眼睛，看着贺端阳说："我记得你们领长江防护林看管费时，向上报的可是5000亩，是不是？"

贺端阳一听这话，以为马书记是要追究村上弄虚作假的责任，便立即说："这不关我的事，还是贺世忠做村支部书记的时候，村上和乡上往上报的数字，那时我还在读小学……"马书记没等他说完，又笑了起来，然后说："我不是要追究哪个的责任，你放心！"说完又对贺端阳问，"这林子过去是乡上的，是不是？"贺端阳答："原来是村上的，'大跃进'后乡上收去建了林场，责任制后乡上管理不善，眼看林子就要毁了，就又还给了我们村上。"说到这里，贺端阳就看着马书记问，"怎么了，马书记？"

马书记呵呵地笑了起来，然后说："这就对了！"说完又看着贺端阳说，"那林子乡上想重新收回来，你看怎么样？"贺端阳一听这话，立即像是被人打了一棍似的，急忙叫了起来，说："那怎么行，马书记？"马书记说："怎么不行？"贺端阳急赤白脸地说："那林子村上管到现在，眼看就要可以择伐了，怎么就要收回去呢？"

马书记一见贺端阳急成这样，又呵呵地笑了一阵，然后才对贺端阳说："看把贺支书急的！按说来，林子原先是乡上的，现在收回来也没什么不可以。不过看在贺支书着急的分上，乡上也可以暂时不收，不过那林子的看管费，村上得让着乡上一点……"贺端阳没等马书记说完，便打断他的话问："怎么让着一点？"

马书记看着贺端阳说："过去不是乡四村六么？现在倒过来，乡六村四，贺支书觉得怎么样？"

贺端阳一听是这样，便哭丧着脸对马书记说："马书记，那林子，可是村上在看管呢……"马书记仍是笑眉笑眼地看着贺端阳说："我知道是村上在看管，可要是当初乡上不把林子给你们，你们一分钱也见不着。再说，要不是有乡政府，你们不到 1500 亩的林子，怎么能领到 5000 亩的钱？"

贺端阳一听马书记这样说，一时不知该怎样回答，只像是不认识一般看着马书记。马书记见贺端阳没回答，便把眉头皱拢来，做出一副水深火热的样子，对贺端阳叫起苦来，说："老弟，我这个乡党委书记，实在不好当呀！要不是没办法了，绝不会来揩你们村上这点油的。现在国家免除了农民的各种税费，乡政府只有上级的一点转移支付，那点钱拿来做什么？也不怕老弟笑话，我来的时候，抱着很大信心，可来乡上一看，乡政府户头上只有几百块，心一下都冷了！这还不说，我屁股还没坐热，要账的就接二连三地来了！光上届政府欠场上几家餐馆的生活费，就是四五十万元，说不拿钱就要去告我，这不是让我坐在火炕上了吗？贺支书你还不知道呢，昨年一年，我几乎没睡过一夜好觉呢！"说到这里，马书记又站起来，双手抱拳，嬉笑着向贺端阳行了一个礼，又继续说道，"所以，我这儿向老弟有礼了！请贺支书可怜见的，就打点让手，啊……"

贺端阳一见，也不知马书记说的是真是假，但脸上不绷得那么紧了，心里想："不管他说的是不是真的，但他既然把话说到这个份儿上了，看来我不答应也是不行的了！俗话说官大一级压死人，要是我不答应，他一生气，把林子收回去，村上就一分钱都得不到了。再说，我等会儿还有更大的事要求他，可别为这几千块钱把他惹恼了，因小失大！"

想到这里，贺端阳也便站起来说："马书记，你快别这样说了！虽然免除了农业税后，村里日子也紧，每年就靠那点林子钱维持村上的办公经费，但今天你既然都这样说了，我还有啥话说？我这个人再愚蠢，也还知道下级服从上级的道理！"说着挥了一下手，继续说，"好，我听马书记的！"马书记一听，做出了高兴的样子，马上过来拍了拍贺端阳的肩膀，说："好，真不愧是好兄弟！"说着又把杯子推到贺端阳面前，连声说，"贺支书请喝水，请喝水！那这事就这样定了？"贺端阳没喝水，只是站着对马书记大声说："定了！"

说完，贺端阳又坐了下去，正准备把贺家湾那 1000 亩药材基地的事向马书记汇报，却忽然又听到马书记说："好，那这事就不说了，就按照贺支书说的办！还有一件事，我想听听贺支书的看法。"贺端阳一听，又马上老鼠般警惕起来了，重新看着马书记问："啥事?"马书记说："你知道乡上现在的农贸市场么?"

　　贺端阳一听马书记说农贸市场，眼睛扑闪了一下，说："知道。"马书记说："那农贸市场不是很旧了么? 面积又小，更重要的是，我查了一下资料，当初修那市场时，并没有进行专门的规划设计，排水设施不畅，使得里面的卫生状况很差。通往市场的路，路面不但起伏不平，还十分狭窄，周边的店门参差不齐，已经严重到不能适应我们乡经济社会的发展了！所以乡党委准备重新规划修建一个新的农贸市场，我想听听你们的意见，你看怎么样?"

　　贺端阳刚才已经听王主任说了修建农贸市场的事，心里有了准备，现在见马书记向自己征求意见，早已猜透了他的心思，于是马上给马书记戴高帽子道："这是大好事呀，马书记！现在不是提倡小城镇建设吗? 改造农贸市场，正是小城镇建设的需要，这是乡党委、乡政府富有远见卓识和战略意义的一着，是利国利民的一件大好事，我们当然举双手赞成！"

　　马书记一边听，一边露出赞许的神情，等贺端阳的话一完，又问："你真是这样想的?"贺端阳笑着说："难道马书记还要我在这里鼓掌通过?"说着便举手做出准备鼓掌的样子。马书记一见，笑了起来，一边摆手一边说："鼓掌就不用了，贺支书的态度我知道了！要是大家都有你这样的觉悟那就好了！可现在有一些人，就是看不清形势，想阻挡历史前进的步伐。这些人还不光是群众，还有乡上一些在农贸市场周边建了门面房的干部。建新的农贸市场因为要触及他们的利益，他们不出面，便唆使群众来乡上闹事，想让我收回这个决定。这个我看得清清楚楚！可我姓马的难道就是那么好惹的? 几个群众吵闹我就改变了主意? 我告诉你，不管阻力有多大，这农贸市场肯定是要改造的！"

　　贺端阳听了这话，小心翼翼地躲开马书记锐利的目光，没有答话。可过了一会儿，马书记等贺端阳的目光又移过来后，两只鹰隼一样的眼睛又逮住了贺端阳说："当然我们也得依法行政，是不是? 所以我请求了一下县上领导，想组织一次听证会，广泛征求一下社会各方面的意见。刚才听了贺支书一席话，真是和党委的想法不谋而合！所以我想就请贺支书做村一级干部的代表，来参加听证会，不知贺支书……"话还没完，贺端阳像被什么咬了一下，心里不觉暗暗叫起苦来，于是急忙说："这、这……我……"

马书记一见贺端阳吞吞吐吐的样子，脸便拉了下来，目光锥子一般落到贺端阳脸上，说："怎么，贺支书不愿意？"贺端阳一见马书记不高兴了，心里虽然十分不情愿，但嘴里只好说："愿意，愿意，这是好事，我怎么会不愿意？"马书记一听贺端阳这话，脸上的神情又放松了，说："这就对了！可我要给你说明白，开听证会时，你只能和乡党委保持一致，不能发杂音，要是把屁股坐歪了，我可饶不了你！"

贺端阳听了这话，急忙站起来说："不会不会，马书记你尽管放心，即使得罪人，我也肯定会和乡党委保持一致！"马书记听了这话，又对贺端阳招了一下手，说："坐下坐下！那我们就说定了，什么时候开听证会，我再通知你。"贺端阳说了一声行，坐下了，然后像是口渴似的，端起面前的杯子，猛地往肚子里灌了一通水。

马书记等贺端阳放下杯子后，才像想起似的问："村上有什么事？"贺端阳见马书记主动问，想自己已经答应了马书记两件事，马书记心情也好起来了，这时提出中药材种植基地的事，也许正是时候，于是不失时机地说："也没有啥大事，我听人说要把九环制药公司的中药材种植基地，搬到陈家坝村去，不知有没有这回事？"

马书记听了贺端阳的话后，没说有，也没说没有，却看着贺端阳笑着说："你们的消息倒也灵通呢！"贺端阳怕马书记多心，便有些心虚地说："我也是听人摆龙门阵才晓得的。"马书记说："知道了也好，迟早也要让你们知道的。既然知道了，那你们就要帮乡上多做做群众的工作！"

贺端阳听了马书记这话，就明白中药材基地搬迁的事是千真万确的了，于是便着急地叫了起来，说："那怎么行，马书记？"马书记没答话，却直直地看着他，似乎在等待他继续说下去。贺端阳一见，也顾不得什么了，真的便把憋在心里的话一股脑儿说了出来："那1000亩中药材，在我们贺家湾已经种了几年了，老百姓都从土地租赁和给药材公司打工中尝到了甜头，现在要把他们搬迁走，村民那还不拖我一齐去跳河……"

贺端阳还想继续说下去，马书记突然一拳击在桌子上，然后掷地有声说了一句："谁有那样的胆子，敢拖我们的支部书记去跳河?"贺端阳吓了一跳，抬头看着马书记，见他不像是开玩笑的样子，于是立即又说："我说的是真的，马书记! 即使不拖我去跳河，一人吐一口唾沫也要把我淹死! 再说，那地现在盘熟了，不管是气候还是土壤，也适应了那些中药材生长。不哄马书记说，我去问了制药公司方面的人，他们其实也不赞成搬迁……"

话还没完，马书记突然黑了脸，对贺端阳说："谁说他们不想搬迁?"贺端阳和马书记的目光碰了一下，突然有些气短了起来，犹豫了一下才说："药材种植基地的张西主任……"马书记还没听完，便又气咻咻地盯着贺端阳说："我道是谁，原来是他! 他算什么东西? 是他大还是他们老总大?"

贺端阳一听这话，突然住了声，半天才嗫嚅地对马书记说："当然是老总大。"说完似乎再也找不着话说了的样子，闭了嘴，目光怔怔地看着马书记。过了一会儿，马书记才问："说完了?"贺端阳喉结动了动，往下咽了一口唾液，才接了刚才的话继续说。不过此时已经像是正在漏气的皮球，底气越来越有些不足了，甚至还带着了一丝哀求的味道："不管是贺家湾村也好，陈家坝村也好，都是马书记你管的地儿，手背手心都是肉，况且那中药材在我们贺家湾种得好好的，马书记何必要搬迁呢……"贺端阳还想说出"剜肉补疮""劳民伤财""厚此薄彼"这些字眼儿，但怕马书记不高兴，便忍住了。

但马书记还是不高兴了，没等贺端阳说完，便黑着脸站了起来，对贺端阳说："你这个同志呀，开口闭口就是强调自己的利益，怎么不站在全局的高度、政治的高度来思考问题? 怎么一点也没有大局意识……"贺端阳听了这话，想为自己争辩一下，可马书记却挥了一下手，把他的话堵了回去，接着自己的话说："怎么就没想到把你们的 1000 亩药材基地搬到国道沿线去，更有典型意义和辐射作用，更能够带动全乡、全县农业的产业化、现代化……"

听到这里，贺端阳又像口吃起来似的说了一句："可我、我们……"马书记还是不让他说什么，将面孔板得更严肃，然后用了党校讲课的口吻大声说："农业产业化、现代化是时代潮流! 不瞒你说，这次搬迁的，不光是你们村这 1000亩药材种植项目，全县其他一些偏远角落的项目，都要逐渐向国道、省道沿线集中! 县委的战略蓝图，是要在五年内，在国道、省道沿线建成万亩柑橘园、万亩蔬菜园、万亩黄花园、万亩高粱园、万头生猪饲养园……一句话，就是要建成真正的农业现代化示范园区！你那 1000 亩中药材种植基地，不搬迁能建成现代化的农业产业示范园区吗？"说完这话，见贺端阳低头不语，便又说，"你要能把现在的中药材种植基地扩大到一万亩，我也可以跟县委反映不搬了，可是你能吗？"

贺端阳听了这话，当然知道自己不能，他即使把贺家湾的土地全部都拿出了种植中药材，也只有两千多亩，所以贺端阳把头垂得更低了。可他心里却是一千个、一万个不服气。过了一会儿，见马书记没说什么了，这才抬起头来看着马书记，用了快要哭的声音说："可、可我们那地，九环制药公司租赁后，推的推，填的填，又在地中间横呀竖的修了路、水沟，挖了水池，一点认不出原来的样子了。现在他们一搬走，怎么能把地给村民分下去……"

正说着，马书记突然发起火来，冲贺端阳大喝了一声："谁叫你把地分下去，啊？"说完又指着贺端阳警告说，"我告诉你，你要敢把那地重新分给了村民，我非撸了你不可！"贺端阳一听这话，有些糊涂了，半天才嘟哝似的对马书记问："不分下去，让那么好的地撂荒呀？"马书记又瞪着贺端阳说："谁叫你撂荒，啊？"

说完这话，马书记站起来，背着手在屋子里走了几步，见贺端阳还是一副大惑不解的样子，这才放低了声音说："为什么要分下去？为什么又要撂荒？难道世界上就只有九环制药公司这样一个业主？"说完这话，马书记声音又扬了起来，从话语里显示出了他的信心和力量，看着贺端阳继续像发表演讲似的说："我告诉你，乡上正在加大招商引资、跑钱争项的力度，我相信在不久的将来，我们一定会重新招一个比九环制药公司更大的业主，在你们那 1000 亩土地上落户！"说完用力挥了一下手，然后又补了一句，"有了梧桐树，还怕没有凤凰来？"

贺端阳听完马书记这话，知道领导虽然是在安慰自己，可细细想一想也并不是没道理。事情到了现在这个样子，他贺端阳既无法改变领导的决策，也只能尽量往好的方面想了，便说："如果有新的业主来，那当然好！我只是担心时间拖久了，让那地荒起长野草，老百姓看见心疼，起来闹事，我可负不起那个责任。"

马书记听后，过来一边拍着贺端阳的肩膀，一边替他鼓劲说："放心，乡上如果招到合适的项目，肯定会首先考虑到贺家湾村的，因为你们的土地不用流转、基础设施也不用搞了嘛！"说完这话，见贺端阳还是顾虑重重的样子，于是又说，"当然，如果你们村上信不过乡上，也可以主动出击，自己去找一些项目回来嘛！现在是全民招商的时代，县上的口号是：人人都是招商员，个个都是软环境，你们为什么不能自己去寻找？"说完又说，"县上把招商引资的任务，作为'一票否决'的硬性指标，纳入对我们的考核体系之中。现在乡干部全部已经套上了紧箍咒，别以为你们村上就可以过安稳日子，乡上正研究怎样给你们戴紧箍咒呢……"

贺端阳听完，一时觉得心里像有什么抓挠着，便有些烦躁不安地站起来，对马书记瓮声瓮气地说："我晓得了。"说完便去开门。马书记知道贺端阳心里还没通，想把他留下来继续化解化解他心里的疙瘩，便急忙朝他喊道："哎，贺支书，你走什么走？好久没在一起喝一杯了，中午我请你……"

可话还没说完，贺端阳已经开了门，于是回头对马书记说："谢谢……"可话才出口，从门外忽然拥进一群怒气冲冲、大声叫嚷着的妇人，把马书记和贺端阳没说完的话都堵回去了。贺端阳躲闪不及，被一个妇人撞了一个趔趄，站住一看，正是在农贸市场周边开店的那些店主，于是急忙走了。

第五章　解　谜

　　贺端阳从马书记的办公室里出来，心里很不好受。像是在山上打柴被马蜂蜇了一下，虽然不至于丧命，却又痛又痒让全身不舒服。他觉得自己今天完全像木偶一样，被马书记耍了，不但事情没有办成，还进了姓马的圈套，便在心里暗暗骂道："姓马的太不是东西了，我答应了他两件事，但我说的事连一点通融的余地也没有，还满口教训人的话！和过去伍书记比起来，简直是戴起草帽亲嘴——差远了！"又想，"说啥子等招到了项目再安排到贺家湾来，这明明是宽我心的话，即使招到了项目，也不晓得是哪辈子的事？眼下挨骂受气的是我，他当然是嘴巴两张皮，当然可以大话连天！"这样越想越气，心里就像灌满了铅块，憋闷极了。走到场外的公路，想朝天大喊几声，又怕被人看见当作疯子，只好强忍了下来。恰好路中间有一块鸡蛋大小的石头，贺端阳便把气发泄到了这不会说话的石头上，一脚将石头踢飞了起来。石头在空中划出一个弧形后，又落到路边的草地上，惊飞了一群伏在草根下谈情说爱的蚂蚱。一只大肚子黄蚂蚱因身子沉重，飞得不高，落在了公路上。贺端阳一见，似乎和蚂蚱有深仇大恨，一个箭步跨上去，踏住了来不及逃窜的蚂蚱，再用力一碾，蚂蚱便在贺端阳的鞋底下粉身碎骨了。

　　回到贺家湾，村里小学还没放学，一群人围在学校大门口，等着放学后接自己的孩子回家。贺端阳一看贺劲松也在人群里，便走过去说："劲松叔，我找你有点事。"贺劲松抬头看了贺端阳一眼，眼里露出了诧异的神色，说："你脸色怎么这样难看，感冒了？"贺端阳说："一没感冒，二没生病，但比感冒生病更严重！"

众人一听贺端阳这话，都有些不明白，于是也看着贺端阳说："这是怎么回事呢？好好的，怎么就像是别人欠了你啥似的？"贺端阳也不搭理众人，只对贺劲松说："劲松叔，有些事我想和你先通个气！"贺劲松见贺端阳满脸没好气的样子，便对身旁一个老婆子说："三嫂，等会儿我家嘎娃儿出来了，叫他自己回去，路上不要耍水，过桥小心一点！"那婆子说："你放心，我一打鼓、二拜年，顺便把他送回去就是！"贺劲松对老婆子说了一声："谢谢！"便随贺端阳往设在学校里面的村委会办公室去了。

贺劲松六十来岁了，是全乡年龄最大的村干部，也是业务最精的村会计，也是全乡任职时间最长的村干部。他是贺世海做村支书时，把他提拔起来做村文书兼村会计的，后来贺世海不做支书了，大房人贺世忠、贺春乾相继执掌了贺家湾的权柄，有几次想把贺劲松换下去，可因为他业务能力强，有时连乡财政所、乡农经站、计生办这些单位的账搁不平，都要找他去帮忙，所以每到贺世忠、贺春乾提出要换他时，乡上总有人为他说话，没换下去，便成了全乡的元老干部。正因为贺世忠、贺春乾想把他弄下台，加上他又是贺世海提起来的，因此私底下还是很亲近小房。贺端阳和贺春乾竞选村主任时，他表面上不偏不倚，严守中立，幕后却是一个给贺端阳出主意、做谋划的高级智囊人物，使贺端阳在好几次危机中，化险为夷，转危为安，直到当选为止。在这点上，贺端阳吃菌子不忘圪蔸恩，在心里十分敬重贺劲松。加上贺劲松隔三岔五帮财政所、农经站、计生办这些部门做账，了解乡上内情比较多，因此贺端阳继续把他作为一个智囊人物，在工作中不管大事小事都找他商量。

贺劲松随贺端阳上了楼，贺端阳掏出钥匙开了门，一股霉味迎面扑来。贺端阳进屋去，拿起桌上一张报纸在空中扇了扇，贺劲松一见，说："算了，你这样扇几下，就把霉味扇走？"说着一屁股在椅子上坐了下来。贺端阳见贺劲松坐下了，也丢了报纸坐在椅子上。贺劲松见贺端阳还是黑着一张脸，也不等他开口，便笑着对他问："发生了啥事？"

贺端阳到底年轻沉不住气，一听贺劲松问，嘴角一咧，一副要哭的样子，使劲往肚子里咽了一口唾液后，才说："我今天猫儿没买到，连口袋也丢了，气死我了！"贺劲松听了这话，先是愣了一下，然后便玩笑地说："人只有病死、饿死，没有气死的。怎么连口袋也丢了？"

贺端阳又往肚里咽了一口唾液，这才气咻咻地说："姓马的去年还好点，今年把乡上的事情，慢慢地就搞变了样，我们今后还怎么工作？"说完，便把如何听到药材基地要搬迁，如何去和"脏兮兮"交涉，又如何去找马书记，马书记又如何要他让林子看管费等经过，倒苦水似的对贺劲松说了起来。

贺劲松听完苦笑了一下，然后才对贺端阳说："大侄儿，你上当了！姓马的去年情况不熟悉，是过了一点苦日子，可自从今年以来，他四处搞钱，日子并不那么难过呢！你以为乡上户头上真只有几百块钱么？乡上的情况瞒得过你，却怎么能瞒过我？现在不能向农民收钱了是不假，可国家的转移支付，每月都按时足额拨付给乡上。就算作国家转移支付维持乡上运转有一定困难，可乡上难道就没有其他收费项目了？别的不说，只说那计划生育罚款，每年收几百万，光上面的返回款都是好几十万，何况还有很多计划生育罚款，收来并不上交，只入了乡上的小金库？还有农民建房的宅基地审批费，他们每年又要收多少？这些且都不说，现在国家提倡反哺农业，有许多农业项目的专项资金，哪次专项资金下来，乡政府不雁过拔毛，截留或者挪用一大截的？我晓得的，光财政所账户上就还有几十万元，怎么会像他说的那样，穷得要卖裤儿了？难道村上的日子还比乡上好过吗……"

说到这里，贺劲松的神情愤愤起来。虽然贺劲松没有明显批评贺端阳让林子款的话，但贺端阳还是从贺劲松的话里，听出了一些责备的意思，急忙懊悔不已地说："这都怪我，我当时只怕他把林子又收到乡上，又想着还有1000亩药材种植基地的事要求他，怕因小失大，所以就答应了……"

话没说完，贺劲松就打断了他的话说："他收回个屁！那林子一直是贺家湾的，人民公社时候搞一平二调，公社不要脸，把林子强迫拿去建林场，责任制后又因办不下了，才把包袱又甩到我们村上。后来县上搞森林确权，明确定为我们村集体林木，县政府颁发的林权证书，现在还在村委会的柜子里，他想收回去，有那么容易？"

贺端阳听贺劲松这么一说，益发忍不住心里的怒火了，突然一拳砸在桌子上，站起来说："早晓得是这样，说啥我也不会答应他！"贺劲松说："本来那林子的看管费，乡上一分钱也不该得的。可乡上又怎么得了四成去呢？因为贺春乾和伍书记的关系好，有次伍书记对贺春乾开玩笑说："你们那林子，虽说是村上的，可上面来人检查时，在乡上吃喝的费用，却要我们来埋单，这有点不合理吧？再说，那林子的猫腻乡上又不是不知道，沿山打猎，见者有份，是不是那看管费，乡上也该分点成？"贺春乾听了，问："分多少？"伍书记说："看你们吧！"贺春乾说："一亩统共才5块钱，那就分一块吧！"伍书记说："你以为我是讨口子呀？"贺春乾说："那就两块，反正我以后也要从你的笆篓里，把这两块钱捞回来！"就这样，便按乡二村三的分成比例达成了协议。没想到姓马的连这点小钱也看得上，又从你手里多挖去了一块钱！"

贺端阳听了，牙齿咬得咯咯咯咯响，鼓突着腮帮说："我实在难以咽下这口气！"贺劲松道："算了，每年村上损失几千块钱，就当被贼偷了！"贺端阳说："不是几千块钱的事，是我心里不好受。你说一个小孩子被大人骗了，心里会是啥子感受？"

贺劲松说："你已经答应了，心里再有上当受骗的感觉，难道还能去要回来？你刚才说今年乡上的事情，慢慢地都变了样，这话不假。过去不管是李书记、伍书记，都还要想着群众和工作，可从今年开始，姓马的逐渐地把弄钱当成乡政府的头等大事，白天晚上想的，都是怎样开辟生财之道！我们这点林子钱算啥？不过是针上刮铁！他还有更多、更大的生财之道，和更巧妙的弄钱办法呢！"

贺端阳听了，忙瞪大了眼睛问："真的？"贺劲松道："我们哪说哪丢，千万不要传到外面去说！"贺端阳说："那是当然！"

于是贺劲松便说："前几天我去帮财政所做账，王所长悄悄告诉我，说乡上要提高村民建房的宅基地审批费了，问我有没有三亲六戚要建房？如果有的话，赶快来土管所和财政所把手续办了！我问：'怎么要提高呀？'王所长说：'贺会计你不知道，马书记脑壳可灵光呢！他几天前把我和土管所的李所长喊去，我们以为他是要了解我们的工作情况呢，把汇报材料都准备好了，可是他却不问我们的工作，却问我们村民建房的宅基地审批费，是怎么收的。李所长以为他是了解我们执行政策的情况，突然有些紧张起来。因为早在几年前，国家就取消了农民建房的宅基地审批费，农民建房，只需在土管所交纳土地占用税，但乡上还是在继续收取农民建房的宅基地审批费。这明显是属于乱收费，所以李所长支吾着不好说。马书记似乎看出了我们的担心，就对我们说：'你们不要有什么顾虑，我又不是中央巡视组，关起门是一家人，你们是怎么收的就怎么说。'听了这话，李所长才实事求是地说了。他说：'我们还是按照 2004 年的标准，非耕地每平方米收的 20 元，菜园地每平方米 30 元，耕地每平方米 40 元……'李所长话还没说完，马书记便说：'太低了！2004 年的时候，物价是什么水平？现在物价又是什么水平？从现在开始，非耕地每平方米提高到 40 元，菜园地每平方米提高到 60 元，耕地提高到 80 元！'我和李所长一听，惊得伸舌咂嘴，面面相觑，可马书记并没把我们的惊讶放在眼里，继续指示我们说：'这笔费统一由乡上收取，村上不再收费了，年终时由乡上按一定比例返还给村里……'"

听到这里，贺端阳就叫了起来："这又是在打村上的主意了！嘴上说到年终返还给我们，哪个晓得他返不返？即使返，从牛嘴巴里扯一团草出来有多少？"贺劲松说："怎么不是这样呢？过去李书记、伍书记多少也给村里留下了一点想头，村民将申请拿到村里来盖章，村里也按非耕地每平方米 10 元、菜园地每平方米 20 元，耕地每平方米 30 元的标准在收费！钱虽然不多，可糠壳不肥田，也能松下脚，好歹解决一点村上的办公费。可现在姓马的一心只想独食，不分青红皂白全搂进了乡上的笆篓里，要是一点不给村上，村上还能搬石头打天？"说完又说，"王所长说他算了一算，如果按马书记的新标准收费，全乡光村民建房的宅基地审批费，每年就能增加七十多万左右……"

贺端阳听到这里，也惊得咂了一下舌头，说："这是明显的乱收费，难道姓马的就不怕农民上告吗？"贺劲松笑了一下，说："你道姓马的就那么蠢，会让农民抓住理由告他吗？我跟你说，在他打这个主意以前，就想好了规避政治风险的办法，给自己留足了后路！你猜怎么着？他让土管所、财政所在收取这笔费时，给建房户开具的发票一律写'未批先建罚款'或'占用耕地建房罚款'，建房户还有理由去告么？"贺端阳听完，忙说："这一着确实狡猾，建房户不但不能告，还得自己捂着盖着。"

贺劲松又说："马书记敢这样做，其实跟上面领导也是有关的……"贺端阳听了忙打断贺劲松的话问："怎么跟上级领导有关了？"贺劲松说："取缔农民建房宅基地审批费这么多年，下面为什么敢于顶风违纪，难道与县上没关系吗？"贺端阳还是有些不明白，又问："有啥关系？"

贺劲松说："县上对乡上镇上违规收取农民建房宅基地审批费，其实是心知肚明，却是看见了也装作没看见，放任自流罢了！这中间的逻辑是啥？你想，假如县上真的不让乡镇收取这笔款，就必须加大对乡镇转移支付的力度，可现在摆起的事实，是县上不但不能为乡镇提供充足的转移支付资金，还跟姓马的一样，在想方设法挤占本该属于乡镇的钱。在这种情况下，你说县上不对乡镇这一块，睁一只眼闭一只眼，还能怎么办？"贺端阳"哦"了一声，说："怪不得姓马的有这样大的胆子！"

贺劲松说："姓马的不仅把领导心思揣摸透了，也把群众的命脉掐准了！对于大部分农民来说，他们谁晓得宅基地收费是违规行为？更重要的原因是，那些在农村能够建新房的人，总是少数，像我们村，每年最多不超过 10 户。对于他们而言，既然修得起房子，缴点宅基地审批费也构不成重大负担。所以这么多上访的，还没有一个是因为宅基地审批费去告乡政府的呢！这个生财之道，既安全，效益也明显，肯定要为马书记带去滚滚财源！"

贺端阳听了这话，便又有些不解地说："既然他有这么好的生财之道，为啥又要和村上争那点蝇头小利？"贺劲松道："这叫积少成多，聚沙成塔，多多益善嘛！"见贺端阳目光看着屋顶，抿着嘴唇没有答话，便又接着说道："你以为他把我们那 1000 亩药材种植基地搬迁到陈家坝去，仅仅是想建立'马路政绩'呀？你要这样想，就完全错了……"

贺端阳听到这里，忽地回过头盯着贺劲松问："还有啥？"贺劲松说："同样，这也是姓马的一条生财之道？"贺端阳像是没有听明白，贺劲松的话刚完，便紧追着问道："这个怎么能生财？"

贺劲松说："这你就不明白了！县上现在用招商引资替代了原来的农业税费征收，每招一个商或引进一个项目来，县上都有奖励，凡招商工作做得好的，领导都要提拔重用。我们这 1000 亩中药材种植项目，虽然是伍书记在的时候就招来的，可他现在换一个地方，就可以向县上说是自己新招来的……"贺端阳听贺劲松这样说，忙又说："明明是老项目，县上难道不晓得？"贺劲松说："他不可以找一个借口，说九环制药公司已经撤销了这 1000 亩中药材种植项目，是他又到公司反复做工作，重新把这个项目招回来的？"

贺端阳想了想道："他要这么说，也是可能的，要不这 1000 亩中药材种植面积，怎么换了地方？"贺劲松说："这么一来，姓马的不但有了政绩，还会获得县上奖励……"贺端阳接了贺劲松的话说："那就是名利双收了！"贺劲松说："不过那点利和名，还不是姓马的主要目的？"贺端阳忙问："啥才是他的主要目的？"贺劲松说："套取项目资金！"贺端阳说："是吗？"

贺劲松说："你还没听说过吗？现在中央推行惠农政策，大力扶持农业产业化，凡是涉及农业产业项目，国家都有专项补贴。这1000亩中药材，如果不搬走，就享受不到国家的专项补贴，因为这是实行惠农政策以前引进的老项目！可一搬迁到陈家坝，他就可以说成一个新项目，就可以领取国家的专项补贴了！不但如此，他还可以变换不同的名称，譬如今年可以把它说成是'一乡一品产业'，明年又可以把它说成是'优势产业'，后年还可以把它说成是'农村合作经济产业'等，到不同的部门去套取不同的补贴。中药材种植基地搬迁走后，我们这1000亩地空出来了，今后真招了一个项目进来，他又可以同样办理，一女多嫁，去套取国家不同的项目资金！"

贺端阳仿佛像听天书一样，目瞪口呆地看着贺劲松，有些傻了的样子。等贺劲松说完，这才叫了起来："天啦，还有这些道道！怪不得他铁石心肠，不管我怎么说，一点也不松口呢！"贺劲松说："一女多嫁也就罢了，说不定他还会把1000亩说成5000亩，把每亩10元钱的投入，说成20、30、40元也是完全可能的。总之一句话，怎么能套到国家更多的钱就怎么行！"贺端阳听了久久没有答话，过了一会儿才长长地叹了一口气，把头靠在椅子背上说："这样下去，国家怎么得了？"

贺劲松听了贺端阳这话，又咧开嘴角笑了一笑，继续说："大侄儿你还只知其一，不知其二呢！和马书记更大的生财之道比起来，这只能算是小打小闹了！"

贺端阳一听这话，猛地坐直了，两眼看着贺劲松问："是啥大手笔？"贺劲松说："修农贸市场……"贺端阳没等贺劲松说完，马上叫了起来："修农贸市场，我已经晓得了，马书记还叫我做听证会代表，帮他说话呢！"

贺劲松一听这话，眉头就皱了起来，看着贺端阳说："怎么，你卷进这场浑水了？"贺端阳说："不是我想卷进这场浑水，是马书记把我硬拉进这场浑水的，我正为这个得罪人的差事犯愁呢！"说着便把昨天下午看见店主到乡政府吵闹，以及今天马书记给他说的那些话，原原本本地对贺劲松说了一遍。贺劲松听完，才说："你晓得要征多少地吗？50亩！我们这个尿脬子场儿，场尾摔跟斗，场头捡草帽，需要那么大的农贸市场吗？就是现在这 2000 平方米的农贸市场，足足够了。说白了，还不是打着小场镇建设的幌子圈地！50 亩呀，把地从农民和居民手里低价征过去，然后高价卖给开发商修房子。这一进一出，几千万的资金就流进了乡政府，你说乡政府还不赚个盆满钵满么？多少个宅基地审批费和项目资金，也比不上它呀，还不是大手笔么？"

贺端阳还沉在做听证会代表的事里，听了这话就看着贺劲松说："我也感觉到他是借改造农贸市场圈地，可现在我这个听证代表怎么办？"贺劲松想了想，替他出主意道："还能怎么办？你已经答应他了，如果不去，他会说你在拆他的台，不配合党委的工作。好在现在老百姓都明白政府举办的听证会，都是演唱领导定好的调子。你去了见机行事，别人说啥，你就跟在后面说就是了！"贺端阳说："早晓得会这样，我今天就不会去找姓马的了，事情没办成，给自己惹一身腥。"贺劲松说："惹都惹上了，也不要放在心上，走一步看一步再说！"

说完，两个人都站了起来，正准备往外走，贺劲松又突然站住了，对贺端阳说："还有一件事，我差点忘了！"贺端阳也忙停住脚步，问："啥事？"贺劲松说："我还听计生办黄主任说，从下个月起，马书记还要提高征收计划生育社会抚养费标准……"贺端阳一听这话，稍微犹豫了一下，马上问："提高多少？"贺劲松说："具体标准黄主任没说，但他说可能要按条例规定的最高标准征收！"贺端阳说："这样看来，姓马的是要真正控制人口了！"

话音刚落，贺劲松"扑哧"笑了起来，说："你以为马书记提高了社会抚养费征收标准，就是在严格控制人口吗？这你就想错了！这仍然是他开辟的一条生财之道呢！黄主任悄悄告诉我，马书记上任后，了解到上届党委政府对计划生育工作抓得很严，便对黄主任交代说，以后在计划生育管理上，要灵活一些，不可以教条主义！还要求计生办把对育龄妇女上环和孕检的时间，由原来的一月一次，调整到一季度一次。你道马书记为啥要这样做？"贺端阳问："为啥？"贺劲松道："这还不明白？马书记的意思是要'放水养鱼'呢！就是有意让村民生，怀孕时不管，生了就去罚款，生得多乡政府罚款才能收得多！"贺端阳一听，明白了，说："原来是这样，怪不得这段日子，计生办的人也没下乡来了，也没通知村干部组织育龄妇女去乡上检查了！"

贺劲松点了一下头，然后目光落在贺端阳脸上，征询意见地说："我们湾里还有二十多户人家，过去的超生罚款没交清，如果等到乡上提高了征收标准，差不多要多缴一半的钱，你看怎么办？"贺端阳听到这里，立即明白了贺劲松的意思，马上说："为啥要等到他们提高了标准才收？趁新标准还没下来，你赶快叫上贺贤明、贺荣他们，就按原来的标准去把欠的款收回来。以后乡上要问，就说我们不晓得，已经把钱收了，看他们怎么样？"贺劲松说："我也是这样一个想法！虽然乡上按新标准收了，返回村上也要多一点，但就像你说的话，从牛嘴巴里扯点草出来都可怜见的。虽然我们自己捡不到啥便宜，但让那些超生户少交了钱，一个湾里住着，也算是给群众做了好事！"

贺端阳说："正是，他们现在如果不交给我们，以后吃亏就是他们自己的事了！"说完又对贺劲松说，"收来的钱就存在村里的账户上，一分钱也不要上交！"贺劲松听了这话，露出了一点担心的样子，看着贺端阳问："这样做妥不妥？"贺端阳一想起今天的事，不觉得气又来了，便说："大家都在削尖脑袋弄钱，马书记他敲得大锣，我敲一下瓦片有啥子不妥的？俗话说，多得不如少得，少得不如现得，他们要来追问，就说村里开支了，看他们怎么样？大不了在年终返还款中，给我们扣出去就是了！"见贺劲松还有些顾虑，便又说，"如果他们要追查责任，你就说是我做的决定，我去承担好了！反正我又没有揣进自己腰包，能定我啥罪？"贺劲松听了这话，才像是放了心："那好，下午我就一家一家地去跟那些超生户说，尽快把他们欠的罚款收起来！"说完这话，两个人便朝门外走去了。

第六章　曙　光

地里的药材还没挖完，"脏兮兮"等人果然就开始搬家。村民一见，便拦住他们问："你们这是往哪里搬？""脏兮兮"说："往搬的那个地方搬！"村民又问："你们搬走了哪个又来？""脏兮兮"说："没人来了，一辈子也没人来了！"村民一听这话，就叫了起来，说："难道你们不租我们的地了？真的不租我们的地了，那你们把给我们推了的地还成原来的样子，要不我们找哪个赔损失？"说着就爬到车厢里，将车上的东西往下扔。"脏兮兮"被村民缠得脱不了身，只得叫着说："冬瓜奈不何扯藤藤，你们想知道原因，去问你们支书好了，把我围到干什么？"

众人一听这话，果然又一齐去把贺端阳围住了，不等贺端阳开口，就七嘴八舌地说："怎么就要搬走了，不是说的 30 年吗？""当初我不愿意把土地拿出来，干部今也来动员，明也来动员，说得尿花水流，我才动了心，把土地拿了出来。可现在要搬走，不是要我们老百姓吗？""不种了可以，但要把地恢复成原来的样子……"

贺端阳知道迟早都会有这一天，因此只管紧闭嘴唇，板着脸领受大家的指责。众人见他一言不发，更认为他心里一定有鬼，因此说出的话也便越来越难听了："贺春乾虽说贪了一点，可他却把项目引进来，让大伙儿也享受了几年好处，可这届干部不但没引进项目，连贺春乾引进的项目都保不住，干啥吃的？"听了这话，有人更说："是不是现在的干部吃不到那百分之十了，就把人家赶了？"一片议论声中，不知是哪家的癞皮狗也跑来凑热闹，在人群中钻来钻去，嗅着人的鞋尖，有人便朝它的肚子上踢了一脚，骂道："吃里扒外的东西，连家也守不好，喂你做啥子？还不快滚！"癞皮狗"噢"地叫了一声，钻出人群，夹着尾巴逃走了。

贺端阳知道那些人的话是在指桑骂槐，这时实在忍不住了，突然爆发了出来，铁青着面孔冲众人大叫了一声："住嘴！"然后不等众人再说什么，便一口气说道："谁是狗，啊？谁想贪了，啊？嘴巴干净一点，要说横话我也一样说得出来！难道我想让他们搬走？难道我不是贺家湾人？他们不搬走，我一家四口人，不用操一点心，出一点力，每年都能领到三四千块钱的土地租金，谁会跟钱过不去？你们以为我没有争取？我求爹爹，告奶奶，嘴巴都磨起茧巴了，可天要下雨，娘要嫁人，我有啥法？"众人一听这话，便不再指责贺端阳了，而是又纷纷问："那究竟是怎么一回事，你总晓得一些原因的？"贺端阳被众人逼到了墙角，只好将马书记那天说的话给众人说了一遍。

大家一听是乡上要九环制药公司搬走的，气又不打一处来，便又纷纷骂起马书记和乡上的人不是东西来。骂着骂着，有人喊了一声："在这里骂有啥用？不如一起到乡上找姓马的！"大伙一听，便也跟着喊道："对，找姓马的赔我们损失去！"一边喊，一边转过身，齐刷刷地便要往乡上去。

贺端阳因为中药材种植基地搬迁和林业看管费的事，心里已经对马书记有了疙瘩，加上在村办公室听了贺劲松一席话，更对他没一丝好感了，巴不得天天都有人去找姓马的麻烦才好。可又一想要是姓马的怪罪下来，自己也会吃不了兜着走，踌躇了半晌，对大家喝道："都给我站住！"众人一听这话，又都回过了头，看着他问："你不让我们去找，你有啥主意？"贺端阳咽了一口唾液说："离了胡萝卜就办不成席了？离了张屠户就要吃混毛猪了？他要走就让他走呗，有啥不得了的？"众人说："那谁赔我们损失？"贺端阳说："世界上就没有其他企业了？马书记说了，乡上正在大力招商，只要招到了项目，马上就安排在我们贺家湾！你们现在到乡上去闹，要是马书记生了气，今后即使有了项目，也不往贺家湾放，岂不是割卵子敬神，人也得罪了，神也玷污了？"说完又说，"说不定新来的老板，租金还会比他九环制药公司给得更高呢！"众人听了这话，脸上虽然还是挂着怀疑的神情，可想想确实又有些道理，便说："好嘛，既然你这样说，我们就相信你嘛！"说完，这才将信将疑地散了。

贺端阳只是为了不让贺家湾的村民到乡上去闹事，才说出那番话的。其实他心里十分明白，招商是一件可遇不可求的事，尤其是像他们这样的落后地区，没有哪个商家在那儿等着你招手。因此他对重新引进项目，来填补九环制药公司搬走后的空缺，没抱任何希望。但马书记又不让他把地重新分下去，这就让贺端阳作了难，觉得那地不分，随时都像一个炸药桶。眼目下九环制药公司才搬迁不久，村民心里都还抱着一线希望，可随着那地里的野草不断长高，村民心里的希望渐渐熄灭，如果还引不来项目，自己还能用什么理由去抚平群众不满的情绪呢？

　　然而，就在贺端阳为那1000亩土地焦头烂额的时候，事情竟真的按着马书记所说的那样，现出了曙光。这天，贺端阳装在口袋里的手机突然响了，他掏出一看，竟然是马书记打来的。这可是从没有的事，过去马书记有什么事，也是通过王主任给他们打的电话。贺端阳以为马书记就要召开听证会了，心里不高兴，也没接，就让电话铃一声一声地响下去。响了八九遍时，那铃声才像不耐烦似的停了下来，贺端阳把手机又装进了裤子口袋里。可没过一会儿，那手机又响了起来，贺端阳掏出一看，仍是马书记的。贺端阳这次不可能不接了，可他仍然是等到铃声响到第六遍的时候，这才打开"喂"了一声。还没"喂"完，便听见马书记在电话里骂了起来："贺端阳你干什么去了，啊？大白天的，哪儿和你老婆扯不开了，不接我电话？"

　　贺端阳一听这话，立即说："对不起，对不起，我刚才屎胀忙了，蹲到茅坑上半天又拉不出来……"马书记没等他再往下说，便打断了他的话说："我管你拉不拉得出来，你立即给我到乡上来！如果不来，误了好事你各人负责！"贺端阳一听，又立即问："有啥子好事，马书记？"马书记没回答他，却仍是用了十万火急的命令语气说："限你一个小时到我办公室！"说完挂了电话。贺端阳虽然不明白马书记会有什么事找他，却听出不是为听证会的事，放下电话，果然"咚咚"地往乡上跑去了。

　　贺端阳只用了五十分钟，就赶到了乡政府，马书记果然已经在办公室等着他了。坐在马书记办公室里的还有板桥村的宋支书，两个人大概都等了很久了，一见他来了，便都露出松了一口气的样子。宋支书道："贺支书可来了！"贺端阳没看他，只对着马书记说道："我没迟到吧，马书记？"马书记也没看他，只说：

"我以为你被屎尿憋死了呢！"贺端阳听了，也没心思开玩笑，只看着马书记问："有啥事，马书记？"

马书记这才回过头，只看着贺端阳说："你先谢谢宋支书再说！"贺端阳一下蒙了，嘴里嗫嚅着："谢、谢啥……"马书记说："宋支书今天向乡上提供了一条重要的招商信息，人家辛辛苦苦收集到的信息，又亲自到乡上来汇报，本该首先让他们去争取的，但我想到了你们！这项目如果能够争取成功，放到你们那1000亩土地上最合适不过了！宋支书高风亮节，经过我一番劝说，人家二话不说，就把这个项目的机会让给了你，你说该不该谢他？"贺端阳一听这话，喜得转过身子，就朝宋支书施了一礼，口里喊道："谢谢宋大哥了！谢谢宋大哥了！"

宋支书是全乡村支书中年龄最大的，比贺劲松的年龄还要大五岁，当村支书的时间比有些村支书的年龄还长，因此其他村的村支书都尊称他为"大哥"。这是一个传统型的村干部，办事公正廉洁，热心为大伙办事，因此在村里很受尊敬。但有一个缺点，在接受外面新鲜事物方面，常常显得很迟钝。尤其是对乡上布置下去的一些显现政绩的花架子工程，吼天吼地地骂娘不说，如果哪个乡干部要去催他，则会被骂得个狗血淋头。但是对于那些有关生产和群众生活的务实的中心工作，只要乡上一布置下去，不管有没有乡干部去检查、指导和督促，常常都是完成在全乡的前头。因此，乡上对他是又恨，又爱，又气，又痛，又拿他没办法。好在板桥村和贺家湾一样，是全乡的夹皮沟，除了乡上领导以外，从没有县上领导去踩过脚印，因此乡上也没怎么管他，派的包村干部，只是起个通信员的作用，其他便任其发展了。

见贺端阳向自己施礼，宋支书便说："光行个礼就算谢了？"贺端阳听见，便说："如果招商成功，宋大哥需要割我身上的肉，我就一定把肉割下来给宋大哥下酒！只是不晓得宋大哥说的是啥项目？"宋支书听完，眼睛就落到了马书记身上。马书记说："宋支书你就给贺支书说说！"

宋支书听后，这才说："说来这事也是豌豆滚进磨眼里——遇了缘！今天中午我们村里范德元，不是办60大寿的寿酒么？这老范有个外甥叫罗明刚，在我们市里的职业技术学院后勤集团当经理，多年没来看过他老舅了，今天借这个机会也来给老舅祝寿，老范便把我请去做陪客。吃饭的时候，老范那外甥对我夸起乡下的蔬菜好吃，没污染，新鲜，我说：'可不是吗，乡下就这点好！'说着说着，不知怎么老范那外甥就给我说起了他们学院正在四处看地！我问他学校看地做啥？他说现在市场上卖的蔬菜，不是农药残留就是化肥超标，让人很不放心，学院就想用建学生实习基地的名义，到乡下租个几百亩到一两千亩地，自己种植蔬菜，让全校师生都吃上放心的绿色蔬菜。我急忙问他租到了没有？他说还没有，正在到处看呢！我一听这话，觉得这个消息很重要，放下碗我便到乡上给马书记汇报了！"

宋支书说完，马书记便看着贺端阳说："怎么样？种植蔬菜，你们那1000亩地不是正适应吗？"贺端阳说："那是的，那是的，只是不晓得人家愿不愿来……"马书记说："叫你来，不就是商量去和人家谈吗？这可是一个千载难逢的机会，不知有多少人在盯着这个机会呢！既然获得了这个信息，我们就应该紧紧抓住不放！抓而不紧，等于不抓，我刚才听了宋支书的话，就想亲自去把那罗经理接到乡上来，可宋支书说那外甥吃过饭，已经回学院去了。既然他已经走了，明天我、你，还把宋支书村里那个老范带上，杀到市职业技术学院去找他那罗经理。那姓罗的是学院后勤集团经理，吃菜这一揽子事又归他管，说不定我们一说，事情就成了呢！"

贺端阳听马书记这一说，觉得也有道理，心里便激动了起来。又听马书记要亲自去，更是高兴了，心想，既然马书记都这么重视，自己怎么还能前怕狼后怕虎的？于是挥了一下拳头说："马书记你说得对，有你亲自出面，我也相信事情准成！"

马书记说："那你现在赶快回去准备一点土特产，我们这是去求人家，不能没有一点见面礼！"贺端阳道："那是肯定的，可送啥土特产好呢？"马书记道："你这人才怪，我知道你送什么土特产好？你们那么大一个村，就找不出一点出得手的土特产了？"贺端阳想了一想，说："那好吧，我回去看哪些村民家里有木耳和松菌，如果有，我买上两袋倒是可以的！"说完又说，"要是早点说，我叫人网上两只野鸡，倒也……"还要说，见马书记瞪了自己一眼，急忙改了口，说，"我再想一想，再想一想！"一边说，一边转身出去了。

可刚走到院子里，马书记却追了出来，贺端阳看见，便问："马书记还有啥事？"马书记压低了声音说："我怕你脑筋不开窍，说送点土特产你就只提两袋木耳菌子！当着宋支书的面我不好明给你说，你那一两袋菌子和木耳值多少钱？舍不得孩子套不住狼，该下血本就必须下血本！过了这个村，就没那个店了，你明白吗？"贺端阳听了这话，心里既明白又糊涂着，又吞吞吐吐地对马书记问："那……"马书记不等他再说，恨铁不成钢地瞪了贺端阳一眼，说："你还要我多说吗？"说着伸出两根指头，在贺端阳面前一边搓一边点拨说，"红包，票儿，你现在知道了吧？你得给姓罗的包一个大红包，人家才会下死力气替你争取！"贺端阳一下明白了，说："我知道了！"可说完又盯着马书记问，"多少才合适呢？"马书记突然生气了，朝贺端阳吼了一句："你是三岁小孩，什么都要我教？你自己看着办吧！"说完气咻咻地转过身子上楼去了。

虽然马书记生了贺端阳的气，可贺端阳并没有生马书记的气，一进贺家湾便把贺劲松叫来，对他问："那些下欠的计划生育罚款，收得怎样了？"贺劲松说："已经收了五万多元！那些超生户听说要提高罚款，巴不得现在就一下交了，即使手里紧的也到处挪借……"贺端阳没等贺劲松说完，便急忙打断他的话说："你马上给我取一万块钱出来，务必在今天晚上交到我手里！"

贺劲松见他要得这样急，便问："出啥事了？"贺端阳说："好事！我明天要去争取一个项目，需要花点钱！"说罢，便把市职业技术学院需要租地种蔬菜的事，和马书记的安排对贺劲松说了一遍。

贺劲松一听，也高兴起来，连声说："好事，好事，这礼确实该送！我马上就到乡上信用社去取，天黑前一定把钱送到你手里！"贺端阳说："你说一万块的红包是不是多了点？"贺劲松说："舍得宝，宝掉宝，舍得金弹子，才打得下来凤凰鸟！只要能把那项目引到贺家湾来，按说一万块钱的红包也不多！"贺端阳一听，便下了决心，说："那就这样吧，你快去快回，我去准备土特产！"说罢两人分了手，各去做各人的事不提。

第二天一早，贺端阳一手提着一只鼓鼓囊囊的尼龙口袋来到乡政府，马书记和板桥村姓范的老头，早已在乡政府院子里等着他了。那姓范的老头六十多岁的样子，个子不高，瘦长脸，面孔黧黑，布着许多皱纹，看着像是正在风干的苦瓜皮，但深陷在眼窝里的两只眼睛却仍很明亮，眼珠子滴溜溜转着，对每个人都露出傻笑的样子。贺端阳一看，便知道这是一个十分憨厚老实的庄稼人。贺端阳正要打招呼，马书记两眼却落到他手里的袋子上了："你也不找两只纸箱子装上，提两只尼龙口袋，像乡下老农进城，怎么好意思往人家大学学堂提？"贺端阳的脸一下红了，说："我也晓得这样太土了，可乡下哪有纸箱子，只好这样提着了！"

那姓范的老头一听，急忙殷勤地过来，要提贺端阳手里的口袋，说："莫得关系，我来提，没人笑话我这个老头子！"马书记一见，又急忙过来拦住了范老头，说："怎么能让你提，这万万使不得！"说完便对王主任喊，"王主任你去找两只纸箱子来！"王主任答应一声，转身进办公室拿纸箱去了。

这儿马书记把贺端阳拉到一边，附在耳边轻声问："准备了多少红包？"贺端阳说："一万元！"马书记说："这还将就！"贺端阳说："马书记你送吧！"说着从口袋里掏出一只信封来，要交给马书记。马书记说："你们村上的人情，我去送什么？我去送了，你们不是一碗粉蒸肉，被盖到饭底下去了？你自己送去！"贺端阳听了这话，只得又把信封装进了自己的口袋里。这时王主任拿了两只纸箱子来，贺端阳将口袋里的木耳和菌子分别倒进两只箱子里，王主任拿透明胶将纸箱封住，端进马书记的轿车尾箱里。贺端阳和范老头坐了进去，马书记亲自驾着他的桑塔纳2000型轿车，便往市职业技术学院去了。

轿车在从乡上到县城的公路上奔驰了三十多分钟，又在从县城到市里的高速公路上跑了半个小时左右，在上午10点时，到了市职业技术学院。市职业技术学院在市东郊，是由市里几个中专学校合并起来成立的，校园也是这几年陆续新建的，占地很大。马书记正说要把车开进去，却被门卫拦住了。门卫说："学校里不停外面的车！"马书记说："我们是来看表哥的！"门卫说："谁是你表哥？"马书记说："后勤集团的罗经理罗明刚！"说完又指了姓范的老头说，"这是罗经理的亲舅，不信你问他。"姓范的老头听了，立即说："是，我是他老舅，我外甥的小名叫小毛，你跟他说，他就晓得了！"那门卫听了，便说："什么大毛小毛，把车开过去一点，等一下，我给你们打电话！"马书记果然把车挪到一边，等着门卫打电话去了。

没过多久，忽见从校内匆匆忙忙走来一个人，这人四十来岁，头顶却秃了一片，脸上放着红光，腆着肚，个子也不高，粗胳膊粗腿的，走起路来像是有些左右摇摆，一点不像个知识分子，倒像一个小包工头。姓范的老头一见，就从车里伸出手，一边挥手一边高声喊道："小毛，我在这里！"

马书记和贺端阳一见，便知道那就是姓罗的经理了，急忙从车内钻出来，站在车门边恭候着。那罗经理大步走到车前，目光先在马书记和贺端阳脸上流连了一阵，才对姓范的老头说："老舅，昨天我才从你那里回来，今天怎么又来了？"

马书记听了，不等姓范的老头答话，便抢先过去拉住了罗经理的手，眉开眼笑地说："是罗大哥吧？我自我介绍一下，鄙人贱姓马，你舅家这个乡的党委书记。昨天罗哥回来为老人家祝寿，也不先和乡上打声招呼，我们也未能远迎，等我们知道这个消息后，赶到老人家家里，罗哥你又走了！我们今天只得把老人家邀请到一起，特地来拜访罗哥！"说着又把贺端阳介绍给了罗经理。那罗经理心里已是明白这二人大老远地赶来，还把老舅找来，肯定有事，便也一边笑，一边摇晃着马书记和贺端阳的手说："幸会！幸会！那就先到寒舍。马书记和贺支书今天光临，寒舍真是要蓬荜生辉了！"说着让马书记、贺端阳和姓范的老头都上了车，自己坐在了副驾上带路。马书记发动车子，门卫开了自动门，汽车便进了学校，接着便在一条条被绿树环抱着的水泥道上东绕西绕地行驶起来。

驶到一幢浅黄色外墙的楼房前，罗经理说了一声："到了！"马书记停了车，贺端阳和姓范的老头打开车门钻了出来，接着马书记和罗经理也从车里钻了出来。马书记过来打开尾箱，贺端阳正要去抱那两个纸箱子，姓范的老头却跑过来抢着要抱，贺端阳一面推，一面说："这怎么行，怎么能麻烦你老人家？"可那老头执意要抱，贺端阳只得让他抱了一只。

罗经理看见，便对姓范的老头问："老舅，你这是……"那老头还没答话，马书记马上说："一点土特产，这是贺支书的一点心意！"贺端阳听了，也立即冲罗经理一边媚笑，一边点头说："一点心意！一点心意！"罗经理向马书记和贺端阳打了两个躬，才说："无功受禄，惭愧惭愧！"一边说，一边等马书记锁了车门，挟了皮包，才转身向楼上走去。马书记一见，紧紧跟在罗经理后面，贺端阳和范老头一人捧了一只箱子，又紧跟在马书记后面。

一行人雁行有序地走进罗经理的屋子，罗经理叫马书记、贺端阳和他老舅坐，自己去给他们倒水。马书记和贺端阳在沙发上坐下了，姓范的老头却还有些手足无措地站着。马书记正要去拉他在沙发上坐，他却从餐桌旁边拉过一把椅子，在马书记对面坐下了。不一会儿，罗经理端了水过来，也挨着马书记坐下了。马书记朝客厅的几张字画和书橱上一摞书扫了一眼，说："罗哥虽然是后勤集团的老总，却更像一个学者！"罗经理说："学者不敢当，但在高校混，书还是要读几本的!"

贺端阳一听这话,便想起来了,立即对罗经理说:"我们马书记原来也是县党校的教授,理论水平可高呢!"罗经理一听,便拉着马书记的手说:"哎呀,原来还是一家人!"马书记却说:"罗哥别听他瞎说,我是评了副教授,可我这个副教授怎么能和罗哥相比!"

几个人这么有一句没一句地说了一阵闲话,那罗经理抬起手腕看了看表。马书记一见就忙问:"罗哥还有什么事?"罗经理说:"也不是什么大事,就是11点钟的时候,要去院长办公室开个会。"马书记一听这话,立即叫了起来:"哎呀,还要开会?我们还说今天中午请罗哥吃个便餐呢!"罗经理说:"饭就不吃了,两位地方父母官有什么事?请指示!"

马书记瞧了一眼贺端阳,贺端阳也看了一眼马书记,马书记便说:"罗哥真是爽快人!那真人面前不烧假香,我就直说了。听说罗哥学院想租地自己种蔬菜,我今天带上贺支书、你老舅,代表乡、村、社三级组织,一道来邀请罗哥你们,到我们乡上发展!"一边说,一边站起来向罗经理打了一躬。

罗经理一见,忙站起来制止了马书记,说:"原来是为这事!马书记你这礼行反了,即使是这样,也是学院给你们行礼才是!"说完又说,"事倒有这样一回事,大家都想吃上放心菜嘛!不过你们那儿流转土地有困难么?"马书记说:"我们就有现成的土地,不需要再从老百姓手里去把土地集中起来!"说完对贺端阳说,"贺支书,你给罗哥汇报汇报你们村的土地情况吧?"

贺端阳听了,忙说:"我们那片土地绝对是片好地!几年前租给九环制药公司种植中药材,九环制药公司把那地推平了,不但在地中间修了水泥路,还修了水沟,建了水池,可以说完全是一块人造小平原了!九环制药公司原说的租30年,可现在县上要在国道两边搞农业产业园示范区,不久前搬到公路沿线另一个村去了。所以那地现在还空着,面积恰好1000亩,也符合你们的要求,如果罗经理你们来租,我们一定给你们提供保姆式的服务!"

罗经理听了贺端阳的介绍后说:"照你这么说来,三通一平、基础设施都搞好了,能省下好大一笔钱,倒是不错的……"听到这里,马书记马上说:"可不是吗?不但省了基础设施这笔钱,那土也盘熟了,不论种什么菜,肯定高产!我们之所以来找罗哥,一方面范老人家是你老舅,租成了,也算是亲帮亲,邻帮邻，肥水不流外人田，当我们支持了教育！另一方面呢，罗哥不看僧面看佛面，就看在你老舅面上，也算是罗哥给老舅家乡做了一份贡献，是不是？"

罗经理听后，沉吟了一会儿，才说："马书记言重了，就凭马书记、贺支书的一片心，我也是该支持的！只是不知你们那儿交通怎么样？"马书记听了这话，便看着贺端阳。贺端阳说："有一条土公路，走小车有时有点困难，可走大车完全没问题！"又说："种蔬菜么，也不需要小车运，是不是？"罗经理说："那倒是！那倒是！不过呢，可能稍偏了一点，路也稍远了一点……"马书记看出了罗经理的犹豫，又立即说："说起来倒是偏了一点，可要吃上放心的绿色蔬菜，我倒真建议罗哥你们到偏一点的地方去租地！这市郊附近倒是不偏，可土地租金不但高，而且那土壤种出来的菜能让人放心么？至于远一点更不是问题，不过运输时多烧一点汽油嘛！和全校师生员工的健康比起来，那算什么？"

罗经理听了，又停了一会儿才说："既然你们那儿土地是现成的，又不需要我们搞基础设施建设了，马书记和贺支书又有这样的诚意，我倒是觉得很不错的！不过你们也是知道的，我虽然是学校管后勤的，可也只是一个跑腿的，做主还得要学校领导！"贺端阳一直在紧紧看着罗经理，听到这里，皱了一下眉头，想了想便站起来问："厕所在哪儿？"罗经理朝他指了一下，贺端阳便去了卫生间，进去便把门关上了。

等贺端阳从卫生间出来，却听见马书记说："只要有罗哥大力推荐，我想事情肯定是能成的！另外我还要向罗哥做个检讨，过去我们一直不了解你老舅家的生活情况，老人家也没来找过我们。昨天我们才听说他老人家生活还有些困难，所以我们马上就研究决定了，给他老人家一家全办上农村低保……"

马书记话还没完，罗经理便站了起来对马书记施礼，然后说："哎呀，马书记你们这真是太关心群众了！我老舅这个人老实，我这里帮老舅谢书记了！"马书记急忙过去拉住了罗经理的手，说："罗哥快别这样说，谁又没个亲戚呢？过去皇帝还有三门穷亲戚呢！娘亲有舅，爷亲有叔，哪个当外甥的又不想着舅？罗哥你放心，老人家是你的舅，也是我和贺支书的舅，今后有什么困难，只管对我们说一声就是！"

罗经理听后又连声说："谢谢！谢谢！"说完又说，"马书记对我如此抬举，我不尽心尽力帮忙，还算什么人？就看在你们对我老舅的照顾上，租地的事，罗某一定两肋插刀！过几天，我把我们后勤薛总经理一起拉到你们那儿来看地！"马书记听了这话，立即站起来抓住了罗经理的手，一面摇晃着说"谢谢"，一面对贺端阳眨眼睛。

贺端阳自然知道马书记的意思，等马书记说完后，也站了起来对罗经理说了一声："我还有两句话，想对罗经理单独说一说，要委屈罗经理你动动步了！"说着便往旁边一间卧室走去。那罗经理说了一声："贺支书还有什么指示？"说着也跟了过去。一进屋，贺端阳便把门关上了。接着，马书记便听见从屋子里传出了一阵细细的声音。

少顷，卧室门便开了，贺端阳和罗经理从屋子里走出来，脸上都挂着一种心照不宣的神色。马书记便知道贺端阳任务已经完成，就从沙发上站了起来，说："罗哥还要去开会，我们就不打扰了！"罗经理说："实在不好意思了，你们这么远来，还有我舅，我无论如何是应尽点地主之谊的，可又遇到领导叫开会！"马书记说："一回生，二回熟，只要那地谈成功了，还不知有多少打交道的机会呢！"罗经理说："放心，放心，罗某说过的话一定不会食言！"说着，马书记和贺端阳便往外走。那范老头却也追了上来，马书记便说："你老人家难得来，就在外甥这里多耍两天吧！"范老头却说："我在这里手脚都不晓得往哪里放，还是跟你们一起回去住破房子好些！"罗经理听了道："现在地里也没什么活儿了，回去做什么？"范老头说："昨天宴席上剩了很多冷菜冷饭，你舅妈和两个表侄儿在家里，不晓得要吃到啥时候？"

罗经理一听哑了一下嘴，便笑着对马书记说道："你们听听，他欠着家里那些剩菜剩饭，可笑不可笑？"说完又说，"算了，把他留下来，他老人家心里也是两头不踏实，还不如让他跟你们一起回去好些！"马书记看出罗经理并没有真心留他老舅的打算，于是不再说什么了。几个人走到楼下车旁，罗经理掏出两张名片，分别递给了马书记和贺端阳。马书记、贺端阳也给罗经理留了电话，三个人一边握手，一边又说了一通客气话，马书记、贺端阳和范老头这才上车去。车子开到市中区，马书记找一家饭馆吃了饭，方才往家里开去。

一回到贺家湾，贺端阳便又找到贺劲松，从怀里掏出 5000 块钱来交给他。贺劲松说："怎么回事？"贺端阳说："我听姓罗的自己说他只是一个跑腿的，在这个事情上做不了主，怕钱打了水漂，就假装上厕所，抽了 5000 块出来！"贺劲松一听这话，便说："他这个跑腿的可不是一般跑腿的，要是他真能在领导面前说得起话呢?"贺端阳愣了一会儿，才说："不是还有 5000 块钱吗?"贺劲松苦笑了一下，不再说什么，把钱重新存进了信用社。

第七章　打　击

　　姓罗的果真没有食言，没过几天，就给马书记打了一个电话，说第二天他和管后勤的薛总经理，代表学院要来贺家湾村看地。马书记接到电话，又十万火急地把贺端阳叫到乡上交代了一通。贺端阳从乡上回来，又火烧眉毛似的找到贺劲松，对他说："快快快，到信用社取两万元钱回来！"贺劲松一听贺端阳开口就要这么多钱，有些不放心的样子，问："取两万块钱做啥子？"贺端阳说："职业技术学院的罗经理来电话了，明天他和那个姓薛的总经理，要来我们村里看地。马书记说，贺家湾能不能找到希望，走出困境，成败在此一举！又说姓薛的总经理可不像那个姓罗的，是个拍板的人，所以叫我们不要小家子气，有舍才有得，并且要搞就一次搞定！"

　　贺劲松听完，又问贺端阳："两万元是全部给姓薛的一个人，还是和姓罗的一人一万元？"贺端阳说："全部给姓薛的！"贺劲松又问："那姓罗的呢？"贺端阳说："姓罗的上次已经给了5000元，我想这次就算了……"贺劲松没等贺端阳说完，便急忙说："不妥不妥！两个人是一起来的，你给一个，不给一个，让姓罗的晓得了，不更得罪人了？要依我说，要给都要给，姓罗的不说给一万块，至少也要给5000块意思意思一下！"说完又说，"姓罗的虽然做不了主，可要是他在姓薛的面前下烂药，打破锣，俗话说十个说客当不到一个戳客，要是把事情整黄了怎么办？"

　　贺端阳听后，半晌没说话，过了一会儿才说："狗日的，八字还没一撇，光塞黑窟窿的钱，就用出去了几万！我们好不容易才瞒着乡政府，收点计划生育罚款呢！"贺劲松便劝他说："我们这是在求人，现在而今眼目下，哪有不花钱就能把事办成的？你也不要顾惜花了这点钱，舍得孩子才套得住狼！如果地租不出去，放到那儿长草，别的不说，光你那耳朵听大伙儿的骂声，都要听起茧巴！"贺端阳又沉默了半响，才像是下了狠心，说："那就按你说的办，取两万五回来。龟儿子，就当我们被贼偷了！"说完又说，"你快去快回，我还要去落实菌子和木耳这些土特产的事，马书记说多多益善，他们带回去也好送人！还要安排人把地里的杂草大概除一下。就像大姑娘嫁人，把脸上的杂毛去干净了，看起来也光鲜些！"

贺劲松听了这话笑了一笑，说："那叫'开脸'！这样说起来，村委会办公室也得开一下脸，看了地，难道不叫他们到村委会办公室去坐一坐？"贺端阳说："你提醒得对，我马上去安排！"说着正要走，忽然又想起什么，又回头对贺劲松说，"你顺便买点好茶叶回来！"说完这才急匆匆地走了。

第二天早上起来，贺端阳便给马书记打电话，问需不需要他到乡上去迎接薛总经理一行？马书记回答说迎接他，就不必去了，只叫贺端阳把家里的事安排妥帖，把开水烧好，把茶泡起，各人耐心地在村委会喝自己的茶，客人一到乡上，他就立即给他打电话。贺端阳一听马书记叫自己喝茶，便说："马书记，我哪里还有那个闲心情喝茶？不瞒你说，昨晚上我翻来覆去地睡不着，心里欠着呢！"马书记说："是不是想老婆了？你这个年龄我知道，三十如狼，四十如虎，婆娘不在身边，没法做那活儿，日子是有些不好受。那没有办法，只有你自己解决了！"

贺端阳说："马书记，看你想到哪里去了？我是为今天这事睡不着！一会儿紧张，一会儿高兴，一会儿期待，一会儿又担心搞黄了……"马书记没等贺端阳继续说下去，便打断他的话问："怎么会担心搞黄了，是不是还有什么准备工作没做好？"贺端阳说："也没啥准备工作没做好，就是心里有些像驼背睡觉——两头不踏实……"说到这里，突然想起了什么，急忙改了口说，"要说准备工作，该落实的都按照你的指示落实了，只是还有一件事没有做好。"马书记忙问："什么事？"贺端阳说："昨天我叫贺劲松去乡上那几家小超市买茶叶，一定要拣最好的买。贺劲松果然买了一盒西湖龙井回来。虽说是名茶，只是茶叶盒子上既无生产日期，也无生产厂家，包装也很粗糙，我怀疑是冒牌货……"

贺端阳还没讲完，马书记就叫了起来，说："乡上超市有几样东西是真的？那肯定是假货无疑，千万不能给客人喝那样的茶！"贺端阳说："就是，我也这样想！可现在派人到城里去买又来不及了，怎么办？"马书记过了一会儿才说："等会儿我下来时，给你们带一罐巴山雀舌来。我这茶叶虽然不好，却也过得去！真是的，屎胀了才挖茅坑，也不早点说一声！"贺端阳听说马书记带茶叶下来，一时高兴，也没心思理会马书记的埋怨，便对着话筒说了好几个谢谢。

和马书记通完电话，贺端阳心里踏实了许多，吃了早饭，便披衣出门，往村委会办公室走去了。一边走，嘴里一边吹着口哨。几只黄莺不甘寂寞，从树丛里跳出来，一边在贺端阳头上盘旋，一边也亮开歌喉鸣唱，似是想和他媲美似的。地面氤氲着一层水蒸气，淡蓝色，半似轻烟，半如薄纱，空气和风给人送来一种大自然特有的清新的气息，让人有种心旷神怡的感觉。贺端阳的心情益发好了起来，觉得兆头不错，贺家湾的历史，大约就要真的被刷新了！

怀着喜悦的心情，贺端阳来到村委会，刚把大门打开，贺劲松和贺勇便一人扛了一只纸箱走进来，身后跟着一群人，一进门便笑着对贺端阳叫："书记这么早就来等着了？"贺端阳知道贺劲松和贺勇扛的是从村民家里买来的干菌子和木耳，便对众人问："你们这是给贺会计和贺勇当保镖呀？"众人急忙说："不是不是！"贺端阳说："那你们不干你们的活，跟来做啥？"众人听了这话，就互相瞅着"嘿嘿"地笑一阵，半晌才有些不好意思地说："我们来看看那地租得起啥价。"说完又对贺端阳问，"贺支书，你说我们那地能租多少钱一亩？"

贺端阳说："钱在人家的口袋里，我怎么晓得他们肯出多少钱？"众人说："反正我们先前有个标准！"贺端阳说："先前的标准是先前的标准，过时的皇历翻不得了！"众人说："怎么翻不得？那地是明摆着的，一年种两季，大春一季少说也要收一千多斤粮食，小春一季少说也要产八百多斤，还有小杂粮。现在粮食是个啥价？只要稍微懂点算术的人，都晓得一亩土地该给多少租金！"

贺端阳说："你有七算，人家也有八算，只怕人家不会跟你这样算账了！"众人说："怎么不这样算，九环制药公司租我们这地，不是这样算的吗？"贺端阳说："那时是老百姓不愿把土地租出去，你们中间不是还有人去拦过人家的推土机吗？人家是在求我们，现在情况不同了，县上出了招商政策以后，到处都在磕头作揖地招商，听说公路沿线有人四五百块一亩，也在往外租地呢！"

众人听了这话，立即七嘴八舌地叫了起来："啥，四五百块钱也租？"贺端阳说："要不然制药公司为啥要搬？就是人家那里的租金差不多要比我们便宜一半呢！"众人听了又叹道："便宜一半，那不当白送了？"说完又说，"那可不行，如果也给我们四五百块一亩，我们的地宁可不租。"贺端阳说："问题是你不租，有的是人愿意租呢！所以马书记一再叮嘱我们，千万不要只算土地租金的账，还要算今后在土地上打工的收入。他们来把土地租走了，总不能带人来种菜，种菜还得靠你们，你们要算这部分劳动的钱！"说完又说，"马书记还对我说，我们这地不在公路边上，又不具备优势条件，只要人家愿意租就不错了！"

众人一听，心想果然是这样，于是有人改了口说："也是这个道理，现在租金少一点也没有关系，先把他们套进来再说，今后别的地价涨了，我不相信他们不涨！"可是一些人还是坚持原来的观点，说："说得轻巧，白纸写成了黑字，到时怎么涨？那还是要租得合适！"一些人也说："就是！就是！该怎么租就怎么租，我们喊还是要喊高些，反正叫的是价，还的是钱嘛！"

贺劲松见大家议论纷纷，各说各的道理，想了一下，便说："好了，好了，人还没来，大家说那么多做啥子？你们放心，难道贺支书和我们心里就没有一只打米碗？哪个和钱又有仇，不想多得一点？我们还巴不得一亩地租它个几千块，可是这行吗？"

众人听了贺劲松这话，不再说这事了。可没过一会儿，有人又想起了另外的话题，又对贺端阳说："钱多钱少都是小事，关键是要兑现！贺支书你给他们说说，能不能像九环制药公司那样，订协议时就先付我们几年的租金？"众人一听这话，又都附和了起来："对对对，多得不如少得，少得不如现得，叫他们先付租金！"贺端阳说："我也巴不得他们把所有的钱都给我们呢，可风还在哪里吹？八字还没一撇，就想用钱了，你们哪辈子用过钱的？"众人一听这话，都咧着嘴"嘿嘿"地笑了起来，一边笑一边说："我们把话说到前头嘛！"

说了一阵话，看看时间已经不早，有人见客人还没来，便又对贺端阳问："怎么还没来，会不会不来了？"贺端阳听了这话，便盯了那人说："你那嘴巴是啥嘴巴，怎么就不会说点好听的话？"众人也说："就是，就是，莫做乌鸦嘴，说了的事，人家怎么会不来？"可说完这话后，却又对贺端阳说，"不过贺支书最好还是打电话问问马书记，看他们是不是已经到了乡上？"贺端阳说："到了乡上，马书记自然会打电话告诉我的，你们着啥急……"

话音未落，贺端阳口袋里的手机忽然尖锐地响了起来。众人一听，立即紧张了。贺端阳掏出手机一看，真是马书记打来的，心也不由得有几分紧张起来，急忙打开手机，不等电话里马书记说什么，便冲话筒大声说："来了，马书记……"

贺端阳电话里声音还没落，便听见马书记在另一端说："什么来了？雪地里的麻雀——没影的事！我告诉你，人家要下午才来，你现在安安心心地回去吃你的午饭！"贺端阳一听这话，顿时有几分泄气，便说："下午？下午啥时候？"马书记说："他们也没有告诉我时候，我也不会猜，知道他们下午什么时候来？吃了午饭，你还是在村办公室耐心等候吧，有消息我会通知你！"说完挂了电话。众人听说客人要下午才来，这才"哄"的一声散了。

吃过午饭，贺端阳便又到村委会办公室来等，那些村民白等了一个上午，渐渐地失去了热情，吃过午饭没再来村委会办公室。除了屋顶上几只麻雀不知因为发生了什么事，在激烈地争吵以外，村委会办公室一时显得十分寂静。贺端阳昨晚上没睡好觉，上午又在众人的吵吵嚷嚷中过了几个小时，这时觉得有些疲倦，渐渐有了睡意，便过去掩了门，趴在桌子上睡过去了。酣睡之中，见一辆轿车忽地来了，从车上走下两人，一人正是已经见过面的市职业技术学院姓罗的经理，一人国字脸，身材瘦长，翘鼻梁，戴一副金丝边眼镜，正盯着自己微微发笑。贺端阳便知这人一定是薛总经理无疑，于是一边拍手一边喊叫起来："欢迎！欢迎！"喊声刚落，薛总经理的轿车旁忽地冒出许多贺家湾的村民，也跟着一边拍手，一边整齐地叫喊："欢迎欢迎，热烈欢迎！"那薛总经理一边朝村民挥手，一边喊道："同志们好，同志们辛苦了！"喊完就过来和村民握手。握到贺端阳面前，贺端阳刚要去抓他的手时，那薛总却如一股轻烟，不见了。贺端阳急喊："薛总！薛总！"正要四处找时，桌子上的手机一阵锐叫，像是抗议什么似的。贺端阳一个激灵醒过来，抓过手机，睡眼蒙眬扫了一眼号码，急忙抓过来便大声叫了起来："马书记，来了……"

话音未落，马书记便在电话里气愤地骂了起来："来了，三魂七魄，你等着吧！"贺端阳一听，有些摸不着头脑，忙问："怎么了，马书记？我刚才做了一个梦，梦见薛总来了！"马书记说："做你的黄粱美梦吧，人家回去了，这阵都怕要拢城里了！"

听见这话，贺端阳头脑里像是被人击了一棒似的，响起了鸽哨的声音，马上又对着话筒大声问："怎么回事，怎么回事，马书记？说得好好的为啥不来了？"马书记说："为啥不来？你各人去问你们那条路吧！人家的宝马差点陷进你们那条土路上出不来！薛总经理一生气，说都什么时代了，还是这样的交通，还谈什么发展？说完就让司机掉头回去了！还说你们那地，就是白送他，他也不会要了！"

贺端阳一听这话，立即像是痴呆了一般，目瞪口呆地望着对面墙壁，不知该说什么好了。过了半天，方才想起应该再问问马书记，这事还有没有挽救的希望？便又对着话筒"喂"了几声，马书记却是已经挂了机。贺端阳便知已是七月十四烧笋壳——没了纸（指）望，禁不住发出一声长叹，无奈地盖上手机，眼睛无神地望着窗外，浑身却是如患了大病一般酸软。

第八章　问　计

　　贺端阳坐了一会儿，起身关了村委会办公室的门，往贺劲松家里去了。一路像做了贼，埋着头，害怕被村民看见。贺劲松的院子十分安静，一只三四十斤重的黑毛猪崽，将嘴插在院子外面的垃圾堆里，一面自得其乐地拱着，一边哼哼地喷着粗气。白毛狗听见脚步声，从屋子里冲了出来，刚准备开口吠叫，一看是熟人，便摇头摆尾地跑过来，跳起来想和贺端阳亲热。贺端阳没心思管它，径直朝屋子里走去，一边走，一边叫："劲松叔！劲松叔！"

　　听见叫声，贺劲松立即从里面屋子里走了出来，一见是贺端阳，露出有些没想到的样子，马上说："大侄儿，你怎么来了？是不是看地的马上要到了？我正说到办公室来呢！"说完，又冲屋里喊，"还不把猪赶到圈里关起，到处拱得稀巴烂，来个人看见像个啥人家户？"

　　话音刚落，从屋子里走出了老伴。贺劲松的老伴姓苏，贺端阳称苏二娘。苏二娘六十多岁，满脸都是深深浅浅的皱纹，头上鬓发白了一半，看上去像撒了一层面粉在上面。手背上露着几条青筋，看着贺端阳笑了一笑，也不说什么，便从阶沿上提起一根竹响篙，到院子边赶猪去了。

　　这儿贺端阳从口袋里掏出两个红包，"啪"地往桌子上一放，声音中带着一点哭腔说："劲松叔，抱鸡婆扒糠壳，我们是空欢喜一场了！"一听这话，贺劲松两只眼睛顿时瞪圆了，急忙盯着贺端阳问："怎么回事？"贺端阳不敢去看贺劲松的眼睛，一屁股在板凳上坐了下来，过了半天，才像是喃喃自语地说："人家不来了……"贺劲松还是紧盯着贺端阳不放，又追问说："怎么不来了？"停了一会儿，贺端阳才说："人家嫌我们这条路不好！"说完这话，贺端阳低下了头，好像这全是自己的错一样。

贺劲松心里明白了，说："怪不得你脸色这样难看，像是被打劫了一样！"贺端阳仍是哭丧着脸说："要是被打劫了就好了，现在是想让人家来打劫，人家还觉得你不值打劫呢！"一边说，一边又拿起放到桌子上的两个红包，翻来覆去像要从上面发现什么稀罕一样看了起来。贺劲松也没答话，屋子里一时十分安静。那头小猪崽似乎不想进圈，任凭主人手里的响篙怎样威胁吓唬，只是在院子里乱跑。贺劲松看见，便又冲院子里喊："它不进圈就算了，把它赶到后头竹林里去，看它怎么拱！在院子里整得个虮啦子叫，摆点龙门阵都摆不安生，烦不烦人？"苏二娘听了这话，便将猪崽往后面竹林里赶去了。

等院子里又静下来后，贺劲松才回头看着贺端阳，说："不来就不来了嘛，有啥想不开的？离了胡萝卜就不办席了？"贺端阳终于放下了手里的红包，说："我刚才生怕碰到村民，不好给大家交代。"贺劲松说："又不是做贼，有啥不好交代的？就说他们给的价太低了，我们不租了，留着以后找大买主！"

贺端阳听了这话，这才抬起头来，目光落到贺劲松脸上看了一阵，才突然说："劲松叔，我今天来，可是向你老人家讨主意的！你老人家有啥就对侄儿说啥，可不要保守。"贺劲松说："有啥事你尽管对我说，自家人，何必要这样客气？"

贺端阳又看了贺劲松一眼，这才说："就是关于我们这条公路的事，看来不修真是不行了！"说完停了一下，然后才接着说，"如果不修，以后遇着这样的事，仍然会是这样，我们想让人家宰，人家还看不上呢！"贺劲松听了这话，也停了一会儿才说："不光是人家看不上看得上的问题，而是自己人也看不上了！也不是今天才觉得不行了，而是早就是不行了！"贺端阳说："劲松叔说得对极了！"

贺劲松说："我老表那个村，上上上一次选村主任，老表隔房的兄弟参加竞选。为了竞选成功，老表的隔房兄弟在村民大会上承诺，自己当上村主任后，一定要把村里的公路修通。村民听了这话，就选他当了村主任。可他当上主任以后，就啥事都没了，人也见不到了。到哪儿去了？做自己的生意去了！偶尔回家，村民问他啥时修路，他说：钱呢？没钱我怎么修路？三年一过，村里路还是那条路，人还是那个人。转眼又换届了，整个村庄又到处是他串门的身影，又是给村民送油递烟，又是请客吃饭，又是阵阵说辞，说下一届，下一届他如果还不把路修通，就誓不为人！村民又相信了他一次，他再次被选为村主任。可是一当上村主任，他就忘记了自己的誓言，村民又见不到他的人影了！路呢，还是八字没有一撇。到这一次选举的时候，老表隔房兄弟更忙了，整天背着个大背包，整条整条的香烟往村民家里送，还对村民说，只要投他的票，现场再发 100 元！结果呢，村民最终没有选他了！"

听了这话，贺端阳捧了头，半天没说话，过了一会儿才说："这是一个狼来了的故事。"贺劲松说："确实是一个狼来了的故事，不过不是贺家湾狼来了的故事，现在狼才在朝贺家湾走！"贺端阳声音有些低沉地说："我知道，劲松叔！"贺劲松说："大侄儿是明白人！"

贺端阳说："我在竞选时，也是承诺过要修路的，现在周围的村，都通了水泥路，唯独我们还在走烂路，大伙儿心里早就有意见了。那天张委员来开村民大会，贺桂花跳出来公开向我发难，绝不是偶然的。"贺劲松说："大房人本来就有意见，就是不好说得。如果你在这届村委会任期内，不能把这条路修通，不但你的村主任危险，村支书也可能做不稳！"

贺端阳听到这里，终于抬起了头，对贺劲松有些委屈地说："这些我都知道，劲松叔！你也是亲眼看见的，我并不是没有努力。昨年，县交通局和我达成了一个协议，他们给我们钱修路，我们让他们挖走那棵黄葛树，结果大家躺到树下不让人家挖树，不但闹了一场风波，交通局和林业局两个头儿还挨了处分，弄得我也是里外不是人，这怪得谁呢？现在别说让交通局拿钱修路，连话我们都不好去说了！这事过去也就算了，后来我又召集大家开会，号召村民集资修路，可大家都不愿意往外掏钱。一些人还和我扯横筋说：'当初你承诺的时候，只说过要把从村上到乡上这条路修成水泥路，可没说要大伙儿出钱，我们才投你的票的，现在又要我们出钱，啥意思？是不是想趁机捞一把？'劲松叔你听听这是啥话？我变了黄牛还遭雷打了？还有一些人说：其他那些村修路，都是村里干部向国家争取的钱，人家能争取，为啥你们就不能'跑部钱进'？劲松叔你也知道，我们贺家湾不在公路边上，我又是才上来做村干部，在外面也认不到几个人，对官场更是两眼一抹黑，'跑部钱进'有那么容易吗？大伙儿一个个把口袋捂得紧紧的，我手中没刀，怎么杀得死人？"

贺劲松听了这话，想了想才说："你也确实努了力，这一点我心里十分明白，你也不要埋怨大伙儿！大伙儿既想走好路又舍不得出钱，固然有些不对。不过你回头替他们想一想，他们不愿出钱也情有可原！我们贺家湾大多数人都是土里刨食，家里不够富裕，虽然有人在外面打工或做点小生意，攒了一点钱，可也富不到哪里去。这修路不是万儿八千的事，我粗略算了一下，我们这几公里路，少说也要五六十万元，单靠大伙儿集资，只怕砸锅卖铁，把全部家产都卖光了，这路也修不起来！"

听了这话，贺端阳忙问："那现在怎么办？"贺劲松说："依我看还是要多管齐下！该向上面争取的，就向上面争取，该向村民集资的，就向村民集资……"贺端阳急忙问："明明集不起来，还怎么集？"贺劲松两只手指在桌子上轻轻叩了叩，忽然拉长了声音说："大侄儿呀，不是老叔说你的话，你怎么非要在一棵树上吊死不可呢？杀猪杀屁眼，各有各的杀法，村里集不起来，为啥不试一试先向村外的人集……"

贺端阳听到这里，立即瞪大了眼睛问："啥意思？"贺劲松说："我听说一些地方修公路，也是村民不愿集资，干部便先去向那些从村庄里走出去的成功人士拉赞助，听说拉一个，准一个，拉两个，准一双，比在村里化缘容易多了……"

贺端阳还没听完，两只眼睛顿时放出熠熠的光彩，马上盯着贺劲松问："真的？"贺劲松说："知道其中的原因吗？"贺端阳摇了摇头。贺劲松说："那些走出去的人，多少都发了财，荷包里有了硬货儿，出手也就不会像村里这些土里刨食的人那样小里小气！你一跟他们说建设家乡，造福乡里，凡给了钱的人，我们给他刻字立碑，扬名后世。这些发了一点财的人，又大多喜欢在家乡人面前撑点面子，留点好名声，不但出手大方，还不带任何条件。等这些在外的人拿了钱，回来再对村民说：'人家那些没在村里的人，享受不到路，都这样积极地出钱，你们天天要走路，还有啥子理由不出钱？'村里人一听这话，还有啥脸推三阻四……"

贺劲松话还没完，贺端阳便高兴得在桌子上擂了一拳，接着兴奋地叫了起来："劲松叔，我明白了，这叫水路不通走旱路，东方不亮西方亮，有道理，完全有道理！"说完又重重地打了一下自己的头，懊悔地说，"我怎么没想到这一点呢?"贺劲松说:"我们贺家湾在外面的成功人士虽然不多,可也有那么几个。比如像贺世海,全县有名的房地产大老板,县上的领导和他都称兄道弟,你们又是亲房,你竞选村主任的时候,他还帮过你的忙!有这样一层关系,为啥不可以去向他拉点赞助?他只要答应了,出手就不是千儿八百,给个十万八万也说不定!只要他带了头,还有贺兴仁,你们也算得上是隔房弟兄,他名义上是在给贺世海打工,实际上也是个二包工头,虽然钱没贺世海挣得多,但给过三五万块钱,也还不是像从牛身上拔了几根毛!还有你老叔贺世普,虽然是个拿工资的,但一家人都吃皇粮,瘦死的骆驼比马大,他要给个一两万块钱,也是拿得出来的!"

一番话说得贺端阳半张着嘴,不断"啧啧"点头,眼睛里光彩越来越亮。等贺劲松的话一完,便站起来对他施了一礼,说:"劲松叔,真是人在事中迷,就怕没人提,你这一番话提醒了我,我今天算没有白来向你请教,侄儿谢你了!"贺劲松忙说:"坐下,坐下,又不是外人,弄得那么客气倒生分了!"

贺端阳说:"劲松叔这一席话,把我心头的愁云一扫而光了!明天我就进城去找世海叔,能不能成功,我先把面子抹下来,装脸皮厚,赖也要从他那儿赖点钱回来,好把众人的嘴巴压住!"贺劲松说:"出去成了功的人,喜欢戴高帽子,说话的时候,你给他多上粉汤,把他心里说舒服了,掏起钱来才心甘情愿!"贺端阳说:"我知道,劲松叔!"

说完,贺端阳便急忙告辞,离开了贺劲松的家。一走出来,贺端阳便觉得眼前一片天宽地阔,暖阳融融,心里有说不出的轻松,便一边走,一边吹起响亮的口哨来。

第九章　赞　助

　　第二天一早，贺端阳便把昨天给薛总经理和罗经理准备的干菌子和木耳，用塑料口袋各装了一些，提着往城里去了。贺端阳明知贺世海不稀罕这些，但他每次进城托他办事，手上都要提些东西，这已经成了习惯。进了城，还不到上午10点钟，贺端阳原想直接去贺世海的公司，可一看手里的塑料口袋，觉得这样直接去贺世海的办公室，实在显得有些土气。想了一下，于是朝贺世海的家走去了。

　　进了贺世海住的小区，贺端阳上了楼，按了门铃，保姆过来开了门。保姆是个乡下女人，年龄大约三十多岁，一张苹果脸，颧骨很高，细长眉毛，丹凤眼，上面一件细花衣服，下面一条灰色裤子，布底鞋，大约正在给自己做头发，头上顶着许多塑料卷发筒。贺端阳在竞选村主任期间，到贺世海家里来过，保姆已经认得他了。因此，一见面，贺端阳便说："张姐是想把头发做成鸡窝呀？"张姐笑了一笑，有些不好意思地说："啥鸡窝？我是要做成你幺妈一样的大波浪！"

　　听了这话，贺端阳一边换鞋，一边便对张姐问："我婶娘和叔叔在屋里没有？"张姐听见这话，便说："贺总上班去了，周姐在她房间里化妆，我给你喊！"说完便朝屋子里喊，"周姐，客来了！"

　　听见喊声，贺世海的女人周萍从里面屋子里走了出来。周萍五十多岁，土地才分到户的时候，在村小学代课，身体纤弱，一副风都吹得倒的样子。做农活也不是内行，常常靠了贺世海的大哥贺世龙和大嫂李春英的帮助，才勉强把庄稼种下来。可自从跟贺世海进城以后，养尊处优，全身上下已找不出一点乡下人的影子了。周萍此时穿一身黑鸢色的套装，肩后披条槟榔色的丝巾，胸前吊一条珍珠项链。脚上套加厚弹力丝袜，一双细跟皮鞋，手指上一只大钻戒，眼上涂了浓浓的眼影，浑身上下，珠光宝气，一副贵妇人的打扮。看见贺端阳，喊了一声："端阳来了！"贺端阳把手里的塑料袋放到茶几上，说："侄儿想婶娘叔叔了，来看看！"

周萍说："说得好听，不晓得把婶娘叔叔忘到哪九霄云外去了！"说完瞥了茶几上的塑料口袋一眼，又说，"哪个叫你又提些这、提些那的来？我们要吃这些东西，不晓得花钱去买？提来也是生生浪费了！"贺端阳说："侄儿也没有其他东西孝敬婶娘叔叔，不过是我抽空亲自去林子里采的就是了，只是表示一点侄儿的心意！"周萍说："下回不要这样了！"

一面说，一面叫保姆将塑料口袋提到了厨房里，自己也提了一只小手袋要出门的样子。贺端阳忙问："婶娘要出去？"周萍说："几个人约了打牌，正等着我呢！"说毕便往外走。贺端阳忙叫："婶娘等我一路，我到叔叔公司里去！"说罢过去穿了鞋子，追上周萍去了。

走到楼下，贺端阳闻到周萍身上一股异香，便说："婶娘真是越活越年轻了，那些二十多岁的小姑娘，也没婶娘漂亮！"周萍莞尔一笑说："端阳当了干部，越来越会说话了！"端阳说："我这个干部算啥子？来给婶娘和叔叔提臭鞋子，恐怕都不会要我。"周萍说："那你就给你叔叔说一说，看他会不会让你来给他提臭鞋子！"说罢和贺端阳分了手，也没对他说一句去吃中午饭的话，便进了对面茶楼。贺端阳看着周萍的背影，想起母亲和周萍是一年的，可母亲已是满脸打皱，两鬓斑白，一副老态龙钟的样子，心里便有了一股忌妒，可又不明白自己忌妒什么，看着周萍上了楼，自己才转身朝贺世海的公司去了。

到了贺世海的公司，贺世海脚跷在老板桌上，正坐在大班椅上打电话，一边打，身子一边推着大班椅左右轻轻转动，像一个不太安分的小孩子似的。电话不像是在正经谈生意，倒像是在和谁调情似的。贺端阳觉得偷听人家打电话不好，正想退出去，贺世海却用手指了一下沙发，贺端阳又只好坐下去。贺世海比周萍大几岁，已经秃了顶，皮肤泛白，腆着个大肚子，看上去有些虚肿的样子。椅背上搭着一件西装，上身只穿了一件花格子衬衣，脖子上套着黑色领结，给人一种土不土、洋不洋的滑稽感觉。

贺端阳看着贺世海脖子上一圈一圈的赘肉，觉得这个老叔虽然发了财，却还是像一个农民。他忽然想起有次听人摆龙门阵，说现在那些发了财的老板，低等老板进商场，见啥子东西贵就买啥，不管用得着不，只图炫富摆阔。二等老板比低等老板高了一个层次，知道装斯文，不进商场进咖啡厅，可却是坐没坐相，站没站相，跷着二郎腿，说话像打雷，喝咖啡像牛饮，"咕咚"一声，一杯咖啡就见了底。贺端阳就在心里揣测，如果世海叔到了咖啡厅，是不是喝咖啡也像牛饮呢？

正这么想着，贺世海的电话终于打完了，从桌子上放下脚来，对贺端阳说："来了多久了？"贺端阳听了这话，马上站了起来说："没多久！"贺世海急忙对他挥了一下手，说："坐！坐！沙发又不咬屁股，站起来做啥？"一面说，一面按了一下桌上的铃。一个穿低胸短裙、厚裤袜的高个子姑娘，立即从对面屋子里袅袅婷婷地走过来，对贺世海鞠了一躬，像是唱歌似的说了一句："贺总，有什么事？"贺世海说："给客人倒杯茶来！"那姑娘又莺歌似的答应了一声，回头时冲贺端阳甜甜地笑了一下，一转身，又风摆杨柳似的出去了。没一时，两只玉手捧了一杯茶进来，往贺端阳面前一放，兰花指一跷，对贺端阳说了一声："请！"说罢，又飘然而去，留下一股脂粉香气。

贺端阳端起杯子，轻轻啜了一口茶，然后才看着贺世海说："我以为世海叔还没来上班，刚才去家里，只有萍婶娘和张姐在，萍婶娘后来出去打牌了，我和她一起出来的。"贺世海说："我以为你当了个芝麻官村主任，就把我这个当叔的忘了呢！你还晓得来看看哟？"贺端阳说："看世海叔说的，啥人都敢忘，我也不敢忘了你世海叔嘛！世海叔你不但是我的恩人、贵人，也是我们全贺家湾的恩人、贵人，别说我不敢忘你，全湾的大小人等，也没人敢忘了你嘛！"

贺世海听了，突然笑了起来，笑了过后又故意说："我是啥恩人、贵人？格老子嘴巴说得蜜蜜甜，心里头别把锯锯镰，背后不骂我就是了！"贺端阳忙说："哪个人敢骂你世海叔，我还从没听说过！我说的是真话，村里人都记着你的好呢！说你世海叔是啥人？面子比天大，你说一句话，没人不敢听你的！我听老辈子摆，说那年过春节，村里变压器坏了，乡电管站几爷子不来修，你带着人到乡上闹了一闹，乡上书记生了气，把电管站长喊来一训，电管站那几爷子立即就屁颠屁颠地跑来修了。不但如此，从那以后，电管站就没敢停过贺家湾的电了！"

贺世海听了贺端阳这番话，那脸上挂满了笑容，说："吹吧，继续吹，格老子把天吹破了，看你小子怎么办？"贺端阳听见贺世海这样说，也禁不住扑哧一笑，说："世海叔，我说的可是真的！人家说吹牛、吹牛，总要先有牛才能吹哟！要是你没那些事，我想吹也吹不起来，是不是？"

贺世海听了，还是满面笑容地说："老子活了几十年，啥样的粉汤没有喝过，啥样的漂亮话没有听过，你小子今天来给我高帽子，老子可是油黑人——不受粉！"说完，盯着贺端阳问，"说吧，找老子有啥事？"贺端阳犹豫了一下，说："也没啥大事，就是侄儿抽时间亲自到林子采了点松菌和木耳，晒干了，拿来孝敬世海叔和萍婶娘！"

贺世海笑着说："那你可真算得是千里送鹅毛，礼轻情义重了哟！"贺端阳一下红了脸，说："侄儿可是一片真心！"贺世海说："你小子可别在我面前演啥戏了！你肚子里那点花花肠子，老叔还看不明白？无事不登三宝殿，有屁你就放，巷子里扛竹竿——直来直去，老叔不喜欢转弯抹角的人！"贺端阳一听这话，脸更红得像块绸布，过了一会儿才说："世海叔既然这样说，那侄儿也就月亮坝坝里耍刀——明砍（侃）了！侄儿今天可是来向世海叔拉赞助的！"

贺世海听了这话，没吭声，只拿眼瞅着贺端阳，贺端阳脸上便带着讨好的笑容，继续对贺世海说："我们湾里通往乡上那条路，世海叔你是晓得的，还是大集体学大寨的时候，修的一条机耕路，这么多年了一直没有修。现在周围团转的村都修了水泥路，湾里的人天天在背后骂侄儿没出息，说我竞选时说的话不算话，骂得侄儿的耳朵天天发烧，侄儿都不好意思出去见人了！如果侄儿仅仅耳朵发烧也就罢了，偏偏这回，我们好不容易找了一家老板，来看我们那 1000 亩地，结果就是因为公路没有通，人家走到半路回去了！现在大伙儿还不晓得人家半路往回走的原因，要是晓得了，一人吐一泡口水都要淹死我。所以我和劲松叔商量好了，无论如何，这回我们都要想办法把路修起来！"

说完，贺端阳便眼巴巴地望着贺世海。贺世海说："要得富，先修路，修路好哇！"贺端阳听见贺世海这样说，不由得苦笑了一下，说："好是好，可我手里没刀杀不死人，所以来求世海叔了！世海叔是从我们贺家湾走出来的成功人士，是贺家湾全湾人的骄傲，还望世海叔给全湾人做个榜样，慷慨解囊，造福乡里！"说完不等贺世海插话，便又接着说，"不论世海叔出多少钱，我们都要给世海叔立块碑，让子孙后代都记得世海叔！"

贺世海听完这话，又笑了起来："立碑就算了，子孙后代的事，哪个晓得？能管好眼前就不错了！"贺端阳有些疑惑起来，说："那世海叔的意思……"贺世海说："如果你们真的要修路，我责无旁贷地支持！狗不嫌家贫，儿不嫌母丑，谁叫是我的家乡呢？再说，修桥补路，是积德的事，别说你来求我，就是你不来说，我晓得了，也不会袖手旁观的！"

　　一听这话，贺端阳马上就站起来，对贺世海鞠了一个躬，说："那侄儿就代表贺家湾全体父老乡亲，谢世海叔了！"贺世海说："我还没有说给多少，你就谢我干啥？说吧，打算要多少赞助？"贺端阳一听这话，有些愣住了，不知该怎样回答好。过了一会儿，才有些拿不定主意地嗫嚅着说："这、这……还是世海叔定吧！"于是贺世海便说："那我在这里先表一个态，只要是贺家湾修路，我出20万元！"

　　贺端阳一听贺世海出20万，一下又跳了起来，不由自主地过去抓了贺世海的手，高兴得只顾摇晃着说："太好了！太好了！世海叔，你果真是贺家湾人的大救星！大救星！"

　　贺世海见贺端阳高兴得忘乎所以的样子，便故意沉下脸说："老子明告诉你，你娃儿别高兴早了！欢喜打破碗，老子话还没有说完呢！"贺端阳听了这话，立即又松开了贺世海的手，退回去坐下说："说，说，老叔尽管说！"

　　贺世海便说："这20万我给，但却不是没条件地给，我是有条件的！"贺端阳听贺世海有条件，身子便是一紧，马上盯了他问："老叔有啥条件？"贺世海说："我要贺家湾自己先把资集起来后，我这20万才给……"话还没完，贺端阳的眉头皱拢了，嘴里不由自主发了一句："这……"贺世海看见，便又盯了贺端阳问："怎么？难道你们靠我这20万元，就能把那几公里的路修起，村民就不打算集资了？"贺端阳忙说："村民肯定要集资，肯定要集资的！"贺世海说："这就对了！你们先把资集起来了，我自然会把20万元送到村上！"

　　说完这话，贺世海见贺端阳仍面有难色的样子，便又说："老叔也不是想故意为难你，只是你世海叔对贺家湾人太了解了！一个个的眼睛像是母鸡的眼睛，只看得到一寸么远。当年贺春乾做了支部书记后，第一件事就是想把那条公路修通。费了九牛二虎之力，通过他在县财政局工作的战友，争取到了10万元钱，钱都打到村上的户头上去了。先是因为要占林家湾和张家湾的地，这两个村的人豆腐叫成肉价钱，后来在乡上伍书记的调停下，两个村的人答应不要那么高的价了。这两个村的人倒搁平了，可这时村里却搁不平了，也要和林家湾、张家湾的人一样拉平，这怎么行？贺春乾一算，10万块钱连买地都不够，还修啥子路？就这样七爷子八条心，各人往各人胯裆下刨，贺春乾灰了心，就再不提修路了！"

贺端阳听了，过了一会儿才说："我也听说过这事。"贺世海说："所以我要你回去先把村里的钱集起来后，再来拿我的20万元。我不是说自己硬是一个不见兔子不撒鹰的人，主要是觉得村里人应该比我更主动！你说那公路修起来了，哪个走得最多？说一千，道一万，受益的还是在家里的人！你说像我们这些在外面的人，一年能回去几次？大不了过年过节，回去看看你世龙叔和世凤叔，给祖坟烧炷香，平时哪个经常回去？在家里的人才是公路的直接受益者！直接受益者都不主动往外掏钱，只一味指望我们这些一年中难得回两次家的人，弓硬弦不硬，于情于理，怎么说得过去？我们是挣了一点钱，可这钱也不是哪儿抢来的，就那么容易挣？"

贺端阳一听这话，觉得有理，便说："世海叔说得对，哪个的马儿哪个骑，路是修在贺家湾，自然该家里的人先集资，然后才来找世海叔你们的！"

贺世海听到这里，不再说刚才的话题了，却看着贺端阳问："你打算每人集多少？"贺端阳说："我们村里的情况，世海叔你也是晓得的，集多了大家拿不出，集少了又恐怕不够，我想了想，每人集200元！我们新湾老湾6个村民组，加郑家塝一共7个村民组，一千多口子人，差不多可以集30万元。加世海叔你这儿的20万元，有50万元左右了。公路修通后，上级验收了，每公里还要补助几万元，也大约有20万元，加起来就是70万元左右。有了70万元，修我们那条路大概就没有啥问题了！"贺世海听完这话，便说："那好，你回去把30万元集起，提来我看看，我看了马上划钱！"话说到这里，贺端阳便站起来说："那好，世海叔，我回去就开会叫大家先集资，集好后亲自送来给世海叔过目！"

话音刚落，一股香风再次飘然而至，先前那个穿低胸短裙的高个子美女，此时又来到贺世海的办公室里，对贺世海微笑着道："贺总，今中午千禧大酒楼的聚餐……张县长恐怕已经在那里等着了。"贺世海一听这话，抬腕看了一下表，果然就叫了起来："哎呀，怎么要到12点了？晚了晚了！"一边说，一边急急起身。贺端阳知道自己该走了，便对贺世海说："世海叔，你忙，我就先回去了！"

贺世海一边往身上套西装，一边对贺端阳说："对不起，今天我约了张县长吃饭，你去不方便，以后老叔再给你补起！"贺端阳说："不用了，世海叔，你答应赞助20万块钱，比给我龙肉吃还好！"说罢，便走出了贺世海的办公室。

第十章　邂　逅

　　贺端阳走出贺世海的公司，来到大街上。街道上车水马龙，人来人往，秋阳灿烂，暖意融融。小城一大特点，便是人多车多、街窄楼高。人在街道两边走，仿佛在峡谷中穿行，不小心便碰了别人的肩，踩了别人的脚，可这并不妨碍小城红男绿女自得其乐。贺端阳来时还心中忐忑，不知道此行究竟有没有收获？收获又会有多大？没想到贺世海一张口就答应给村上20万元，好像他的钱就不是钱，是一堆废纸一样，这大大出乎他的意料。心中一高兴，看天天宽，看地地阔，看人人美，觉得风光无限，一边吹着口哨，一边在街边蹦跳着往前走。

　　来到胜利街，有家卖面食的小店，老板娘三十来岁的样子，身材窈窕，皮肤白皙，里面一件深红色平绒弹力衫，外面一件浅灰色薄羊绒开衫，脖子上挂一条铂金项链，落落大方、精明能干。贺端阳在门口端详了一会儿，便不由自主地踅了进去。

　　店里食客不多，老板娘一见便迎了上来，喜气盈盈地问道："大兄弟吃点啥？"贺端阳朝几个食客的桌上扫了一眼，道："也来一碗包面吧，红汤，麻辣味！"老板娘又道："大碗还是小碗？"贺端阳道："大碗吧！"老板娘"哎"了一声，一面拉长声音，朝里面厨房唱歌般喊道："大碗包面一碗，多加红，麻辣！"一面拿过一块抹布，手脚麻利地擦了一张桌子，招呼贺端阳坐下了。

　　没一时，那包面便端上来了，一大碗红汤，下面用几匹凤尾菜垫了底，上面葱花姜蒜作料齐全，未及下肚，已是一股香味扑鼻了。贺端阳肚子一阵咕噜响，觉得腹中有些饿了，也顾不得什么，便"呼哧呼哧"地吃了起来。几口包面下了肚，方感觉到口中又麻又辣，肚子里一阵畅快，身上也热乎起来。

正吃得鼻尖上冒汗，忽然听得外面人声鼎沸，脚步声混着汽车的声声喇叭，像是发生了什么。贺端阳急忙停下筷子，扭头朝外看去，只见一队人叫着喊着，匆匆走过食店门口，朝人民街方向去了。贺端阳问："出啥事了？"老板娘走到门口看了看，回来说："那些木材老板又组织工人去县政府闹事了？"

听了这话，贺端阳觉得奇怪了，便问老板娘："木材老板怎么闹事？"老板娘说："已经到县上来闹过几回了。"贺端阳说："木材老板有啥闹的？"老板娘说："怎么没有闹的？还不是因为招商引资！"贺端阳问："招商引资怎么了？"

老板娘听说，脸上便露出了愤愤的颜色，说："大兄弟还不晓得呀？县上出台了招商引资优惠政策，我们县林业资源丰富，县上领导从外地招来了十多家木材加工企业。这些企业来了以后，县上又出了一个文件，要求全县所有的林场，必须以低于市场价的价格，为这些企业提供木料。我老公就是在长岭林场负责的，现在市场上一立方米木材，卖 800 到 900 元，可县上统一规定，只能以 500元一立方米的价格，卖给这些外来的木材老板。我老公回来对我说，这个价格光是支付砍伐工人的工资和装车的费用都不够，更不说赚钱了！"

贺端阳听后，便说："现在是市场经济，赚不到钱，就不卖给他们，看他们怎么样？"老板娘说："不卖给他们怎么行？砍伐指标是当年有效，你不卖，当年的砍伐指标就要作废。一作废，一分钱的经济效益也没有！所以即使再便宜，他们也不得不将木材砍伐下来，半卖半送给外地客商！"贺端阳说："怪不得要闹事，这都是被逼的。"

老板娘说："闹事的不是我老公他们。我老公他们心里再不满，可他们有上级管着，想闹也不敢。闹事的是县上那些土生土长的木材老板！同样都是木材企业，这些老板不但享受不到木材的优惠，还因为县上出台了严厉的措施，规定各个林场的木材，只能卖给招进来的外地老板。这样一来，那些原本生意红红火火的本地木材老板，即使出高价，也买不到木材了！县里好几家木材加工厂，因为拿钱都买不到木材，听说就要关门了！"

贺端阳听后说："一样的人，县上两样看待，厚此薄彼，也实在是太不公平了！难道招来的企业才是企业，本地的企业就不是企业吗？"老板娘说："那些老板在原料供应上，享受不到这些特殊的优惠政策不说，在土地与税收上，也同样享受不到县上的'半卖半送'优惠政策呢！"贺端阳问："怎么在土地和税收上也有优惠政策？"

老板娘道："老弟难道还不晓得城西和城南的工业园区么？"贺端阳道："工业园区倒是听说过的！"老板娘道："那工业园区就是专为那些招商引资进来的老板准备的！政府先是以十多万元的高价，从农民手里征来土地，然后对征来的土地进行平整、规划，把道路、水管这些基础设施搞好，才以4到5万一亩的价格，卖给那些招来的企业。除去平整土地的费用，政府每亩要倒贴一半多的钱，这难道不是半卖半送么？"

贺端阳说："这就叫磕头买来作揖卖，不图赚钱只图快，劳民伤财，损己利商，县上为啥要做这样的赔本生意哟？"老板娘说："为啥？当官的为了政绩噻！那些外地客商可以在工业园区内任意圈地，一些老板用四根大柱子，随便支一个棚子，就把地占到了！"

贺端阳听到这里，又忙问："占到地了又怎么办？"老板娘说："还能怎么办，占到地也不生产。说起来县上的工业园区有多少多少平方米，实际上大多数厂房都是空起的！占地的目的，就是为了享受县上的税收优惠政策！"贺端阳问："怎么优惠？"老板娘说："县上不是有文件么？对外商到县上来投资，前两年企业的税费全免，后三年税费减半，这叫作'两免三减'。后来听说上面不允许这样做了，县上又改成以税收返还的方式来吸引外商，实际上换汤不换药……"

贺端阳听到这里，还是有些不明白，便问："怎么叫换汤不换药？"老板娘说："大兄弟你想想看，这个税收返还的方式，就是前两年税收返还百分之百，后三年返还百分之五十，这和'两免三减'不是一个意思吗？"贺端阳明白了，说："确实是换汤不换药！"老板娘："许多外来的老板在县里享受完五年的税收优惠之后，便又把企业迁到另外一些县去，同样又以外地客商的身份，再次享受那些县的税收优惠政策，你说那些外地客商是不是处处捡便宜了？"

贺端阳连想也没想，便说："当然是捡便宜了！"老板娘说："可是政府却把我们这些小商小店，管得严严的，今天也来收税，明天也来收税，巴不得把地皮都刮去一层才好！所以我说，那些本地的木材老板就要闹，闹得越凶越好！大路不平旁人铲，我要不是因为有客人走不开，也要去参加闹了！"贺端阳说："你说得对！我们村里原先有家药材公司来租了1000亩地种中药材，种得好好的，不久前搬到公路沿线去了。租我们村土地的时候，每亩地租金 1000 多块钱，现在租人家的地，每亩地六七百块钱，都是那招商引资给闹的。不平则鸣，我也得去看看那些木材老板是怎么闹的！"说完这话，急忙掏出钱来付了账，便急急忙忙地辞了老板娘，往县政府去了。

到了县政府大门口，果见里面院子里，大约已经聚了两三百人，闹嚷嚷的，显得很愤怒的样子，却听不清说什么。两辆装着木材的拖拉机，横在大门口，把大门给堵了，大门外面的街道上，停了一长溜小轿车。那些车显然是政府院内的车，现在进不去，只好停在大街上。有些车已经没了司机，有些车司机在驾驶室悠闲地翻看着手机，一副事不关己的样子。大门口还站着六七个五大三粗的汉子，手把铁栅门，只让人进，不让人出，口里叫道："不让吃饭都不吃饭，当官的才是人么！"

贺端阳走到院子里，这才看清几个干部模样的人，正在对人们说着什么。可人们却似乎不愿意听他们的，只一个劲喊："叫张县长出来，我们要见张县长！"其中一个干部模样的人说："张县长到市里开会去了，怎么见你们？你们的意见我一定转告张县长……"话还没说完，人们又喊："不行，我们今天一定要等到张县长答复！什么招商，分明是不平等条约！外地的商人要吃饭，我们也要吃饭，反对不平等条约！"

这一喊，更多的人愤怒了，也跟着高声喊："反对不平等条约！反对蔑视本地企业！"围在中间的干部模样的人，听了这话，便说："同志们，同志们，请大家冷静一点，招商引资是县上为了承接沿海的经济转移，促进全县经济发展、实现跨越式前进而做出的伟大战略决策，大家一定要站在全局的高度来认识它……"众人没等他继续说下去，便又喊了起来，说："挂羊头，卖狗肉，用老百姓的利益去换取政绩，还说是为了发展，我们不要这样的发展！"

贺端阳置身于一群愤怒的人群中，忽然感到身上血脉贲张，有种莫名其妙的冲动，也想跟着人群喊点什么。想起自己村上那 1000 亩中药材种植基地的事，心里更加愤愤不平了。等大家的声音落下去以后，突然鬼使神差地想起了两句话，于是忍不住在人群中喊了起来："对，啥子招商？招商招商，好了外商；招商招商，人民遭殃！招商招商，干部有光；招商招商，日他个娘……"

喊声未落，肩头忽然被重重拍了一下，一个声音在他耳边说道："兄弟，说得好，是哪家木材公司的？"贺端阳回头一看，只见面前站着一个汉子，40岁出头，肥头胖耳，穿一身藏青色西装，脖子上挂着金项链，头颈发红，从耳根处往上窜着两条青筋，西装肩胛上落满头皮屑，像是生了无数虮子一样。两根拇指留着长长的指甲，皮鞋上泥污点点。大约因为天气有些热，又处在人群中的缘故，这人领带松开，太阳穴挂着几滴油汗。

贺端阳见那人看着自己等待回答，便说："我不是哪家木材公司的！"那人又问："兄弟贵姓？"贺端阳道："免贵姓贺！"说完盯着那人，目光中露出了几分疑惑的样子。那人眼里却跳出几丝光芒，继续看着贺端阳问："兄弟是哪里姓贺的？"贺端阳便说了自己是哪儿哪儿姓贺的。那人还没等贺端阳说完，便一把抓住了贺端阳的手，摇晃着说："哎呀，兄弟，真是踏破铁鞋无觅处，得来全不费工夫！"说完两眼落到贺端阳身上，又直端端地看着他问："兄弟既然是那里姓贺的，我向你打听一个人，不知你知道不知道？"

贺端阳一听这话，便也好奇地看着那人说："你打听谁？"那人说："宋志英还在不在？"一听这话，贺端阳便说："怎么不在？除了耳朵听不见，身体还好呢！"说完这话又问那人，"你打听她干啥？"那人说："她是我奶奶呢！"

贺端阳一听，立即瞪大了两只眼睛，看着那人疑惑地问："啥？"那人说："兄弟不相信是不是？我跟你说，她真是我的亲奶奶！我身上的每根毫毛，都姓贺呢！"贺端阳更是吃惊不小，说："真的？"那人说："说来话长，兄弟我们借一步说话！"

说完，那人带了贺端阳就往外面走。一路上，贺端阳看见不少人在对他点头哈腰，喊他"郎总"。把守的汉子看见他，也主动把县政府的铁栅栏大门打开了。郎总把贺端阳带出大门，往前走了一段路，到了滨河路一处茶楼，推开大门便走了进去。人还没有坐定，便亮开嗓门叫了起来："老板娘，茶！"

话音刚落，老板娘便从吧台后面走了出来。一见那人，便立即嗲声嗲气地叫了起来："哎呀，郎哥哥，好久没到小妹这里来了，今天啥子风把你吹来了？"说完又道，"喝什么呀？"贺端阳抬头一看，见那老板娘也40岁的样子，穿一件玫瑰色礼服，裙子开衩很高，脚上粉色蝴蝶结高跟鞋，耳朵上垂着两只大耳环。郎总说："废话少说，我兄弟来了，把你最好的茶给我泡两杯！"女人一听，答应了一声："好呢！"转身扭着屁股去了。

没一时，两杯龙潭飘雪端了上来。郎总把脚跷到沙发上，斜靠着沙发的扶手坐了，才对贺端阳说："我姓郎，叫郎山，别人叫我郎头！"贺端阳说："刚才我听见有人叫你郎总！"郎山说："啥郎总，不过在社会上找点小钱！"说完这话才又看着贺端阳问，"兄弟叫什么名字？"贺端阳说："贺端阳。"郎山又问："啥字辈？"贺端阳说："兴字辈。"

郎山一听又叫了起来，说："真是巧了，我母亲如果不改嫁，我还在贺家湾，也是兴字辈的，我们是真正的弟兄呢！"贺端阳说："宋志英既然是你亲奶奶，我怎么没见你回过贺家湾呢？"

郎山说："一言难尽！老弟听说过贺茂田这个人吧？"贺端阳说："我听一些老辈子依稀讲过，不就是宋志英的丈夫吗？"郎山说："正是，那就是我亲爷爷！"说完又说，"我奶奶最初并不是嫁的我爷爷。我奶奶的头个男人叫贺茂昌，那还是解放以前的事了。听我娘讲，我奶奶嫁给贺茂昌的时候，她才 16 岁，嫁过来就当家理事。贺茂昌有几亩薄田，日子过得一般。但贺茂昌人老实，我奶奶又漂亮又聪明，便有些看不起贺茂昌。有一天，贺茂昌向我奶奶要两块银圆去赶场，我奶奶心性高，想把钱攒起来买地，于是没有给贺茂昌钱。两个人便在屋子里你一句我一句地吵了起来，吵了半天，贺茂昌也没有从我奶奶手里要到两块钱。贺茂昌觉得自己不像个男人，一时气短，就在当天吊死了。贺家湾人都认为这是家族的一件丑事，不能外扬，就编了一个谎话，对外说贺茂昌死于急肠痧。但我奶奶明白是自己逼死了男人，心里有愧，在埋葬贺茂昌的时候，还是把两块银圆放在了他的手里。可后来你猜怎么着？"

贺端阳听入了迷，忙问："怎么着？"郎山说："农业学大寨的时候，大队搞平坟运动，我奶奶心里还想着塞在贺茂昌手里的两块银圆，亲自去挖贺茂昌的坟，竟然真的挖出来了。可银圆那时又不能用，我奶奶便把银圆压在箱底。后来我娘走的时候，悄悄把我奶奶压在箱子下面的两块银圆偷出来带走了。前些年银圆贩子下乡收购银圆，每个银圆我娘还卖了 10 块钱呢！"

说到这里，郎山笑了一笑，然后又接着说："说起来，我奶奶也是个苦命人呢！贺茂昌死后，贺家湾人虽然没有把责任全怪到她身上，但族长贺银庭却发了话：贺宋氏这辈子一不能改嫁，二不能回娘家住，作为对她的惩罚。就这样，她一个人孤苦伶仃地在贺家湾守寡。土改工作队到贺家湾后，她年轻守寡的遭遇，赢得了工作队的同情和信任，队长动员她出来参加土地改革运动，她就出来参加土地改革运动，带着工作队到处挖贺银庭的浮财。工作队长见她有觉悟，就培养她入了党，又做了贺家湾的妇女主任。可是，尽管她是贺家湾最早的党员，可因为没有文化，一辈子都没有混出个名堂，始终守在贺家湾当一个农村妇女！"

听到这里，贺端阳忙问："那她又是怎么嫁给了你爷爷的呢？"郎山说："这个我就不知道了，只知道她和我爷爷结婚以后，先生了我爹贺世安，后来又生了我姑贺世英。没想到三年'困难时期'的时候，我爷爷和我姑都饿死了。我爹长到18岁，娶了我娘，我娘又生了我。但我娘和我奶奶的关系一直不好，主要是因为我奶奶太抠，比如说煮饭，要煮得不多不少，恰好吃完，要是剩了饭，我奶奶便骂我娘是扫把星、败家婆娘！那年我爹去为生产队买化肥，搭乘大队的手扶拖拉机，走到向家桥，拖拉机翻了，滚到桥底下，我爹当场被压死了。我爹一死，我娘觉得在贺家湾待不下去了，就抱起我悄悄跑了。那时我才几个月，还在吃奶。我娘先跑到我小姨家住了几个月，后来就嫁给了我现在这个继父老汉，改了姓！"

贺端阳听到这里，明白了，于是说："哎呀，我在贺家湾，还一直没有听说过这事呢！"郎山说："我娘走的时候，只怕你还没有出生呢，怎么会晓得这些？"贺端阳说："这么多年了，老哥怎么就不回贺家湾看看呢？"郎山说："我倒是想回来看看的，可我娘还记着我奶奶的不是，说水都过几滩了，有啥看头？那老东西说不定早就见阎王去了！"贺端阳："还是该回来看看！"

郎山立即点头，说："那是！那是！水有源，树有根，虽说我只有几个月大就离开了贺家湾，但毕竟还是贺家湾的种，有时间我一定回来看看！"贺端阳说："老哥回到了贺家湾，就直接来找我，亲不亲，故乡音，美不美，乡中水！"郎山说："那是一定的！一定的！"正说着，郎山的手机响了起来。他接听了一会儿，突然对贺端阳说："哎呀老弟，实在对不起！按说来，我们今天麻布洗脸——粗（初）相会，我该请老弟好好喝两杯才是，可现在有事了！张县长回来了，要找我们谈判，我不得不去，所以老哥今天有些得罪兄弟了！"

说罢，又掏出一张名片，递给了贺端阳，说："老弟今后有了啥难事，就来找我！老哥虽然是粗人，别的大话不敢嗨，在这个小县城里，只要老哥子出面，还没有摆不平的事！"贺端阳一听这话，立即说："那是，那是，今后少不了会来麻烦老哥的!"一边说,一边接了名片。郎山便去吧台埋了单,急急去了。

这儿贺端阳将名片举到眼前,看了看,只见正面写着两个黑体大字:郎山,后面三个楷体:董事长,下面一行宋体:明珠林木有限公司,再下面写着电话号码。贺端阳看了正面,又翻过来看背面,背面又是一溜楷体字,写着经营范围:圆木、锯材、板材、西式瓦。贺端阳将名片装进上衣口袋里,看看时间已经不早了,便走出茶楼,往家里走去了。

第十一章　村　民

　　贺端阳回到贺家湾，连家也没有回，就来找贺劲松，对他说了进城拉赞助的事。那时太阳恰好落山，红霞满天，贺家湾笼罩在一片绛红色的彩云霞光之中，给人一种祥云瑞气的感觉。贺劲松一听贺世海答应出 20 万元钱，给村里修公路，顿时喜出望外，对贺端阳说："大侄儿，今天你是捧了一个大西瓜回来，是全村人的大英雄了！"

　　贺端阳说："大英雄说不上，但大西瓜却是真的！我最初以为世海叔能够给个三万五万，就已经很不错了，没想到他一张口，就是 20 万元，这真是太好了！"说完，又把贺世海的条件说了一遍。贺劲松一听说贺世海要村民先集资，自己 20 万元钱才能到位，眉头就皱了一下，说："看来世海老弟还是害怕村里的钱集不起来，他的钱拿来打了水漂，或者修成一条断头路！"说完又说，"不过这样也好，不逼，大伙儿不会心甘情愿集资！"贺端阳说："就是，我也这样想！我想今晚上就召开一个村民小组长和村民代表会，把世海叔出 20 万元修路的消息告诉大家，然后趁热打铁，在村民中掀起集资高潮，争取尽快把资金落实了，趁冬闲没活儿，一鼓作气就把路修了！"贺劲松说："大侄儿说得对，抓而不紧，等于不抓，现在条件成熟了，还要等啥呢？"贺端阳说："那我就去通知开会了！"说完这话，便告别贺劲松走了。

　　晚上，贺端阳果然开了一个有村民小组长和村民代表参加的会。会议一开始，贺端阳首先就把贺世海答应出 20 万元钱修路的事，告诉了大家。大家一听，也果然高兴起来，纷纷说："真的？真有这样的好事？"贺端阳看着大家说："我哄你们做啥子？20万元，这是真的！"

小组长和村民代表马上说："钱在哪里？是说到水瓢把把上的，还是歪嘴婆娘照镜子——当面就兑了现的？"贺端阳说："哪有那么容易，说拿就拿了？世海叔提了一个条件，先要大伙儿把资集起来后，他的20万元才会给我们！"说完这话又说，"今晚上开这个会，就是要大家统一思想，人家在外面的人，都这样积极支持我们修路，我们这些留在家里的人，还有啥说的？大家一定要提高认识，积极参与集资，只有我们自己先把钱集起来了，我们才能得到世海叔的20万元！20万不是小数字，过了这个村，恐怕就没那个店了！"

众人听了这话，先是沉默不语，会场冷清下来，只听见"咝咝"的吸旱烟的声音，屋子里烟雾腾腾。过了一会儿，才忽然听见有人说："搞了半天，他那20万元，原来只是用来钓鱼的！"话音一落，马上有人又说："就是！"贺端阳听了这话，忙说："怎么是钓鱼呢？他钓啥鱼呢？修路是我们自己的事，即使他不出这20万元，也犯不着来钓鱼，钓鱼对他有啥好处呢？"

众人听了贺端阳这话，又不吭声了。又过了一会儿，有人才忍不住地说一句："要是我们集了资，他到时又不兑现了怎么办？"众人又说："就是，到时逗我们玩怎么办？"

贺端阳听大家这么说，心里已经有了一点气，可他却不敢流露出来，耐着性子对众人说："世海叔怎么会说话不算话，啊？他是不是说话不算话的人，大家难道还不知道？再说，20万元，对我们来说是一笔大数字，可对世海叔来说，确实又算不了啥！他既然表了态，怎么会不兑现呢？"

有人听了这话，便马上说："既然20万对他来说不算啥，为啥又要我们先集资，故意吊我们胃口呢？他们托邓小平改革开放的福，发了财，就忘了小平同志说过的，要先富带后富的话？我们不要哪个带，出点钱修路算啥子？我要是有那么多钱，根本不要大家集资，一个人就把这条路包了！"众人说："就是！"

贺端阳有些忍不住心里的气了，"说的比唱的还好听！现在让大家每人出200块钱，大家都往一边烧野火，还说把这条路包了，茅坑边捡根帕子——怎么好开口？"不等那人答话，又马上接着说，"我们现在先不去操心别人会不会兑现，只管我们自己，大家说这公路究竟该不该修？钱该不该集？"说完目光就紧紧看着众人。

众人又埋下了头，屋子里又是一阵抽旱烟和咳嗽的声音。过了一会儿，才有人像是噎住了似的，瓮声瓮气地说："路怎么不该修，不是早就该修了嘛！"贺端阳又立即说："既然该修，可钱该不该集？"众人一听这话又不出声了。

贺端阳见大家闷着头不出声，便敲了敲桌子，说："说呀，又不是哪一个人的事，大家的马儿大家骑，怎么哑巴了？"说完又说，"路修起又没有好别人，是方便自己。大家再不晴天一身灰，雨天一身泥，小孩读书，也不再担惊受怕要跌跟斗了！赶场买点东西，也方便多了，有啥不好？"

又过了许久，有人才说："我们也没说不同意集资！"贺端阳说："那就齐个声，表个态，还有啥吞吞吐吐、犹豫不决的？在座的都是村民小组长、村民代表，你们现在都像猴子捡片姜，吃了怕辣，丢了又舍不得的样子，那村民又会怎么想？"

听了这话，有人不好意思了，说："先修路吧，等路修起来后，该给多少，我们一分钱也不少……"贺端阳没等那人说完，便生气地打断了他的话，说："为啥要等路修起来了才给钱？"那人又不出声了。贺端阳等了一会儿，见没人说话，便又说："你们是不是担心钱到了我们手里，会被我们揣了自己腰包，贪了、吃了？"

众人听了这话，急忙说："没有，没有，我们没有那个意思！"贺端阳说："那是啥意思？"众人又不说话了。贺端阳又敲了敲桌子说："说呀，有啥不好说的？"听了这话，先前说话那人才低声说了一句："贺支书你不揣腰包，可你敢保证别人不揣腰包？这个社会，害人之心不可有，防人之心不可无！"

贺劲松一听这话，不等贺端阳回答，便像受了侮辱地对那人说："你究竟是怕哪些人揣了腰包，就喊明叫现说，别像长了三十六牙，吞吞吐吐地说半句留半句！"那人张了张嘴，似乎想说什么，却又没有说出来，把头扭到一边，只顾吸自己的烟去了。

这儿贺端阳见了，又说："世海叔20万元，都不怕我们贪了、吃了，你们这点钱，还怕我们贪了污……"话还没说完，忽然有人打断了他的话说："贺世海是大老板，莫说20万元，就是200万元，对他来说，也只算一斗芝麻拈了一颗，当然他不怕哟！"贺端阳说："世海叔有钱不假，可他的钱一不是偷的，二不是抢的，也是一颗汗珠摔八瓣，辛辛苦苦挣来的，他就不心疼钱？路修好了，他一年能走几次？还不是方便我们！人家出了钱，你们倒觉得人家是该当这个冤大头，是不是？"

先前那人听了，急忙说："我们可没有说他该当冤大头，我们只是说村里先把路修起来以后，我们该出多少钱，就出多少钱，又没有说不集资！"贺端阳说："钱都没有，我们拿啥子先修路？正因为现在而今眼目下，村上有困难，才要大家支持，你们都不支持，还怎么修路？"众人又沉默了。

过了一会儿，贺端阳又接着说："如果路修起了，还要你们集啥资？脱了裤子打屁，难道我们没事干？"众人一听这话，便纷纷说："不要大家集资，那是好事呀！听说别的村修公路，都是向上级争取的资金，村民一分钱没集。为啥我们村修公路，就一定要向村民集资？现在向上级要得到钱，那才是当干部的本事……"

听到这里，贺劲松实在有些忍不住了，便站起来说："大家七个三、八个四，说够了没有？"众人一见贺劲松板着脸，便不再吭声了。停了停，贺劲松接着说："不修公路，大家今也在说，明也在说，埋怨干部没出息，说话不算话。干部下决心要修时，大家又七拗八裂，扯五绊六！贺春乾才当支部书记的时候，也是一门心思想修路，好不容易向上级争取到 10 万元钱，可大家舍不得自己那点地，斤斤计较，把这事闹黄了，现在又是这样！你们手拍胸膛想一想，贺支书要修路，为的啥子？大家又想走好路，又想一毛不拔，世界上哪有这样的好事？你们这样为难干部，还会有哪个干部再来承头修路？"

众人见老好人贺劲松都生气了，一个个像是心里有愧似的，又都埋下了头，旱烟袋又"呲呲"地响起来。烟头的火光一明一灭，把一张张黧黑苍老的面孔，照得有些扑朔迷离。过了一阵，有人咳嗽一声，说话了："贺会计也不要生气，我们也不想为难干部，晓得干部也是好心。不过家中有金银，隔壁有戥秤，你也是晓得贺家湾的情况的！大家都像蚯蚓一样，在土里刨食，虽说现在不交农业税了，可粮食到底卖不起钱。今年又遇到金融危机，年轻人过了年出去打工，没打到两个月，莫得活儿都回来了。钱没有挣到不说，还贴了路费！这还不说，年轻人在外面混惯了，回来又不想摸锄把，成天东游西逛，当二流子，把过去挣的一点老本也花光了！眼下这金融危机也不晓得啥时过去。一开了年，娃娃上学，买肥料、种子、农药又要花钱，虽说一人集 200 元不多，可一家有五六口人，也是一千多块钱，往外掏还是有些吃力的……"

说到这里，众人都纷纷叫了起来，说："是呀，是呀！"那人又说："如果有钱，哪个都想像贺世海一样，梳个光光头，落个好名声，可眼下大伙儿都紧嘛！"众人听了这话，又说："就是，如果像往年，我们又不得要干部说这么多话了！"说完又说，"要不，这路就再往后搁一两年，再修吧？"

贺劲松听了这一番话，心里的气又平了："没钱就没钱，大家就说一声没钱就是了，何必东扯桃子、西扯李子，说些杂七杂八的话做啥子呢？这公路又不是看就日子，订就的期，非得眼目下修不可，大家说声手头紧，等过了今年再说，不就行了？东扯草草塞笆篓，西也扯草草塞笆篓，反倒让人生气了！好了，话明气散，大家回去好好想一想！啥时想通了，就给贺支书说一声，大家齐心协力，争取早点走上好路，这才是最重要的！"

众人一听这话，便像获得解放似的，纷纷站起来说："就是，等开了年，年轻人又出去打工了，我们一定不得像这样了！"说完，也不等贺端阳宣布散会，便一个接一个地朝外面走去了。

没一时，会议室便人走屋空，只留下一股呛人的旱烟味道，在屋子里盘旋。贺端阳见人都走了，便满脸不高兴地对贺劲松说："说啥子等年轻人出去打工了一定不会这样，到时候还是会扯五绊六！铁耙抓进去，耳勺子挖出来，哪个往外掏钱不心疼？"贺劲松说："大伙儿说得也有些道理！"说完又说，"你看见过牛拉犁吗？有力气的牛拉犁，拉起就走了，没力气的牛拉犁，拉不动的时候就往一边拉，所以俗话说：瘦牛无力横起拉！大伙儿现在也一样，手头短了几个钱，所以也就扯五绊六！"

贺端阳说："那现在怎么办，路就不修了？我又怎么去给世海叔说？"贺劲松说："别着急，大侄儿，你世海叔又不是不了解贺家湾人！也许他早就晓得是这个结果，所以他也没给你规定时间！今晚上开了会，大家还是有一些触动，等他们回去想一想，过些日子我们再做工作，说不定大家就通了！"

贺端阳说："看这个样子，除非天上给大家掉个大馅饼下来，否则就是再开几次会，也恐怕是外甥打灯笼——照舅（旧）！"贺劲松说："车到山前必有路，船到桥头自然直，天无绝人之路，不要这样悲观嘛！"一面说，一面帮贺端阳关了会议室的门，两个人才一前一后地走了出来。

第十二章　听　证

　　马书记酝酿已久的小城镇建设，也就是农贸市场改造的听证会，终于要召开了。这一天，马书记专门派了包村干部薛干事，到贺家湾来跟贺端阳打招呼。薛干事对贺端阳说："贺支书，明天的听证会，马书记专门请了县电视台来录像，马书记让我转告你，只能和乡党委保持一致，千万不能发杂音！"

　　贺端阳问："有哪些人来参加听证会？"薛干事说："具体有哪些人，我就不清楚了。不过你放心，参加听证会的人，都是马书记亲自挑选的！"贺端阳说："我不参加行不行？"薛干事说："那你自己去给马书记说，我反正把话是传到了的！"

　　贺端阳听了这话，不再说什么了，却盯住薛干事问："薛领导这一季度的招商引资信息，完成没有？"薛干事听了这话，脸上露出了一丝不自然的表情，说："我们这些才参加工作的人，哪里去找招商引资信息？"说完又笑了一笑，说，"不过我花了300元钱，从我同学那里买了一条信息，好歹这一季度，不会被扣钱了！"

　　贺端阳说："啥，信息也能买到？"薛干事说："怎么不能买到？至于买来的信息马书记会不会采纳，我就不管了，反正我提供了一条，就不会被扣2500元钱了！不但招商引资信息可以买，招商引资的任务也可以花钱买呢！"贺端阳问："任务又怎么买？"薛干事突然意识到自己说漏了嘴，急忙说："不说了，不说了，这事和听证会无关，贺支书明天还是早点来参加听证会吧！"说完这话就回乡上去了。

薛干事一走，贺端阳便又去找贺劲松，对他说："我以为马书记不会开听证会了，结果明天他还是要开！"贺劲松说："他不开听证会，哪来的'民意'基础？改造农贸市场的舆论怎么造得起来？舆论造不起来，那些利益受损者要到县上、省上上访，又怎么办？"贺端阳说："我想，不去呢，又怕马书记说我是故意拆他的台；去呢，明显要得罪人。原来那农贸市场，我晓得的，像退了休的魏副乡长、陈委员、李主任，都有商铺在两边！马书记这一改造，他们的门市就要搬迁，我们去帮马书记唱他定好的调子，不是和这些老头子过不去吗？今后和这些老头子见了面，脸还往哪里放？"

贺劲松说："马书记既然叫你去，你还是要去的！反正听证会也不是你一个人，人家唱赞歌，你也跟着唱就是！别人反对，你谨开口，慢开言就是了，有啥值得担心的？"说完又说，"魏副乡长、陈委员、李主任这些，也不是啥好东西，当初还不是利用手里的职权，才在农贸市场两边又是修住房，又是修店面！当时群众的意见大得很，只是拿他们没有办法，捡了这么多年便宜，也差不多了，他们有意见，让他们和马书记斗去，你管那么多干啥？"听了这话，贺端阳便再不说什么了。

第二天一早，贺端阳便到乡上去参加听证会。走到乡政府院子里一看，只见院子扫得干干净净，墙壁和几棵重阳树之间，都挂了大红标语，上面写着："改造小城镇，治理脏乱差，是建设社会主义新农村的需要！""建设新农贸市场，利镇利民！"还有一条标语写着："坚决支持乡政府改造旧农贸市场！"贺端阳看了，心里便想："既然话都说到这个份上了，还开啥听证会？也不怕别人说是脱了裤子打屁——多此一举？"可想是这么想，却没说出来，看看时间还早，便进了马书记的办公室。

马书记的办公室里，果然坐着两个陌生人，桌子上放着一台摄像机。贺端阳一看，便知道这两个人一定是县电视台的记者了。果然，马书记一见贺端阳来了，十分高兴，便站起来和贺端阳握手，又把两个记者给贺端阳介绍了，贺端阳也和他们握了手。马书记今天身着一套正装，领带打得一丝不苟，头发油光锃亮，往后梳着，前额又光又亮，显得十分庄重严肃的样子。

正说着，一伙人又嘻嘻哈哈地走进了马书记的办公室，马书记一见，急忙站了起来，一边对大家打躬，一边说："大家都来了，谢谢！谢谢！"说完，便又对下面办公室王主任喊，"王主任，把会议室门开了，让参加会议的代表到会议室里坐！"王主任回答："门早就开起了，大家往会议室走吧！"

贺端阳举目一看，见人群中，有场镇这个村的支部书记宋光安，村主任杨安国，有农贸市场那个村民小组组长杜贤彬，有县上退了休住在场镇的老干部张龙光和乡上原来的罗人大。还有一男一女，贺端阳认得他们都是要改造的农贸市场周边的店主，女的四十多岁，里面穿一件棕色内衣，外面套一件粉红羊绒衫，烫一头鬈发，贺端阳知道她姓余。男的五十多岁，白白胖胖，一张圆脸，下巴上吊着一团赘肉，看起来像是长了一个双下巴。贺端阳不知道他叫什么，却知道他姓金。上次看见的几个来乡政府吵闹的几个女人，一个也没有。大家和马书记说笑了几句，果然便都朝会议室走去了。

会议室里，挂了一幅会标，上面写着："××乡小城镇建设听证会"。椭圆形的会议桌两边，摆着参会者入座的座牌，红底黑字，十分醒目。正中是马书记的位置，两边依次为退休老干部、商户代表、村、组干部代表。大家分别去对号入座了，还剩下了几个位置，贺端阳一看，原来还有乡政府的王主任、薛干事以及一个叫王阳明的人没来。贺端阳不知道这个王阳明是个做什么的，不过名字倒很熟悉。

正猜测间，王主任提着一瓶开水，薛干事捧了一摞纸杯和一罐茶叶进来了。薛干事在每个人面前放了一只纸杯，往每只纸杯里抓了一撮茶叶，王主任便过来往每只纸杯里倒水，一边倒一边说："喝水，请喝水！"正倒着，一个人忽然闯了进来，连声说："来晚了，来晚了！"一边说，一边在王阳明的位置上坐了下来。众人一见，说："来晚了该罚，中午多喝一杯酒！"贺端阳一看，原来这个王阳明就是乡政府旁边开办公用品店的王老板。

王主任和薛干事倒了茶，也去自己的位置上坐下了。马书记咳嗽一声，会议便开始了。马书记说："今天请大家来，目的已经很清楚了，就是广泛听取社会各方面人士对我们乡小城镇建设的意见！参加今天听证会的，有老干部代表，有涉及农贸市场建设的场镇村、组干部和居民代表，也有商户代表，还有其他村干部代表以及乡干部代表，可以说是方方面面的人都有，能够代表全乡最广大人民群众的意见。其他我不多说，只希望大家有什么，就说什么，畅所欲言，把广大人民群众的心声都说出来！下面谁先发言……"

一语未了，王主任早站了起来，从口袋里掏出一张写好的发言稿，正要念时，马书记对他挥了挥手，说："坐下说，坐下说，今天大家随便一点，随便一点！"王主任听了这话，便又坐下了，眼睛落到纸上，用唱歌般的声音念了起来："乘着改革开放和新农村建设的春风，迎来了乡党委、乡政府以改造我乡农贸市场为突破口的小城镇建设，这是一件利镇、利民的喜事、好事、实事，是实践党的'三个代表'的具体体现！众所周知，我乡原来的场镇建设，没有进行专门规划设计，大家想怎么建房，就怎么建房，致使临街住房参差不齐，街道地势起伏不平，路面坑坑洼洼，狭窄难行，排水设施老化严重不畅，卫生状况极差，这些都是有目共睹的！因此，改造势在必行，我坚决拥护乡党委、乡政府改造农贸市场、加强小场镇建设的决定！"

王主任刚刚讲完，场镇村宋支书马上接了王主任的话，说："王主任的发言高屋建瓴，言简意赅，也说出了我的心里话。我们的老农贸市场，因为原来建设时没有超前意识，今天已严重滞后，完全不能适应经济社会的发展需要了！如不进行改造，将严重影响到我们乡的发展！今天，乡党委、乡政府高瞻远瞩，做出改造农贸市场的决定，实在是一件得民心、顺民意、有远见卓识、有创新意识的想法！虽然改造农贸市场，我们场镇村要损失一点土地，可为了子孙后代，我们一定舍小家、顾大家，大力支持！"

宋支书讲完，杨主任接着说："小城镇建设，上符合国家政策，下顺老百姓民意，造福子孙，没说的，我们场镇村的村民，坚决拥护本届党委政府的英明决定！"说完，农贸市场那个村民小组杜组长，又接了他们村主任的话说："我们宋支书、杨主任都说了，他们的话也代表我们农贸市场村民组全体村民的心声！领导做了决定，我们坚决拥护！虽然改造农贸市场，要占我们村民组一些土地，但为了全乡人民的利益，我们牺牲一点眼前利益也没啥！不过我只提一点，能少占耕地就尽量少占耕地，尽量因地制宜……"话没说完，只见马书记的脸皮，像是被蚊子叮了一下地动了动，露出了一丝不高兴的样子。杜组长一见，立即打住了自己的话，说："我就说这些，坚决支持党委、政府的决定！"

接下来老干部张龙光发言，只见他不慌不忙，慢慢地啜了一口茶，才慢条斯理地说："前面同志说了，本届乡党委、乡政府抓住改造农贸市场这个牛鼻子，带动整个小城镇建设，确实是一件很有意义的事。我们要把这件事，提到整个国家建设社会主义新农村的战略高度，来认识它的深远的历史意义，提到贯彻落实党中央'三个代表'的高度来认识它的现实意义！只有提到这样的高度，我们才会认识到，这绝不是一件简单的修房造屋的事，而是一件利国利民利镇的大事，符合当前形势发展的需要，体现了本届乡党委、乡政府领导的改革精神和创新意识，我们老干部热忱鼓掌欢迎！"说到这里，自己先鼓了几下掌。马书记一见，也马上拍起手来，其他人见了，也跟着鼓了几下。

掌声结束后，张龙光才接着说："为做好这件工作，我讲两点意见。第一，乡党委、乡政府要加强正面引导，要向广大人民群众宣传好改造农贸市场、建设小城镇的现实意义和深远的历史意义，把领导的意志化为人民群众的自觉行动！第二，要加强领导，把好事办好，实事办实，真正做到权为民所用，利为民所谋！完了，说得不对请大家批评！"

话完，马书记又举起手来，带头鼓了几下掌。接下来罗人大发言。贺端阳以为罗人大会提出不同意见了，没想到罗人大却说："改造农贸市场、建设小城镇，整治环境卫生，完全体现了本届党委、政府为民办实事的决心和魄力，对这件造福百姓、利国利民的工程，我代表老干部和农贸市场周边的商户，举双手赞成，热烈拥护！"说完也拍了几下手掌。

接下来商户代表发言，他们的发言则简短得多。姓余的女商户代表说："我一个女流之辈，也不晓得说啥，只说一句话，政府叫我们搬迁，我们就搬迁，坚决拥护政府的决定！"可说完却又补了一句，"话说回来，政府决定了的事，我们想拦，哪个又拦得住？世界上天大地大，政府最大！"听了这话，有人埋下头，发出了哧哧的笑声。姓余的女商户代表说完，姓金的男商户代表接着说："我也没啥说的，改造农贸市场是件好事，我原来的门市要搬迁，虽然要受一些损失，但我相信领导一定会给我们商户公平合理的补偿，因此我代表全体商户，拥护领导改造农贸市场的决定！"

接下来薛干事、居民代表王阳明发言，也都像预先排练好的一般，都是拥护乡上的决定，称赞改造农贸市场是一件功在千秋、利在子孙的大好事。最后轮到贺端阳发言了，贺端阳想了想说："发言发到最后，是最吃亏的人，因为好话都被前面的同志说尽了，我再找不到好话说了！"会场的人一听，都不由自主地笑了起来。贺端阳等大家笑过后，才突然正了脸色，接了刚才的话说："不过我仍然要说两句！我觉得本届党委、政府做出的改造农贸市场、建设小城镇的决定，不光是一件利国利民的好事，更体现了领导一心为民、全心全意为人民服务的精神！农贸市场和我们场镇建设好了，受益的是全乡老百姓，可是领导能得到啥好处？大家都是晓得的，像马书记这么年轻有为的干部，干不到两年，说不定就提拔到县上去了。离开的时候，他能带走啥？既带不走一片瓦，也带不走一根草，所有的好处都留给了全乡人民！要不是有全心全意为人民服务的精神，会这样呕心沥血地召集大家开听证会？会给我们描绘一张明天的美好蓝图？所以，我觉得全乡人民都应该毫无保留地支持农贸市场改造和小城镇建设！"说到这里，贺端阳也举起手，用力地拍了几下。马书记面带微笑，见贺端阳鼓掌，也鼓起来，其他人也不甘落后，会议室里便响起一片掌声。

掌声一停，马书记便总结说："同志们，今天这个会开得很好，很成功，大家畅所欲言，充分肯定我乡改造农贸市场，加强小城镇建设的合理性与正当性，充分体现了民意，传达了百姓心声。会议以后，我们将根据听证会的精神，向县委、县政府写出专题报告，并广泛向人民群众宣传，争取早日动工建设！乡党委和乡政府也一定按照同志们提出的意见，认真组织实施，把这件利国利民的好事办好、办实，绝不辜负全乡人民的厚望！对各位代表的支持，我代表乡党委、乡政府、乡人大，表示衷心的感谢！"说着站起来，向会场鞠了一躬，大家急忙又鼓掌感谢。讲完，马书记便宣布了散会，于是一行人便燕行有序地到场上"福满楼"酒楼吃饭去了。

第十三章　果　园

　　吃完饭，马书记又把贺端阳叫进了自己的办公室，对他说："你今天上午讲得很好，再讲下去，我都感动得要流泪了！"贺端阳说："我说的是心里话！"马书记说："我知道你说的是心里话！当领导的，哪个不是这样呢？不管你干得有多好，把一个地方搞得有多富裕，可上级一句话，叫你走就走了，除了自己的铺盖棉絮，带得走一点什么呢？就说市职业技术学院没把你们的地租成，我一连几个晚上都没有睡好觉！"贺端阳说："事情都过去了，不提了！"

　　马书记说："幸亏那天下午，姓薛的半路打转，回去了，要是他来看了，你们两三万的红包也送了，事情也不一定能成功！"贺端阳忙问："为啥？"马书记说："后来我给姓罗的经理打电话问，才知道他们那天，上午看了三个地方的地，下午从你们半路回去以后，又看了一个地方，一共就是四个地方。这四个地方，条件都比你们那儿好，价钱又一个比一个优惠，你想，人家会看上你们那地方？"

　　贺端阳听了这话，忙关心地问："最后他们看上哪儿了？"马书记说："燕北乡李家湾村，那里不但离市里近，而且在公路边上，你猜他们租成多少钱一亩？"贺端阳问："多少？"马书记说："每年每亩 400 元！"贺端阳一听就叫了起来，说："400 元，那不当白送呀？"马书记说："有什么办法，要完成招商引资任务嘛！"贺端阳一听，想起那天在县政府大院里说的"招商招商，人民遭殃"的话，本想说出来，可忍了忍，咽回去了。

　　马书记见贺端阳没吭声，过了一会儿才说："地没有租出去，也不必灰心，叫你来的目的，就是和你商量你们那 1000 亩地的事！"贺端阳一听这话，忙说：

"领导有新打算?"马书记说:"400 元钱一亩,那么低的价,即使市职业技术学院要租,我还不一定要租给他呢!"贺端阳说:"正是!"马书记说:"他们不租,难道我们离了张屠户,就只能吃混毛猪了?我们不可以自己发展?"贺端阳听了这话,还是有些不明白,问:"我们自己发展啥?"

马书记说:"县上不是在号召大力发展优势产业、绿色产业、农村合作经济产业,以及一乡一品产业吗?发展这些产业,既可以靠引进外资来发展,也可以依靠自己的力量来发展,不必单走依靠外来资本这一条路。你们那 1000 亩地,基础设施什么都搞好了,既然租不出去,为什么不可以把它办成集体果园?"

一听到这里,贺端阳头脑立即亮了一下,说:"办集体果园?"马书记说:"我听说你学过果木栽培和管理,自己还栽过果树,是不是?"贺端阳立即说:"可不是吗?我从学校毕业回来,在自己屋后的半亩鸡啄地里,栽了柑橘、枇杷、葡萄,都挂了三四年果,后来参加村委会主任竞选,被人拦腰给我砍了!"说完脸上还露出愤愤然的神色。

马书记见了,忙说:"砍了不要紧,从头再来嘛!既然你懂管理,那地又现成,正好可以走自己的路,建一个 1000 亩的集体果园,搞成优势产业或绿色产业,三五年后,就有收益,为什么非要去求人,在一棵树上吊死呢?"贺端阳一听这话,便高兴地说:"马书记,这倒是一条路!"说完又说,"不哄马书记说,从学校回到贺家湾后,我就想把贺家湾建设成花果山,春天遍地花香,秋天硕果累累,让大家过上好日子!"

马书记一听这话,便笑了起来,说:"那好哇,这个大展宏图的机会,不是正在等着你吗?真佛面前不烧假香,我已经在县委面前汇报了我的想法!我想以你们的 1000 亩土地为基础,逐步向林湾村、谭家湾、吴家坪发展过去,两年以内,发展万亩果园,把我们乡建成橘子之乡,葡萄之乡,走出一条特色农业的路子!县委领导非常赞成我的想法,说真要这样,一定大力支持我们!"

贺端阳一听,又急忙叫了起来:"真的?"马书记说:"今天叫你来,就是和你商量在你们那 1000 亩土地上栽果树的事!你如果同意,我们就马上动手。我知道你们村上没钱,果苗全由我们乡上提供,你们只是负责栽和管理就是了!等今后果树挂了果,你们有收益了,到时再付我们果苗的款子就是了!"说完又看着贺端阳说,"贺支书你看怎么样?"贺端阳一听,急忙说:"有这样的好事,我们为啥不干？马书记啥时把果苗拉来，我们就啥时栽！"

马书记听后显得非常高兴，急忙说："果苗的事好办，我马上就和茶果站联系！这个事情我们就这样一言为定！"贺端阳说："一言为定！马书记就快点把果苗拉来吧，那地荒在那里，我吃饭睡觉也不踏实！"马书记说："放心，放心，苗子很快会拉来！"贺端阳说："那我们就等着马书记的好消息了！"说完这话，贺端阳才告别马书记往家里走去了。

刚到村口，贺端阳便碰见了贺劲松，贺劲松问："听证会开得怎么样？"贺端阳说："还能怎么样，一片赞歌嘛！"贺劲松又问："都有哪些人参加？"贺端阳又一一回答了。

贺劲松一听完，便笑了起来，说："怪不得一片赞歌，看看都是些啥人呀？那张光龙当过县上宣传部的副部长，退了休回到场上居住，罗人大是原来乡人大主任，这些人都是在官场打磨了好多年的人，倒拐子长毛——老手，善于识别风向，在这样的听证会上，还不明白自己哪些话说得，哪些话说不得？"贺端阳说："就是，那个张老头子发言像是做报告，满嘴官腔！"

贺劲松又说："你晓得姓余的女商户代表和姓金的男商户代表，为啥也要唱赞歌吗？"贺端阳听了没吭声，只望着贺劲松。贺劲松便又说："姓余的女人丈夫是乡信用社的会计，姓金的儿子媳妇都在乡中心小学工作，儿子还是副校长！"贺端阳说："原来他们是'半边户'呀？"贺劲松说："明白了吧！马书记事先也肯定给他们打了招呼，要他们识大局，做好自己家人的工作。"贺端阳说："怪不得他们口口声声说自己虽然要受一些损失，但还是拥护领导的决定呢！"

贺劲松又说："那个王阳明，乡政府每年都要从他那里买一两万元的办公用品，等于是乡政府办公用品的定点供应商，加上改造农贸市场，又拆不到他的房子，他当然更不会反对，只会唱赞歌了！至于场镇宋支书、杨主任、杜组长、王主任、薛干事，都是在马书记手下讨生活，就给他们十个胆子，也不敢和马书记唱反调，你说是不是？"

贺端阳说："怎么不是？所以整个听证会，我感觉就是在演戏，剧本都是马书记事先写好了的，大家按照他定好的调子念就行了！"贺劲松说："马书记给县委、县政府的报告，一定会这样写：我乡改造农贸市场、建设小城镇，是在广泛征求了各方人士意见、绝大部分群众衷心拥护的前提下开展的……"

贺端阳不想贺劲松在这个话题上一直说下来，没等贺劲松说完，便岔开了他的话，说："不管马书记怎么着，这是领导的事，他叫我们怎么说，我们就怎么说就是了！"说完，便把栽果树的事对贺劲松说了。

贺劲松一听，眼里也立即放出了光彩，说："这倒是件好事！"贺端阳说："我想也是一件好事！我们那1000亩地，租又租不出去，放在那儿荒着，白天关太阳，晚上关月亮，群众看见了，也会骂我们祖宗八代，倒不如拿来栽果树，几年以后就有收益，倒比租出去划算多了！加上现在果树苗，乡上又不要我们拿现钱，所以我想都没想，就一口答应了！"

说完，见贺劲松没再说什么，贺端阳又说："现在的问题是，一方面，我们得抓紧做好准备工作，最好是现在就去画好线，把坑打好，等果苗来了我们就栽。另一方面，我们得研究出一个好的管理办法！"贺劲松说："画线打坑忙啥？果苗都没来，谁知道马书记给我们提供些啥品种？这是一件大事，我倒是建议你先还是开一个小组长和村民代表的会，把这事告诉大家，让大家统一思想，先研究一个管理办法，免得栽起来后才扯五绊六的！"贺端阳听了这话，忙说："劲松叔说得对，那我们先开一个会！"说完，也不等贺劲松再说什么，就去开了广播，通知开会了。

果然，大家一听栽果树，都高兴了，一些人对贺端阳问："那苗子真的不要钱？"贺端阳说："不是不要钱，是不要我们给现钱！等以后有收益了，再还他们的钱。"那些人说："那还不当是写到水瓢上！到时脑壳一摸，管不到那么多，不还他们的钱，他们还敢到我们家里来抢？反正都是国家的钱，又不是哪个私人的钱！"

贺端阳听了这话，没吭声。另外一些人又说："反正不拿现钱，叫他们多拉一些来，地里栽完了，剩下的栽到我们房前屋后！"贺端阳说："大家有这个积极性，就是一件好事，等把地里栽完后，大家还想把房前屋后都栽上，村里再想办法给大家买苗子就是，也不必去依靠乡政府！当务之急，是先把我们那1000亩地栽好！"

众人一听这话，便喊："栽！栽！地在那里放着，苗子又不要我们拿钱，这样的无本生意为啥不做？只要有苗苗，桃三李四柑八年，要不了几年，果子就可以卖钱！"贺端阳说："现在的果苗都是经过嫁接培养出来的，哪里要得到八年？

一般三年就要挂果，五年就要进入丰产期！"

众人一听这话，更高兴了，说："哎呀呀，三年就挂果，真想不到！到时一棵树不说产多了，就产三五十斤果子，也比种庄稼划算多了！"贺端阳说："大家说得极是，可栽树容易管理难，你们别只顾高兴，得研究出一个好的管理办法来才是！"

众人一听这话，便又叫着说："千人吃饭，主事一人，贺支书你说，你怎么说就怎么办！"贺端阳说："还是大家说吧，三个臭皮匠，顶个诸葛亮！"众人说："我们除了挖月儿子锄，晓得个啥？"贺端阳听了这话，又过了一会儿才说："大家真听我的？"众人说："不听你的不是人！"

贺端阳想了一想，于是就说："我们这样大一个村，一千多口子人，7个村民小组，我想还是要采取分片包干、责任到组的办法才行！1000亩地，我们划成7等份，7个村民组抓阄，谁抓到哪里就是哪里！然后不管是栽还是管，就由这个小组负责。以后有收益了，村上只按比例，提一点成做办公经费，剩下的全部由各组分配。俗话说，人不哄地皮，地皮不哄肚皮。谁勤施肥、勤除草、勤打枝，管得好，结的果子自然就多，收益也肯定多！大家说这办法行不行？"

众人一听，首先是小组长觉得这种包干办法，不但没把自己排到一边，还有一定支配权，于是叫了起来："这办法好，我们拥护！"然后村民代表也说："行，行，反正抓阄公平合理，卵大卵小，各人碰到！"

可说完后，有人却提出了疑问："村上到时分多少成，现在就要说好，别到时村上把大头提走了，小组白干一场！"贺端阳说："你们放心，村上肯定不会提大头，大头永远都是小组的！"有人又说："包给了各小组，村上还管不管了呢？"贺端阳说："怎么不管？村上还要组织一个技术服务队，给大家提供果树栽培和管理的技术，比如打枝、疏花、杀虫等！另外，有了收益以后，村上还要负责给大家找销路，要不，那果子挂在枝头，卖不出去怎么办？"

众人一听这话，便说："这还差不多！"贺端阳见大家没有了异议，便说："那就这样了，大家做好准备，等苗子一来，村上就统一画线，各个小组按照各自的地段打坑栽树就是了，到时可别又扯五绊六哟！"众人说："这是好事，扯五绊六的就不是人！"说着，拥出会议室便回去了。

这儿贺劲松对贺端阳说："你把地包到各个村民小组，树栽好了以后，各个小组肯定又会把树包到每户!"贺端阳说:"他们要包下去,就让他们包下去好了,包到各家各户了,树才管得好!"贺劲松说:"那村里分成的事怎么办?"贺端阳说:"我打酒只问提壶人,到时我只向各个小组长要!"贺劲松听了这话,便不再说什么了。

果然没过几天,马书记就给贺家湾村拉来了几大卡车树苗,全是清一色的优质柑橘种苗。贺端阳是学果树栽培与管理的,一见那些鲜活的树苗,犹如见到了自己的儿子一般,急忙喜滋滋地带着贺善怀、贺长军、贺兴民、贺中华,以及郑家塝的郑全兴、刘辉、余小明等汉子,提了石灰,拿了绳索,去那 1000 亩地里画线,落实地段,然后分段包干,7 个村民组的人一齐上阵,忙活了整整一个星期,终于把那 1000 亩果树,全部栽下去了。

第十四章 点 子

忙完了栽树的事过后，贺端阳又找到贺劲松，对他说："劲松叔，那 1000 亩地栽了果树，我心里终于松下一口气了！"贺劲松说："可不是吗，我晚上睡觉，也觉得安稳多了！"贺端阳说："虽然我们再也不会为这 1000 亩地牵心挂肠的了，可是我们那条路，悬在那里，却永远是个事情，不想就不说，一想同样会让我们心里不安宁。"贺劲松问："那你打算怎么办？"

贺端阳说："你那天劝我不要着急，说车到山前必有路，船到桥头自然直，可我看不见路在哪里？这金融危机，也不晓得啥时才会过去？众人说，等年轻人重新出去打工挣到了钱，再集资不迟，可要是这金融危机十年八年不过去，十年八年到外面打不了工，我们这路就不修了？再说，过两年又该换届了，到时村民真会像你说的，把我当成喊'狼来了'的孩子！当不当这个芝麻绿豆大的官是小事，只是佛争一炷香，人争一口气，年纪轻轻的，让我这张脸往哪里搁？无论如何，我也不得愿意输这口气的，一定要把公路修起来！"贺劲松说："你的心情我当然知道，可没有钱，你又能怎么样呢？"

贺端阳听了这话，突然把身子朝贺劲松俯了过去，然后压低了声音，说："我想到了一个办法，可以不从村民口袋里掏钱，又能把路修起，就不晓得劲松叔同意不同意？"贺劲松忙问："有这样两全其美的办法，我有啥不同意的？不过，我还不晓得你说的是啥办法呢？"

贺端阳听了这话，过了一会儿才说："我打算在我们那 1000 多亩林子上做点文章，就不晓得可不可以？"话音刚落，贺劲松突然也像得到启发一般，忙问贺

093

端阳："做点啥文章？"贺端阳说："不是有靠山吃山、靠水吃水的说法吗？林子是我们的，我们守着那样大一片天然林，还端起金饭碗讨饭，你说这不是活人还要被尿憋死吗？"

贺劲松明白了，两眼便直直地看着贺端阳，说："你是说……"话还没说完，贺端阳便从嘴里轻轻地吐出了两个字："卖树！"贺劲松像不认识地看着贺端阳，过了一会儿，才突然笑了，也轻轻说了一句："对呀，我们为啥还要端着金饭碗讨饭呢？"说完又拍了一下脑袋，带着自责的语气说，"我怎么没想到这一层呢！"

贺端阳一听贺劲松这样说，一时高兴起来，说："劲松叔你同意我的想法了？"贺劲松说了刚才的话，现在有些冷静下来了，便看着贺端阳说："办法倒是不错，我们那林子，也到了择伐的时间，只是砍伐证怎么才办得下来？"

贺端阳说："要办啥砍伐证？一办砍伐证，我们那路就别想修了！"贺劲松忙问："怎么别想修了？"贺端阳说："劲松叔还不晓得呀？办砍伐证要经过乡上，马书记现在到处抓钱，知道我们那树可以卖钱了，还不针上刮铁，给我们剜去一块呀？连几千块钱的林子管护费，他都要吃一嘴，何况是这样大一笔现钱了，他还有个不吃的？再说，办砍伐证还得给林业局送礼，如果送了礼，办下来了还好，办不下来，送的礼就是肉包子打狗——有去无回！即使办得下来，也不晓得要拖到猴年马月！这些都不说，还有更重要的，县上出台了政策，所有县上林场不分国营还是集体，砍的树只能卖给招来的外地木材商人，价钱比市场低一半，等于半卖半送，能落下几个钱修路？所以我说，这砍伐证办不得！"

贺劲松听了这一番话，样子像是有些被难住了，过了一会儿才说："不办砍伐证就砍树，那是违反《森林法》的，弄不好还会蹲监狱，风险太大了！"贺端阳说："我晓得风险太大，可这都是被逼出来的，没办法！"说完又说，"话说回来，古往今来，哪个干大事的不冒风险？冒的风险越大，成就的事业越大！现在往往是撑死胆大的，饿死胆小的！"贺劲松说："为了大家的事，你一个人去冒风险，万一出了问题，就是你一人去背罪了，你可要想好！"贺端阳说："我不去背谁去背？谁叫我当初鬼迷心窍，要来竞争这个官当？又当着众人，红口白牙地表了修路的态呢？"

贺劲松想了想，说："卖树是可以，但我们得合计好，让人抓不着你的把柄！"贺端阳笑了一笑，突然露出了几分神秘的样子，悄悄地对贺劲松说："劲松叔，狡兔三窟，我早就想好卖树的办法了，就不晓得行不行，你帮我参谋参谋！"

贺劲松一听这话，立即盯了贺端阳，说："啥办法？你快说说。"贺端阳说："我和你都不能出面去卖树，也不能用村委会的名义卖。我想先把林子分到各家各户去，再让村民去卖……"贺端阳还没说完，贺劲松说："过去村民吵着要把林子分下去，可贺春乾一直没答应分，乡上也暗中支持不分，现在怎么一下就要分下去了？"

贺端阳说："过去贺春乾不答应把林子分下去，主要是因为每亩林子有几块钱的看管费，村上要靠那点钱开支，一分下去看管费就没了！乡上也是因为村上真要把林子划到每家每户去了，他们要直接面对几百户人家，再要从中吃一点看管费，恐怕也吃不着了，所以就暗中支持不分！再说，我现在说的分，也只是名义上的分！"贺劲松问："分下去了又怎么办呢？"

贺端阳说："我们规定每个村民只卖5棵树，我们那树，是清一色的上等松木，每棵少说也要卖六七十元，我们只向村民收40元，5棵树正好200元，剩下的做他们砍树的劳务费。这样，村民也得了实惠，修路的资金也解决了。等树一卖完，马上把林子收回来，也不影响村里的收入！"贺劲松听了这话，没有立即回答贺端阳，犹豫了一会儿才说："办法倒是可以，可这么多人砍树、卖树，要是上面晓得了，怎么办？"贺端阳说："即使上面晓得了，法不责众，他们又能怎么样？"贺劲松又皱着眉头问："要是上面追查我们为啥要把树分下去，我们怎么回答？"

贺端阳见贺劲松小心翼翼、犹豫不决的样子，便说："劲松叔说的上面，指的哪个上面？"说完不等贺劲松回答，便又接着说，"上面很多，县、市、省、中央，越是最高的上面离我们越远，越不会管我们这类鸟事！县官不如现管，要说上面，只是乡政府才是我们的上面！你也是晓得的，我们这屙屎不生蛆的地方，从来没个县上的领导来踩个脚印，只要乡政府不装我们的怪相，你就是把林子砍光了，上面晓得个啥？"

贺劲松听了，便说："我担心的，正是乡政府呀！麻雀飞过都有个影子，砍那么多树，他们哪有不晓得的？"贺端阳说："他们晓得了又能怎么样？第一，我们不是为私人的事卖树。第二，乡上也有痛处在我们手里，要是他们几爷子真要和我们过不去，我们就说正是因为他们这么多年来，一直克扣我们的林子看管费，才迫使我们把林子分下去的，让他们也吃不了兜着走！我们就是死，也要拉个垫背的。"

贺劲松还是没有立即表态，贺端阳又说："再说，我们那林子有1000多亩，每人砍5棵树，也才六七千棵，一亩林子砍五六棵树，等于一斗芝麻拈了一两颗，如果不是故意挖洞寻蛇打，亲自到林子里看，一般是不容易发觉的。"贺劲松听了，这才说："道理是这样一个道理，可那么多树，怎样分，怎么砍，得想周全。要不然，到时乱了套，就不得了了……"

话还没说完，贺端阳便说："这个我也想好了！我们叫贺勇带几个办事认真，又和我们贴心的人，到林子里把要砍的树先做上记号。然后按老湾、新湾和郑家塝的顺序，先按家庭编号，后依次在树上编号，一户一号，每户人按自己的号，去对应树上的号，对到号的树，便是自己该砍伐的树。砍树的时候，叫贺勇带上人在林子里巡查，任何人也不得多砍，谁多砍了，当场没收！"贺劲松说："这个办法倒是很好，对号砍树，想乱也乱不起来。"贺端阳听贺劲松这么说，又有些高兴起来，说："即使上面晓得了，来人清查，那么多人同时进林子，找得到是谁带的头？再说，卖树的钱又是拿去修了公路……"

贺劲松听到这里，像是下了决心，说："那就这么定了吧！"可话音刚落，又突然想起什么似的，看着贺端阳问，"你说到这里，我倒想起来了！树好砍，可卖树难，砍下来的卖给谁？总不能让大家一根一根地扛到市场上卖吧？再说，即使让大家扛到市场上卖，山下林业检查站查得那么严，难道大家能飞得过去？"贺端阳听到这里，突然扑哧一声笑了起来，说："劲松叔放心，买树我早就想好了一个人！"贺劲松忙问："谁？"贺端阳说："这人还是我们贺家湾的人呢！"说着，便把那天在县政府大院里巧遇郎山的事，对贺劲松说了一遍。

贺劲松听完，也立即高兴地叫了起来，说："宋志英的孙子还在？哎呀呀，真是没有想到！我现在还记得，那娃儿小名叫贺贱狗儿，随他娘走的时候，还在吃奶，没想到现在当老板了！"说完又说，"这人真是没意思，宋志英现在一个孤老太婆，吃五保，虽然有孙子，这么多年却没有回来看过她，你要不说，哪个还晓得她还有一个孙子呢！"

贺端阳见贺劲松只顾发感慨，把事情扯到一边去了，便说："他说要回贺家湾来看他奶奶的！"说完便马上把话引到了正题上，接着说，"我想他既然在做木材生意，和林业检查站那批人肯定混得熟。这年头，只要有利，就有人敢铤而走险！毒品生意风险那么大，还有人做呢！反正我们一手交货，他一手交钱，其他的我们就不管了！这样，我们不但没风险，而且价钱比卖给那些招商引资进来的木材老板还要高一半！"贺劲松听了忙说："那你快进城去和贺贱狗儿联系，只要卖树不愁，我们还有啥担心的？"贺端阳说："我明天就进城去找郎山！不管怎么说，正像他自己说的那样，他身上每根毫毛都姓贺呢！"

说完这话，贺端阳便要走，可贺劲松却又喊住他。贺端阳问："劲松叔还有啥事？"贺劲松说："这事不管我们组织得多严密，可坛子口好封，人口难封，风险还是有的！我想了一下，这件事最好你不要出面，一切交给我来办。"贺端阳忙问："为啥？"贺劲松说："我这是为大侄儿着想！你还年轻，未来的路还很长，要是因为这事栽下去了，划不着！我反正已经是土埋了大半截的人了，他们要我搞就搞，不要我搞也就算了！"

说完，停了一下，贺劲松才又接着往下说："再一个，我是一个搞业务的，大家都晓得我是个好好先生，不得罪人，因此不管是大房小房的人，对我都还算可以，说话大家都还容易接受，所以我出面，可能比你出面还好些！"贺端阳一听这话，心中一热，便说："劲松叔说得极是，只是这么大的事，我怎么忍心让你一个人操劳？"贺劲松说："这有啥？你只管给我把买树的落实，其他的我自有安排！"说完，又怕贺端阳不肯相信似的，又说，"我先找贺荣、贺贤明和几个小组长来说一说，然后再找大房的人说一说，这是为大家的事，我估计哪个也不会把胳膊肘向外拐！然后再让小组长去给村民代表说，村民代表再一一地去发动村民。这样一层一层往下做工作，等工作全部做通了，再按你说的，叫贺勇带人到树林里编号，整个砍树的组织工作，我都让贺勇出面，到时即使有人装怪相，贺勇一个平头百姓，咬他脑壳硬，咬他屁股臭，看他们能怎么办？"

贺端阳一听，急忙对贺劲松说："劲松叔还是要小心些，给小组长和村民代表做工作时，一定要叫他们保密！如果上面有人来查，要一板的腔，就说不晓得是谁带的头！"贺劲松说："你放心，这些我都晓得！"说完又说，"你要脱手就彻底脱手，把买树的事落实以后，干脆找地方躲起来，连面也不现，只有我和你保持联系！等树砍完、卖完，你再回来！这样，别人想给你栽个罪名，也没法栽上！"

贺端阳听完，急忙双手合拢，一边对贺劲松打躬，一边说："那侄儿这里就先向劲松叔说声谢谢、谢谢了！"贺劲松一见，急忙抓住贺端阳的手说："一笔难写两个贺字，自己叔侄间，客这些气干啥？赶快去把买树的事落实了，我才好开展下一步工作。"贺端阳把手放了下来，说："劲松叔放心，明天我就去找郎山！"说完这话，才和贺劲松分了手，各自做自己的事去了不提。

第十五章　老　板

　　贺端阳回去，就按照郎山留给他的电话号码，给郎山打了一个电话。贺端阳喊了一声："郎大哥！"郎山大约是在酒吧或歌厅里，话筒里传来音乐声和大呼小叫的嘈杂声，没听清楚贺端阳的话，问："你是哪位？"贺端阳大声说："我是那天你见过的贺家湾的贺端阳！"

　　郎山想起来了，便立即高兴地叫道："哦，兄弟，你在哪里？快过来帮哥子喝酒！"贺端阳说："我还在贺家湾，明天我进城来找你！"郎山说："来来来，来了我请老弟喝酒！"说完又问，"你有啥事？"贺端阳说："电话里说不清楚，明天我来了再当面说吧！"说完便挂了电话。

　　第二天一早，贺端阳便赶到乡上，搭公共汽车进了城。一下车，便打听"明珠林木有限公司"在哪里，可一连问了十几个人，都说不知道。贺端阳便又电话问郎山，郎山说："老弟你打辆出租车，叫司机开到石马号笔峰山普济寺那里，对面有一家房地产公司在那儿修房子，旁边就是我的公司！"贺端阳拦了一辆出租车，告诉了司机郎山说的地址。司机听说，将车子掉了头，径直往城西方向开去。

　　开了大约两三公里路，贺端阳果然看见一大片建筑工地，车辆穿梭，钻机和搅拌机的声音隆隆，一派繁忙景象。贺端阳下了车，一看，身后果然有一座庙，朱墙碧瓦，翘角飞檐，里面木鱼声声，梵音渺渺。旁边一处凹形的山坳里，用铁皮圈出了一大片地，里面有几幢简易的棚户似的建筑。面朝公路的铁栅门上方，竖着一块牌子，上面写了"明珠林木"四个大字。周围铁皮上，隔两米左右，便写着一段广告，上面仍是"明珠林木"四字，下面一行小字，和郎山给贺端阳名片后面写的字一样："主营：圆木、锯材、板材、西式瓦。"贺端阳一见，便朝那片棚户样的建筑走去了。

到了大门口，通过栅栏门往里一看，里面除了几幢棚户似建筑外，还有一个几亩地大的水泥坝子，坝子里分别堆了几堆圆木和板材，从一处工棚里，发出了"隆隆"的电锯轰鸣声。围着铁皮四周，也分别竖了一些小圆木。贺端阳正想推开栅栏门进去，一只狼狗忽然"汪"地大叫一声，接着便龇牙咧嘴地向栅栏门扑来，脖子上的铁链子拖得哗哗作响。贺端阳吓得急忙后退一步，不敢再去推铁栅门了。随着狼狗叫唤，一个保安模样的汉子，走到铁栅门口来。这人三十多岁的样子，两道吊梢眉，左脸上有一条往太阳穴伸去的斜疤，一副凶巴巴的样子，对着贺端阳粗声粗气地问："找哪个？"贺端阳听了，忙说："郎大哥！"说完又补了一句，"我姓贺，和郎大哥约好了的！"那人听了，忙过去喝住了狼狗，打开了铁栅门，然后带着贺端阳，往右边一处用板材搭成的活动房屋走去了。

走到门口，那人喊了一声："老板，有人找你！"随着话音，郎山趿着一双棉拖鞋从屋子里走了出来，一见贺端阳，便高兴地叫了起来："哎呀，老弟，没有出来远迎你，对不起，对不起！"说着把贺端阳带进了屋子。

贺端阳进去一看，里面一张大班桌，一把皮转椅，桌子上乱七八糟摆满了一些东西，一只玻璃烟灰缸里，装了大半缸烟蒂和烟灰。靠墙摆了两只韩式沙发，角落里立着一台柜式空调。贺端阳看了看便在沙发上去坐下了，然后拍了拍沙发对郎山说："郎大哥就在这里办公呀？"郎山说："这里办公难道不好吗？你以为老哥子的公司应该在城里的写字楼上呀？我告诉你，我这个公司要有地方堆木材，要上下车和运输方便，还要安全，这儿样样都符合了，叫我搬到城里写字楼去，我还不得去呢！"

说着，郎山随手递了一支烟给贺端阳，贺端阳忙说："谢谢郎大哥，老弟我不抽烟！"郎山见贺端阳推辞，也不坚持，自己叼了一支在嘴上，点燃吸了一口后，才对贺端阳说："烟都不抽，那老弟有啥爱好？"贺端阳说："老弟一个转田坎的村干部，能有啥爱好？"郎山说："喝得到多少酒？"贺端阳说："不喝酒。"郎山说："哎呀，一不抽烟，二不喝酒，老弟变啥男人？"

说完，又看着贺端阳问："今天是一个人来的，没带'情况儿'来？"贺端阳不明白郎山说的什么，便老老实实地问："啥情况儿？"郎山说："'情况儿'老弟都不懂？就是小三、情人，没带到一路？"贺端阳一听这话，脸立即红了，说："郎大哥开啥玩笑，我哪来的'情况儿'，想也不敢想呢！"郎山说："老弟不抽烟不喝酒，又不拈花惹草，那活一辈子人有啥意思？不瞒老弟说，老哥可是吃喝嫖赌，样样都来，五毒俱全呢！"

贺端阳见郎山说话粗鲁，浑身上下便感到有些不自然起来，于是就岔开了郎山的话，问："那天郎大哥你们和张县长谈判，谈得怎么样？"郎山把烟蒂在烟灰缸里摁熄了，才说："还能怎么样？先是叫我们做出暂时牺牲，顾全大局，支持县委、县政府的招商引资政策！我们不干，争了半天，最后县上做出了让步，答应给我们每家木材公司，分别调剂几车木材来……"

贺端阳听到这里，忙问："那给你们调剂来了？"郎山愤愤地说："调剂个屁，到现在还写到水瓢上的呢！"说完又对贺端阳问，"你知道县上为啥要把那些外地木材商人，像祖宗一样供起？"贺端阳说："我怎么晓得？"郎山说："那些木材商人，都是县上领导亲自去招来的呢！那是他们的政绩，要不把那些商人照顾好些，那些商人拍屁股走了人，领导的政绩也就没有了！听说有些领导还在那些木材商人那里，入了股的呢！"贺端阳说："原来如此呀！"

说了一会儿闲话，郎山才对贺端阳问："老弟找我究竟有啥事？"贺端阳说："无事不登三宝殿，找郎大哥自然是有事了！"说完便看着郎山问，"郎大哥买树不？"郎山一听买树，眼睛马上瞪大了，立即俯过身来，看着贺端阳问："买树，哪儿有树卖？"贺端阳说："就是我们贺家湾，我是代表贺家湾全体村民来找郎大哥的！"

郎山一听，高兴了，立即对贺端阳说："怎么回事，老弟快说给老哥子听听！"贺端阳听了，便不慌不忙地把贺家湾动员村民集资修路，却一时难以集起钱来，现在打算卖一部分树修路的事，原原本本地对郎山说了一遍。

郎山一听，犹如捡到一锭金元宝样，立即双手抱拳，站起来对贺端阳打了一躬，然后说："哎呀，老弟可真是大慈大悲、救苦救难的观世音菩萨！不瞒老弟说，老哥子现在无米下锅呢！昨天一家实木家具厂还来电话，催我给他们拉几车原木去！说再不供货，他们便要按照合同来向我索赔了。老哥子好比是踩在火石上，正没办法，没想到老弟给我下起了及时雨，这太好了！"

贺端阳听见郎山这样说，也高兴起来了，说："郎大哥先不要忙谢我，还有些麻烦事，要你自己想法解决呢！"郎山忙问："啥麻烦事，你尽管说！"

贺端阳便说："树呢，我们答应卖给你，可你也是晓得的，那不是一根两根，而是几千根，得你自己找车到贺家湾来拉！我们在现场做交易，至于你拉不拉得出林业检查站，我们就不管了！"郎山一听这话，便明白了，立即说："这你放心，只要你们肯卖树，到时我把卡车开到贺家湾来，现钱买现货，决不拉稀摆带，你们有多少我买多少，价钱保证比市场还高！至于拉不拉得出林业检查站，你们一点不用操心，只等着数钱就是了！"

贺端阳见郎山说得这样肯定，还有些不相信，便又说："真的？"郎山说："老弟还不肯相信你哥子？老哥子如果连一个林业检查站都摆不平，还敢做这么多年的木材生意？不瞒老弟说，别说一个林业检查站，就是林业公安的局长，我叫他怎么样，他就会怎么样！不信，我马上打电话，叫他10分钟赶到，他一定就是10分钟赶到！"说完，掏出电话，果真要打的样子。

贺端阳一见，急忙对他说："好，好，我晓得郎大哥本事大，这我就放心了！"说完又说，"不过老哥去拉树，最好晚上去，因为车子要从乡政府旁边经过，让乡政府看见了，也不好。"郎山说："老弟你放心，我郎山不是顾头不顾尾的人！虽说我和林业公安和林业检查站关系好，可我也要替人家想想！白天拉着一车车树，扬长舞道地从林业检查站过，你说让人家怎么想？所以我肯定放到晚上去拉的！"贺端阳一听这话，便高兴地说："那就好，这样我就放心了！"说完站起来，又说，"那我们就这样说定了，我们砍树的时候，就通知郎大哥，郎大哥晚上就可以来拉树，可一定是要现钱买现货！"

郎山说："那是当然，我郎山说话从来都是算数的！"说完这话，见贺端阳要走的样子，便立即又对贺端阳问，"老弟这是打算做啥子？"贺端阳说："事情已经谈妥了，我得赶快回去叫大家准备准备！"郎山一听，马上说："那怎么行？上次都没陪老弟喝酒，今天中午无论如何得和老弟喝一杯！再忙也不在于不吃饭，是不是？何况吃饭的时间也到了，我们马上就进城去！"

说着，也不等贺端阳回答，便对外喊了一声："老五！"先前那疤脸保安听见喊，立即屁颠屁颠地跑了进来，对郎山低眉垂首地问："老板，有啥事？"郎山说"这是我兄弟，几十年了我才认到自己兄弟，今中午要和他好好喝一杯，你先打个前站，到味鲜美去订一间包间，我们随后就来!"那叫"老五"的保安一听，马上答应了一声，转身便要离去，郎山又像想起了什么似的，喊住老五说："给老板娘说一声，叫她安排两个小姐，好好陪陪我这个老弟!"老五又"哎"了一声，这才转身去了。

这儿郎山又陪贺端阳说了一会儿闲话，看看时间不早了，便去换了鞋，和贺端阳一起走了出来。站在公路边等了一会儿，一辆出租车从前面驶了过来，郎山立即招手叫住。出租车来到二人面前，二人上了车，郎山说了一句："味鲜美!"司机也没答话，脚刹一松，车子便往前开去了。

第十六章　酒　宴

　　出租车开到南城一幢玻璃幕墙的建筑前停下，贺端阳下了车，抬头一看，原来是一幢电梯公寓，下面四层均是商业用房，二楼的墙壁上，嵌着"味鲜美"三个鲜红大字。正面一扇玻璃旋转大门，门口两美女个子高挑，身着玫红色丝绒滚边旗袍，橙色缎子面绣花鞋，胸挂一串珊瑚串珠，眉目含情，一副山娇水媚的样子。看见郎山，一齐弯了一下腰，然后莺啼燕啭地叫了一声："郎老板好！"

　　郎山一见，便嘻嘻一笑，伸手去摸其中一女，那女子一扭水蛇腰，躲开了。郎山说："今天怎么不叫郎哥哥了？"女子仍含笑不答。另一女子说："郎哥订餐了？"郎山说："定了，定了，快带郎哥哥进去！"那女子听了，果然就转过身子，带了郎山和贺端阳往楼上走去。贺端阳一面跟在郎山后面走，一面斜眼去打量女子，只见那女子轻移莲步，袅袅婷婷，偶尔从旗袍开衩处，露出一截大腿，洁白如玉。

　　进入大厅，大厅内共有几十张桌子，桌面上都铺着深黄色的桌布。一些桌子上已有了食客在就餐，厅里吵吵嚷嚷。带领他们进来的旗袍小姐到吧台问了一下，便又带着他们进了一条走廊，然后又拐了一个弯，最后来到一间包间门口站住。

　　那门口又站了一个女服务员，穿了一件玫红色底子的细花对襟上衣，布面纽襻，一条青色卡其下装，脚着一双布底鞋，一身农家女孩的素净清新打扮，却也是桃红柳绿、有凹有凸。一见郎山和贺端阳来到门口，便知是这间包房的客人，于是嫣然一笑，推开包房的门，郎山和贺端阳便进去了。

包间里，一张普通圆桌，桌面上铺着一张紫色田园风光的涤棉格子桌布，椅子上也套了紫色的蕾丝椅套。叫老五的保安正在桌边翻看菜谱，一听见门响，抬头一看，见是贺端阳和郎山进来了，便立即站了起来，对郎山："老板来了!"说完又说，"人少，我只要了这个小包间!"贺端阳朝房间里看了一眼，说："这房间也不小了! 就我们三个人，菜不要点多了!"郎山一听，立即说："哎，怎么才我们三个人呢?"说完又回头对旁边的女服务员说，"我们要了两个小姐来陪我们喝酒，快去给你们老板说，马上给我们安排两个来!"

那服务员答应了一声，转身就要往外面走。贺端阳先前只以为郎山是说着玩的，没想到现在真的叫服务员去叫，一下急了，立即对服务员说："哎，不要去，说着玩的……"话音没落，只听郎山便打断了他的话，说："郎哥说一句就是一句，怎么是说着玩的呢?"说完又对服务员挥了挥手，说，"快去快去，别听他的，今天做东的是郎哥我!"那服务员一听，赶紧去了。

这儿贺端阳一见，便对郎山说："要陪就陪你们，我是不要的!"郎山说："专门为老弟叫的，怎么不要?"说完又说，"老弟既然出来了，就放开一些! 你放心，我们都不是外人，老弟你今天是帮了老哥我的大忙，老哥也要报答报答你! 要是中意，吃了饭老哥就去给你们开一间房，你想怎么玩就怎么玩，反正老哥给你埋单!"

贺端阳一听这话，脸立即红如赤炭，觉得身子有些热了起来，便对郎山说："看郎大哥说些啥话? 大哥真的去把她们退了!"郎山说："叫都叫了，怎么能退?"贺端阳见郎山不退，便一下站起来说："大哥不退，我去退!"说罢便要走，郎山一见，急忙一把按住了贺端阳，说："老弟这就不对了，老哥今天是专门要给老弟开一次洋荤的……"

正说着，只见服务员带着两位小姐，袅袅婷婷地进了房间。贺端阳不敢正眼去瞧她们，只用眼角余光扫了一下。只见这两女一高一矮，均是瓜子脸，柳叶眉，水蛇腰，涂了浓浓的眼影。矮个的小姐穿了一件超短皮裙，高个的小姐一袭曳地长裙。随着两个小姐进入室内，房间顿时香气扑面。

郎山叫两位小姐坐了，又叫服务员过来撤去了多余餐具，桌上只留下了五套碗筷，多余的椅子服务员也端走了。这时老五的菜也点好了，交给了服务员，服务员收了菜单，便过去了。等菜的工夫，郎山对两位小姐说："今天两位美女一定要把我这位兄弟陪到位!"

没一时,酒菜便上了桌。郎山叫长裙女郎去挨了贺端阳坐,叫矮个姑娘去靠了老五,老五一听便叫了起来:"老板,你是不是搞错了哟?"一面说,一面把走到身边的矮个姑娘拉到郎山身边,硬把她按在郎山旁边的位置上坐下了。郎山也不推辞,叫老五斟酒,长裙女郎一见,急忙把酒瓶抓到手里,叫起来娇滴滴地说:"我来!"说罢,拧开瓶盖,食指翘起,将酒斟到每个人的杯子里。

斟完,郎山端起酒杯说:"来来来,我们先同饮三杯,三杯以后,自由进行!"贺端阳一听,忙捂了酒杯说:"郎大哥,我真不能喝!"郎山做出了不高兴的表情,说:"那怎么行,老弟?就是锢水,老弟今天也得喝下去,不然就是不给老哥的面子了!"贺端阳听了这话,只得松开了手,端起酒杯,和大家共同喝了三杯。

三杯酒下肚,长裙小姐面若桃花,眼神迷离。郎山见了,又主动为贺端阳斟了一杯酒,接着又为长裙女郎斟了一杯,然后才对长裙女郎说:"美女,这是张哥,你先敬张哥一杯!"长裙女郎听了,果然伸出玉手,擎起酒杯,看着贺端阳,目光迷离,燕语娇声地说:"那好,张哥,小妹敬你了!"贺端阳不敢朝长裙女郎看,只埋着头,捂着杯子说:"谢谢,我真不敢喝了!"

郎山一见,便对女郎说:"站起来嘛,站起来喝交杯酒,我老弟就要喝了!"小姐听了,果然站了起来,端起酒杯,身子向贺端阳倾斜过去。裙子一甩,裙摆如花开,春光乍现,露出一溜白白的大腿,像要跌倒。贺端阳只闻一阵异香,吓了一跳,心里"咚咚"直响,如兔子在里面横冲直撞,有种就要窒息的感觉。那女郎却仍是春风满面,将一只手臂搭在了贺端阳肩上。

贺端阳身架一抖,浑身肌肉收紧,一边像是被毒蛇咬了一口似的喊着:"拿开!拿开!"一边全身往下缩。那女郎却仍是笑眯眯地看着贺端阳,并不把手拿开,贺端阳的身子往下缩,她的手臂也同时往下掉。贺端阳没法,只好肩胛一挥,用力一甩,倒是把郎山的手甩开了,却也把女郎杯中的酒洒了出来,溅到了裙子上。

郎山一见,这才对女郎说:"算了,算了,我兄弟没见过世面,不好意思,别把他吓着了!"说完又说,"等会儿去开个房间,把门一关,到那时他就好意思了!"那女郎听了,这才作罢。

贺端阳胡乱吃了一些，感到肚子已经饱了，想起郎山说的开房的话，真怕他一会儿去开了房，将女郎塞到他房间里。便站起来对郎山说："我去上个卫生间，马上就回来！"说完也不等郎山回答，便往外面走去。一出包间，穿过大厅，便朝楼下跑去。玻璃旋转门口，先前那两个穿旗袍缎子面鞋的迎宾小姐，还站在那里，看见他来了，又一齐弯了一下腰，说道："先生慢走！"贺端阳也不答，径直朝前面走去。

走过了一条街，贺端阳才掏出手机，给郎山打了一个电话，说："老哥，对不起，我有事提前走了，没给老哥告辞，老哥你们在那儿好好耍！"说完又说，"上午说的那事，我回去就安排，到时候你派车来拉树就是！"说完也不等郎山回答，就关了手机，然后朝车站急急地走去了。走了很远，心脏还在怦怦地乱跳，仿佛做了贼一般。

回到贺家湾，贺端阳便对贺劲松说了进城找郎山的事。贺劲松一听，便高兴地说："这就好了，他能够把林业检查站搞定，我们也就不怕树砍下来，没法卖出去了！"说完又对贺端阳说，"上午我也私下给贺荣、贺贤明等几个人吹了一下风，大家都说这办法好，还说这是为大家好的事，要是哪个敢装怪相，众人一人朝他吐一口口水，都要淹死他！看起来，大家都拥护这个办法！"

贺端阳说："大家既然拥护这个办法，现在买主也找好了，接下来的事就是抓紧落实，免得夜长梦多！"贺劲松说："这是自然的！既然我说过不让大侄儿担责任，大侄儿最好从现在起，就不要出面，要躲就躲个干干净净、彻彻底底，让别人今后抓不到一点把柄！"贺端阳说："可我往哪里躲呢？"贺劲松说："那么多的三亲六戚，就找不到一个去耍几天的地方？"

贺端阳想了一想，然后说："那我就到我舅家去，前几天听我妈说，我舅妈身体不好，正好借这个机会去看看！"贺劲松说："这样最好不过了！如果上面和村里有人问，我就对他们说你舅妈病了，你去看你舅妈了！我随时和你联系，等树一砍完、卖完，你再回来。这样今后随便哪个要说，你就说没在家，一推六二五，哪个拿你都没办法！"贺端阳："那好，劲松叔，我明天一早就走，家里的事就全部交给你了！"贺劲松说："你放心，我晓得该怎样处理！"贺端阳听了这话，于是不再说什么，回去了。

第二天一早，贺端阳跟母亲李正秀说了一声，便进城去了。他舅过去也当过村支部书记，后来承包了村里的几口煤窑，赚了一些钱，修了漂亮的洋房。可表兄表弟全都出去了，只老两口儿在家，有些冷清，贺端阳一去，老两口儿自然欢喜。贺端阳在老舅面前也不避讳，把村上砍树集资修路、自己出来躲干净的事，给老舅一一说了。老舅也在场面上混过，自然知道这事的重要，所以对贺端阳也极力支持，贺端阳便在老舅家安心住了下来。

住下来的第一天，贺劲松便打来电话，对贺端阳说："大侄儿，事情已经基本落实了，你放心！"第二天晚上，贺劲松又打来电话，说："贺勇已经带着贺兴成、贺长安、贺善怀、郑全福、郑全兴几个人，到林子里把要砍的树全部做了记号！"说完这话，又说，"大侄儿，我有一个建议，如果全村人一齐出动，动静太大，再加上那么多人，砍树时也容易出现混乱。所以，我准备一个村民组一个村民组地进林子砍树，砍完当天晚上就让郎山来把树拉走，也不会留下痕迹，大侄儿你看这样行不行？"

贺端阳一听，觉得贺劲松说得十分有理，便说："姜老才辣，劲松叔你考虑得太周到了，就按你说的办！"贺劲松说："那好，我就这样安排！"说完挂了电话。第三天晚上睡到半夜，贺劲松又打来电话，说："大侄儿，告诉你一个好消息，郎山才拉了两卡车树走，确实是一手交钱，一手交货，价钱也公道，村民都很高兴！"贺端阳一听，心里也高兴起来，忙说："那好，那好，劲松叔，辛苦你了！"说完又说，"不过我还是有一点担心，劲松叔！钱都交到村民手里，如果以后村民又舍不得把钱拿出来，又要费我们很多口舌。能不能这样，让郎山直接把钱交到你手里，然后村上扣出了集资款后，有多的再退给大家，你看行不行？"

贺劲松一听，忙说："大侄儿，这千万不能！这办法看起来我们是简单一些了，但这样一来，就成了我们村上卖树了，千万不行！钱还是让郎山给村民，以后我们该集资就集资，桥归桥、路归路，这样别人就说不到我们啥了！"贺端阳听了这话，又觉得有道理，于是又不说什么了。如此这般过了七天，贺劲松才给贺端阳打电话说："好了，大侄儿，大功告成了，你可以回来了！"贺端阳在舅家待了一个星期，早已待烦了，一听这话，归心似箭，第二天早晨天还没亮，便翻身起床，整理行李，告别老舅和舅妈，急急地往家里赶去了。

第十七章　视　察

　　贺端阳刚回到家里，还没来得及去见贺劲松，手机就响了。他掏出来一看，是乡政府办公室王主任打来的，便急忙对他说："王主任，有啥事？"王主任说："马书记叫你立即到乡上来一趟！"贺端阳听说是马书记让他到乡上去，心里便紧了一下，又马上问王主任："王主任，马书记找我有啥事？"王主任说："具体啥事我也不清楚，只是叫你马上赶来！"说完又说，"你来了就知道是啥子事了！"说完便挂了电话。

　　一放下电话，贺端阳便马不停蹄地赶到贺劲松家里，一进门来不及说别的，便对贺劲松说："劲松叔，马书记让我马上赶到乡上去，该不会是砍树的事，哪儿露馅了吧？"贺劲松听后一愣，也拿不准地说："该不会吧，昨天晚上郎山才来把树拉完，我们还没有到村民家里去收钱，这么快他就晓得了？"可说完后又说，"管它是不是，既然他叫你去，你就去吧，万一不是为这事呢！"

　　贺端阳听了，便问贺劲松："如果不是为这事，我可不可以把这事给他说一说？"贺劲松说："你给他说啥，埋到不臭掏开臭是不是？他不问你，你千万不能说，就装起不晓得！"贺端阳说："我明白了！"说完这话，便匆匆地往乡上赶去了。

　　到了乡上，马书记的办公室却锁着。贺端阳便去问王主任："王主任，马书记说找我，怎么办公室门又锁着的？"王主任说："马书记刚才还在，这阵子和人去看农贸市场了，过不了多久就会回来。"贺端阳听了，便在王主任的椅子上坐了下来，说："王主任真不晓得马书记为啥找我？"王主任说："大概是为农贸市场改造动工的事吧！"

贺端阳听了这话，一惊，说："农贸市场这么快就要动工了？"王主任说："后天就举行改造开工仪式！"贺端阳说："那农贸市场周边要搬迁的店主，都搁平了？"王主任说："前天退了休的魏副乡长，还要组织人到县政府上访，状告马书记非法征用农田呢！可马书记早有准备，当即拿出了县国土资源局的征地批文给魏副乡长他们看。魏副乡长也是在官场混了那么多年的，一看见政府批文，便知道马书记征地符合政策，得到了上级的认可，到县上去告也是白告，便没有去了。马书记又组织一些机关、学校、街道居民，去劝说那些要上访的店主，大打感情牌，结果就把他们分化、瓦解了！马书记亲自去找魏副乡长谈心，也不知道他们谈了些什么，反正谈了以后，魏副乡长不但不说上访的话了，反过来还说改造农贸市场的好处！这样，马书记便把所有的障碍扫清了，就等举行开工典礼了！"贺端阳说："原来是这样，我说怎么这样快呢！"

正说着，马书记回来了，一看见贺端阳，便说："贺支书来了！"贺端阳说："我正等着领导呢！"说罢便和马书记一道进了马书记的办公室。屁股一落座，贺端阳便迫不及待地问："马书记找我有啥事？"马书记说："你别忙嘛，屁股还没坐稳，忙啥？先喝口水再说！"

说完，马书记叫王主任倒了一杯水来。等贺端阳端起杯子喝了一口后，才笑眯眯地看着贺端阳说："大好的事情，我首先得祝贺你！"贺端阳一听，急忙放下了杯子，对马书记问："啥好事？"

马书记说："乡上后天举行农贸市场改造的开工典礼，县上四大班子领导和主要部门的领导，都要到场祝贺！昨天我去给县委陈书记汇报工作的时候，把你们发展特色产业、建集体果园的事，给陈书记汇报了。陈书记一听，非常高兴，说县委正在找一乡一品、发展特色和绿色产业的典型呢！陈书记当场表态，说等开工仪式结束后，他要带领县上全体参会领导，到你们村来看看这个果园呢！"

贺端阳一听是这事，心里一下踏实了，便说："哎呀，马书记，好事是好事，可你是晓得的，我们那条路是泥土路，上次把市职业技术学院薛总的车都陷住了，这次这么多的领导来，车子开不进去怎么办？"

马书记说："找你来就是为这事！明天你必须让全村的村民，把路上不平的地方弄平，该填土的地方就填土，该垫石头的地方就垫石头，总之一句话，一定要保证县上所有领导的车都能开进来！"说完又说，"陈书记带着县上那么多领导，到你们村来，这事非同小可，不但关系到你们村的荣誉，也关系到全乡的荣誉，所以你们必须要把工作做好！"

贺端阳一听这话，心里便有几分紧张起来，就说："那好，我们尽量努力！"马书记说："不是尽量，是要百分之百保证，让领导看了满意！"贺端阳说："好，马书记你怎么说，我们就怎样办，一定完成领导交给的任务！"说完站起来要走。马书记又喊住他，郑重地嘱咐说："有啥问题及时到乡上来汇报，可不能自行其是，听见没有？"贺端阳又"哎"了一声，便急急地回去了。

回到贺家湾，贺端阳又忙忙地去找贺劲松。可是贺劲松还没听完贺端阳的话，脸色就变了，对贺端阳说："你答应了？"贺端阳说："这是好事，领导又定了的，我怎么能不答应？"贺劲松说："你怎么晓得这就是好事？这明明是姓马的为了在县委面前展示自己的政绩，好邀功请赏，也不知他费了多少心思，才说动陈书记来看的！他倒是讨到了好，却可能害了我们！"

贺端阳一听，有些不明白，问："为啥？"贺劲松说："这你还不明白？我们才偷偷砍了几千棵树卖了，现在马上大动干戈，号召全村人都去修路，村民知道了县委书记、县长这些大官要来，要是这中间有一两个人装怪，像古人那样来个拦车告状，把村里偷卖树的事情往陈书记那里一捅，你就吃不了兜着走了！"

贺端阳一听这话，就愣住了，半天才懊悔地说："我怎么没想到这些？"贺劲松说："我虽然说的是万一，但不得不防！"说完又说，"人心隔肚皮，这很难说。你不是不晓得，你竞选村主任的时候，大房的人就千方百计给你设置障碍！现在你又是'一肩挑'，大房有些人心里更不平衡了，背后说啥的都有，万一他们趁这个机会，要跳出来整你怎么办？虽然砍树时你没在家，可你毕竟是村支书、村主任，不负主要责任，也要负领导责任！"说完又感叹了一句："害人之心不可有，防人之心却不能没有呀！"

听了这话，贺端阳更有些着急了，说："那现在怎么办？"贺劲松说："办法是有，你马上到乡上给马书记说，就说我们村上有不稳定因素，县上那么多的领导来了，到时可能有人会缠住陈书记告状！现在，各级领导把稳定工作都看得很重，是一票否决，你这么一说，马书记一权衡，就可能不带陈书记他们来了！再一个，你说那苗子栽下去还没活过来，也没啥看头，要看，等挂了果再来看，不是更好吗?"

贺端阳听后犹豫了一会儿,又对贺劲松问:"要是马书记问我有啥子不稳定的因素,我又怎么回答?"贺劲松说:"哎呀,你这个人,就不会编龙门阵了?农村的矛盾这么多,你随便说一点,不就把他唬住了!打个比方说,就说村里有两家特困户,分别叫张三和李四,因为没吃上低保,多次要到乡上和县上上访,都是被村里给劝住了!这次县上领导来了,村上要是看不住,他们不是正好给上级反映吗?马书记如果还要问为啥不给他们解决低保,你就说低保名额是乡上掌握着的,村上想解决也没办法!你这么一说,姓马的吓住了,或者就打消了让陈书记来看的念头。我们也不想出名,大家吃点安乐饭最好!"

贺端阳一听这话,便说:"劲松叔说得对,我起初没想到这一层,现在我就去找马书记,让他改变主意!"说完又说,"陈书记看了再高兴,我一个转田坎的村干部,升官发财也轮不到自己,担风险却有我,何必去捉只虱子在头上咬?"说完这话,便果真又向乡上去了。

到了乡上,已是半下午时分,贺端阳来回奔波了两趟,大腿都感觉有些酸软了。马书记正要坐车回城,一见贺端阳,便问:"你怎么又来了?"贺端阳忙说:"马书记,我回去考虑了一下,觉得还是不要让县上的领导到贺家湾来看为好!"

马书记一听这话,眉毛像蝴蝶的翅膀一样,急剧闪了几下,然后才把眉头皱了起来,看着贺端阳不解地说:"为什么?"贺端阳停了停,才把贺劲松给他编造的谎言,对马书记说了一遍。说完又补了一句:"如果真的出了事,对我们村上的影响不好事小,可对马书记和乡上的影响不好,事就可大了!再加上那苗子才栽下去,也没啥看头,所以我觉得不能因小失大,还是叫陈书记不来看为好!"

马书记一听,就叫了起来,说:"这怎么能行?这又不是小孩子玩过家家!县委领导定了的事,就是铁板上钉钉——不能走展!我们怎么能去给领导说,叫他们不来了呢?"说完又接着说,"不过你说的事,也确实是大事,我们是该防范一些别有用心的人,趁县上领导下来的机会告状!"说完这话又皱起了眉头,像是在思考的样子。

过了一会儿,马书记才对贺端阳说:"贺支书你放心,后天我把乡直属单位和乡干部、派出所全部民警都动员起来,乡上的开工典礼一结束,我就叫他们马上往你们那儿赶!从乡上通往你们村的路上,直到你们果园,每隔20米或30米就站一个人，不让任何一个村民，靠近县上领导和他们的车队！"

贺端阳听罢，还是有些担心，犹豫了一下才说："可他们怎么认得哪些是村民，哪些不是？"马书记说："他们把贺家湾村民认不全，却认得你们几个村干部嘛！除了你们几个村干部可以来陪县上领导外，其余的人，一概不准接近领导，不就把这个问题解决了吗？"说完又说，"只要那些人不能接近领导，还能告什么状？"贺端阳听了马书记的话，有些不好再说什么了，便说："我只怕群众过后要骂我们呢！"马书记说："只要能保证领导视察圆满结束，就是最大的成功，群众要骂，就让他们骂去吧！"

说完，见贺端阳还有些迟疑的样子，马书记便又做思想工作说："同志，你要深刻认识到这次县委领导视察的不平凡的意义！你是知道的，我们乡地处偏僻，过去县上主要领导，一直没来踩个脚印，现在陈书记要带着四大班子和一些重要部门的主要领导来视察，表明县委对我们乡的关心和厚爱，这对于提高我们乡的知名度、加快经济发展，都具有十分重要的意义，所以我们只能热烈欢迎，认真搞好每一个接待工作，让领导看了满意！这不是一件可完成可不完成的一般工作，而是一件必须完成好的政治任务，你不要再有什么犹豫的了，回去做好该做的准备吧！"

贺端阳见马书记决心已定，不好再说什么了，又灰灰地回到贺家湾，把马书记的一番话告诉了贺劲松。贺劲松一听，脸上也露出了无奈的神情，说："既然姓马的这么说了，我们只能拿运气去撞了！那就又通知村民小组长开会，研究研究明天补路的事吧！"

贺端阳听了，果然在吃过晚饭后，把7个村民小组长喊到一起，将县委陈书记等人要到村里视察的事告诉了大家。然后又如此这般，将补路的任务落实到每个村民小组。村民小组长们听说县上那么多大官要来贺家湾，不敢怠慢，第二天便果然带了各自小组的村民，到贺家湾那条通往乡上的机耕道上，见坑填坑，见坎铲坎，该垫石的垫石，该铺土的铺土，忙活了整整一天，才将那条土路补平了。

第二天吃过早饭，贺端阳、贺劲松、贺荣、贺贤明等一干贺家湾的两委会干部，便到村办公室里等着。10点半的时候，马书记才给贺端阳打来一个电话，说："乡上的开工典礼已经结束了，陈书记和我们正在往你们村走！"一听这话，贺端阳、贺劲松急忙带了贺荣等两委会成员，一齐往村口跑去。到村口一看，果然有很多乡干部以及乡直机关的职工，站在机耕道两边，差不多像是三步一岗、五步一哨的样子了。贺家湾的村民也和贺端阳、贺劲松一样，一直没亲眼见过县上的大官，一个个岂有不好奇的？这时也不知道是怎么得到了消息，也往机耕道上拥来，站在路两边那些干部一见，马上便过来拦住村民，要他们退到一边去。那些村民并不惧怕乡上的干部，干部越拦，他们越要往路上挤。这时几个派出所的民警，腰里挂着警棍，一副全副武装的样子，骑了摩托车过来，看见这个样子，便立即跳下摩托，正了正帽子，对村民大喝了一声："干啥，干啥，啊？退远些，统统退远些！"村民一见，这才不情愿地退到远处的小路或山坡上，伸长颈项往路上看着。

正在这时，一溜黑色车队碾压着村民昨天才铺上的新鲜石子和沙土，朝村口来了。前面一辆警车开道，后面的小车一辆接着一辆，约有二十多辆，蜿行有序，拉了很长，十分壮观。警车开到村口，没路了，便停了下来，接着所有的车子，也都像母鸡下蛋一样卧下不动了。一个个衣着整洁鲜亮、表情端庄肃穆的官员，也像小鸡崽出壳一样，从车壳里钻了出来。站在远处的村民一见，又往前面围了过来，从警车里下来的警察和派出所的民警，又将他们赶了回去。

贺端阳们急忙迎了上去，马书记见了，急忙叫了一声贺支书，贺端阳和贺劲松跑过去，马书记便带了他俩，往一辆宝马车走去。还没走到车前，贺端阳已经认出站在车旁边那个穿着一身正装，身子微胖，面孔微黑，浓眉大眼，面带微笑的人，就是县委陈书记！于是也不等马书记介绍，几步便奔了过去，抓住陈书记的手便直说："领导辛苦了！欢迎，欢迎！"陈书记看着他，脸上只是带着惯常的微笑，也不好说什么。马书记便过来介绍了，陈书记才说："你们辛苦了！基层的同志辛苦了！"贺端阳又把贺劲松给陈书记介绍了，陈书记也和贺劲松握了手。马书记又带着贺端阳和贺劲松，去见县上其他领导，然后又回到陈书记身边。

这时一个秘书模样的人，过来对贺端阳问："前面车子不能走了？"贺端阳露出了非常歉意的表情，说："实在对不起领导，前面只能走路了！"陈书记听了，便说："那我们走一走吧！"说罢便带头往前走。扛摄像机的记者一见，以百米冲刺的速度跑到了前面，将镜头对准了陈书记。马书记见贺端阳还陪在陈书记身边，马上捅了他一下，说："还不快前面带路！"

贺端阳听了，马上冲了几步，跑到了前面带路。而马书记却自始至终都陪在陈书记身边，一边走，一边和陈书记说着什么。贺端阳跑了一阵，这才回头看去，只见一大队人马，浩浩荡荡，神龙见首不见尾似的，仿佛游行一般。队伍后面，那贺家湾的村民还想跟过来，可警察和乡干部仍然死死地拦住了他们，他们只好走开了。

没走多久，便到了那1000亩土地上。离三星桥不远，有一座小山包，站在上面，1000亩地可以一览无余，贺端阳便把陈书记们带到了那里。登上山包，陈书记往下一看，只见那1000亩平展展的土地，卧于蓝天冬阳之下，无声无息，仿佛睡着了一般。一条条水泥小道，纵横交错，排列有序，将地隔成一块一块的，也是整齐划一，像是用墨线弹出来似的。水沟蜿蜒，水塘潋滟，十分醒目。那柑橘树苗虽然栽下去不久，可栽时已是半大苗子，已有两尺来高，又是带土栽植，此时活得很好，阳光下看去，横成排，竖成行，绿意一片。陈书记一看，已是十分高兴了，说："没想到这里还有这样一片绿洲，真是一颗嵌在山里的明珠呀！"贺端阳一听，也高兴了，便又对陈书记问："领导还到下面地里去看看不？"陈书记兴致正高，听了这话忙说："看看！看看！"贺端阳一听，又急忙带了陈书记往下面地里走去。

到了地边，陈书记先扶着一棵柑橘树苗，仔细地瞧了瞧，让扛摄像机的记者好摄像。接着又十分亲热地问了贺端阳几句话，然后弯下腰，抓了一把地里的泥土在手里捏了捏，然后又慢慢松开，让泥土从手指缝里滑了下去。电视台的记者早把这些镜头录下来。等电视台的记者一转身，马书记就从口袋里掏出几张餐巾纸，给陈书记擦了手。

陈书记擦了手后，这才看了看身边的贺端阳和马书记，说："好哇，好哇，你们可是为全县带了一个好头呀！"说完又说，"我们西部落后地区要发展，只有两条路，一条是大力招商引资，承接沿海发达地区经济转移，另一条是依靠自己的力量，自力更生，大力发展自己的优势产业。承接沿海发达地区经济转移，各地都在争，都在抢，僧多粥少，加上中央又在大力提倡环保，那些高耗能、高污染的落后产业，我们又不能要。所以承接沿海发达地区经济转移，总是有限的！因此，我们必须走自己的路，发展绿色产业、特色产业、优势产业，而你们走在了全县前面，这很好、很好呀，我代表县委感谢你们，啊！"

说完，陈书记就转过身，和马书记、贺端阳亲切握手，围在陈书记身边的人一见，就鼓起掌来。众人掌声停息后，陈书记又对马书记说："希望你们的万亩果园计划能早日搞起来！"马书记忙说："请陈书记放心，我们明年一定将万亩果园建起来！"陈书记点了点头，便又拉了贺端阳的手，说："村上可要加强对果园的管理，三分种，七分管，管理可是大事！"贺端阳听了，也对陈书记说："我们一定加强管理，请县委领导放心！"陈书记又点了点头，又拍了一下贺端阳的肩，说："希望你们果园能早点见到成效！"

　　说完这话，陈书记便转过了身。贺端阳知道领导是要回去了，便急忙又跑到前面带路。没一时就又回到了村口，贺端阳便跑到马书记身边，悄悄地对马书记问："马书记，我和贺会计还到不到乡上去？"马书记说："乡上有我们，你们就不用去了！"贺端阳一听这话，便过去和陈书记以及县上其他领导握手。和陈书记握手告别的时候，陈书记又拍了拍贺端阳的肩，说了一句："小伙子，好好干！"贺端阳点了点头，看着陈书记上了车，然后站在路边，一边对经过的车队挥手，一边目送着车子远去。直到最后一辆车从身边过去了，贺端阳、贺劲松们才放下手臂，松下一口气来，看看时间已经不早，便各自回家吃饭。

第十八章　慰　问

隔了一天，马书记也没和贺端阳打招呼，便带着乡党委的班子成员，加上包村干部薛干事，到贺家湾来了。那时，贺端阳正和贺劲松商量，准备到各村民小组去，和小组长一起把村民卖树的钱收起来。一见乡上突然来了这么多领导，心里一下又有些紧张了。贺端阳把马书记一行带到村委会办公室，这才对马书记问："马书记，今天这么多领导大驾光临，又有啥事？"马书记说："也没什么大事，具体情况谢乡长跟你说说！"

贺端阳一听这话，便又看着谢乡长。谢乡长笑了一笑，便说："真没什么大事，前天县委陈书记带着县上四大班子和一些主要部门的领导，来看了你们的千亩果园基地，非常高兴！马书记说你们为乡党委、政府和全乡人民争了光，今天特地带领我们全体班子成员，来慰问同志们！"

贺端阳一听是来慰问他们，心里一块石头落了地，便立即笑着对马书记和谢乡长打躬，说："哎呀，谢谢马书记，谢谢谢乡长！"说完又开玩笑地对马书记说，"我还以为陈书记来看了，不满意，就这样蚊子滚岩——没有响动就算了呢！"马书记说："怎么会就算了？乡上还是要赏罚分明的嘛！"

说完，马书记又对贺端阳问："你和贺会计今天打算干什么？"贺端阳说："打算到各村民组去看看。"马书记说："今天就不去了，我放你们一天假，坐下来我们陪你们喝半天茶！"说着变戏法似的从公文包里拿出一袋茶叶，一边晃着一边说，"茶叶我都带来了！"

贺端阳一看，马上有些夸张地叫了起来："哎呀呀，那我们今天可是星星跟到月亮走——沾光，喝马书记的好茶，开回洋荤了！"马书记说："去，找人烧两瓶开水来，另外把其他村两委会成员和村民小组长也叫来，大家都辛苦了嘛！"说完又说，"中午就在村上安排一顿生活，我们乡党委一班人，要一一敬大家的酒！"

贺端阳一听，便说："哎呀，领导给我们敬酒，那我们脸上太有光了！"说完，便对贺劲松说："那劲松叔你就去安排一下，顺便通知一下村民小组长！"贺劲松答应了一声："是！"说完便往外走。马书记又喊住他，说："贺会计你尽管放心去安排好了，今天中午的酒钱菜钱，乡政府埋单，一个子儿不少你们！"

贺端阳一听这话，又叫起来，说："领导能来看望我们，我们已经感激不尽了，怎么还能让领导埋单？"说完又说，"我们村上再穷，一顿饭还是吃得起的！"马书记说："不是吃不吃得起的问题，我们来慰问你们，理应由我们招待你们，这是一个心诚不诚的问题！"贺端阳听马书记这样说，便不再争执了，就说："那好吧，既然领导这么说了，我们再和领导争，倒显得不尊重领导了！我们乡下也没啥好的招待领导，如果领导不怕膻味的话，我们有个村民叫贺世奎，养了十多只骚角棒棒山羊儿，准备过年时杀了拿到城里去卖的，我们去买一只来，中午就炖香菌羊肉汤喝，怎么样？"

马书记一听，便立即道："好，好，冬天吃羊肉最好！"谢乡长也说："羊肉就是要膻嘛！现在市场上卖的羊肉，一点膻味都没有，我老婆常说，这叫啥子羊肉？不如叫猪肉好了！"其他几个党委成员也说："就是，就是，越膻越好！莫得香菌，用萝卜炖也行，多拌点芫荽，就把膻味压住了！"贺端阳一听，马上对贺劲松说："那劲松叔就去办，管他多少钱一只，都买一只来！"说完又交代说，"劲松叔如果身上有现钱，就把钱给世奎叔，如果没有，就给他说我明天给他，叫他杀了，和羊杂一起送过来，弄干净些！"贺劲松没再说什么，拔腿就往外面跑去了。

没一时，贺荣、贺贤明等两委会成员和几个村民小组长，都陆续走进了村委会办公室。贺荣进来时，手里提了两瓶开水，贺端阳一见，急忙接了过来，又打开柜子拿出一次性纸杯，一边往纸杯里抓茶叶，一边对进来的两委会成员和村民小组长说："大家快来开洋荤，喝马书记的好茶，啊！"进来的两委会成员和村民小组长，见有这么多领导坐在屋子里，一时显得十分拘谨，也不去端纸杯，只找一些角落里的凳子坐着。马书记一见便说："大家不用客气，随便一些!"贺端阳也说："对对对，乡上领导又不是外人，大家往旮旯旯挤干啥？都往中间坐!"可进来的两委会成员和村民小组长，仍然只是咧嘴笑着，既不来端杯子，也不往中间挪动。贺端阳见了，便亲自把纸杯往他们面前端去。包村干部薛干事见了，也过来帮贺端阳的忙，给每人面前端了一只纸杯，贺端阳也不再叫他们往中间坐了。

等大家都坐好以后，马书记才对贺端阳问："都来齐了?"贺端阳说："都到齐了!"说着便对马书记一一介绍起来。马书记先并没有打算去和进来的两委会成员和村民小组长握手，见贺端阳一一对他做介绍，便不得已站了起来，过去和两委会成员以及村民小组长握了手。谢乡长和其他乡党委成员，见马书记过去和村两委会成员以及村民小组长握手，也都站起来跟了过去。马书记每握一个人的手，嘴里便说一句："辛苦了!"谢乡长和其他乡党委成员也这么说，村两委会成员和村民小组长却不知说什么好了，只是咧嘴嘿嘿地笑，或者笨拙地说一句："这有啥辛苦的?"觉得好玩一样。

握完手，马书记回去坐下了，谢乡长和其他党委成员，也各自坐回了原来的地方。马书记看了看大家，才说："大家不必这样严肃，今天我们下来，主要是来看望各位!"说完这话停了一下，又接着说，"同志们在下面辛苦了! 这次县委陈书记，带着县上四大班子和一些部门的主要领导，来看了同志们的千亩果园基地，非常高兴，表扬我们的工作做得好，给全县树立了一个榜样，临走的时候，还专门托我向同志们问好! 因此，今天我们就代表乡党委、乡政府、乡人大、乡政协，向同志们表示感谢和慰问了!"

说完，马书记便站了起来，向屋子里的村两委会成员和村民小组长鞠了一躬。贺端阳一见，立即举起手向村两委会成员和村民小组长示意了一下，于是屋子里便响起了一片掌声。

掌声落地，谢乡长便接着马书记刚才的话说："县委、县政府的主要领导，觉得自从马书记来了以后，我们乡上的工作起了翻天覆地的变化，新农贸市场的开工建设，以你们贺家湾的千亩果园为基础的万亩果园的设想，都显示了马书记的工作魄力和办实事的能力! 所以对我们乡取得的成绩，陈书记给予了高度评价……"谢乡长的话还没有说完，马书记又立即接了过去，说："这不是我一个

119

人的成绩，是乡党委一班人共同努力工作的成果，当然更离不开村上、组上同志们辛勤的工作！没有村上、组上同志对我们的大力支持和辛勤工作，我们就有再好的设想，也没法变成现实，所以我们乡上要感谢村、组的同志们！"

说完这话，马书记又扫了屋子里的村两委会成员和村民小组长一遍，然后突然宣布说："我们这次下来看望大家，也没其他送的。冬天来临，乡党委和乡政府给我们在座的每个同志，买了一床拉舍尔羊毛毯。因为我们担心村民看见会有意见，所以今天没有亲自提下来。现在给大家发一张购物卡，各位在赶场的时候，到场上鸿发超市，凭手里的购物卡去领！现在就请谢乡长把卡发给大家。"谢乡长一听马书记这话，果然站起来，从口袋里摸出一叠用橡皮筋扎着的、花花绿绿的卡片，走到众人面前，一一分发起来。

村两委会成员和村民小组长，一听说还有一床羊毛毯，一下高兴起来，便纷纷对谢乡长鞠躬说："谢谢乡长，谢谢领导！"谢乡长忙说："这主要是马书记对大家的关怀！"众人一听，又马上转身，一边鞠躬，一边又对马书记说："谢谢马书记，谢谢马书记！"马书记便笑着说："同志们辛苦了，这完全是应该的，应该的！"说着话，谢乡长就发到了贺端阳面前，像是有点犹豫地看了马书记一眼。马书记便说："把贺会计的让贺支书给他带去！"谢乡长听了，把手里的卡片放回口袋里，重新掏出了两张，这两张颜色看上去，和刚才的略有些不同，交给了贺端阳。贺端阳接过，也说了一声："谢谢！"然后和谢乡长握了一下手，把卡片放进了衣服里面的口袋里。

谢乡长发完了卡片，马书记才又对众人说："大家放好，可不要弄丢了！"众人听了这话，立即按了按自己的口袋，说："不会的，不会的，怎么会弄丢呢？"马书记又说："大家去领的时候，最好不要同一天去，村民看见了影响不好！"众人又说："马书记放心，我们一定不让村民看见！"马书记说："不让村民看见最好！"

这时，村两委会成员和村民小组长，也不像刚才那么拘谨了，气氛开始活跃了起来。郑家塝的郑全福说："马书记，我从李书记手里就当村民小组长，经过了好几届党委书记，可没有一个党委书记给我们发过东西，你今天给我们发东西，说明你是把我们这些小组长看上眼了的！"众人也说："就是，就是，马书记这是送反了，从来只有群众给领导送礼的，还没有领导给群众送礼的！"

马书记听了这话，便笑着说："我这个人，就是喜欢大家多做事，做实事，以后大家做出了更大的成绩，我更不会亏待大家！"众人听了又忙说："我们以后就跟着马书记和乡上干，你说怎么干，我们就怎么干，跟着你干我们有信心！"马书记说："不是跟着我和乡上干，而是要跟着你们支书和主任干！现在是村民自治，村主任是大家投票选出来的，就像这次千亩果园一样，大家都要齐心协力，支持贺支书！当然，跟着他干，也就是在跟着乡党委、乡政府干，这次千亩果园成绩的取得，也主要是贺支书、同志们的功劳嘛！"

　　贺端阳听了这话，忙说："哪里，哪里，主要是马书记指挥得好，要不是你提出来，乡上又垫了柑橘苗子的钱，我们那地，恐怕现在还荒着呢！"马书记听后，停了一会儿，才说："好，既然你们明白这点就好，我也就不多说了！"

　　接下来大家就东拉西扯地聊了一会儿天，说了些无关紧要的空话，这时贺劲松便带信来，说可以过去吃饭了。一听这话，马书记便对村两委会成员和村民小组长说："今天中午是乡政府请客，大家尽管放开肚皮吃，放开肚皮喝，谁都不准拉稀摆带哟！"贺端阳一听，便笑着对自己手下那群人说："你们听见没有？今天马书记带着乡党委一班人，专程来慰问大家，又给大家送了礼物，大家可要多敬马书记几杯哟！"众人一听便笑着说："明白明白，我们喝就是了！"马书记听了，却又对众人说："敬我干什么？县官不如现管，要多敬你们贺支书，他才是你们的直接领导！"村两委会成员和村民小组长又说："贺支书要敬，马书记和乡上领导难得和我们这些平头老百姓喝一次酒，我们更应该敬，到时马书记可不要不给我们面子哟？"说着，便一齐往外面走去。

　　贺端阳等村两委会成员和村民小组长走了以后，才和马书记、谢乡长等一行领导往外面走。下了楼梯，走到学校的院子里后，马书记才悄声对贺端阳说："你和贺劲松两个，是两床高级踏花被，价钱比他们的毛毯要贵一倍！"说完又说，"还有 1000 元钱，乡政府专门奖励给你的！"说完回头看了看谢乡长，谢乡长立即抢前一步，从口袋里掏出了一只厚厚的信封，塞到了贺端阳手里。贺端阳一见，又急忙感动地对马书记、谢乡长说了一句："谢谢领导的关怀！"马书记像那天陈书记一样，拍了一下贺端阳的肩，说："乡党委和乡政府对你的工作非常满意，希望老弟再接再厉，多支持乡上的工作！"说完不再说什么，一行人便只顾往前走去了。

第十九章 真 相

又过去了几天，各村民小组长把村民卖树的钱，按 200 元一个人的标准，都收上来了。贺端阳让贺劲松把钱拿去存到乡上的信用合作社，然后将存折要了过来，第二天便进城找贺世海去了。

可是贺世海却没在公司里，上次给贺端阳倒茶的高个子美女，已经认识贺端阳了，一看见他，便玉唇轻启，莺声问道："又找贺总呀？"

贺端阳回答她说："就是，我老叔不在呀？"女子听了，就又莺歌燕鸣地说："贺总今天没来，可也没说到哪儿去，我给你问一问嘛！"接着又说，"如果你还有其他事，就先去把事办了再来。如果没其他事，就在贺总办公室等一等！"贺端阳说："没其他事，我进城就是专门来找老叔的！"那女子听了，便去开了贺世海办公室的门，然后让过身子，玉手一指，对贺端阳做了个请的动作，说道："那就坐着等一会儿吧！"

贺端阳答应了一声，便进屋子里去，在沙发上坐下了。那女子双手捧了一杯茶进来，往贺端阳面前一放，曼声说道："请喝水！"说完直身，又说了一句，"我给你联系贺总去！"说完转过身子，皮鞋后跟轻击地板，发出有节奏的响声，径直去了。贺端阳只闻得女子留下的一阵异香，却不敢正眼去看女子了！

贺端阳坐了一阵，又喝了几口茶，渐渐感觉无趣起来，便拿目光在屋子里四处瞧了起来。搜寻了一遍，见贺世海的老板桌上有一张报纸和一本杂志，便过去拿起来看。先打开报纸一看，却是一张县里商会印的《企业家汇报》。报纸不大，纸张很厚，印刷也很精美，第一版上便是一张贺世海坐在办公室里打电话的照片。照片很大，足足占了大半个版面。照片下面，是几条简讯，诸如《县召开××会议》云云，《××到企业调研》云云。诸如此类，贺端阳看了一下标题，便觉无趣，于是翻了过去。第二版上却是一篇贺世海的专题报道，标题是：《贺世海——低调的追求者》，也占了大半个版面。第三版是一整版的《政策快递》，摘录了中央和省很多私营企业方面的法律法规和政策文件。贺端阳觉得这些文件与自己无关，又翻到第四版。第四版整版却是几张老年人在重阳节上表演文艺节目的照片。

正看着，忽然听得脚步声，抬头一看，正是贺世海来了。贺端阳一见，急忙放下报纸站了起来，对贺世海笑着说："世海叔回来了！"贺世海说："你看的啥？"贺端阳红了红脸，说："刚才没事，看见你的桌子上有一张报纸，便拿过来随便翻了翻！"贺世海听后没说什么，到椅子上坐下了。

贺端阳忙从口袋里掏出了村里的存折，往贺世海面前一放，然后兴冲冲地说："世海叔，村上修路的钱集起来了！"贺世海的目光往存折上瞥了瞥，突然说："啥叫集起来了？"贺端阳一听这话，先是愣了一下，然后才说："真是集起来了，世海叔！我原先打算把现款提来给世海叔看，可又担心提那么多钱不安全，就叫劲松叔把钱存到信用社了，我只拿着存折来，给世海叔过过目……"

贺世海没等贺端阳说完，便又打断了他的话说："你娃儿少在我面前扯谎卖白的了！啥集起了？是国家给的钱，就是国家给的钱嘛，在老子面前，还有啥遮遮掩掩的？"贺端阳一听这话，便一下成了丈二和尚——摸不着头脑了，过了半天才疑惑地说："世海叔说的啥？啥国家给的钱？这钱真是村民集的，每人200元，我哄世海叔都要遭天雷打！"贺端阳本想把村里卖树集资的事告诉贺世海，但又担心贺世海听说这钱不是从村民口袋里掏出来的，便改变主意，不把自己的20万元捐出来了，所以想了想便没把村里卖树的事说出来。

贺世海见贺端阳赌咒发誓的样子，自己也糊涂了，便又看着贺端阳问："这钱真是你们集的？"贺端阳说："世海叔不信，可以马上打电话回去问世龙、世凤叔或者兴仁哥，我哄你，他们总不会哄你嘛！"贺世海说："这就日怪了！县上明明已经给你们拨了钱来，我还以为你们已经收到那笔款了呢！"贺端阳一听这话，便马上从沙发上跳了起来，对贺世海叫道："啥，世海叔你说啥？县上啥时给我们拨了钱来的，我们怎么一点不晓得呢？"

贺世海见贺端阳这个样子，便对他说："你坐下，我慢慢给你说！"贺端阳愣了一会儿坐下来，可脸上仍带着一副大惑不解的神情，目光怔怔地望着贺世海。贺世海等贺端阳坐好了，才说："我先也不晓得县上给贺家湾拨了款！昨天晚上，我和发改委金主任一起喝酒，金主任告诉我，前几天乡上农贸市场改造举行开工典礼，参加完开工典礼，陈书记去看那1000亩果园。非常高兴。回到乡上的时候，马书记趁陈书记高兴，便提出希望县上拨款给贺家湾修路以及建设果园。陈书记听完后，当场决定从发改委的项目资金里，给贺家湾村解决50万元修路，从农业局农田改造的项目资金里，给贺家湾村解决20万元的果园基础设施建设费！马书记狡猾，趁领导去吃饭的时候，早安排人把报告就打好了。陈书记吃了饭一出来，他便把报告交了上去，陈书记当即就在报告上签了字。特事特办，金主任回来就把钱划到乡上去了！"

说完事情经过后，贺世海又接着说："昨晚上金主任还说，陈书记一句话，把全县的项目盘子都打乱了，可又没有办法。我还以为钱也到了村里账户上了呢！我心里还想，村里有了县上的70万元钱，怎么也能把这条路修起来了，还要村民集啥子钱了……"

贺端阳没等贺世海说完，便十分委屈地说："世海叔你今天不说，我们还被关在铁栅栏外面，一点不晓得有这事呢！"说完又说，"那天陈书记他们来看了我们果园后，我曾经问过马书记，要不要我们陪着到乡上去了？可马书记说，回到乡上有他们陪，村上就不用去了！我们没有跟着去，哪晓得马书记跟陈书记要钱的事？"贺世海一听这话，心里似乎有些明白了，便说："看来姓马的是心里早有打算，故意想把你们关到栅栏门外，不让你们晓得，所以才不让你们跟着到乡上去！"

贺端阳一听，也有些大梦初醒的样子，说："怪不得隔了一天，马书记便带着乡党委一班人，到村里来慰问我们哟！"说着，便把那天慰问的情况对贺世海说了一遍。贺世海听完，心里更明白如镜，便对贺端阳说："看来姓马的意图更是明白了，他们是想把村里这笔钱瞒下来，故意用这种小恩小惠来拉拢你们，让你们今后即使晓得了，也不好意思去向乡里要！"

贺端阳说："我心里一直在怀疑，怎么太阳从西边出来了，乡上要来慰问我们，还给我们买了东西？还真以为是因为我们那果园替乡上争了光呢！"贺世海说："你们也太幼稚了，就这么轻易地让人给耍了！你们以为领导前来，就是一个简单的前来呀？我告诉你们，现在的领导都乐于做好人，他们走哪儿，手里都带得有资金！所以领导来，也是钱来。"

贺端阳听了这话，便有些委屈地说："我们怎么晓得这些呢？马书记怕我们晓得了，所以事先才把我们瞒得紧紧的，事后也不给我们说一声。要不是世海叔你和金主任关系好，我们恐怕一辈子也不会晓得这事呢！"贺世海说："也许姓马的从叫你们栽果树时起，就在心里打好了这个主意，用你们的名义套国家的钱呢！"

贺端阳沉默了一阵，愁眉苦脸地望着贺世海问："那现在我们该怎么办呢？"贺世海说："怎么办，钱是用你们名义要的，县上也是下的专项资金，回去问乡上要哦！"贺端阳听了这话，又踌躇了一会儿，才问："可、可这事……怎么要呢？"贺世海说："怎么要？钱是你们的，正大光明地去向乡上要就是了！"贺端阳说："可要是他们不承认怎么办？"贺世海说："他们不承认就没法了？白纸黑字的文件在那里，他们想抵赖就能抵赖？"贺端阳说："可、可我们没、没有文件……"

一语未了，贺世海说："这有啥难的？我叫人到发改委和农业局去给你们复印一份文件就是了！有了文件，还怕他们抵赖不成？"说完，见贺端阳仍然面有难色的样子，便又说，"当然，去要这笔钱，村上和乡上肯定会发生冲突！但现在是猴子烤火——各人往各人的胯下刨，不管发生啥冲突，村里都要想方设法去要！如果不去要，村民今后晓得了，骂也要把你们骂死！"

贺端阳一听，便说："怎么不是这样呢？无论如何，我们也要把这笔钱要回来！"说完又说，"我回去就去找劲松叔商量！"贺世海说："管你们怎么商量，我的意思是这不是一万两万块钱，也不是七万八万块钱，而是 70 万元，有了这样大一笔钱，还愁啥路修不起来？我表态的 20 万元，不是我说出的话又要收回来！如果你们不能把县上给的钱要回来，对不起，我这 20 万元也就兑不到现了！"说完不等贺端阳回答，又说，"国家给的钱是现成的，你们现铁不打去炼钢，来打我一个个体户的主意，道理也说不过去嘛！"

过了一会儿，贺世海又说："你们把县上给的钱要回来了，我 20 万元一个子儿不少！到时钱多一点，你们办事也宽裕一些，不但可以把通往乡上的路修通，还可以把村里通各个大院子的路修起来!"贺端阳一听贺世海这话,便说:"好,世海叔,我晓得世海叔这是在给我们加压力!其实,就是世海叔不给我们加压力,我们也一定要把那钱要下来!那钱本身是我们的,我们为啥不要?再说,马书记也太不地道了,把我们关在栅子门外头,想吃独食,像啥子父母官?不把钱要回来,我们也咽不下这口气!"贺世海说:"那就好,你们先要了再说!"贺端阳听了这话,便说:"那就麻烦世海叔到发改委和农业局,给我们复印一份县上的文件。"贺世海说:"我们一块儿去,你也去亲自问问金主任和何局长!"贺端阳说:"那好,世海叔!"说罢站起身,便和贺世海一起出去了。

第二十章　要　钱

　　贺端阳回到村里，天已经黑了，顾不得吃晚饭，便跑去找贺劲松。贺劲松正端着一碗面条，呼哧呼哧地往嘴里送，大约面条里油辣子放多了，前额和面庞上都挂着一层汗，闪着油浸浸的光芒。白毛狗屁股坐在地上，前腿立着，伸着舌头，眼巴巴地望着贺劲松的碗。连贺端阳进屋，白毛狗也只是回头看了一眼，既没叫一声，也没过来和贺端阳亲热。

　　贺劲松一见贺端阳，便忙说："你回来了，吃没有？"贺端阳撒谎说："吃过了，吃过了！"贺劲松说："真的吃没有？没吃叫你婶给你煮面条！"贺端阳又忙说："吃过了，真的吃过了！"一边说，一边在椅子上坐了下来。

　　贺劲松听贺端阳说吃过了，便不再问他这话了，而是改口问了一句："看你这样摸天黑地的赶来，世海把他的 20 万元打在村里的户头上了？"贺端阳说："打啥？"说完，见贺劲松愣住了的样子，便又说，"现在不是世海叔那 20 万元的问题了，是还有 70 万元，就看我们去不去要了！"

　　贺劲松一听这话，眼睛立即瞪大了，手里的筷子也停了下来，盯着贺端阳问："啥 70 万元，你把我搞糊涂了！"贺端阳说："劲松叔你快吃面，吃完了我再慢慢给你说！"贺劲松说："我吃得差不多了，不吃了！"说完把碗往地上一放，拍了拍白毛狗的头说，"快去吃吧，喂不饱的东西！"那白毛狗一听，立即站了起来，一边甩着尾巴，一边把嘴埋进了碗里。这儿贺劲松进厨房拿出一条毛巾，将嘴一擦，然后把毛巾搭在板凳上，过来在贺端阳旁边坐下了，这才对贺端阳说："说吧，哪来的 70 万？"

贺端阳这才把贺世海告诉他的事，原原本本地对贺劲松说了一遍，说完，又掏出从发改委和农业局复印来的文件，递给贺劲松。贺劲松看了看文件，半天才说："那天马书记带着人来慰问我们，我心里就在怀疑，这可是从没有的事，原来是他们心里早就有鬼了！"贺端阳说："就是呀，要不是世海叔说，我们还蒙在鼓里！"贺劲松说："这个马前进，真该把自己的名字，改作马钱进了！今年又是提高村民建房的宅基地审批费，又是在计划生育上搞'放水养鱼'，又打着改造农贸市场、建设小城镇的名义圈地，到处搞钱，东搞西搞，乡上也还是搞到不少钱了！建设小城镇，虽然现在没有见到钱，可要不了多久，乡上就会赚个盆满钵满的了，马书记不应该来瞒我们这点钱呀？"

贺端阳说："可不是吗，劲松叔！让人想不通的是，他即使要用我们村上的名义，去套国家的钱，也应该给我们说一声呀！搞来的钱，不管多少，乡上把肉吃了，也该拿点汤给我们喝呀！何况我们把钱拿来，又不是揣腰包，是为了修公路，何必把我们瞒得这样紧？"说完又盯着贺劲松问，"劲松叔，你说我们该不该去问乡上要？"

贺端阳话音一落，贺劲松便口气坚定地说："要，坚决去要！这文件上明明写的是，解决贺家湾村修通村公路和果园建设扶持资金，是我们的，我们不要白不要，是不是？"说完又说，"乡上吃肉，绺子却挂到我们村上，如果不去要，不是冤死了？"贺端阳说："对，世海叔听说村里没得到钱，也很生气，所以他才暂时不把自己的20万元划给我们，要我们去把县上给的钱要回来了，他才给我们，这实际上也是在鼓励和支持我们去要，只是嘴上没有明说！"

贺劲松一听贺端阳这话，便又说："马书记还不晓得我们贺家湾人的厉害，还以为好欺，靠一床毛毯和被子，就想把我们打发了！我们贺家湾，虽然大房和小房间有些矛盾，平时也是你掐我一下，我掐你一下，但如果遇到外人欺负，贺家湾人的团结，也是墙头上挂喇叭——远近有鸣（名）的！"

贺端阳说："就是，这笔钱我们如果不去要，马书记反倒认为我们好欺负，以后得寸进尺，说不定还要爬到我们头上拉屎！"

贺劲松听了这话，沉默了一会儿，才慢慢地说："要是该要，不过你世海叔说得对，要要，就让群众去要，不但我们不能抛头露面，连村民小组长也不能出面！"贺端阳听了，忙问："为啥？"贺劲松说："我们这一去要，村上和乡上肯定要把脸皮撕破，可我们今后还要在马书记手下讨生活，彻底把脸皮撕破了，马书记对我们今后的工作，这儿不生肌、那儿不告口的，怎么办？"

贺端阳想了一会儿，却说："如果干部不出面，群众怎么会积极去要？再说，如果我们不出面，就会群龙无首，群众东说西说，岂不乱套了？"贺劲松笑了一笑，才说："你放心，听说是去要钱，又是那样大一笔资金，等于是从天上掉的馅饼，群众岂有不积极的？我们不出面，难道就没有出面的人了？我们每个人不是都还有几个贴心的人吗？何况还有村民代表和老干部，把钱要回来了，又是为村里修公路，他们岂有不热心的？"

贺端阳一听这话，觉得有理，便说："倒是这样的！不过村民怎么去要，我们得想好！"贺劲松又想了一想，然后说："我们不是要修路吗，我们就把村民组织起来，用修公路的名义去要。我们也不直接说要钱，而是让村民敲锣打鼓地去给马书记送'感谢信'！感谢乡党委、乡政府为村上争取了资金！他们要是不承认，就让村民把你复印回来的文件，贴到乡政府的墙壁上，或直接给他们看。到这时候，他们就被动了，自然会主动来找我们，到时，我们就和村民唱苦肉计。如果马书记把钱划给我们了，那当然好！如果他们还是不给，就继续让村民去给他们送'感谢信'，闹得他们鸡犬不宁，马书记也拿村民没法，自然就会把钱划给我们！"

贺端阳听到这里，立即跳了起来，说："劲松叔这办法好，到时钱要下来了，我们又没有和姓马的撕破脸皮！"贺劲松说："办法是好，可私下里要把人组织好！除了我们，哪些人在幕后指挥？哪些人唱红脸？哪些人又唱黑脸？这些都要事先安排好。比如说像郑锋郑老革命，解放前就带兵打过仗，立过功，解放后转业到县政府保卫科当科长，因为在反右中说了真话，被下放回贺家湾，一直当支部书记。改革开放后落实政策，又给他落实了离休干部的待遇，现在拿的工资，比县委陈书记还要高！这个人是毛泽东时代的干部，眼睛里最容不得沙子，现在虽然要到80岁了，却还爱管闲事，如果把乡上隐瞒我们钱的事告诉他，不等我们说啥，他一准会跳起八丈高！如果让他唱黑脸，马书记拿他一点办法也没有！如果再安排一些和我们贴心的，如贺长军、贺善怀、贺兴成、贺中华、贺勇、郑全兴，还有一些有勇有谋的村民代表在中间暗中组织，肯定不会出问题的！"

贺端阳一听，更高兴了，便说："劲松叔说得完全对，我就按照你说的，明天就召集村民小组长和村民代表开会，迅速把大家组织起来，让他们后天就去给乡上送'感谢信'！"贺劲松一听贺端阳说后天就去乡上要钱，又急忙挥了挥手，说："后天就去，那不成！"贺端阳忙问："怎么不成？"贺劲松说："虽说县上的文件下了，金主任也已经把钱拨给乡政府了，可钱从银行到乡政府的户头，还有几天时间，乡政府到底收到钱没有，现在还很难说。不如再耐心地等几天，我到信用社去悄悄地问一问，如果钱到了乡政府户头上，他们还是不给我们说，我们再叫村民去要不迟！"贺端阳听了，觉得有道理，便说："那好吧，劲松叔，我们就等等！"说完就走了。

过了几天，贺劲松一打听，那钱却是早就到乡政府的账上了。贺劲松回来给贺端阳一说，贺端阳便要去召开村民小组长和村民代表会议，贺劲松又对贺端阳说："好先生不在忙上，多的时候都等了，我们不如再等几天！万一乡上在这几天里把钱划给我们村上了呢？我们这样急急地去要，弄不好会成割卵子敬神——人得罪了，神也被玷污了！"贺端阳一听，只好又忍耐了下来。

又过了几天，却见乡上还是蚊子滚岩，一点响动也没有，贺端阳便再也忍不住了，马上去召开了村民小组长和村民代表会议，告诉了大家县上给贺家湾村拨款的消息。说完又对村民小组长和村民代表，说了乡上至今没告诉村上县里拨款的消息，明显是想截留村上这笔钱的事。

村民小组长和村民代表一听，立即就像被捅开的马蜂窝一样，纷纷叫嚷起来了，说："龟儿子乡政府不像话，太小瞧我们贺家湾人了！我们修公路，他不支持不说，连上面支持的钱，也想给我们吃了，还是不是人？"贺端阳见大家同仇敌忾、义愤填膺的样子，正中下怀，便如此这般，把到乡上要钱的事对众人说了一遍。众人一听，又纷纷叫喊起来说："要！坚决去要！这年头，人太老实了处处吃亏，不去要，他还把我们当成傻瓜！"又说，"我们背个污名，钱却被乡上几爷子得了，那不太冤枉了！"贺端阳一见，便又把要钱的方法教给了大家。

那些村民代表听后，又说："贺支书你放心，这又不是杀人砍头的事，我们保证把钱要回来！"说完又说，"贺支书你们干部今后还要和乡上几爷子打交道，不出面是对的，我们都是挖泥盘土的，打赤脚的不怕穿鞋的，怕他们个啥？"贺端阳说："大家说话一定要注意方法，不能说乡上想截留我们这笔钱，只能说乡上领导为我们争取了这笔资金，并替我们保管了这么长一段时间，辛苦了，我们全村人民都来感谢乡党委、乡政府！"众人说："这个自然晓得，反话正说嘛！"

贺端阳听了，又说："大家晓得就好！钱要回来了，我们不但要把从村上通到乡上的路修通，还要把各个大院子的路修通，今天大家齐心协力去要钱，日后大家都走好路，这可是关系到每家每户的利益，大家一定要团结一致……"众人没等贺端阳说完，又摩拳擦掌地说："贺家湾还没出现过吃里扒外的人，贺支书你放心！"说完又说，"贺支书你就说我们啥时去给乡上送'感谢信'就是了！"

贺端阳听了，便不再说别的，只念了一些人的名字，说这些人该干什么，又怎么干；接着又念了一些人的名字，又说这些人该干什么，又怎么干；再又念了另外一些人的名字，又说这些人该干什么，又怎么干。——安排周全了，贺端阳才对众人问："有啥意见？"贺端阳念到名字的村民代表，立即表现出一副临危受命的英雄气概，大声地对贺端阳说："我们保证按贺支书说的办！"贺端阳听了又点了点头，说："特别是郑老革命，他年纪大了，愿去就去，不愿去就不要叫他去了……"

话还没说完，郑锋的侄儿、郑家塝村民小组的郑全福组长便站起来说："他那个人，晓得了还有不去的！"贺端阳听了便说："那你们就要找人专门照顾他，毕竟他年龄大了。"郑家塝的村民代表郑全兴听了，便说："贺支书你不用担心，明天我专门照顾他！再说，他虽然走路要拄拐杖，可精神却比我们还好！"贺端阳听后，便说："既然这样，我就不说了，大家回去分头动员村民，明天上午在老黄葛树下集合，然后统一到乡上去。"

贺端阳说完，停了一下，又嘱咐说："你们不要去早了，马书记每天下午要回城里，一般第二天上午 10 点钟左右才能到乡上，去早了他没来。"众人说："晓得了！"贺端阳又说："明天我们就不出面了！"众人说："还要你们出面做啥？这点事，还怕我们完不成不是？"一边说，一边兴致勃勃地拥出会议室，各自回去动员村民。

第二十一章　表　演

　　第二天吃过早饭，就有很多村民朝村小学外面那棵老黄葛树底下走来了。就像那年供电所不来给贺家湾修变压器，贺世海带着大家去乡上闹电一样，每个人脸上都带着几分莫名的兴奋和愤慨交织而成的奇怪神情，就像早就在期待着这一天似的。贺勇、贺长军、余小明等几个人，早到村委会办公室的柜子里，把过去大队宣传队那套生锈的锣鼓找了出来。贺端阳和贺劲松躲在村委会办公室里，没有露面，却对进去找锣鼓的贺勇、贺长军、余小明等人嘱咐了又嘱咐，交代了又交代，几个人并没有把贺端阳、贺劲松的话放在心上，却频频点头，拿到锣鼓便跑出去，"哐才、哐才、哐哐才"地敲起来。虽然敲的只是民间耍锣，却有板有眼，节奏分明，高亢激越。敲出了一番热闹和豪情来。湾里的小孩一听见锣鼓声，撒开两条腿便大呼小叫地朝黄葛树下跑去了。跑到树下，又被大人一阵吆喝，连吓带骂地给赶回去了。敲了一阵，几个人过了一把瘾，这才停了下来，不敲了。

　　这时，郑全兴果然陪了老革命郑锋走来。郑锋年轻时个子一米七六，又是一个大骨骼人，身材魁梧，即使是被贬回了贺家湾，也仍保持着一副军人的气质，走路腰板挺得笔直，随时都将一件军大衣披在身上。虽然现在年事已高，满头白发，走路也需要一根拐杖支撑，却仍然不乏当年的风采，腰不驼，背不弯，说话的嗓门也大。昨天晚上，郑全福回去跟他说了，乡上想隐瞒国家给贺家湾修公路的钱，郑锋哪里听得这些，当即就像气炸了肺一样，破口大骂了起来。这时人还没有走到黄葛树下，骂声就传了过来："妈拉个巴子，吃人饭不屙人屎！毛主席

132

教导我们，要全心全意为人民服务，妈拉个巴子却只顾自己往自己胯裆下刨，还是啥人民的勤务员？今天不把钱给我们，看老子不一拐杖敲死他个妈拉巴子的……"

话还没说完，郑全兴在一旁故意对他说："二叔，不是去要钱，是去给乡上送感谢信的！"郑锋一听这话，便又瞪着眼睛对郑全兴说："老子给他们送感谢信？老子提着脑袋干革命的时候，连他爹都不晓得还在哪里呢！"众人一听这话，便取笑说："他爹当时还在他爷爷的枪杆里，没有打出来呢！"郑锋一听，便也忍不住笑了起来。

这里说笑着，那儿贺长军、贺勇、贺建、贺兴民、贺长安、余小明、刘辉等一伙年轻人，早已露出了不耐烦的样子，分别到人群中去清了清自己小组的人，看看已经来得差不多了，便说了一声："有话到了乡上说，在这儿说起哪个听？"说完便一声吆喝，"走哟！"众人一听，也叫了一声，就转身走出黄葛树下。没一时，一支长长的队伍，约有二三百人，便像赶庙会一般，说说笑笑地往乡上去了。

走到乡政府后面的公路上，贺勇想起了贺端阳的嘱咐，便一挥手，让大家停了下来，然后对贺健说："你先去看看姓马的来了没有？如果没来，大家先去赶会儿集再来。"贺健一听，果然"噔噔噔"地跑下去了。没一会儿，贺健便跑了上来，脸上带着几分喜悦说："在呢，在呢，姓马的办公室门开着呢！"贺勇一听便说："那就好，把锣鼓敲起来，走呢——"说完，率先把挂在胸前的鼓"咚咚"地敲了起来。贺长安、余小明几个见了，也把手里的锣"喤才喤才"地敲响了，一边敲，一边带了众人下了公路旁边的石梯，朝乡政府走去了。

众人刚走到乡政府大门口，乡政府的人便走出来了，一个个的目光里，都交织着几分好奇和不明就里的光芒。办公室王主任看见队伍进了大门，锣鼓敲得震天响，一个人的胳膊肘里还夹着一卷红纸，便急忙走过来问："你们这是……"众人没等他说完，便大声叫喊着说："我们来给乡上送感谢信！"

王主任一听是送感谢信的，脸上立即笑开了花，说："送感谢信？那就请跟我来！"说完，就要带着众人往办公室走，大家却不跟他过去，而是直接朝着马书记的办公室走去，说："我们要把感谢信亲自送给马书记！"王主任一听，又马上一个180度大转身，抢在众人的前面朝马书记的办公室跑去了。到了马书记办公室门前，众人正要进去，王主任又急忙拦住大家，说："里面太窄，里面太窄，大家不要进来，马书记马上出来，啊……"

话音刚落，马书记从屋子出来了，几个敲锣鼓的人一见，将锣鼓一阵猛敲，后面的人又故意使劲地拍起巴掌来，一时乡政府院子里十分热闹，早吸引了场镇一些居民和赶集的村民，拥到乡政府院子里瞧热闹来了。马书记听王主任说村民是来送感谢信的，立即像笑弥陀佛一样，胖乎乎的脸上灿烂得一塌糊涂。等锣鼓声和众人的掌声稍停以后，才眉眼都带着笑地对众人问："你们是哪个村的？"众人像小孩子回答老师提问似的，齐声叫喊："我们是贺家湾村的！"

马书记一听是贺家湾村的，眉头扬了一下，停了一会儿才说："乡亲们，我们是为贺家湾村做了一点工作，可都是我们应该做的……"众人没等他说完，便又像训练好了地喊叫起来："感谢马书记，感谢乡政府！"马书记一听这话，便又急忙打躬说："不必感谢，不必感谢，乡亲们！"说完这话，一眼看见了人群里面拄着拐杖、被人扶着的郑锋，便又急忙说："连这么大年龄的老人家都来了，真是让人感动！"说完便对王主任喊，"快去端条凳子来让老人家坐下！"

王主任一听，果然屁颠屁颠地去端了一条凳子来，马书记亲自过来扶郑锋坐下。郑锋也不说什么，只顾板着脸，眼睛直直地看着马书记。马书记等郑锋坐下了，这才回头对众人问："乡亲们，你们感谢乡上什么……"话音未落，贺健从胳膊肘下取出那卷红纸，打开，让两个人擎着，自己便高声念了起来：

感谢信

尊敬的乡党委、乡政府：

今天我们贺家湾全体村民，怀着无比激动、无比兴奋的心情，前来感谢你们！众所周知，我们贺家湾村地处偏僻，多年来，还是一条机耕道，制约了村里经济发展。乡党委、乡政府践行"三个代表"，急人民群众之所急，想人民群众之所想，积极向上级争取，这次为我们贺家湾村争取来修路的专项资金50万元，还为我们村果园争取20万元基础设施建设费用。这70万元对我们贫穷落后的贺家湾来说，犹如久旱逢甘霖……

还没读完，那马书记的脸早已像三九寒天的大地，结下了一层霜，又慢慢由白变青，由青变紫，最后实在忍不住了，突然打断了贺健的朗读，说："谁说的有 70 万元钱，啊？谁说的……"

话音没落，那郑锋的脸早涨成了紫红色，用拐杖狠狠地戳了几下水泥地板，然后指了马书记说："妈拉个巴子，你还敢抵赖？"马书记大约一辈子没听见有人这样骂他，脸变得铁青，两眼直愣愣地瞪着郑锋，却哆嗦着嘴半天说不出话来。过了一会儿才说："没有的事，绝对没有的事，连我们都没有听说过有 70 万元，你们不要听信一些人的挑唆……"

马书记刚说到这里，郑锋已像一头被激怒的雄狮，一拐杖就朝马书记打去，幸好马书记眼快，一侧身躲开了，旁边郑全兴等人，也一把将郑锋拉住了。马书记此时已是气急败坏，便喊："反了，真是反了！"然后又喊，"贺端阳在哪儿？"众人一听这话，便说："我们已经不要贺端阳当我们的村支书和村主任了！"马书记一听，便又大叫："混账，你们说不要就不要了？"说完便又对王主任说，"立即给我把贺端阳找来！"

王主任一听，果然就去给贺端阳打电话，可打了半天，贺端阳的手机都是关机。王主任没法，便来给马书记说了。马书记听说贺端阳的手机打不通，又对王主任说："死了，死了就算了，总还有活着的，给派出所王所长打电话，叫他马上带人来一趟……"

郑锋哪里听得这话，举起拐杖，就朝旁边窗户上的玻璃打去。只听得"哗啦"一声，碎玻璃纷纷坠下，将所有人都吓了一跳。打完，郑锋又才指着马书记骂道："妈拉个巴子，你想让派出所来抓我？你格老子也不称二两棉花纺（访）一纺（访），老子提着脑袋干革命，枪林弹雨打江山的时候，你跟老子还在哪儿？想抓老子，妈拉个巴子你还嫩了点……"

正骂着，忽然一个人挤了进来，众人一看，原来是乡上的向副书记。向副书记在乡上已经工作了十多年，只见他走到郑锋面前，又是打躬又是作揖，说："哎呀，郑老革命，你老人家千万、千万不要生气！我们知道你老人家劳苦功高，给我们打下了红色江山，马书记和乡上的年轻人没见过你老人家，冒犯了你老人家，还望你老人家海涵，我在这里给你老人家赔罪了！"说着又连续给郑锋鞠了几个躬，郑锋的脸色才渐渐缓和了一些。

这儿向副书记又走到马书记身边，悄悄对马书记耳语了一会儿，接着又从口袋里掏出了一张纸给马书记看。众人一看，那纸正是贺端阳从城里复印回来的县上关于拨款的文件！刚才贺勇等人悄悄出去，像贴小广告一般，在乡政府每个办公室的门上，都贴了一张。此时只见马书记两眼落在文件上，又直愣愣地说不出话来了。向副书记又附在他耳边说了几句。

向副书记向马书记耳语完毕，只见马书记脸上突然挤出一副僵硬的笑容，双手抱拳，对众人打了一躬说："对不起，对不起，乡亲们，刚才向副书记接到县上电话，县上确实已经给我们乡上拨了一笔钱，这里面就包括你们村修路的资金！刚才才接到电话，所以先前我们并不知道，造成了一些误会，实在对不起大家，对不起大家哈！现在请大家回去，县上给你们拨多少钱，我们回头就拨到村上哈！"向副书记也说："就是，就是，既然马书记都表了态，大家放心都回去吧！"众人一听这话，便也说："既然这样，那我们就回了！"说完又喊，"感谢马书记！感谢乡政府！"一边喊，一边又将锣鼓像庆祝胜利般敲起来，然后又一窝蜂似的，朝乡政府大门外走去了。

贺家湾的村民刚走出乡政府大门外，马书记便气急败坏地对王主任喊道："再给我打贺端阳的电话，不信他真的死了！"王主任便又去给贺端阳打电话，可电话还是关机。马书记便对王主任说："你给我骑上摩托车，立即赶到贺家湾去，挖地三尺，也要给我把贺端阳找到乡上来！"王主任一见马书记正在气头上，当然不敢违抗和顶撞，果然去车棚里推出了自己的摩托车。正要走的时候，突然又想再拉一个垫背的，又去把薛干事喊来，说："你是贺家湾村的包村干部，这事儿你也有责任，要是不去把贺支书找来，马书记一动气，你也吃不了兜着走！"

薛干事一听这话，也不好说什么，便跨上摩托，和王主任一道走了。走出不远，便赶上了贺家湾村民，一看见他们，便嘻嘻哈哈地对他们问："两位领导这是到哪儿去呀？"王主任和薛干事听了也不答，猛一踩油门，从他们身边急驶而过，然后便"突突"地朝前面跑了。

到了村子里，两人也不往别处去，开着摩托径直朝贺端阳家里来。一到院子里，看见房门大开，王主任便大叫："贺支书！贺支书……"喊声未完，一只黄毛狗从屋子里凶猛地冲出来，围着他们"汪汪"大叫。王主任和薛干事一见，只好双手扶着摩托，人站在中间，用摩托车挡驾。正在难分难解之时，贺端阳的母亲李正秀从屋子里走了出来，一见是乡上两位干部，便立即过去唤住了狗。

薛干事等大黄狗走开后，才对李正秀问："贺支书在家没有？"李正秀说："在床上躺着呢！"王主任和薛干事一听，脸上顿时露出了轻松的表情，马上支了摩托，就朝屋子里走。李正秀一见，忙说："屋子里乱，我去喊他起来，两位领导就在外面等着吧！"王、薛二人哪里肯听，早已跨进了大门，一边走一边叫："贺支书！贺支书！"听见贺端阳在里面屋子里答应，便进去了。

二人进屋一看，贺端阳果然和衣歪在床上，像是病了的样子。王主任等不及说其他的，进屋便对贺端阳说："贺支书，你这是怎么搞的？马书记叫你立即到乡上去一趟！"贺端阳一听这话，像是早就知道有人会来找他似的，说："你们不要来找我了，我已经不是贺家湾村的领导了，你们要找找别人去！"王主任说："你说个屐！哪个说的你不是贺家湾村的领导了？"

贺端阳说："昨天晚上我差点没有被村民骂死！说我占着茅坑不屙屎，自己争取不到钱，让乡上领导去为我们操劳，有的人还骂我吃人饭屙狗屎——不是人，怎么不把村支书和村主任辞了？你们想想，那么多人骂我，我还当着这个鸡巴村支书和村主任，有啥意思？"王主任说："你不当也要组织说了才算嘛！再说，你不当是不当，可不该把手机关了嘛……"贺端阳没等他说完，便叫了起来："哪个关了手机？我又不怕哪个，关手机做啥子？"王主任说："没关手机怎么打不通？"

贺端阳这才从口袋里掏出手机，一看果然关了机，便叫了起来："真是豌豆滚到磨眼里——太遇缘了，手机没电了，这怪不得我！"说着便把手机递给王主任看，王主任没看，又递给薛干事看。然后，贺端阳才从床上爬了起来，说："我来把电充起！"王主任说："还充啥电？马书记让我们专门来接你，你现在就和我们一起到乡上去，马书记还等着你！"

贺端阳一听，便不高兴说："怎么，你们是来押解我的呀？我又没有犯罪，押解我干啥？"王主任听了这话，忙笑着说："贺支书你可不要多心，马书记找你也不是为别的事，主要是想就县上 70 万元拨款的事，和你通报一下情况。"薛干事也说："就是，贺支书，马书记真的没别的意思！"贺端阳说："管它 70 万元还是 700 万元，真的已经与我无关了！你们回去对马书记说，就说我已经不想搞了！"

王主任一听，有些着急了，急忙又抱拳对贺端阳行了一礼，说："贺大哥，不看僧面看佛面，我王某平时可没得罪你，你就不要为难我了吧！"薛干事也学着王主任的样，向贺端阳行了一个礼，也说："就是，贺支书，我平时工作没有做好，可你也不要生这样的气，还得请大哥给小弟一点面子！"王主任又说："有啥话，贺支书尽可当着马书记说，我们只是跑腿的，你给我们说了，也是白说！"左磨右缠了一阵，贺端阳这才松了口，说："好吧，我就看在两位老弟的面子上，跟你们走一趟吧！"说完又说，"我不相信马书记就能把我吃了！"说完，随王、薛二人出了门，跨上王主任的摩托，随他们走了。

第二十二章　斗　智

　　摩托车"突突"地开到乡政府的院子里，贺端阳下了车，便朝马书记的办公室走去。王主任在路上便和马书记通了电话，因此马书记已经早坐在办公桌后面等着贺端阳了。贺端阳走进办公室还没坐下，马书记便猛地一拍桌子，眼里带着只有赌徒赌输了时才有的盛怒表情，对贺端阳大喝了一声，道："贺端阳，今天这事是不是你组织的？"

　　贺端阳一听这话，并不害怕，不慌不忙地在椅子上坐下，也带着一种死猪不怕开水烫的样子说："马书记说是我组织的，就算是我组织的吧！"马书记一听这话，像是噎住了似的顿了一下，然后才说："不是你组织的，村民怎么知道上面拨款的？又从哪里得到县上文件的复印件的？"贺端阳说："你问我，我还要问你呢！县上拨款只有你们才晓得，村民怎么也晓得了？昨天晚上我正在消夜，一伙村民突然拥进我的屋子里，对我说：'贺支书，县上给我们村拨钱了，你晓得不晓得？'我说：'拨啥子钱？'村民说：'你还不晓得呀？'说着把一份复印的文件给我看。我一看果然有这回事，可我又不放心，便对他们说：'这文件该不是有人伪造的吧？'村民说：'文件哪能伪造？'我说：'别说文件，人还有冒充的呢！'说完我又说，'明天我到乡上去问问马书记，便晓得这事的真假了！如果真有这回事，那我们可真是天上掉馅饼了！'村民说：'这事肯定是真的，不需要你去问了，明天我们要去给乡上送感谢信，感谢他们为我们争取资金！'我说：'那可不行，事情没弄清楚，怎么贸然去给党委、政府送感谢信？等事情弄清楚了，村党支部和村委会自然会组织人去送感谢信的！'你猜怎么着？众人不但没听我的，还把我骂了一个狗血淋头……"

马书记听到这里，露出了半信半疑的神色，脸上虽仍显得怒气冲冲，可口气已经缓了许多，说："不是你组织的，怎么把手机关了？"贺端阳说："马书记以为我关了手机，就是做贼心虚？我贺端阳如果真做了这事，就一定敢做敢当！关了手机就躲过去了？刚才王主任说电话打不通，我一看手机，原来才是没电了！"马书记的目光又在贺端阳脸上停留了一会儿，才又说："你推吧，把责任都推得干干净净，难道我就相信了？"贺端阳说："马书记，我晓得，不管我怎么说，都是黄泥巴揩屁股——不是屎也是屎！反正你都是个不相信，我何必要耗子钻风箱——两头受气？所以我是来跟你说一声，我是不想搞了，你另外找人吧……"

贺端阳话还没说完，马书记便叫了起来："哎哟哟，向我示威来了，是不是？你以为这话就能把我吓倒？我不相信这地球离了你就不转了！"说完这才正了脸色说，"我找你来，是要正式通知你，县上确实是给我们乡上拨了一笔资金来，其中也包括补助你们村修路的钱！先前我们确实用你们村修路的名义，向县上打过报告，但县上一直没有答复我们，我们也不敢告诉你们！刚才向副书记才接到县上的通知，我也才知道钱划下来了！但我不知道你们是怎么还比我们先知道这事的……"

贺端阳听到这儿，便一边摇头，一边插话说："我不晓得……"马书记不等贺端阳说完，又继续严肃地说："我不管你晓不晓得，今天叫你来，就是要告诉你两件事！第一，县上划来的钱，乡上从大局出发，综合考虑后，该你们多少，会一分不少地、及时地划给你们！但你们必须顾全大局，不是说文件上有多少钱，就全部要给你们，那是永远也不可能的！"贺端阳说："我们相信领导，相信乡党委和乡政府，给我们多少，我们就要多少！"马书记说："你有这个态度就好！"说完，目光又在贺端阳脸上停了几秒，才又接着说，"第二，今天这事，给乡政府造成了非常不好的影响，回去给我认真查一查，是谁带的头？查清楚了向我汇报！"

贺端阳听完，便说："马书记，这事要查倒不困难，只怕查出来了，你也不好处理！"马书记说："你吓唬我？"贺端阳说："不是吓唬你，马书记，他们是来给乡上送感谢信，你怎么处理送感谢信的？"马书记说："什么送感谢信？把我窗户玻璃都打坏了，有这样送感谢信的吗？"

贺端阳一听这话，便说："对了，马书记，我估计今天这事，十有八九和郑老头子有关，可你能拿他有啥办法？光军功章，屋子里就挂了一墙壁！他过去打仗时手下的小战士，如今都当将军了，那资格儿，是老得没法说了！别说你，就是陈书记在他面前，说话恐怕都不敢出大声气儿！那年乡上谢书记到我们村开群众大会，一句话没说对，把他得罪了，当场就日娘捣老子地，把谢书记骂了个狗血淋头，谢书记回到乡上病了好几天……"

马书记听到这里，打断了贺端阳的话，说："你说起来就把他没办法了？"不等贺端阳回答，又马上说，"不管怎样，你都要给我调查清楚，并且以后不能再发生这样的事了！"贺端阳听后，停了一会儿才说："马书记，我只能给你表这样一个态：我一定尽力而为……"马书记打断他的话说："不是尽力而为，而是必须做到！下次再发生这样的事，我拿你是问！"贺端阳听到这里，便站起身来，说："不管马书记相信不相信，反正我都是坚决站在乡党委、乡政府一边的！"说完便走了。

回到贺家湾，贺端阳便又去找到贺劲松，对他说了马书记找他谈话的经过。贺劲松听了后，说："看来还是送'感谢信'这一招起了作用！"贺端阳说："正是，不用这一招，马书记会把吃到嘴里的钱吐出来的？"贺劲松问："他没说给村上划多少？"贺端阳说："没，只叫我们要顾全大局。我想问他划多少给我们，又不好问。"贺劲松说："那就等他把钱划下来了再说吧！"贺端阳说："我也是这样想的，反正他有七算，我们有八算，他有长箩筐，我们有翘扁担。如果划少了，我们就继续给他送'感谢信'！"贺劲松说："对，牙膏靠挤，你不挤，不会自动出来！"贺端阳说："就是！"说完就回家了。

过了几天，乡上果然把钱划到了贺家湾账户上，却只有 10 万元。贺端阳一听贺劲松说只有 10 万元，便叫了起来，说："只有 10 万元呀？他们也吃得太多了吧！"贺劲松说："可不是吗？看来他们把我们当小孩子了，以为随便拿块糖，就能把我们哄到不哭！"贺端阳说："看来我们还得继续往他们屁股底下烧火！劲松叔你再去把各村民小组长和村民代表找来，大家商量商量，怎么再去给乡上送一次'感谢信'……"

贺劲松一听，急忙打断贺端阳的话，说："不用了！我刚才碰到在地里干活的一些村民小组长和村民代表，对他们说了乡上划钱的事。大家听了也非常生气，说我们贺家湾的人又不是狗，以为丢根骨头就把我们哄到了？县上拨给我们70万元，乡上就吃60万，也不怕撑死！看来不再去闹一闹，他几爷子不会心甘情愿把钱吐出来！我一见群众热情这样高，就已经找到贺勇、贺健、郑全兴等一伙人，布置下去了，明天让他们再去给乡上送一回'感谢信'！上次去的时候，只有一百多人，这次多去一些人，阵仗再搞大些，不然姓马的还不晓得锅儿是铁铸的！"

贺端阳一听，高兴了，说："布置下去了就好，劲松叔，多谢你！"贺劲松又说："不过听郑全兴说，郑老革命上回受了累，回来感冒了，这次不能去了。"贺端阳说："他不能去就算了！"又说，"上次他去我都有些不放心，一是他年龄大了，二是又容易冲动，要是出了啥事，我们还不好交代。"贺劲松说："对，反正我们有这么多人，够姓马的受了！"贺端阳说："还有啥我没想到的，劲松叔想到了，就悄悄去对贺勇、贺健、郑全兴他们说一声。看来马书记已经怀疑上我了，这次我一点不出面，就拜托劲松叔了！"贺劲松说："你放心，我这就去给他们说！"说完便和贺端阳分了手，自去安排。

且说第二天，贺家湾三四百人，便又敲锣打鼓、浩浩荡荡地去了乡上。也不知这些人去乡上闹得如何，只见不到中午时分，马书记便带了谢乡长、向副书记和乡党委管纪律检查的刘委员，管组织的张委员以及王主任、薛干事等一行人，像讨伐似的，铁青着面孔，来到了贺家湾。

贺劲松一见马书记一行人，急忙把他们接到了村委会办公室。人还没坐下，马书记便令王主任、薛干事去把贺端阳叫来。贺劲松一见，急忙对马书记说："怎么能让王主任和薛领导去呢？我去把他找来就行了！"说完又说，"他这个人，平时看起来很温顺，可要是他偏起来了，三头犟驴也把他拉不回来！"谢乡长和管纪检的刘委员，在贺端阳竞选村主任的过程中，曾经领教过贺端阳的犟脾气，这时也说："就是，就是，让贺会计去好些！贺会计是他的老辈子，他不认我们可以，难道老辈子也不认了！"马书记黑着脸没吭声，贺劲松便立即前脚跟不搭后脚跟地去了。

没一时，贺端阳果然跟着贺劲松来了，两人一前一后地走进村委会办公室，贺端阳刚要开口打招呼，可马书记却像早已就沉不住气的样子，像上次一样，猛地拍了一下桌子，然后站起来，指了贺端阳的鼻子，大声喝道："好你个贺端阳，你敢跟我玩这样的阴招……"谢乡长、向副书记见马书记气成这样，便拉了他一下说："冷静点，马书记……"

可谢乡长、向副书记话还没说完，马书记便甩开了他们，仍然怒气冲冲地说："我没法冷静！"说完又指了贺端阳说，"你说，你是不是这样？"贺端阳一见马书记这样一副怒发冲冠、咄咄逼人的样子，故意做出不明就里的样子，愣了一会儿才问："我玩啥子阴招了？"马书记又拍了一下桌子，说："你还敢跟我装糊涂？上次我就警告过你，不能再出现这样的事了，怎么今天又来几百人到乡政府闹？"贺端阳："我怎么晓得？他们走了以后我才听说的。再说，他们是来送感谢信，怎么是闹呢？"

马书记听到这里，更加怒不可遏了，又一巴掌拍在桌子上，说："屁的感谢信，你以为我不明白？"说完又指了贺端阳，说，"这一切是不是你组织的？说！"贺端阳过了一会儿才说："我反正是跳进黄河也洗不清，领导说是就是吧！"马书记继续指着贺端阳说："你敢说不是你！如果不是你，我问你，你到县发改委和农业局去复印什么文件？你以为我姓马的是聋子，是瞎子，可以任你玩弄？发改委、农业局你可以去复印文件，难道我就问不出来？"

贺端阳一听，知道复印文件的事露馅了，便后悔那天没给世海叔说，让他给金主任、何局长打声招呼，不要把他们复印文件的事说出去了。可现在后悔也没用了，见马书记既然已经说穿了，便说："文件确实是我复印的，因为我到发改委和农业局去办事，看见了文件，便复印了一份。"说完又说，"怎么，我又没有伪造公文，难道复印文件也有罪？"

马书记听了这话，有些像是被问住了的样子，半天没答上话来。谢乡长见了，便说："复印文件是没有错，主要是因为这笔钱还没有下来，便扩散到群众中去，给乡上的工作造成了被动……"贺端阳没等谢乡长继续往下说，便也没好气地打断了他的话，说："要是等乡上主动告诉我们钱到了位，只怕要等到石头开花马长角……"马书记一听这话，又怒了，瞪着一双像是要吃人的眼睛对贺端阳问："就是不告诉你又怎么样？我问你，这钱是你们争取的？"贺端阳说："不是。"马书记又问："那 1000 亩果园的基础设施，是你们现在建的？"贺端阳又说："也不是。"

话音刚落，马书记又将声音提高了几度，对贺端阳凌厉地问："既然都不是，你有什么理由向乡上要钱？"贺端阳说："文件上写着是贺家湾的修路资金和果园基础设施建设费……"还没说完，马书记便接了过去，道："文件上写的是贺家湾的修路资金和果园基础设施建设费，就是贺家湾的了？现在向上面争取钱，哪儿不是找到一个项目，就用这个项目向上面打报告，等钱到了位，再做统一安排的？"

贺端阳一听这话，便有些不好回答了，就说："上面怎么做，我们怎么晓得？我们只晓得一个萝卜一个坑的道理！"谢乡长见贺端阳这么说，便说："你这个同志，怎么还是这样固执己见？明给你说，乡上确实是用你们村修公路和果园设施建设的名义，向上级争取的这一笔钱，可绝不是全部为你们村争取的！你也知道，乡上工作多，方方面面都要兼顾，就像你做支部书记一样，马书记随时都要从全乡大局出发来考虑问题！再说，乡上不是已经给你们划了10万元，补助你们修路吗？"

贺端阳听了这话，想了一下便说："10万元能修啥子路？"谢乡长正要回答，马书记又黑着脸，抢在了谢乡长的前面说："10万元修不成，难道你还想让乡上把你们的路，都包下来不成？喊明叫现说，这50万元修路款中，还包括补助板桥村那条路的钱！手心手背都是肉，我把钱全部给了你们，板桥村的村民骂不骂我？另外那20万元，乡上只不过是用你们果园的名义，争取的一点办公费，你们一个子儿也别想要！"贺端阳听马书记的话已经有所缓和，便说："领导给我们多少，我一点也没意见！领导给得再多，我贺端阳一分也不敢揣进自己腰包里！只是群众知道有70万元，我没法给群众解释！昨天晚上，还有好多群众骂我是袁世凯，卖国贼！"

马书记听完，马上看着贺端阳说："你们唱双簧，难道我看不出来？现在我给你下个明话，再给你们10万元，一共20万元，再想多从我这里要一个子儿，我马前进从你胯下钻三趟！"贺端阳一听，觉得20万元还是少了，便又说："马书记，下级服从上级，我还是刚才那句话，你们给多给少，我都没有意见！可我把不准群众会怎么想？你都晓得的，现在的群众可不好惹！他们给你们送了感谢信，保不准哪天心血来潮了，又到县上去感谢他们给我们拨款，我贺端阳就有三头六臂，可拦不住那么多人呢！"

马书记一听这话，脸色又变了，又拍了一下桌子道："你想拿群众威胁我？

我马前进不是被吓大了的!"贺端阳说:"马书记你多心了,我怎么敢威胁你? 我说的可是实话,不怕一万,就怕万一,要不然现在怎么会有那么多上访的?"马书记听了,恨得咬牙切齿,却说不出话来。谢乡长一见马书记和贺端阳仍然像两头斗架的牛一样,便忙说:"好了好了,看在贺支书你们积极修路、发展经济,一心为群众办实事的分上,我没有和马书记商量,仅以我个人名义表个态,乡政府从其他渠道,想办法再给你们挤 5 万元出来,一共给你们 25 万元! 贺支书你吃饱了要知道放碗,你还想多要一分,别说马书记不答应,就是我谢某人也绝不会答应!"

贺端阳一听这话,便知这已经是他们可能拿得出的最高限额了。再一想,有了这 25 万元,加上村民卖树集的钱,以及贺世海答应的 20 万元,修这条路已经绰绰有余了,得饶人处且饶人,便说:"谢谢谢乡长,如果真是这样,我还好对群众解释一些。我就按照马书记刚才说的,对群众解释说,这 50 万元修路的钱,是县上拨给我们贺家湾和板桥村两个村的,现在两个村二一添作五,一村一半,公平合理,群众听了,也可能就心服口服了!"话音刚落,马书记却像受了侮辱一样,"呼"地一下站了起来,指了贺端阳说:"贺端阳,我这回算是栽到了你手里,不过你要记住,你吃进了我们多少钱,以后还得给我吐出来!"说完,也不和谢乡长等人招呼一下,就气冲冲地向外面走去。谢乡长等人见马书记愠怒的样子,也来不及再和贺端阳说什么,也急忙站起来朝门外走去。这儿贺端阳听了马书记最后两句话,还没回过神来,也不去送,只坐在椅子上发愣。贺劲松见了,急忙追出去,将马书记他们送走了。

第二十三章　冲　撞

又过了几天，乡上果然又划了 15 万元钱到贺家湾村的账户上。贺端阳接到钱，对贺劲松说："要是早划 25 万元，又何必再去送'感谢信'了？"贺劲松说："钱是给了，但依我看，马书记这回是真的生气了！"贺端阳说："我们要钱是为村里修公路，公路修好了，他当党委书记的脸上也有光，怎么就想不开？"贺劲松说："他主要是觉得丢了面子！实打实他想是给我们 20 万元，并且撂下了狠话，说多给了一分，都要从你胯下钻三趟。后来谢乡长表态增加 5 万，他又不好驳得，所以他生了气。"贺端阳说："他生他的气，我一不犯法，二不贪污，他生再大的气，我又不怕他，他爱怎么生就让他生去吧！"说完，就揣了村上的存折本，又往县城找贺世海去了。

到了贺世海的公司里，贺端阳便把到乡上要钱的经过，详详细细地对贺世海说了一遍。贺世海一听，便哈哈大笑起来，说："你们做得好，送'感谢信'这一招简直绝了，让姓马的也不好说啥！"说完又说，"姓马的说的也可能是实情，我所晓得的，现在不管是县上向省里要钱，还是乡上向县上要钱，都是找到一个容易要到钱的项目，就用这个项目要，至于要来的钱是不是全部用到这个项目上，往往是说不定的！但不管怎么说，你们能从姓马的嘴里抠出 25 万元钱出来，也实在不容易了！"

说完这话，贺世海手指便再次落到大班桌右边角上那只红色按钮上，轻轻按了一下。没过一分钟时间，上两次贺端阳见过的高个子美女便出现在了屋子里，"贺总，有事？"贺世海把贺端阳给他看的存折往桌边一递，说："从我们账户上划 20 万元钱，到这个存折本上！"

那美女听了这话，从桌上拿起存折看了一下，然后对贺世海说："贺总，这是农村信用合作社的存折，从我们账户上直接转可能有些困难。"贺世海说："不管怎么着，你去想法吧！"那美女不再说什么，甜甜地答应了一声："好吧！"说完转身便要往外走。贺端阳一见，立即站了起来，对贺世海说："世海叔，我也一起去吧！"贺世海说："你去做啥子？这点事，是怕我们做不好，还是不放心？"贺端阳一听这话，脸红了起来，立即说："哪里不放心？看世海叔说的！"说完又只好坐下了。

贺世海等贺端阳重新坐下后，才又对他说："现在钱都到位了，公路也就可以抓紧动工了！"贺端阳说："就是，回去我们就开动员大会，争取用今冬明春这三四个月时间，把路修通，到时我们请世海叔回来剪彩！"贺世海说："我剪啥彩？出洋相！"贺端阳说："你出了 20 万元钱呢！"贺世海说："20 万元该出嘛，钱挣起不回报社会，揣在自己兜里带到棺材里去呀？"

说完，贺世海又问贺端阳："你们准备怎么修？"贺端阳："我们还没开会，还不晓得大家的意见，世海叔你说怎么修最好呢？"贺世海说："要依我说，你们就从村办公室修起。从村口到乡上那段路，路坯已经有了，两边的水沟也有了，需要占的地，在贺春乾和伍书记手里，利用调地的机会，也把土地预留出来了，所以修起来倒不难。倒是从村委会办公室到村口这段路，先前没有把地留出来，现在还需要调地，要困难一些。所以我建议你们先啃骨头，后吃肉！只要把那段路修好了，以后通向各个大院子和小组的路，不用你们动员，各个大院子和小组都要想方设法来接通的！"

贺端阳一听，便急忙说："怎么不是这样，世海叔？你的意见很好，我们就照你说的办！"贺世海说："我说的话又不是圣旨，就要按我说的办？我只是一个建议，至于具体怎么修，你回去还是要征求大家的意见！"贺端阳急忙又点头说："那是，那是，世海叔！"

正说着，刚才出去转款那美女袅袅婷婷地回到了贺世海的办公室，一见贺世海，便从小手包里拿出贺家湾村那本存折，恭恭敬敬地放在贺世海面前，然后对他说："贺总，办好了！"贺世海说："办好了就好！"美女像是邀功似的说："银行果然不转账，我先是从我们账户上取了 20 万现金，然后到工农街那家农村信用合作社，幸好他们的存折是通存通兑，所以便重新存到他们账户上了！"

贺世海听了，便点头微笑着说："好！好！你一个女孩，提20万元现金，也太危险了，怎么不打个电话回来，我好叫个人来陪你呢？以后不能这样冒险了，听见没有？"那女子没有说话，眼里却波光盈盈，只顾含笑点头。贺世海见了，又说："你辛苦了，过去歇歇吧！"美女一听，蜂腰半弯，又朝贺世海欠了欠身，这才转过去扭着屁股走了。

这儿贺世海翻开存折看了看，然后递给了贺端阳，说："这下我贺世海说过的话也兑现了，你们大约不会骂我了！"贺端阳一听，也马上站起身来，一边对贺世海鞠躬，一边说："谢谢，我代表全村人，谢谢世海叔！感谢你还来不及呢，谁敢骂你？"说完这话，将存折揣在怀里，告别贺世海，赶回贺家湾去了。

回到家里，贺端阳稍事休息了一会儿，便又赶到贺劲松家里，将贺世海把20万元钱打在村里账户上的事对他说了一遍，说完将村里的存折交给了贺劲松。贺劲松将存折打开看了一遍，然后高兴地说："果然存到这上面了，看来贺世海还算条汉子，说话没有屙尿变！"贺端阳说："我原来也担心，怕世海叔见我们没有全部要回县上划的钱，他也打折扣，谁知他二话没说，就叫他的秘书去把钱给我们划了！"

说完，又将贺世海修公路的建议，对贺劲松说了一遍。贺劲松一听，便说："这跟我的想法真是不谋而合了！我也是想从村委会办公室修起，先把村里的主干道修通，然后再往乡上修。现在的事很难说，假如修到修到出了一点啥事，剩下那么半公里一公里，和乡政府没有接通，到时候我们以断头路的名义，再向上面要钱！现在上面的口号就是消灭断头路，到时多少总要给些钱！可假如把村里这段剩下了，就没有任何鬼大爷来过问你了！"

贺端阳一听，便说："那好，我马上去通知村民小组长和村民代表开会，把开工的日期尽快定下来！"说完便要走，贺劲松急忙对他说："你这么忙做啥子？天就快黑了，你跑了一天，也该歇息一下，再说，现在也没啥活儿，明天上午召集大家来议一议也不晚，何必让大家熬更守夜地来受凉？"贺端阳一听，觉得有理，便说："那也好，就明天上午开会吧！"说完回去了。

第二天吃过早饭，贺端阳正要往村委会去，没想到乡计划生育办公室的黄主任和出纳员小叶，各自胳膊窝里挟着一只公文包来了。贺端阳一见，便急忙说：

"哎呀，好久不见两位领导下来踩脚印了，现在是啥子风把你们吹来了？"又说，"村上这半年可没人敢超生了！"黄主任说："这半年没有，可过去有呀！"贺端阳说："过去有是不假，两位领导有啥指示，就尽管说！"

黄主任于是从包内找出一个本子，翻了一阵，便对贺端阳说："贺支书，你们村还有十来户人家，过去超生了，可罚款一直没有交清，今天我们就是来收罚款的，请你协助一下我们的工作……"话还没说完，贺端阳便说："哎呀，我忘了来给黄领导汇报，那十几户的罚款，我们村上已经收了……"黄主任同样没等贺端阳说完，也一下叫了起来，说："啥，你们收了？"然后又看着贺端阳问，"你们收了多少？"贺端阳说："具体收的多少，要看贺会计的账才晓得，我带你们到贺会计那儿去吧！"说着，便带了他们往贺劲松家里走。

到了贺劲松的院子里，正碰上贺劲松出门开会，一看见黄主任和叶出纳，就知道了他们的来意，等听了贺端阳的话后，便带了他们进屋去。接着贺劲松抱出账本，将那十几户的超生罚款，一一念给了黄主任和叶出纳听。黄主任一边听，一边往本子上记，记完了，这才对贺端阳说："你们就收这点？"贺端阳说："我们可是按规定收的！"

黄主任一听这话，有些不高兴了，便带着批评的口气说："规定有新有旧，你们是按啥时的规定收的？上个月，马书记根据我们乡计划生育的实际情况，做出了新的规定，从10月1日起，全乡的超计划生育罚款，一律按社会抚养费的最高标准执行，难道你们不知道？"贺端阳说："我们怎么会不晓得？可我们只是后来才晓得的呀！这些款，我们全是在10月1日以前收取的，那时我们怎么晓得？不信你看看贺会计账上收款的日期！"说完，就一把从贺劲松手里拿过账本，递到黄主任面前。

那黄主任果然拿过账本，目光落到上面细细地看了起来，一边看一边不断地皱眉头，显示出一副无计可施的样子。看完了后，将账本重重地往桌上一放，这才说："谁叫你们那么早就去把罚款收了？"贺端阳一听这话，也做出有些生气的样子说："黄主任怎么说出这样的话？过去不是催得屁滚尿流的吗？我们主动把款收起来，难道还有罪了？"说完又说，"要提高标准，你们怎么不早说？"黄主任说："早说迟说那是领导的事，你要问去问领导好了！我要说的是眼下该怎么办？"贺端阳说："收都收了，还能怎么办？"

黄主任一听这话，突然发火了，大声说："那不行！马书记再三说，全乡必须执行一个标准，如果你们一个村按原来的标准执行，其他村的超生户知道了，那会怎么想？还不来找我们扯筋？"说完不等贺端阳回答，又说，"收了的就不说，没收齐的，现在重新按新标准去收齐！"贺端阳一听，便也马上用不容置疑的口吻回答说："再去收一遍，那我们肯定是不得去的……"

话还没完，黄主任便盯着贺端阳问："为啥不去，难道这不是村上的工作？"贺端阳说："我们已经去收了钱了，而且也是按你们规定的标准收的，也没徇私舞弊、优亲厚友，并且收了过后，也给人家出了发票，现在再去向人家要钱，我们还是人不是？我们这嘴巴还算不算是嘴巴？"说完又说，"并且我可以喊明叫现地说，我们现在去不但收不到一分钱，只会讨老百姓日娘捣老子地骂！"

黄主任一听贺端阳这话，便不满地瞪着他问："照你这么说，那就没办法了哟？"贺端阳说："要收你们去收，反正我是不会去的！"黄主任听了，便没好气地说："贺支书，你这是啥子态度？就算你看不起我们办事员，也不能这样给我们出难题嘛！"贺端阳听黄主任说他看不起办事员，心里也早恼了，于是也红着眼睛瞪着他说："我怎么给你出难题了？我难道把你挡着了，不让你去收了？"

这儿黄主任鼻孔里扇着粗气，红眼睛绿眉毛地正想作答，旁边贺劲松见二人顶起来了，便马上过去拉了黄主任一下，对他说："黄主任，你别生气，你再给贺支书一个胆子，他也不敢说不支持你的工作！只不过这事确实有些麻烦，收都收了，再去收，肯定要激化干群间的矛盾！"贺劲松经常帮计生办做账，所以黄主任也不便得罪他，便说："贺会计，你说得不是没道理，可这样叫我们怎么跟马书记交代？"贺端阳心里的气并没有消，听了这话，便说："如果去收了，你在马书记面前倒好交代了，可我们又怎么给群众交代？"

贺劲松听了这话，急忙给贺端阳递了一个眼色，贺端阳便强忍了心里的气，闭上了嘴。可黄主任今天没有完成任务，又受了贺端阳一顿抢白，心里的火气仍在突突地冒，听了贺端阳的话，便又头不是头，脸不是脸地说："我不管你们怎么给群众交代，反正这事没完！你们必须再到那十几个超生的对象户家里去，继续做工作，动员他们按新标准，把没交齐的款交齐……"

一听到这里，贺端阳又忍不住了，想起姓黄的虽然是计生办主任，按级别，大不了乡上一个中层干部，既不是书记、乡长，连党委委员也不是一个，却在自己面前指手画脚，说话一点没有通融的余地，比领导还领导，算什么东西？于是便更没好气地打断黄主任的话说："黄主任，假如我们不去给你做工作呢？"黄主任一听这话，马上噎住了。正愣眉愣眼地不知该如何回答的时候，贺端阳又补了一句："你刁难我们这些跑田坎的干部做啥？一报还一报，你今天刁难我们，难道不怕明天我们也刁难你？"

贺端阳说的是心里话，可黄主任听了，以为贺端阳是在威胁他，便什么也没有说，"呼"地一下站了起来，将桌上的公文包往胳膊窝里一挟，黑着脸恶狠狠地说了一句："好，你既然这样说，我们什么都不说了！"说完又对叶出纳说了一句，"小叶，我们走！"那小叶一听，果然也挟起包往外面走去。贺劲松一见，急忙追了出去，一边赔着小心，一边去拉住他们。可哪里还拉得住？那黄主任满面怒容，挣开了贺劲松的手，早逃跑似的去了。贺劲松见了，只好悻悻地回来了。

第二十四章　受　斥

　　贺劲松回到屋子里，对贺端阳说："你今天不该冲撞他！"贺端阳的脸上仍挂着愠怒的颜色，说："我哪里想冲撞他？是他自己说话没有一点商量的余地，硬要我们再去把罚款按新标准收齐嘛！"贺劲松不想在这个问题上继续说，便转移了话题问："我们收的 5 万多元钱，是现在就拿去交到乡上，还是不忙交？"贺端阳正在气头上，听了这话，便愤愤地说："交个啥？乡上几爷子挪用得我们的钱，我们就不能挪用挪用他们点钱？再说，马上就到年底了，我们上半年交了 10 多万元超计划生育罚款，按比例分成，我们也该分 3 万多块了，让他们就从我们款里扣，不足的我们补就是了！"说完又咕哝了一句，"钱到了他们几爷子手里，就又难得拿出来了！"贺劲松一听这话，也觉得有理，便说："那好，他们如果不来催，我们就不管他们，大姑娘打屁——稳起，如果来催，我们就叫他们在年终分成款里扣！"说完这话，便和贺端阳一起，去村委会办公室开会了。

　　按下村民小组长和村民代表的会议不提。且说会议开完，贺端阳刚回到家里，手机便响了起来，掏出来一看，是乡政府办公室的号码，刚"喂"了一声，电话里便传来了王主任的声音："贺支书吗？马书记叫你马上到乡上来一趟！"贺端阳一听，愣了一下，便问："马上？都要吃午饭了，啥事这样急？"王主任说："我也不知道，马书记只是叫我通知你！"

　　贺端阳听后，过了一会儿才问："今上午我和计生办黄主任吵架了，是不是他回来告了啥状？"王主任还是说："我不知道，反正马书记让我通知你立即到乡上来！"贺端阳一听，心里就明白一定是姓黄的回去在马书记面前奏了一本，也生起气来，便对着手机大声说："你跟马书记说，犯人砍脑壳，还要让人家把饭吃饱呢！现在啥时候？都吃午饭了，我立即不了！"说完停了一下，又马上接着说，"马书记即使要砍我的脑壳，让他耐心等到，我吃了午饭再来！"说完，也不等王主任回答，便把手机挂了。

可这时贺端阳也没心思吃饭了，又往贺劲松家里趸了过来，对贺劲松说了马书记要他立即到乡上去的事。贺劲松听完，说："姓黄的心眼小，肯定是他回去奏了本！"贺端阳嘴上还是犟着说："他奏了本我也不怕，反正我也没做错啥事！"贺劲松想了想，说了一句："大侄儿，你可要有思想准备！姓马的也不是善茬子，为我们那笔钱，你才和他掰过手腕子，他心里肯定也还忌恨着你！现在姓黄的又在他面前说你的不是，你可要小心一些！"

贺端阳说："我才不怕！我条条路儿走得正，就是和他们争了吵了，他们又能把我怎么样？"贺劲松说："要不要我陪你一起到乡上去？"贺端阳说："劲松叔你去做啥？又没有叫你去，你去了反倒显得我心虚了！再说，又不是上刀山、过火海，要杀要剐随他们的便，一人做事一人当，要人陪啥？"

贺劲松想了想，便说："我不陪你也行，不过你们年轻人我晓得，肝火旺，脾气大，得理不让人，这可要不得！得饶人时且饶人，何况人家是上级，官大一级压死人，你可不能和他们硬争！不管他们说啥子，你只一只耳朵进，一只耳朵出就行了！"贺端阳说："我晓得了，劲松叔！你去给我妈说一声，就说我到乡上去了，叫她吃午饭不要等我！"贺劲松说："都到吃午饭的时候了，你还是吃了再去吧！"贺端阳说："一顿不吃饿不死人！话是说让姓马的等着我，可真要让他等久了，又会说我态度不端正了！"说罢，也不再等贺劲松说什么，便往乡上去了。

到了乡上，马书记的办公室却关着。贺端阳便知道马书记吃过饭，这会儿可能在午睡，便也不去敲门，趸到乡政府的办公室来。中午时候，乡政府办公室很静，外面一张桌子，上面搁着一部电话机子，靠墙壁摆着一把木条椅，中间的门关着。贺端阳本想在木条椅上坐下来等一等，可心里一想："你几爷子大白天关着门睡午觉，却让我空着肚子来见你们，这太不公平了！"想到这里，干脆用力咳嗽一声，接着又大喊："王主任！王主任——"

没一时，中间的门"吱呀"一声打开了，王主任睡眼蒙眬地走了出来，一看见贺端阳，便说："贺支书你这么快就来了？"贺端阳说："我态度端正，你是看见的哟!"说完又说,"你快去叫马书记起来,该杀该剐都快点,我肚子还在唱空城计呢!"

王主任听了这话,显得有些犹豫,说:"马书记恐怕睡下去不久呢,贺支书要不你等一下。"贺端阳说:"要等多久,你给我个时间,我出去找饭吃。要不,我耽搁久了,马书记怪罪,你就要帮我承担责任哟!"王主任听了这话,又犹豫了一会儿,这才过去敲马书记的门。敲了两三分钟,马书记的门才打开。贺端阳一见,也不等王主任叫,便径直走过去对马书记说:"马书记,我来了!"声音硬邦邦的。

马书记一听,脸色顿时黑了下来,一边将披着的衣服往身上套,一边对王主任说:"你去把谢乡长、向副书记、张委员和刘委员,都叫到我办公室来!"王主任答应一声,便去了。这儿贺端阳走进马书记的办公室,也不等马书记招呼,便在靠墙壁的椅子上坐了下来。

没一时,谢乡长、向副书记、管组织的张委员和管纪检的刘委员,都一齐来到了马书记的办公室。向副书记、张委员和刘委员以为马书记召开党委会,手里还拿着准备记录的本子。一走到马书记的办公室,看见贺端阳坐在靠墙的椅子上,耷拉着头,一副霜打的样子,马书记的脸色也很不好看,几个人都不知发生了什么事,但张委员和刘委员还是和贺端阳打了一声招呼,向副书记也问了一句:"你怎么来了?"贺端阳没有答,几个人便各自找椅子坐下了。谢乡长大约已经知道了什么,一看见贺端阳,也将脸沉了下来,既没打招呼,也没说话,像是没看见一般。

几个人坐下后,马书记狠狠地瞪了贺端阳一眼,这才说:"翅膀长硬了,不服天管地管了,说吧,把你上午的事原原本本说出来!"声音沉沉的、利利的,像是从牙齿缝中挤出来的一样。谢乡长、向副书记、张委员、刘委员一听马书记这话,都一齐把眼光盯向贺端阳,一副同仇敌忾的样子。贺端阳一见,这不是马书记找他谈话,也不是在批评他的错误,分明是古典小说中的"三堂会审",马书记手里就只差一块惊堂木了。想到这里,心里的抵触情绪又冒了出来,便看着马书记说:"上午啥事,我不知道……"话还没完,马书记就喝了一声:"啥事,不支持黄主任工作的事,擅自收取超生对象户罚款的事!你这么快就忘了?你忘了我提醒你嘛……"

贺端阳听到这里，心里的火气突突地往上冒，却努力克制着说："我怎么不支持黄主任的工作了？怎么又擅自收取超生对象罚款了？我积极地到超生对象户收取罚款，怎么还错了……"马书记听到这里，觉得自己尊严受到了挑战，早已露出了怒不可遏的样子，这时便一拍桌子，大声道："狡辩，在我面前你还敢狡辩，太放肆了！"贺端阳脸涨得紫红，像是全身的血液都涌到脸上来了似的，听了这话，也犟着脖子问："我怎么是狡辩了？那你们今后就不要叫我们去收计划生育罚款就是了……"

话还没说完，谢乡长见马书记又要勃然大怒的样子，马上便打断贺端阳的话，说："不是不去收计划生育罚款，而是乡上已经提高了超生罚款的标准，可你们还是按旧标准收了。收了且不说，你们应该把收到的钱，主动拿来交到乡上嘛，可是你们却把钱截留在村里，已经违反了财务管理收支两条线的规定，这些都是十分错误的，你要认识到自己的错误，好好向乡党委、乡政府检讨！"向副书记、张委员、刘委员一听谢乡长这话，有些明白了，便也对贺端阳说："这确实是不应该的，错了就错了，不要多说了！"

贺端阳又使劲往肚里咽了一口唾液，似乎想把心里的火气压下去似的，可终究没有压制住，过了一会儿才又说："我承认我们在这件事上，考虑得不周到。可马书记的新标准，是10月1号才开始执行的，我们那些钱，全是在10月1号以前收的，我们又不会算，怎么晓得马书记要提高罚款标准？再说，我们收的钱都在村里账上，又没有揣进个人腰包，离年终不是还有一段时间吗，怎么知道我们不拿来交呢？"

马书记听了这话，上下牙齿咬得"吱嘎吱嘎"地响，眼里闪着怒火，只紧紧盯着贺端阳，却没吭声。谢乡长想了一下，便又说："就算你有道理，你也应该好好地跟黄主任解释嘛，可你和他顶什么？都像你这样，乡政府今后还怎样开展工作……"贺端阳不等谢乡长说完，又看着他问："我和他顶了啥子，叫他当面来问……"

话音没落，马书记终于忍不住，突然爆发了，他猛地拍了一下桌子，然后才指了贺端阳说："阳奉阴违，两面三刀，这就是你贺端阳……"贺端阳听到这里，也像一头雄狮样，突然站了起来，冲马书记咄咄逼人地问："我怎么两面三刀、阳奉阴违了？"旁边向副书记、张委员、刘委员一见，急忙过来按住贺端阳的肩膀，对他说："冷静点，贺支书，你这个同志怎么不冷静呢？"一边劝，一边又将贺端阳按到椅子上坐下了。那儿马书记又看了看贺端阳，接了刚才的话说："你敢说你没有两面三刀、阳奉阴违？我问你，你在让贺家湾村民来向乡政府要款这件事中，扮演的是什么角色，难道我还没有看出来……"

马书记话没说完，谢乡长见贺端阳两只眼睛喷着火，张了张嘴又要答话，便朝贺端阳挥了一下手，说："好了，好了，过去的事我们也不追究了，贺支书要把今天的错误好好认识一下！"马书记也像是意识到了自己刚才的话有些不妥，容易被贺端阳抓住把柄，便也马上改了口说："你说黄主任现在刁难你，就不怕你今后刁难他，这话是什么意思，啊？"贺端阳说："没有啥意思！他当时要我们又去收二遍钱，我觉得已经收了一次了，再去收，老百姓就要骂我们！可他不答应，就感到他是在刁难我们，冲口一出，就说了那句话，一点别的意思也没有……"

马书记没等贺端阳说完，便冷笑了一声，接着用了冷嘲热讽的口气说："还没别的意思？想威胁黄主任不是？"贺端阳避开马书记的目光，说："我没有想威胁任何人的意思！"马书记说："没有想威胁任何人，那就是想威胁乡政府了，是不是？"贺端阳说："领导要那么想，我也没有办法……"马书记突然又一巴掌拍在桌子上，提高了声音说："我要那么想？难道不是吗？黄主任主管计划生育工作，他下来，就是代表乡党委、乡政府下来的，你以为你这话，只是对黄主任个人讲的……"

马书记还没讲完，谢乡长也对贺端阳说："马书记说得对，说得严重一点，你这是犯了无组织性、无纪律性的错误！"向副书记、张委员、刘委员现在真正弄清楚马书记找贺端阳来的原因了，这时也说："就是！下级服从上级，你怎么能对黄主任说那样的话？"

贺端阳终于意识到自己那句话说得过了一些，这时便只低着头，做出一副接受审判的样子。马书记见贺端阳不再强词夺理了，语气也放缓了一些，说："乡上就是派一个炊事员下来，也是代表乡党委、乡政府，不管他提出什么工作，作为下级，村上都要无条件配合，无条件服从，这才是正确的！不然，乡党委、乡政府还有什么权威？"贺端阳听了，仍然埋着头没有吭声。谢乡长一见，也跟在马书记后面说："以后绝对不能再发生这样的事了！工作中有什么困难和问题，你可以提出来，也可以来找领导商量，但绝不允许用那样的态度对抗上级！你那句话，自己觉得不要紧，可让黄主任和我们听了，会产生什么样的想法？那分明是一种对抗领导、不服从上级的心态嘛！"贺端阳听到这里，觉得谢乡长的批评，还有些苦口婆心的样子，便说："我向领导承认，我那话确实说得有些不对，我向领导检讨，以后不那么说了……"

可话还没说完，马书记却仍像不解恨地说："光这样检讨还不行！一是你必须当面对黄主任道歉，二是必须向乡党委、乡政府写出书面检讨，并在全乡村干部会上宣读！"说完又对向副书记和刘委员说，"这事就由向副书记和刘委员负责……"贺端阳一听马书记要他在全乡村干部会上宣读检讨，禁不住一下红着眼睛又跳了起来，一边挥舞着手，一边脸红脖子粗地大声叫道："我承认错了，承认检讨，但杀人不过头点地，我就不写书面检讨、不在全乡村干部大会上宣读，你们又怎么样？这样一点事情，你们也太过分了嘛！我变了黄牛还要遭雷打？大不了你们不让我搞就是了！"说完，也不等屋子里的人说什么，就气冲冲地往门外走去。谢乡长在后面喊了他一声，他也当没有听见。走出门外，贺端阳才又回头，又对屋子里大声说："你们派人来查，查到我贺端阳有一分钱的贪污腐败，坐监坐牢我去就是了，想叫我在大会上检讨，没门！"说完这话，回过头，把马书记等人晾在屋子里，抬头挺胸，气昂昂地往前去了。

第二十五章　停　职

　　贺端阳心里憋着一股闷气，回到家里，也没去找贺劲松，倒头便睡。李正秀以为他病了，便过来对他说："你是不是感冒了？感冒了到万山叔那里拿点药嘛！"贺端阳把被子往上拉了拉，也没吭声。李正秀又说了一遍，贺端阳有些不耐烦了，掀开被子，对他母亲说道："哎呀，你各人该干啥就去干啥，管我那么多做啥？我已不是三岁小孩了！"李正秀听了这话，真的便不说什么了。

　　倒是贺劲松第二天吃过早饭，有些不放心，找到贺端阳家里来了。一见贺端阳，便对他说："你昨天回来，也不来给我说一声，马书记那么急急忙忙地把你找去，是不是为上午顶撞了黄主任的事？"贺端阳说："怎么不是呢？一副想把我吃了的样子！"说完，便把经过给贺劲松讲了一遍。

　　贺劲松听完，眉毛不断往鼻梁中间皱，摇着头说："你们年轻人没有受过委屈，还不晓得既在矮檐下，怎敢不低头的道理，叫你检讨就检讨嘛，有啥子了不得的？检讨了又不短你一根头发！"贺端阳说："我怎么没有检讨呢？我当时就给他们承认了错误嘛！"说完又说，"叫我给姓黄的当面认错和写书面检讨，我都没啥说的，可要我在全乡的村干部会上念，我当然不得干！我不过只是说了那么一句话嘛，有多大的错，要这样臊我的皮？"

　　贺劲松说："大侄儿你还没有看明白？上面当官的，最怕的是下级不听他的话，马书记也一样！他现在抓住你这个典型，想杀一儆百，来树立他的威信呢！"贺端阳说："我才不怕他呢！"贺劲松说："从这件事情来看，姓马的也是个小肚鸡肠的人！"

说完，贺劲松又像是自言自语地说了一句："现在怎么办呢，啊?"贺端阳听了，却不以为然，说："怎么办? 不理他不就行了!"贺劲松又摇着头说："那可不行! 你不理他，他要理你，要不，你还是到乡上去向他承认个错误，就说自己年轻，不懂事，一时冲动，得罪了领导，以后绝不再犯了……"

　　话没说完，贺端阳便说："我就是不当这个官了，也不得去向他承认错误了!"贺劲松听了苦笑了一下，又摇了一下头说："哎呀，遇到你这号的犟拐拐，我也莫得法了……"

　　正感叹着，乡上张委员、刘委员和薛干事突然走进了屋子，一见贺劲松，张委员便高兴地说道："好哇，贺会计也在，我们还正说要找你呢!"贺劲松赔着笑脸说："找我有啥子事?"刘委员先看了贺端阳一眼，然后才回头对贺劲松说："等会儿你就知道了!"

　　贺端阳心里本来有气，见刘委员的目光匆匆从自己脸上掠过，却没有说什么，便有些不怀好意似的，故意说："三位领导又下来，是不是又要押我去三堂会审?"刘委员正要答话，张委员却抢在了前面说："贺支书这话说得太严重了，我们都是同志，又不是法官，什么三堂会审?"刘委员也说："就是，还是不要这样意气用事为好!"贺端阳听了，便说："那你们有啥子事，就月亮坝坝里耍刀——明砍（侃）了吧!"

　　听了这话，张委员便看了看刘委员，刘委员又犹豫了一下，这才说："请你通知村里的党员，我们要召开一个全村的党员大会!"贺端阳听了这话，眼睛里闪过了一丝警惕的目光，说："开党员大会做啥?"刘委员听了，又看着张委员，欲言又止的样子。过了一会儿，刘委员才接着说："不好意思，那我就明说了，乡党委决定停你一段时间支部书记的职务，让你好好反省一下自己的错误，贺家湾村的支书，暂时由贺劲松同志代理，我们要开党员大会宣布!"

　　贺端阳和贺劲松一听，都愣住了。过了一会儿，贺劲松才说："这、这是不是太有点不、不严肃了?"刘委员说："怎么不严肃? 这可是党委集体研究的……"话还没完，贺端阳突然笑了起来，说："劲松叔，让你当官呢，你还有啥子推辞的? 各人就接下来吧!"说完突然黑了脸，回过头对张委员和刘委员没好气地说，"你们撸我的职，还要我去通知人来看我的笑话，这也太过分了吧? 对不起，我病了，要休息，你们爱怎么宣布，就怎么宣布吧!"

159

张委员一听这话便急了，说："是停职，不是免你的职务……"话没说完，贺端阳便马上打断了他的话，又大声地说了一句："那我也没精神奉陪！"说完这话，便往床上一躺，又将被子往上一拉，连头带脸都盖上，睡下了。

这儿张委员和刘委员互相看了一眼，然后张委员才看着贺劲松说："贺会计，你看怎么办？"贺劲松想了一想，才说："他确实是感冒了，要不然我也不会来看他了！"说完又说，"那这样吧，我去把村委会办公室的门开了，领导你们先到那儿坐一会儿，我去通知人！"张委员听后，又看着刘委员问："刘委员的意见呢？"刘委员板着脸，像是很不满意贺端阳这种做法似的，说："那还能怎么样？"张委员听了，便回头对贺劲松说："那就这样吧！"贺劲松听了，便冲贺端阳喊："大侄儿，你好好休息，回头我再来看你哈！"说罢，便带着张委员、刘委员和薛干事，往村委会办公室走了。

一边走，贺劲松一边问张委员和刘委员："怎么不开村民大会呢？"说完又说，"要不，把村民小组长和村民代表也通知来吧？"张委员说："还是只党员来好！"刘委员也说："贺端阳还想不通，我们这是在给他留面子！"贺劲松一听这话，便说："正是，正是，还是领导考虑得周到！"

说着话，就到了村委会办公室，贺劲松掏出钥匙去开了门，让张委员、刘委员和薛干事进去坐了，自己才对他们说："我们村的党员都是七老八十的了，行动有些不便，三位领导可能要多等一会儿！"张委员和刘委员一听，同时朝贺劲松挥了挥手，说："我们多等一会儿不要紧，你快去吧！"

贺劲松答应了一声，转身要走，可又像想起什么似的，回头看着薛干事说："薛领导年轻一些，要不和我一起去吧！"薛干事听了有点犹豫，但刘委员和张委员却对薛干事说："可以！小薛你反正也没事，就陪贺会计去通知一下！"薛干事听了，便只好站起来和贺劲松一道去了。

贺家湾村一共有20名党员，贺世海、贺世忠、贺国藩、贺国华、贺庆、刘方文没在家里，贺春乾"进去"了，贺端阳闹了情绪，"病了"，包括贺劲松在内，还剩下12个。贺劲松和薛干事跑了半天，有7个党员答应来，有4个党员的儿子媳妇说："来开会可以，可你们得找人来抬，难道我们把他背来不成？还有，来了你们干部要保证他不出事！"贺劲松一听这话，忙说："算了算了，我的个先人老子，我们可不愿寻个虱子在脑壳上咬，不来就算了！"把11个党员通知完了以后，薛干事便对贺劲松说："贺会计，你们村里的党员怎么都这样老，比我爷爷的年龄都大得多了！"贺劲松说："薛领导现在明白，我要你跟我一起来通知的原因了吧？"薛干事说："不明白。"贺劲松说："我就怕领导批评我没把党员通知到呢！"

薛干事"哦"了一声，没回答，一副沉思的样子。过了半天，忽然朝贺劲松感叹起来，说："贺会计，像这个样子，怎么发挥党员的先锋模范作用？又怎么建设社会主义新农村？"贺劲松说："薛领导现在才晓得吧？你是包村干部，别的不说，我跟你说说我们村党员的情况，你就晓得农村现在是啥样子了！"说完又问薛干事，"你愿不愿听？"薛干事听了忙说："我愿意听，贺会计你就给我说说吧！"

于是贺劲松一边走，一边便对薛干事说了起来："我们最先走的那一户，你看见的那个老太婆，叫宋志英，土改时入的党，今年满80岁了，是我们村除了郑锋，第二个老革命了！"薛干事说："看她那个样子，她还能来参加会议？"贺劲松说："她来参加会，也只是聋子的耳朵——配盘，因为她的耳朵早就听不见了！"薛干事说："我看见只有她一个人在屋子里！"贺劲松说："她原先也是有儿子媳妇，还有一个孙子，可后来儿子死了，儿媳妇便带着她孙子跑了。这回听贺端阳告诉我，说他在城里碰巧遇到了她孙子，那孙子现在发了财，可她孙子从没回来看过她，我们都以为她孙子不在了。这阵老太婆在村里吃五保！"

说完，贺劲松又对薛干事说："我们走的第二家，叫贺世亮，是合作化时期，贺老踮介绍入的党。贺老踮薛领导肯定没听说过，就是合作化时期我们村里的支部书记。当时很多人不晓得合作社是啥子东西，都观望犹豫不愿意入，贺世亮便带头把他得到的土地和农具，交到贺老踮手上，贺老踮就发展他入了党，做了合作社副社长！"

贺劲松一边说，一边拿眼去瞥薛干事，见薛干事听得很认真的样子，便又接着说："我们走的第三家，叫贺世理，'大跃进'时期入的党，也是贺老踮发展的。他炼钢铁很积极，是在工地上火线入的党。"然后又说，"第四家叫贺学健，老湾人，人民公社化时期入的党，做过贫协副主席！第五家叫贺祥林，是'大四清'中入的党，老革命郑锋培养的……"

说到这里，薛干事忽然打断了贺劲松的话，问："怎么就没有年轻一点的？"

贺劲松道："怎么没有？远在天边，近在眼前，我不是年轻一点的呀？"薛干事把贺劲松瞧了又瞧，说："贺会计你还年轻？"贺劲松先是笑着说："我要是不年轻，乡上怎么会叫我把支部书记代理到？"说完看见薛干事满脸疑惑的样子，便又认真地说，"我是 1987 年，贺世海当支部书记后培养我和贺国华入的党。后来贺世忠和贺春乾做支部书记，再也没有发展过党员……"薛干事听到这里，又打断贺劲松的话问："那贺端阳主任是怎么入的党？"贺劲松说："他是在学校里入党！要不，他今天也别想当党员了……"

说着话，两人便回到了村委会办公室，张委员和刘委员露出了不耐烦的样子，一看见他们，张委员便对贺劲松问："都通知到了？"贺劲松说："都挨一挨二通知了，不过他们可能要等一会儿才来！"刘委员问："为什么？"贺劲松说："一个个都挂棍戳杖的，哪能像年轻人那样，说来就来？"听了这话，张委员和刘委员都不吭声。贺劲松便和他们有一句、没一句地拉起闲话来，一边拉，一边等着那几个党员的到来。

大约过了一个小时，那 7 个党员才陆陆续续地来齐。等他们都在屋子里坐下以后，张委员朝他们一一看了过去。见这些党员不是满脸核桃纹，就是缺牙少齿，脸庞凹陷，目光散乱，不同的只是有四个老头下巴上多一撮灰白的翘胡子，有两个老头嘴唇塌得很厉害，一张嘴便露出一个很深的黑洞，一个老头下巴上光溜溜的什么都没有。

张委员看完，将眉毛皱了起来，对贺劲松说："就这些？"贺劲松便把村里党员一一背了一遍，背完后才对张委员说："能来的就是这些了，不信两位领导问问薛同志！"薛干事听了这话，也说："确实只有这些了，还有四个困倒床上，起不来！"张委员听了还没答，贺劲松又看着他和刘委员说："要不还是把村民小组长和村民代表喊来，人多一点！"

张委员听了，脸上挂着一丝不高兴的神情，对贺劲松说："又不是打架，要那么多人干什么？"说完又说，"中国共产党成立时，在南湖的船上开第一次党代会，才多少党员参加？"刘委员听见这话，便也说："就是，有多少人就开多少人，我们不等了！"说完又说，"只有这点人，有什么办法？"

张委员听了，便咳了一声，自己说了开场白，便让刘委员宣读了乡党委的文件，接着张委员又讲了一番话，大致说了贺端阳几个问题，比如不服从领导、组织纪律性差等等，又说了大家要团结起来，发扬先锋模范作用，共同搞好贺家湾建设等等。几个党员一听贺端阳犯了错误，便在私下里悄悄打听，可还没等他们打听明白，张委员便宣布会议到此结束。几个党员又慢慢起身，挂着拐杖回去了。

贺劲松等党员走后，才对张委员、刘委员和薛干事说："也不晓得领导今天要来，我们啥也没有准备，三位领导要是不嫌弃，就到我家里吃顿便饭……"话没说完，刘委员便说："饭就不吃了，你抽时间去给贺端阳说一说，要他正确认识自己的错误，早点给党委、政府把检讨写来！停他的职是第一步，要是还不认识错误，马书记说了，绝不姑息！"张委员也说："就是，党委、政府还是给他留有改正错误的余地的，要不然就不是一个停职了！"

贺劲松听后，便急忙回答说："领导放心，我一定把你们的话转告给他！"刘委员说："不但要转告他，你是老同志了，还要多帮助他认识错误、改正错误！"贺劲松又急忙说："我一定帮助他！"说完又说，"领导真的不吃饭了呀？"刘委员说："算了算了，我们回去随便到哪儿吃一碗面条就是！"张委员也说："就是，不给你添麻烦了！"

贺劲松一听，明白了他们的心思，是嫌乡下吃饭不干净，想回乡上店里吃，于是也不再挽留，只说："那也好，三位领导回去，随便到哪家店里去炒几个菜，简单吃一点便饭，吃了把账挂到我们村上，我们今后来结就是了！"说完又对薛干事说，"薛同志你是我们村的包村干部，也算半个主人家，这事我就交给你办了，一定要把两个领导照顾好！"

薛干事听了这话，便直点头说："那好，那好，既然贺支书你这样说了，我恭敬不如从命，一定把领导照顾好！"说完三个人要走，可刘委员却突然像是想起什么，说："别忙，我还要和贺支书说几句话！"说完把贺劲松叫到一边，悄声地说了一阵，这才和张委员、薛干事一起走了。这儿贺劲松把他们送到门外，又返身过去锁了门，才又找贺端阳去了。

第二十六章　交　心

张委员、刘委员召集贺家湾村 8 个（包括贺劲松）共产党员在村委会办公室开会的时候，贺端阳还躺在自己的床上生闷气。没一时，李正秀从外面菜地里撇菜回来了，看见儿子大白天在屋子里蒙头睡觉，还真以为他病了，便又进来对他说："昨下午就叫你到万山叔的诊所去看看，你还吼我，现在又困倒了哟！"

贺端阳心里正烦，听了这话，便揭开被子，"呼"地一下坐了起来，说："我心里烦，你少说点话行不行？"李正秀看了看贺端阳，见儿子脸色确实不好，便又关心地问："啥子事让你这样烦？"贺端阳说："啥子事你晓得了也是白晓得！"李正秀听了儿子这话，便不问了，却换了一个话题问："刚才我看见你劲松叔带着乡上的三个干部，往村办公室去了，你怎么不去？"

贺端阳听了这话，心里感到实在委屈，便不由得一下叫了起来，说："我还去做啥子？我现在又不是支部书记了……"话没说完，李正秀便叫了起来："你怎么不是了？"贺端阳把头埋下来，这才轻轻地说了一句："让乡上给抹了，他们就是来宣布的……"

李正秀听了这话，傻了般愣了半晌，才问贺端阳："怎么就给你抹了？"接着又马上追问一句："你犯了啥错误？"贺端阳仍埋着头说："我啥错误也没有犯！"李正秀便说："那他们为啥平白无故地就把你的职务给抹了？要不就肯定是有小人作怪，到乡上说了你啥坏话！"贺端阳说："也没啥人说我坏话！"

李正秀说："没人说坏话那就怪了！那年你和贺国藩争村主任当，我到你凤山叔那儿给你算了一个命，他说你要提防小人作怪，后来果然贺良毅、贺良礼背后对你下了毒手！他算得很准，外人都称是'贺神仙'。今年是不是你运程不好，要不你再到凤山叔那里，让他给你算算！"贺端阳听了李正秀这话，却显出了更烦的样子说："妈，你晓得我不信那些，要我去算啥子？再说，凤山叔他要算得准，一辈子又不得那个样子了哟！"说完又说，"你要做啥子就去做，莫管我，我睡一觉就好了！"说完又躺下去，将被子扯上来盖住了身子。李正秀一看，也没再说什么，在屋子里站了一会儿，便出去了。

李正秀出去不久，贺劲松便来了，看见屋子里没人，便大声喊："大侄儿，大侄儿！"贺端阳一听是贺劲松的声音，便在里面答应了一声。贺劲松走进去，看见贺端阳还歪在床上，便说："大侄儿还在睡呀？"贺端阳故意说："无官一身轻，不睡觉做啥子？"贺劲松笑了一笑，说："大侄儿怎么不是官？暂时停了你支部书记的职，你就不是官了？要说不是官，我才不是，你听说世界上有代理支书这个官衔么？"

贺端阳说："怎么没有，你现在不是吗？劲松叔你放心，既然乡上宣布了，我绝对服从你的领导，你让干啥子我就干啥子，绝不会扯五绊六，给你添麻烦！"贺劲松听了这话，脸上仍带着笑意说："你娃说话的火气不要这样大，像吃了朝天冲辣椒和公羊的卵子似的！老叔来，是想跟你交一下心，你娃儿不要狗咬吕洞宾，不识好心人！"

贺端阳听了这话，这才坐直了，看着贺劲松问："劲松叔要跟我交啥子心？"贺劲松说："刚才张委员和刘委员再三给我说了，要我转告你，乡上停你的职，是要你认识错误，给你改正错误的机会，并不想一棍子把你打死！如果真要一棍子把你打死，就不会只是一个停职了……"贺劲松还没说完，贺端阳便打断了他的话，仍是气咻咻地说："抹都抹了，还说漂亮话，我还晓得说这样的漂亮话呢！"

贺劲松说："不是漂亮话，我也看出来了，姓马的这样做，主要是想折磨一下你的个性，以后好俯首帖耳地听他的，不给他找麻烦！如果他真要一棍子把你打死，就不会找到我这个笸箩货了！"贺端阳说："劲松叔你是啥笸箩货……"贺劲松也没等贺端阳说完，便插话说："好，好，就算我不是笸箩货，可也是土埋了大半截的人了！他真要想一棍子把你打死，为啥不从乡上派一个，譬如薛干事啥的来兼任支部书记？如果真从乡上派一个年轻人下来做支书，你就别想那么容易翻身了！"

贺端阳一听这话，觉得也是道理，于是不吭声了。贺劲松见了，便又说："你不是糊涂人，你要看清乡上现在的形势。马书记是从县上下派来的，他和谢乡长不同，和向副书记这些副职也不同，更不用说和张委员、刘委员一般班子成员了。谢乡长虽然也是乡上的主层官，但因为他一直在乡上干，晓得农村的现实和上级的政策要求，有许多脱节和错位的地方，再说年龄也四十多了，晓得自己干得再好，提拔也是七月十四烧笋壳——没纸（指）望，大不了再干两年，退下来当个人大主任，再干几年就退休。所以他现在乐于做好人，能不得罪人就尽量不得罪人！要不那天他怎么会表态，多给我们 5 万块钱呢？向副书记虽然人也年轻，文凭也高，也是从上面下派下来的，也想今后得到提拔，但他毕竟与县委、县政府的领导，中间隔了一个姓马的，不容易接触像陈书记这样的大领导，所以，他主要是以完成任务、服从领导，来取得姓马的信任，让姓马的在县委、县政府主要领导面前替他说好话！因此，他对姓马的就必须言听计从，是姓马的跟班和应声虫，这样的人倒是有些可怕的！至于张委员、刘委员，他们虽然顶着一个党委班子成员，也算是个副科级干部，可他们也晓得自己这个班子成员、副科级，在官场上是十分卑微的！开党委会，最多只拿支笔去记记会议的内容，带两只耳朵去，大多时候是陪会的。正因为他们明白自己的地位，又晓得自己想升上去非常难，对群众和像我们这样的干部，心里还是有些同情的，所以他们今天说话都十分温和，再三让我转告你认识错误！当然，要他们在姓马的面前替你说句公道话，他们又不会说。这些人可以称得上是老奸巨猾！"

说到这里，贺劲松停下来，看了看贺端阳，见贺端阳没吭声，可却听得很认真，便又接着说了下去："可姓马的就不同了，他年轻，有文化，能说会道，又是从县上空降下来的，月亮坝坝里看鸡巴——未免不把自己看得大些。他自己心里也明白，领导派他下来，就是镀金的！因此他想尽快干出成绩，取得上级对他的认可和重视，好争取得到提拔。因此，他才会千方百计地把陈书记请到我们乡上，参加他的农贸市场开工典礼，来看我们村的果园！为了出政绩，他肯定会要求自己手下的人，也要像他紧跟县委陈书记一样，必须服从和紧跟他！所以，对你这样公开顶撞他的人，他要把你的棱角磨一磨！所以，大侄儿你就听老叔一句劝，他叫你检讨就检讨嘛，认个错又怎么样呢……"

听到这里，贺端阳忽然冷笑了一声，说："劲松叔，你说得固然有道理，但他现在把我职务抹都抹了，我才去给他道歉、认错，敬酒不吃吃罚酒，不是更自讨没趣吗？劲松叔你为侄儿好的心意，侄儿心领了，但歉我肯定是不会去道的，看他又怎么着？"贺劲松听了这话，皱了一下眉头，然后才说："我遇到了你这样一个不听劝的犟国公，也没办法，算我的话白说了！"

贺端阳道："他不是党委书记吗？下来开村民大会，把我这个村主任一下罢免了，我就算他能干！"贺劲松说："他明晓得罢免你村主任不容易，所以才停你支书的职嘛！"说完又说，"好了，你不去道歉就算了，我们就不说道歉不道歉的话了！"贺端阳问："劲松叔有话你尽管告诉侄儿！不管怎么说，我们是自己屋里，脑壳打破都镶得起！"

贺劲松一听这话，高兴地点了点头，说："大侄儿这话我还爱听！"说完便说，"你刚才说得对，你不去道歉，他不经过村民大会，把你村主任也抹不掉！既然这样，老叔就要对你说一声，你各人就和过去一样，放心大胆地干自己的工作，不要管我！我这里给大侄儿说句实话，别说让我代理支部书记，就是真让我做支部书记，我也只是挂个名！你是晓得的，自己土都埋大半截了，即使干，又能干几年？何必老了才来栽刺，得罪人？所以，大侄儿你尽管放心，老叔即使挂了这个代理支书的名，也绝不会挡你的路，你该怎么干，还是怎么干！"停了一会儿又说，"说不定这事还会变成好事……"

贺端阳没等他说完，便插了一句："怎么会变成好事？"贺劲松说："过去你支书、主任一肩挑，虽说权力大，一个人就可以说了算，可责任也大，像遇到这样的事，责任就全在你身上！现在让我挂名做个代理支书，如果你还出啥事，我就可以帮你把责任承担起来！"贺端阳说："道理倒是这样，可是你没做这事，你承担啥责任？"贺劲松说："我虽然是代理支书，但好歹是一把手，怎么能不承担责任呢？想通了这一点，所以我说，大侄儿，你尽管像过去一样，放开手脚干，我在前面给你把那些麻烦事挡到，如果挡不到，你就往我身上推！我又不图升官发财了，怕他们啥？再说，我又是个软皮囊，不像你们年轻人那样，遇到丁点儿事就和他们顶，我只和他们来软的，他们就是想打想骂，也不晓得从哪里下口呢！"

说到这里，贺劲松忽然俯下身子，附在贺端阳耳边悄悄说："不瞒大侄儿说，我是来跟你说一声，明天我就要去跟姓马的请假，要和你苏二婶一起，到你兴蓉姐姐那儿耍一段时间……"贺端阳听了这话，立即瞪大了眼睛问："才宣布了你代理支书，你怎么就要请假？"贺劲松还是压低着声音，说："大侄儿你还不晓得呢，我们砍树的事情，乡上可能晓得了……"

话音未落，贺端阳就惊得叫了起来，说："啥，劲松叔你说啥？"贺劲松说："刚才开完会，张委员和刘委员他们要走时，刘委员突然把我拉到一边，悄悄地问我村民砍伐天然林的事。我一听这话，忙说不晓得。他见我这副样子，便不追问了，只说：'如果你参加了，就早点来向乡党委和纪委说明，争取主动！'我说：'我真不晓得，我晓得了后一定来给领导汇报！'所以，我一听他这话，便明白我们砍树的事，乡上已经晓得了。"

贺端阳听了贺劲松这番话，陷入了沉思，过了一会儿，才像自言自语地说："过了这么久，乡上又是怎么晓得了的呢？"贺劲松说："坛子口好封，人口难封，何况又是那么多人参加砍树，难免不走漏风声！或者是因为我们向姓马的要钱，姓马的拿你没法，有意在村里物色了线人，要找你的过错，收拾你，也说不定！明枪易躲，暗箭难防，你怎么晓得，是谁出卖了你呢？"

贺端阳听了这话，心里更乱了起来，便说："屋漏偏遭连夜雨，这儿事情还没完结，又冒出一个事情来了，这可怎么办呢？"贺劲松说："所以我决定出去耍一段时间！"贺端阳说："难道你走了，事情就了了？"

贺劲松想了一想，才对贺端阳解释说："大侄儿你也不用太担心，姓刘的是乡上的纪检委员，既然他在问我，我估计姓马的可能要派人来查，说不定要罚款啥的！幸好当时我叫大侄儿避开了，到时他们要来查，你一推六二五，就说自己没在家，啥都不晓得，叫他们来找我！刚好你兴蓉姐姐又要坐月子了，我和你婶得去看看外孙子，这是人之常情，道理也说得过去。他们来找你，你推说不晓得，找我，我又不在家里，到时我连手机也关了，我不相信他们还会跑到浙江来找我？找村民，我们现在就去给贺荣、贺贤明、郑全福这些人和村民代表打声招呼，让他们都一板的腔，说不晓得！甚至根本不管他们，各人干各人的事！他们查来查去，查不出个结果，最后不了了之，还不是就算了，大侄儿说是不是这样？"

贺端阳听了这话，心里踏实了一些，便说："怎么不是这样？只是劲松叔你走了，我有事找谁商量呢？"贺劲松说："这有啥要紧的？每天晚上10点以后我开手机，到时或者我给你打电话回来，或者你给我打电话来，把当天的情况通报一下，不就行了？这和在家里有啥两样？"说完又说，"这叫金蝉脱壳！他们来了找不到人，查起没啥意思，也可能就停下来不查了。可如果我在家里，反倒不好了！"

贺端阳听后，又想了一会儿，才说："可要是姓马的不同意你请假，你怎么办？"贺劲松说："脚长在我身上，他不同意我就没法？到时给他打声招呼，不管他同意不同意，我各人走了便是！他即使生气，我都这么大年龄了，他能把我怎么样？"贺端阳听了，这才说："既然这样，那好吧，劲松叔！"贺劲松停了一下，又说："大侄儿你放心，虽说这事乡上已经晓得了，可我相信贺家湾大多数人还是有良心的！趁宣布了我代理支书的机会，今晚上我召开一个村民小组长和村民代表会，先给大家说一说，就说因为向乡上要钱的事，你得罪了姓马的，姓马的现在要收拾你，号召大家胳膊肘向内拐！你也晓得贺家湾在对外上，向来都是十分团结的，何况你又是因为要钱给大家修路，才得罪乡上呢？所以我想，即使有个别人对你不满，也一定掀不起大浪！"贺端阳说："反正我把心挖出来见得天，我都是想早日把贺家湾这条路修通，没贪没占，就凭大伙儿的良心了！"

正说着，李正秀从外面回来了，一见贺劲松，便笑着喊道："他劲松叔来了？"贺劲松见李正秀红着脸，有些藏藏掖掖的样子，便也笑着问道："大妹子这是从哪儿回来呀？"贺端阳看见母亲的神色，便知道她去做什么了，不等李正秀回答，便抢在前面说："妈，你是到凤山叔那儿给我算命去了？我给你说过，我不信那些，你又去给我算啥子嘛？"

李正秀一听这话，脸更红了，急忙从怀里掏出了一张草纸，说："不信，不信，你凤山叔算了几十年的命，难道他还要害你？"说完又说，"这又不费事，又不给它饭吃，信一回又有啥？"说完，将纸抖开，原来是一道符。李正秀接着说："你凤山叔说你今年运程就是不好，有小人想陷害你。叫你把它带到身上，以后的运程就好了！"贺端阳见了，也不去接，倒是贺劲松帮他接了过来，说："你妈好心好意给你拿回来，怎么不带呢？"说完又说，"这事信一半不信一半，说不定以后运气真好了呢！"贺端阳听了，这才去接过来，折好，揣在了里面贴身的衣兜里。贺劲松又说了几句闲话，这才去了。

过了两天，贺劲松果然带了老伴，提着两包东西，去浙江女儿那里了。

第二十七章　路　障

　　贺劲松走后，贺端阳便把心思投到修路上来。他叫贺荣和贺贤明两人先去把从村委会到村口这段路规划出来，并画好线，然后他再组织人施工。贺荣和贺贤明一听，非常高兴，说："没问题，就这么两里来路，我们将就原来那条路，往两边各扩一两米就行，半天就完成了！"贺端阳说："不光是扩，还有哪儿需要砌涵洞，哪儿要架个小桥，都要规划出来，不然遇到下雨，路边地里的水怎么流得出去？"

　　贺荣还没答话，贺贤明便马上接了贺端阳的话说："这点你放心，活了几十岁，难道哪儿该砌洞、哪儿该架拱都不晓得？"贺端阳听了，便说："晓得就好，规划好了，回来我们再商量劳力的铺排，尽量争取这几天就开工！"两人信心百倍地答应了一声，便拿着皮尺、竹竿、绳子和锄头去了。

　　可是，贺荣和贺贤明竟出师不利，画线不久就遇到了"钉子户"。原来，从村委会到村口这条路，虽然不长，中间却有一块堰塘。这堰塘就是当年乡政府的赵副乡长带着突击队员来贺家湾"拔钉子"，将贺世龙老汉和他的粮食颠到水里的地方。那堰塘原来有三亩多大，一到天旱，可以灌100多亩庄稼。庄稼到户后，堰塘没人管理，每下一场暴雨，便从上面冲下来一层泥沙，淤积在塘里。那塘便越来越小，越来越浅，蓄水自然是越来越少。到了世龙老汉被颠进塘里那年，实际上只有一个烂泥坑那般大了。又过了这么几年，那烂泥坑更是越来越小，一到夏天，一些人将那些死狗死猫死耗子和脏东西都往里面扔。那些死狗死猫死耗子烂了，臭得半个村子的人都吃不下饭，村民便骂声不绝，可也没人出面

170

去把那堰塘填了。后来老天帮了忙，前年一场大雨，山洪暴发，后面一个叫小弯山的地方发生了泥石流，大量泥沙冲下来，便把堰塘彻底填平了。

集体的堰塘，填平就填平了，本来不会产生什么麻烦的。可问题是，那堰塘里边住了两户人，一户是贺良毅的姐姐贺桂花，一户是贺兴禄的婶娘曹国玉。贺良毅有四弟兄，老大贺良全，老二贺良仁，改革开放不久，便出去给人看赌场，白刀子进、红刀子出的事都干过，一般的打架斗殴更不在话下。只是这些年年纪大了，稍微安分了一点。老三贺良礼和老四贺良毅，有了两个哥哥做榜样，自然耳闻目染，也养成了逞强霸道之气，四弟兄被贺家湾人称为"四虎"。贺端阳当年和贺国藩竞争村主任时，贺良毅和贺良礼受贺国藩唆使，还找借口将贺端阳狠狠地打了一顿，贺端阳没法，只得借口到舅舅家养伤，退出了那次竞选。那贺桂花仗着有四个兄弟，便也养成了蛮横不讲理、天不怕地不怕的强悍性格，又被湾人称为"一豹"。那曹国玉是从外面嫁过来的，没有娘家人撑腰，可本家却多，包括贺端阳在内，子侄一大帮，也是一个不怕事、不肯服输的角色。两户人住在堰塘里边，那堰塘每被泥沙填满两尺，两人便在各自房屋对出来的位置上，或去栽一棵桃树，或去种一株柑橘。那时大片大片的土地都撂荒长草，谁会在意这被泥沙填起来的塘泥地？你愿在上面栽什么就栽，谁也没管。后来，贺桂花家里又开起了"麻窝子"，为了让更多的"麻友"来打麻将，贺桂花将原来靠近灶屋的柴草棚，改成了灶房，而把原来灶房里的灶挖了，摆上两张桌子，灶房又成了麻将屋。可庄稼户没个柴草棚终是不便，于是贺桂花便又在外面那新填平的塘泥地上，支起几根柱子，搭了一个柴草棚。因算不上什么建筑，也没人去管她，你愿搭就搭吧，反正也没影响到大家什么！曹国玉一见贺桂花在外面新填上的泥土上搭了柴草棚，自己虽然没柴草棚可搭，可她却又去把正对着自己院子那些新填的土，栽上几厢青菜。

现在，贺荣、贺贤明画线画到这里，那柴草棚和青菜，就需要拆除和铲掉。曹国玉没说什么，贺桂花却不干了，说："你那公路难道不可以往外边移几尺，一定要靠到我这个棚棚？"贺荣听了，便指着堰塘的坎边说："外面就是岩边边了，你说还怎么往外面移？"贺桂花说："我不管你往哪里移，反正不能拆我的柴草房。"

贺荣听了，忍住了心里的火气说："妹子，没修路的时候，你在大会上又是叫又是闹，说村干部不修路，现在村里费了九牛二虎之力，终于把钱争取到了，要修路了，你又是这儿不生肌、那儿不告口的，这不是故意为难我们吗？"贺桂花一听这话，立即双手叉了腰，对贺荣道："我哪儿这儿不生肌、那儿不告口了？修路是大家的事，为啥要单单拆我一个人的房子？"贺荣道："你这叫房子吗？即使是房子，你自己也晓得这房子是建在哪儿的？你也要讲点道理呀……"

话没说完，贺桂花冲过来，将贺荣手中的竹竿一把抢去，咔嚓一声就折断了，又脸红脖子粗地说："不讲理就不讲理，要么，这房子村里给我补偿，要么，重新给我划一块建柴草房的宅基地，不答应，不管天王老子来，都别想动一根草！"贺荣知道贺桂花不好惹，没法，便向贺贤明说了一声，两人就悻悻地回来找贺端阳了。

贺端阳一见贺荣和贺贤明，便问："这么快就画好了？"贺荣气冲冲地回答："画好个屁！"贺端阳一听贺荣的话不对，便问："怎么了？"贺贤明便把贺桂花柴草棚的事说了一遍。贺端阳一听，顿时也火冒三丈，大声说："真是混账！她本身就是占有集体的堰塘搭的这个违章建筑，现在还跟村里谈条件，茅坑边捡根帕子——怎么好搭（开）口？"贺荣说："就是！"说完又问，"那现在怎么办？"贺端阳说："怎么办？她一个违章建筑，不拆，你们组织人给拆了就是！难道还能让一个违章建筑挡了全村人的路？"

贺荣和贺贤明一听，脸上却露出了为难的神色，看着贺端阳说："这……"贺端阳说："这啥子？"过了一会儿，贺贤明才说："贺主任，还是再想一想！"贺荣也说："我们倒不是怕贺桂花，一个寡妇有啥可怕的？怕的是贺良毅几弟兄，你又不是不晓得的！"贺端阳听了，想了半天，心里慢慢冷了下来，便说："那好，今晚上我在电话里跟贺会计、贺支书汇报一下，看他怎么说吧！"贺荣和贺贤明一听，也便回去了。

晚上，贺端阳果然给贺劲松打了一个电话，先问了一通他们老两口路上的情况，然后便把贺桂花的事给他说了。贺劲松听后半天没吭声，过了一阵，才突然反问贺端阳："那你打算怎么办？"贺端阳说："她这纯属于无理取闹，不行，我们组织人给她拆了就是……"话还没说完，贺劲松便急忙在电话里说："这可不行，大侄儿！"贺端阳忙问："怎么不行？"贺劲松说："你难道忘了贺良毅打你的教训？贺良毅、贺良礼弟兄，本身对你当村主任就一直反对，要不然当时又不会

172

下死手打你了！尤其是贺良毅睡了'貂蝉'，你们借贺广全的手，又将贺良毅打了个半死，贺良毅已经把你恨之入骨了！如果你组织人强拆，贺良毅弟兄肯定要过来帮忙，一发生冲突，就只有你吃亏的分，你晓得吗？"贺端阳一听这话，便沉默了。贺劲松又接着说："如果你不出面，只叫村民去拆，村民都是晓得贺良毅、贺良礼弟兄的，又有哪个敢出那个面？到时拆不下去，公路还修不修？"

贺端阳一听贺劲松的话，觉得确实也是这样，便又对贺劲松问："那劲松叔你说怎么办？"贺劲松说："事情是明摆着的，她就是想敲村里一点钱，如果她要得不多，千儿八百的，你就答应她吧！"贺端阳一听，忙说："这、这怎么行？"贺劲松说："总比因小失大强！再说，为大家的事，你何必一个人去讨人恨？你现在当干部了，就要逐渐化解一些矛盾和冤仇！"说完又说，"就当我们被小偷偷了千儿八百那么想！"贺端阳说："钱是小事，这事传出去了，村上的脸往哪里放？"

贺劲松又停了一下，才说："你要觉得自己不好出面，就叫贺贤明出面好了！贺贤明和贺桂花是一房的，过去和贺良毅他们关系也不错，你叫他去和贺桂花谈，尽量把价往下压，谈成了，也不说村上给钱，就让贺贤明说为了修公路，他自己掏腰包来付这笔钱。然后你把钱给贺贤明不就行了？"贺端阳一想，觉得这样也行，虽然钱是村上给的，但在村民中还没丢面子，便立即对贺劲松说："那好，劲松叔，我就这样办！你和苏二婶在那里安心耍，有啥事我再对你汇报！"接着又补了一句，"代我向兴蓉姐姐问好！"说完便挂了电话。

第二天一早，贺端阳果然就赶到贺贤明家里去，如此这般，对贺贤明说了一通，要贺贤明出面做工作。贺贤明在贺春乾、贺国藩当政时，就是村委会干部。贺端阳上台后，他以为贺端阳不会再叫他做村委会干部，没想到贺端阳还是留下了他。所以，他心里还是十分感激贺端阳的。现在见贺端阳要他出面做贺桂花的工作，况且不要自己花一分钱，他当然乐得去做这个好人了。于是吃过早饭，便颠颠地跑到贺桂花家里，姐姐长、姐姐短地喊着，对她说了大半天。那贺桂花先还坚持要村里给她划块宅基地，贺贤明说："姐姐你要那么多宅基地做啥？侄儿侄女都没有在家，你一个人在家里，这样大几间房子还不够住呀？别说村里没权力给你批宅基地，就是有，你到乡上办手续，手续费就要好几千，你划得着吗？"说完又说，"你真坚持要宅基地，我就不好当这个中间人了！到时候你挡了全村

173

人的道，即使村里不组织强拆，村民也骂都要骂死你！再说，如果有人晚上悄悄地点一把火，给你一下烧得个精光，你找又找不到人，能有啥办法？"贺贤明这么一说，贺桂花就不坚持要宅基地了。贺贤明又乘胜追击，东说西说，贺贤明答应给她1000元钱做补偿。贺桂花还想往上要，可贺贤明不松口，贺桂花没办法，又怕自己不答应，别人真在晚上一把火给她烧了，她什么也得不到，便应承了下来。贺贤明怕她反悔，马上写了一个协议，让贺桂花盖了手印，便掏出了1000元钱给她。

贺贤明完成任务后，立即兴冲冲地赶来对贺端阳说了。贺端阳一块石头落了地，怕夜长梦多，立即叫贺勇、贺长军、贺建、贺兴民、贺长安、余小明等几个人，随贺贤明一起，去把贺桂花那个柴草棚拆了。贺勇、贺长军、贺建几个人，先还犹豫着不想去，贺贤明说："有我，你们放心大胆地拆！"贺建、贺勇听了，这才随贺贤明去了。果然贺桂花一句话也没说，大家很快便把那棚子拆了。

拆除了贺桂花的柴草棚，贺荣和贺贤明柳暗花明，又重新拿起皮尺、竹竿等丈量工具，继续履职画线去了。可这时新的障碍又出现了：曹国玉搭了一根板凳在自己那块青菜地边，端端地坐在上面，不让贺荣和贺贤明动她的青菜。贺贤明一见，便恼了，说："这才怪了，不动菜怎么修路？"曹国玉说："我管你们怎么修路，反正不能动我的青菜！如果你们要动，也给我重新划一块地栽菜！"贺贤明说："你们太不像话了，这地明明是集体的水塘填起来的，你在上面白栽了几年菜，村里没有向你要钱，你现在倒向村里要起钱了，这世界上还有没有道理了？"

曹国玉说："我不管你们有没有道理，反正前头的人作揖，后面的人弯腰，你们当干部的，总不能不一碗水端平吧？"贺贤明听曹国玉话中有话，便急忙说："我们怎么没有端平？"曹国玉说："你们端平了吗？看到别人人多，户大，就给钱，我们就不给钱了哟？"贺贤明说："谁给了钱了？"曹国玉说："你给了钱不认账，非要我说明呀？"

贺贤明一听，知道自己给贺桂花钱的事露馅了，却不明白是怎样露的馅？原来，先前贺贤明给贺桂花钱的时候，说是自己为了集体的事掏腰包给的，贺桂花便死活不收，说："兄弟，我们又不是外人，又不是你个人的事，怎么要你掏钱？要你掏钱，我这个当姐姐的还有啥脸？"贺贤明见她推辞，便说了实话："这钱哪是我掏的？我掏了村上还不是要给我！"贺桂花这才把钱收了。贺贤明见她收了钱，便又对她说："姐姐可要保密，不要把村上给钱的事说出去了！"贺桂花也答应了。可是，贺贤明前脚去给贺端阳汇报，那贺桂花便出来炫耀，站在院子里大声说："我以为贺端阳真的不怕我呢？还是要乖乖地给我钱嘛！"恰好曹国玉在屋子里，就把这话听了去。

现在，贺贤明见曹国玉晓得了自己给贺桂花钱的事，不好再说什么，便有些理屈似的看着贺荣问："怎么办？"贺荣本和曹国玉是一房的，听了这话，便说："还能怎样？千人吃饭，主事一人，回去问贺主任，看他怎么说嘛！"于是两个人又一起回去请示贺端阳。贺端阳一听，见前面贺桂花已经补偿了钱，何况曹国玉又是自己一家子，于是也不请求贺劲松了，便对贺荣和贺贤明说："给一个不给一个，人家当然会说我们一碗水没有端平！那就这样，你们再去做工作，贺桂花给的多少，也给她多少，只叫她保密就是了！"

说完，贺端阳又对贺贤明说："贤明叔你再给贺桂花说一声，她现在那个柴草棚棚已经拆了，如果她还要到处嚷，我们现在把那1000块钱收不回来，以后也有的是办法收拾她！"贺贤明说："我再三给她打了招呼，叫她不要说出去，她还是要说出去，真是个半罐水！"又说，"好嘛，我再去给她打个招呼吧！"说完便和贺荣一起走了。两人来到曹国玉的菜地边，曹国玉还在那里坐着，一副严防死守的样子。贺荣、贺贤明走过去，悄悄跟曹国玉说了一阵话，贺贤明又掏了1000元钱递过去。那曹国玉接了钱，便把板凳挪开，让贺荣、贺贤明继续往前画线去了。

第二十八章 调 查

断断续续地折腾了两天，贺荣、贺贤明才把从村委会到村口这 1000 多米公路规划出来，该打木桩的地方打了木桩，该用石灰画线的地方画了线，该用锄头铲沟的地方铲了沟。又按照每个村民组的劳力，将公路划分成了 7 段，编上了号。一切准备就绪，只等着贺端阳一声令下，公路就正式开工了。

这天上午，贺端阳召开了一个村民小组长会，除了落实和铺排各小组的劳力外，还要研究落实谁谁去县上购买铺路的沙石水泥、谁谁负责保管沙石水泥这些材料、谁谁谁监督村上的资金使用等琐事。会议开得正热闹时，乡上向副书记、管纪检的刘委员、分管林业的王副乡长、乡林业站的李站长，以及包村干部薛干事几个人，突然走进了会议室。众人一见，马上停止了发言，一个个瞪着大眼望着他们，一副不知发生了什么事的样子。贺端阳一看到王副乡长和林业站李站长，心里便有几分明白了，于是看着向副书记，用了半认真半开玩笑的口吻说："领导今天一来，老天就出太阳了，真是给我们带来好运呀！"

向副书记听了却没有笑，只顾板着面孔对贺端阳说："你们正开会呀？"贺端阳说："可不是吗，商量一下公路开工的事呢！"向副书记说："贺主任，会议能不能暂时停一下，我们找你有点儿事！"贺端阳愣了一下，又见众人也在怔怔地看着他，便问："能耽误多久？"向副书记说："那就要看你了！"贺端阳一听这话，有些不高兴了，可又不好说什么，便对众人说："反正事情也议得差不多了，明天先把劳力上到公路去，该干啥就干啥。其他的事以后再说，现在大家先散了吧！"众人一听这话，便都站起身来，往外面走去了。

等众人走后，向副书记叫李站长去掩了门，这才坐下来对贺端阳说："贺主任，我和刘委员、王乡长，以及李站长今天下来，是按照乡党委、乡政府的决定，找你了解一件事情的。你一定要本着对组织负责、也对你个人负责的精神，实事求是地把你知道的事情，给我们说清楚！"贺端阳一听这话，便问："啥事情这么严肃？"向副书记还没答话，刘委员便看着贺端阳，说："贺主任不要吊儿郎当的，这事不是小事！"贺端阳说："我认真着呀，领导有事直说就是了，我一定老实！"

向副书记听了这话，便看着王副乡长。王副乡长便也板着一副严肃的面孔，两眼盯着贺端阳，说："贺主任，根据群众反映和我们掌握到的情况，最近你们村，在没办理任何手续，也没经过任何部门批准的情况下，就大量地砍伐了一批国家长江上游天然林，有没有这回事？"贺端阳一听，马上便跳了起来，瞪着两只眼睛叫道："这是啥时候的事？"

王副乡长说："是啥时候的事你最清楚！"贺端阳说："我清楚个啥呀？我真的不晓得！既然领导已经指出来了，我们一定去调查清楚，严肃处理！"说完又说，"没手续就砍树，这还了得！"王副乡长说："不劳驾你去调查了，我们自然会调查清楚，知道该怎么处理，现在你先把自己的问题说清楚！"贺端阳一听这话，就跳起来了，冲王副乡长没好气地问："我有啥问题？这样说来，王副乡长硬是要屈打成招，要我承认晓得这件事情哦？"

王副乡长一听这话，有些愣住了。向副书记一见，就马上沉着脸增援王副乡长说："知道不知道，这要问你自己了！"薛干事大约是因为自己的级别最低，又是包村干部，不好说什么，所以一直板着脸沉默着。这时张了张嘴，看样子像是想说点什么了，却没想到林业站李站长抢在了他前面，说："贺主任，你要认识到这件事的严重性！这是长江上游的生态防护林，没经批准，任何人不能盗伐！你们不仅盗伐了，而且砍得还不少，是一起严重违反《森林法》的犯罪行为，乡上和林业站必须要严肃处理！"

贺端阳听了这话，看了看林业站长。那林业站长四十多岁，蓄一个板头，头发茬子像猪毛一样。前额突出，长条脸，一只酒糟鼻，眼睛里带着阴冷的光。贺端阳心里就想："老年人都说刀条脸做事歹毒，怪不得他一说话就充满火药气！"又想，"你一个林业站长算啥子？还想拿大话吓我，真是月亮坝坝里看鸡巴——

把自己看大了!"这样一想,便以退为进地对林业站长说:"李站长,我晓得不经过你批准就砍树是违法的!再说不经过你批,你们吃啥喝啥?可我确实不晓得这事呀!李站长既然在审讯我,一定是掌握了最充分的证据。那你不妨直接告诉我,这是啥时候发生的事,让我挨刀也挨得明白!"

李站长一听这话,顿时一张脸铁青,可又不好发作,便看了看向副书记、刘委员和王副乡长三个顶头上司一眼,见他们都沉着脸没吭声,于是只好说:"你以为我们真没有掌握到证据呀?告诉你,没有证据,我们也不会来找你们了!"接着便说了这是哪天到哪天的事,然后又对贺端阳说,"现在想起来了吧?"

贺端阳一听,果然抿着嘴皮,做出一副努力回忆的样子。过了半天,才一下跳起来说:"哦,我想起来了,那几天我舅妈病了,我去看我舅妈了,先说看看就回来,可她后来又住了医院,我又到医院里照看了几天,怪不得我一点都不晓得!"听了这话,向副书记、刘委员、王副乡长、李站长都互相看了一眼。过了一会儿,王副乡长才说:"这也太巧了吧?怎么你舅妈早不病、晚不病,刚刚就在那几天病了?"

贺端阳听王副乡长这么说,便也露出了不高兴的神色,说:"领导要这样说,我也没法回答你!要不就去问阎王爷,他怎么要让我舅妈在那时生病呢?"王副乡长一听贺端阳这话,气得黑煞了脸,正要跳起来的时候,刘委员一下按住了他,然后对贺端阳说:"贺主任,你好好回忆一下,是不是那几天真的不在家?我们是要调查清楚的!"贺端阳做出一脸无辜的样子,说:"我说了领导不相信,有啥办法呢?"说完又说,"要不你们去问贺劲松好了……"

话还没完,向副书记便说:"你明知道贺劲松请了假,不在家里,叫我们去问他,不是故意刁难我们吗?"贺端阳说:"他不在家里,还有这样多村民在家里,你们也可以去问村民,如果问出那几天我在家里,看你们怎么定罪都可以!"向副书记听了这话,知道在这个话题上再问不出什么东西了,于是换了一个话题,突然问:"我问你,你们修公路的钱哪儿来的?"

贺端阳说:"领导怎么忘了,不是乡上帮我们争取的吗?"向副书记说:"乡上给你们的25万元,我们知道,还有的呢?"贺端阳说:"还有不是县上著名的民营企业家贺世海,赞助了我们20万吗?"向副书记又问:"除了乡上给的和贺世海为家乡建设赞助的,村民还集资没有?"贺端阳说:"集呀,怎么没集?我们总不能只依靠外援，一点也不自力更生吧？"向副书记又马上问："集了多少？"贺端阳回答："每人200元！"说完又对向副书记问，"怎么，领导是不是觉得每人200元少了点？"

向副书记没接贺端阳的话茬，仍只顾板着脸，顺着自己的思路说："这200元是怎么来的？"贺端阳一听这话，觉得姓向的像是有意挖洞寻蛇打，便没好气地说："他们的钱是怎么来的，我怎么晓得？管他们的钱是偷来的、抢来的、骗来的，还是下苦力挣来的，我只认钱，认钱上那几个伟人脑壳，不问钱的来路！"末了又补充说，"领导要想调查钱的来路，去问村民他们好了！"

向副书记一听，气得嘴唇哆嗦着，在桌上重重地擂了一拳，然后大声说："狡辩，狡辩，你以为我们是三岁小孩子，你想怎么哄就怎么哄，是不是？告诉你，我们什么都知道了，每人200元，就是砍树卖的钱！"说完又说，"我告诉你，贺端阳，这事我要不查个水落石出，我就见人磕个头！"贺端阳说："你查就查吧，反正我心中无冷病，不怕吃西瓜！"

刘委员一看事情僵到这样子了，也不好劝向副书记，便对贺端阳说："贺主任你再好好想一想，不要把话说死了！"贺端阳听了这话，这才放低了一些声音，说："没啥可想的，刘委员。就是真有人砍了树卖，跟我也没关系，我那几天真没在家里！"

说完这话，屋子里的人似乎找不着什么话说了，一时沉默了下来，只听见从几只鼻孔里，传出像牛喘气一样又粗又重的呼吸声。又僵了一阵，王副乡长见从贺端阳这里实在突不破什么了，便决定另辟蹊径，于是对贺端阳说："你不知道算了，反正我们能找着知道的人！"说完又问，"看林子的人叫什么？"

贺端阳停了一会儿，才气鼓鼓地回答，说："贺勇！"王副乡长说："你带我们去找他！"说完又说，"打酒只问提壶人，我看他也敢说自己不知道！"贺端阳故意做出一副不生气了的样子说："领导早说找他不就好了？"

说完，贺端阳就站起来，捋了捋衣服下摆。向副书记、刘委员、李站长和薛干事见了，也板着面孔，跟着站了起来，贺端阳便带了他们往外走。一边走，贺端阳的心里一边打鼓。尽管贺勇是自己人，先前也跟村民打过招呼，但事到临头，贺端阳还是把不住贺勇会说什么。于是心里暗暗祈祷，但愿贺勇没在家里最好！又在心里盘算着怎样移花接木、金蝉脱壳，让贺勇躲过去。

正这么想着，那贺勇却突然鬼使神差地从对面走了过来。薛干事一见，便急忙说："那不是看林子的人吗？"贺端阳一惊，猛想起薛干事是见过贺勇一面的，知道隐瞒不过去了，便说："可不是吗？"说完便大声叫起来，"贺勇、贺勇！"那贺勇便几步跑了过来，见贺端阳带着乡上这么多领导，便笑着说："贺主任，陪领导检查呀？"贺端阳说："检查个啥？领导要找你问点事，你晓得啥子就说啥子，可不许乱说，啊！"说完又对向副书记说，"向书记，人给你们找着了，没我的事了吧？"说完又说，"你们这是办公事，我跟着反倒不好，我就回去了！"向副书记等人听了，没吭声，贺端阳便转身朝来路回去了。

走了不远，贺端阳回头看去，见向副书记一行已经不见了，便大步跑了起来。正跑着，忽然看见了贺健在旁边地里，便急忙对他说："你快去给贺荣、贺贤明、郑全福说一声，乡上真的来调查我们砍树的事了，叫他们悄悄地再给村民说一声，就按照贺劲松走时给大家打的招呼，把嘴巴扎紧些，看他们怎么问，都一律回答不晓得！"

贺健听了这话，果然转身就走。可没走两步，贺端阳又把他叫了回来，说："说完以后，你再叫上贺林或者贺飞，悄悄地跟着乡上那几爷子，听他们问些啥子，湾里的人又是怎样回答的？"贺健本是贺端阳竞选村主任时最得力的政治盟友，也是贺端阳的本房兄弟，听了贺端阳的话，只"嗯"了一声，便急急地去了。

贺端阳回到家里坐下不久，贺勇便来了。贺端阳一见，便说："这么快问完了？"贺勇说："我和他们有啥磨的？他们倒想把我留下来，把话儿话孙都问完，我可没那个耐心！我说：'领导，你们是听钟吃饭，按月领钱，我可是要到黄泥巴里去刨食！现在打一天小工，最低也是百把钱的工资，你们要我留下来问话，哪个给我的钱？不给钱我可没时间奉陪！'他们一听这话，也就不敢留我了！"贺端阳忙问："都问了些啥？快给我说说。"

贺勇说："问啥？就是问砍树的事情呗！我一口咬定不晓得！他们说：'你是看林员，怎么会不晓得？'又说，'出了这样严重的盗伐事情，你是要负责任的！'我说：'看林员就难道一定晓得？别说我不可能一天 24 小时都在林子里，就是我在林子里，我到东边去了，西边有人偷树，我又没有长千里眼，生顺风耳，怎么听得见？哪儿都可能发生几件偷树的事，我正为抓不着盗伐树木的贼着急呢，如果领导知道了，说出来，你们不去找他算账，我去和这个贼拼命算了！'他们说：'你不要跟我们装糊涂了，我们已经掌握了你的情况！我们现在只提醒你一句：是谁在那些要砍的树上做的记号？你仔细想想，可别想错了！'我一听他们这么说，心里有些急了，可还是装作啥都不晓得的样子，说：'啥记号不记号，我听不懂！如果你们怀疑是我，是哪个说的，你们把他叫来，我们三人对六面，当到说！'他们见问不出啥子，便又问：'是不是你，我们当然要调查清楚！现在我们还问你，在这件事中，究竟有没有村干部在中间组织？'我说：'我又不是村干部，村干部开会也不叫我们参加，连砍树这事都不晓得，怎么晓得村干部的事？你们要问这事，问他们村干部去！'他们说：'我劝你还是老实一点好！明跟你说，这是我们在给你立功赎罪的机会，你不要错过了！在这次盗伐长江上游天然林中，村干部就是主谋！你替他们掩护，不但掩护不住，还会害了你自己！'我说：'领导，你们这是要我栽赃陷害，是不是？如果要我栽赃陷害，我可要先说明，不管到了哪里，我都说这是你们让我这样说的！'他们一听我这话，就不说了，只说：'好，好，我看你是不见棺材不落泪！你现在不说，总有一天是要说的！'我说：'就算我没有看好林子，被人偷了几棵树，还不至于把我抓去坐监吧？'说完我不耐烦了，便又说，'我可没时间陪你们了，我粪桶还搁在地里的呢！'然后我不管他们生气不生气，说完就走了！"

贺端阳听到这里，心里不但没轻松，反而有些紧张了，便又问："那他们现在到哪儿去了？"贺勇说："我出来躲到屋后头一看，见他们看见贺兴民家里的大门开着，就进去了，想必是问贺兴民去了！"贺端阳一听，急忙对贺勇说："你赶快到老湾、新湾和郑家塝跑一趟，看见有人在家里的，叫他们赶快把门关上，或者干脆出去，该干啥就干啥，叫也不要回来！"贺勇说："是！"

贺端阳又说："看样子，这事他们确实掌握了一些情况！如果他们还来找你，你还是要像今天这样，一口咬定不晓得，更不能把我们说出来！"贺勇道："老弟你一百个放心，我难道会是个忘恩负义的人吗？就是打死我，我也不会说是村上组织的嘛！再说，你们费尽苦心这样做，为的啥？还不是为贺家湾好！"贺端阳一听，放心了，便说："明白这一点就好，那你去告诉他们把门关起来的时候，也把这话告诉大家！"贺勇答应了一声，马上便像火烧屁股似的，急急地去了。

第二十九章 执 法

　　中午的时候，贺健、贺飞跟着跑了过来，一看见贺端阳，贺健老远就说："糟了，糟了，端阳哥！"贺端阳一见两人慌慌张张的样子，便吃了一惊，急忙问："出啥事了？"贺飞说："我二爸和世维叔，还有兴全哥，承认砍树的事了。"贺端阳一听，心往下一坠，顿觉得有股凉风向自己吹来，便又忙问："他们怎么就承认了？"

　　贺健听了这话，便回答说："我听了你的话后，去找贺林，可贺林没在家，我就找了贺飞老弟，悄悄跟在乡上那些人后面，偷听他们说些啥子。他们进了门，我们就躲在墙后头，开先他们进了贺世清、贺世明、贺世凤、贺国礼、贺五儿、贺长军、贺中华几家，都是一板的腔，说自己没砍，也不晓得别人砍了没有。乡上的人就吓唬他们说，可那些人还是说没砍就没砍，总不能冤枉人！乡上那几爷子见实在问不出啥子来，就合上本本走了。可到了贺飞兄弟的二爸贺世光，和贺世维、兴全哥那里，他们最初也说自己不晓得，林业站那个刀条脸站长便把桌子一拍，对他们说：'什么不晓得？老实告诉你，我们已经掌握了充分的证据，就看你老不老实了！不老实，明天我们把案子交到公安局，这是一起严重的破坏森林案，公安局来人把你抓进去，你们一下就老实了！'又说，'到时判你们三年五年，你就知道锅儿是铁铸的了！'那个王副乡长也说：'你们都是有家有口的人，不为自己想想，也要为婆娘娃儿想想，真的判你们三年五年，自己想想值得值不得？'就这样一吓一诈，他们三个人就下软蛋了，便承认自己一时糊涂，是到林子里砍了几棵树。那个林业站长记下来，还让三个人都摁了手印……"

贺健还没说完,贺端阳便气得在地上跺了一下脚,然后才恨铁不成钢地说:"哎呀,他们的胆子是啥子做的,怎么这样不经吓?也不想想,那公安局难道是姓李的和姓黄的私人开的,想来抓人就来抓人,想判哪个的刑就判哪个的刑?"贺健道:"端阳哥你又不是不晓得,他们三个都是湾里出了名的懦弱人!平时树叶子掉下来,都怕把脑壳砸到了,因为老实懦弱,常常被人欺负……"话没说完,贺飞又接着说:"就是呀,我二爸的外号就叫'老实',我二妈骂他,他都不晓得怎样答应。世维叔的外号更不好听,别人背着他叫他'贺小胆',兴全哥小时害过病,脑筋有点问题,最怕吓,别说拿公安局吓他,就是随便啥子人,对他扬一下手,腿就吓软了!"贺健道:"是呀,他们这是吃柿子专挑软的捏!"

贺端阳的心还悬着,又急忙对贺健和贺飞问:"他们除了承认自己砍了树外,还说其他人没有?"贺飞说:"这倒没有,我二爸只承认自己砍了树!"贺健说:"世维叔和兴全哥也没有!那个王副乡长问他们还有哪些人砍了树?他们都说不晓得还有哪些人!"贺端阳又问:"也没说村干部的事?"贺健马上摇了摇头,说:"没有,没有,端阳哥你放心!"贺飞说:"他们倒是问过我二爸,那几天贺主任究竟在没在家里?我二爸说:'天地良心,那几天我一直没见过贺端阳,听说他舅妈病了,去看他舅妈了!'乡上几爷子听了,就没再问了。"

贺端阳听了,放心了一些,说:"只要没说别人就好!"然后又说,"他们是自己要认的,以后追究起来,他们就自己去承担责任了,我也没法!"贺健说:"可不是吗,当时听见他们承认,气得我和贺飞两个在外面直跺脚,真想过去打他们一巴掌!"

贺健、贺飞说完要走,贺端阳又急忙喊住他们问:"乡上那些人现在往哪儿去了?"贺健说:"他们从兴全哥家出来了,还要去找人问,却见家家关门,像是事先商量好了的一样。看见地里有人,他们喊,可没人答应,他们像是气住了,商量了一会儿,就往山上的林子去了……"话没说完,贺端阳像是不明白似的,看着贺健问:"到林子里去做啥子?"贺飞说:"我们开初也不明白,悄悄跟了他们一段路,听见他们说去林子里数树桩……"

贺端阳一听,明白了,说:"数树桩?"贺健说:"对!一听说数树桩,我们就回来了!"贺端阳说:"他们这一招倒是有些歹毒,一数树桩,就晓得我们砍了多少棵树了!"贺健、贺飞一听这话,便有些着急起来,说:"那怎么办?"贺端阳想了一会儿，才说："管他们怎么办，既来之，则安之，捉贼捉赃，只要没有抓到我们现行，我们才不怕呢！"说完又对贺健、贺飞说，"回去的时候，顺便告诉一下贺荣叔，让他给每个村民小组长都说一下，明天所有劳力全部上工地，乡上几爷子要再下来调查，统统不再理他们了！"贺健、贺飞一听，答应了一句："好！"便跑去落实贺端阳交代的任务了。

到了晚上，贺端阳便给贺劲松打去了一个电话，告诉了白天乡上来调查的事。贺劲松一听，显得很平静，说："我早料到乡上有这一手！"贺端阳说："早就打过招呼，叫大家一板的腔，就说不晓得，可现在贺世光、贺世维和贺兴全又承认了，他们又去林子里数了树桩，看架势有点像不达目的不罢休的样子，怎么办？"贺劲松说："还能怎么办？他们要查就让他们查吧！我们以静制动，以不变应万变，各人稳坐钓鱼台，干自己的事，不理他们！他们查得没劲了，还不是只好鸣锣收兵！"又说，"看他们怎么查，你那段时间没在家里，他们也不好加你啥罪！至于贺世光、贺世维、贺兴全几个老实疙瘩，就是承认了，又能拿他们怎样？"这番话正对贺端阳心思，于是也说："我也是这样想的，所以我叫大家明天都上工地，他们还要来查，都不搭理他们！"贺劲松说："这就叫以静制动，最好！"说完便挂了电话。

第二天吃过早饭，贺端阳正准备到工地上去，看看村民是不是都真的全部上工了，可这时王副乡长、林业站李站长和小张、小赵两个办事员以及薛干事又来了。薛干事一见贺端阳一副要出门的样子，便喊住他问："贺主任这是要到哪儿去？"贺端阳也没看王副乡长和李站长，只看着薛干事说："今天公路动工了，我打算到工地去看看！"说完又问，"今天领导还有啥事？"

薛干事还没答，李站长便说："今天公路先停下来！"贺端阳听了这话，便讥讽地问："李站长啥时分管农村工作了，马书记怎么没在会上宣布？"林业站长一听，脸立即红了，张了张嘴，没说出什么来，便看着王副乡长。王副乡长便满脸正经地说："啥分管农村工作了？马上把村民召集起来，我们要开一个村民大会！"

贺端阳等王副乡长说完，便说："是这样一回事，早说不就完了，我还真以为李站长提拔到乡政府来做领导了呢！"说完又对王副乡长问，"开村民大会有啥事？"王副乡长沉着脸说："如果我不给你汇报，你是不是就不得去通知人了？"

贺端阳一听这话，心里的气又上来了，本想借王副乡长这话一走了之，可想想又觉得不对。上次和计划办黄主任争了几句，姓黄的回去向马书记奏了一本，姓马的都大动干戈，将自己支书职务都停了！如果这次再赌气不理姓王的，那事情就更严重了。想到这里，于是勉强笑着说："哪里哪里，领导多心了！我的意思是，如果群众问到我怎么在这时开会，我也好给大家解释解释嘛！"王副乡长听了这话，语气也放缓和了一些，说："你就说是乡上来召集大家开会，开了就知道了！"贺端阳见自己没法拒绝，便果然去开了村里的广播，通知大家马上来开会。

没一时，人就来了。贺端阳已经从屋子里端出了一张桌子，放在外面的老黄葛树下，又端来两条板凳，搭在桌子后面。大伙儿以为贺端阳这时开会，又是为修路的事，一到会场，便纷纷嚷着说："线路也画好了，大家修就是，还开啥子会……"话还没说完，一眼看见了坐在桌子后边的王副乡长、李站长几个人，一个个黑着脸，像是谁欠了他们什么一样，心有所悟，便都又不吭声了。

贺端阳朝大伙看了看，因大家都在工地上，倒比平时开会来得整齐，便说："大家注意了，把你们从工地上通知回来，是因为乡上领导要开一个紧急会！啥紧急会呢？我们现在就用热烈的掌声，欢迎王副乡长给大家说！"

说完，贺端阳便把两只手掌高高地举在头上，带头鼓起掌来。众人一见，也心照不宣地拍了几下手。王副乡长马上站了起来，双手按在桌子上，对众人欠了欠身子，众人的掌声便一下停了。王副乡长又咳了一下，脸色开始板起来，说："各位村民，把大家召集拢来，也不用我多说，你们都可能猜到了是为什么事？响鼓不用重锤，明人不说暗话，就是为你们这次盗伐长江天然林的事……"话没说完，会场里立即响起了一片嘈杂的"嗡嗡"声，有人立刻叫了起来，说："无赃不定罪，凭啥子说我们盗伐了天然林？"

贺端阳见状，立即站起来招呼了一声："大家不要吵，听领导把话讲完！"众人听了贺端阳的话，这才静了下来。王副乡长又接着说："这事的性质是十分严重的！现在有的村民已经认识到了自己的错误，向政府做了坦白交代，这是非常好的，值得表扬！但现在还有些村民继续执迷不悟，今天，乡党委、乡政府决定来贺家湾村开展《森林法》学习教育活动！下面，我们就请乡林业站李站长，组织大家学习《森林法》……"

刚说到这里，下面村民又喊起来："我们活儿还做不完，谁有闲心听你们念文件？"又说，"你们是国家干部，不靠庄稼吃饭，哪晓得我们庄稼人的时间宝贵？"说着就纷纷朝外面走去。王副乡长一看，猛地在桌子上擂了一拳，然后大声叫道："站住，都给我统统站住！没王法了是不是？"众人一听这话，果然就站住了。王副乡长突然从上衣口袋掏出一张巴掌大的红纸牌，对众人晃了晃说："你们看明白了，这是县上颁发的林业执法证！昨天我们是来调查，你们不配会也就罢了，可今天我们几个人，是来宣传和执行法律的，谁要故意捣乱，那就是干扰公务！"众人一听这话，果然有些被吓住了的样子，又回来站好了。

于是李站长便开始念《森林法》。众人经过王副乡长先前一唬，这时规矩了一些，可脸上仍是挂着一副事不关己、高高挂起的表情。李站长念了半天，才将一部法律条文念完。这时王副乡长才又接着说："大家都听明白了，这法律可不是我们制定的！贺家湾这次违反《森林法》，擅自砍伐长江上游的生态林，数量之多，可说得上是一件大案要案，我们完全可以把这个案子移送林业公安，让他们依法处理！可乡党委、乡政府念大家是初犯，宽大为怀，暂时决定不移交公安机关。可这事必须要严肃处理！所以乡党委、乡政府决定，给予你们砍树的行为予以经济处罚。简单地说，便是罚款！乡党委、乡政府从实际出发，决定每根树罚款 40 元……"

讲到这里，众人又交头接耳、叽叽喳喳起来，露出了明显不满的情绪。王副乡长一见，又大声打断了众人的议论，说："你们先不要不满，这已是最轻的处罚了！你们哪个砍了多少棵树，哑巴吃汤圆——自己心中有数！我们同样也有数！限你们在三天以内，把自己该交的罚款交齐！从明天起，林业站李站长、小张、小赵三位执法人员，将下来收罚款，交了罚款就没事，不交罚款的，就别怪我们不客气了！我们一定会将案件移送给林业公安，到时候造成的严重成果，就由你们自己负责了……"

贺端阳一听到这里，心里就完全明白了，他们的所谓执法，就是收罚款。猛然又想起那次向马书记要钱时，马书记说的那句"吃了多少，今后也要吐出多少"的话，一下子头脑更是清醒了。原来乡上是想"堤内损失堤外补"，用这种办法把他们从乡上要回的 25 万元又捞回去。想到这里，贺端阳一张脸就涨成了一只紫茄子，吹胡子瞪眼像是气炸了的样子。正想说点什么，却听得那王副乡长又接了刚才的话说："今天既是一个法律学习会，又是一个乡上给你们打招呼的会，希望大家不要再抱什么侥幸心理，回去把罚款准备好！今天的会就开到这里，散会！"说完就带着几个人走了。

可这儿村民却没有走，一个个围着贺端阳，像是有些急了的样子，说："这怎么办？我们卖树的钱都交给了村上，现在又要我们交罚款，我们哪来的钱交？"贺端阳见了，忍住心里的火气说："怕啥？难道你们还没有看出来，他们执法是假，罚款是真，大家都不交，看他们怎么办？"众人说："我们胳膊怎么拧得过大腿？"

贺端阳便对大家大声问："他们说你们砍了树，你们承认了没有？"众人说："没有！"贺端阳又问："你们没承认，他们又掌握到你们啥人证物证没有？"众人互相看了看，然后又回答说："也恐怕没有！"贺端阳便说："这就对了，你们一没承认，他们二没有抓到你们砍树的证据，无影无踪的事，凭啥要你们交罚款？你们凭啥又要给他们罚款？就是杀了人，没有抓到证据，公安还不敢抓人呢！"众人一听这话，一下明白了，便释然地说："是呀，是呀，没根没据，凭啥交罚款？"说完又说，"龟儿子们想吓我们，也不称二两棉花纺（访）一纺（访），贺家湾的人就那么容易被吓倒了！"贺端阳说："就是，明天该干啥就干啥，别理他们！"

可贺世光、贺世维、贺兴全却着急了，挤到前面来，带着哭腔对贺端阳说："可、可我们怎么办？我、我们可是承、承认了的……"没等他们说完，贺端阳便生气地对他们说："哪个叫你们承认的？这么多人都没承认，你们自己要承认，我有啥法？"贺兴全战战兢兢地说："他、他们说要把我送、送到公安局……"贺端阳说："他们说送公安局就送公安局了？没出息的东西！"贺兴全一听这话，就哭起来了。贺端阳一见，心一下又软了下来，说："哭啥？兵来将挡，水来土掩，到时你们就说钱交了公路集资款，他们要钱，就叫他们来向我们村上要好了！他们要是还不依，你们干脆翻供，就说自己没有砍树，是他们吓你们才这样说的。"

众人一听，觉得这是一个办法，就又纷纷对贺世光、贺世维、贺兴全出主意说："对，死也拉个垫背的！"贺世光、贺世维、贺兴全一听，又觉得自己有些胆量了，于是也不说什么了。这儿贺端阳又对大家说："乡上这样做，就是因为他们上一回，想吃县上拨给我们贺家湾的钱没吃成，故意打击报复我们。你们掰着指头算一算，他们为啥一棵树不多不少罚 40 元？最根本的目的就是想把我们要回的 25 万元罚回去！如果他们把我们 25 万元罚回去了，我们的公路就修不起了，我们一定不能让他们的阴谋得逞！"众人一听这话，就一下同仇敌忾了，喊了起来："我们绝不让他们阴谋得逞！"贺端阳说："这就对了，大家可一定要团结！团结就是力量，千万别打破篱笆，让狗钻了进来！"众人都说："放心，放心，哪个胳膊肘向外拐，就不是贺家湾的人！"一边表态，一边往回走了。

晚上，贺端阳又给贺劲松打电话，说了乡上罚款的事，贺劲松说："大侄儿你说得很对，啥执法，明显是挂羊头、卖狗肉嘛，借这个机会把给我们的钱捞回去！"说完又说，"他们以为贺家湾村民就那么好对付，叫一声交罚款就交了？到时候让他们碰一鼻子灰，罚款收不上，反落得灰溜溜的，那才好看呢！"贺端阳说："就是，劲松叔，我也这么想，到时看他们还有啥办法？"贺劲松又叮嘱说："不过大侄儿你千万不可抛头露面！"贺端阳感激地说："我晓得，劲松叔！"说罢又问了一下贺劲松老伴苏二婶和女儿贺兴蓉的情况，便挂断电话，自去睡觉了不提。

第三十章　动　真

　　第二天，林业站李站长、小张和小赵三人，每人胸前挂着一个标示执法的红牌子，果然到贺家湾收罚款来了。但大伙儿都不搭理他们，喊张三去谈话，张三回答说："没看见我在忙吗？要不然你们来帮我修路，我回来就是！"李站长说："我们来给你修路了，你回来和哪个谈？"张三说："和鬼谈呀，不是还有鬼吗？"

　　李站长讨了个没趣，只气得直瞪眼，然后叫李四回去，李四回答说："等着吧！"李站长问："要等到啥时候？"李四说："我们庄稼人，有啥闲时间？除非四脚长伸、不来气儿的时候！"李站长又气得在那里翻白眼。翻了一阵，便只好涎着面皮，去恳求贺端阳，说："贺主任，你看这事怎么办？你是村主任，还是请你给村民说一声，请大家配合一下，有多少钱就交多少钱……"

　　贺端阳没等他说完，便没好气地说："你们胸前挂那样大一个执法的牌子，他们都不听，还会听我的？"说完又说，"既然你们是下来执法的，只要手里掌握了确凿证据，该抓该捕，依法执行就是了，何必还要脱了裤子打屁——多一道手续，白白浪费许多时间？"

　　李站长一听贺端阳这话，知道贺端阳是指望不上，心里更生了气，说："你硬是以为我们手里没有证据，只是来吓唬大家的？那好，我们就让贺主任看看，到底我们有没有证据？"说着，便气势汹汹地去公路上喊，"贺世光、贺世维、贺兴全，你们快把罚款交了，好争取宽大处理！"

　　贺世光、贺世维、贺兴全昨天听了贺端阳的话，现在又见身边有这么多人，一下胆也大了起来，便故意问："啥罚款？"李站长说："你们忘了？前天你们都老实交代了私自砍伐了长江天然林，白纸黑字，还摁了手印的，难道现在还想不承认了？"

贺世光听了，便按照昨天贺端阳教他们的话说："哦，是这事呀！我们是有错，一时糊涂，砍了几棵树，可卖树的钱，我交了村上的公路集资款，自己也没得一分。你们要，就去向村上要吧！"贺世维也说："就是，我的也交了公路集资款，你们去向贺主任要！"李站长说："我凭什么要向贺主任要？打酒只问提壶人，既然是你们偷砍林木，我就只问你们要钱！"贺世光和贺世维听了这话，便说："那我们也打酒只问提壶人，要不是村上修路，我们又交不出集资款，哪个愿意去做贼呢？"众人也帮腔说："就是，就是，你们当干部的不要冬瓜摘不下来，就扯藤藤，欺负老实人！"

李站长还想说什么，看见众人都帮贺世光、贺世维说话，怕自己吃亏，便又把目光转到贺端阳身上。贺端阳先是不打算理他，但看见姓李的把自己盯得很紧，便说："村上确实收了他们的公路集资款，但我一点也不晓得他们交来的款是赃款！现在我晓得了，赃款本该退出来，可那钱已经拿去买了水泥沙石，都花了，怎么办？"说完不等李站长回答，又接着说，"要不，等水泥沙石拉来后，站长大人来没收几袋水泥怎么样？"

众人听了贺端阳这话，都看着李站长嘿嘿地笑了起来，那李站长的脸本来又瘦又窄，有些不好看，现在因为生气，往下拉着，所以更难看了。正待发作时，突然一个妇人，眼泡肿着，眼角黏糊糊地挂着一坨分泌物，像是眼睛烂了一样，扑过来就抓住了李站长，嘴里大声喊着："乡上当官的，你把我男人吓着了，怎么说？"

李站长一惊，问："谁是你男人？"众人就忙指着远处傻傻地笑着的贺兴全，说："那不是她男人？"李站长说："我怎么把他吓着了？"妇人说："你说要把他送去公安局，他就吓着了，昨晚上睡到半夜三更还在被盖窝里发抖，说自己没砍树，都是你吓的……"话没说完，李站长忙说："是他自己承认的，哪是我吓的？"妇人说："不管怎么说，你把他吓着了，我就要找你！他要是有好有歹，我就要到你屋里尿桶上来屙尿！"一边说，一边把李站长的衣服抓得更紧。众人见了，只是抿嘴笑，也没人去劝。李站长挣了几下，没挣脱，便说："你放开我，放开我，我是执法人员，你这样做，就是干扰我执法！"

贺端阳听了这话，这才走过去，假意对妇人吼了一声，那妇人才放开李站长，一边咕哝，一边愤愤地走到一边去了。这儿贺端阳又对李站长赔小心说："对不起，对不起，站长大人你还不晓得，他俩口儿的脑袋都有点毛病，有时醒豁，有时不醒豁，以后你千万不要去惹他们，要不出了事，可真没法说清楚！"李站长听了，气得鼻孔里像拉风箱一样喘着粗气，却没有一点办法，站了一会儿，只得气鼓鼓地带了小张、小赵二人，回乡上去了。

　　第二天，李站长、小张、小赵仍旧来了，只是不像昨天那样，一到村里，便颐指气使地要找人谈话，催着大家交罚款，只在修路的工地上转了两圈，见仍然没人搭理他们，又到村子里四处转悠了一下，也不说什么，转完便回去了。第三天，三个人只黑着一张脸，在修路的工地转了一圈，似乎是有意让贺家湾人知道，他们是来过了的。然后也不进村里了，径直从公路上就回去了。第四天一大上午，也没见他们的踪影，贺家湾人便以为万事大吉了，说："龟儿子不来了哟？来嘛，贺家湾的空气好，不来吸一吸多不划算！"

　　然而就在这天，出事了。

　　这天中午，贺端阳正端着碗吃饭，贺健突然像有人追赶似的，慌慌张张地跑来，脚还没跨进门槛，便喊叫起来："不好了，不好了，端阳哥，出事了……"贺端阳一见贺健惊慌失措的样子，急忙放下了筷子，问道："出啥事了，急成这个样子？"贺健喘着气说："乡上王副乡长和林业站那个姓李的站长，带着两个戴大盖帽的林业公安，把贺勇、世光叔、世维叔和兴全哥抓、抓走了……"

　　贺端阳没等听完，手里的筷子一下落到了桌子上，惊了半天，才说："真的？"贺健说："可不是吗？我正吃着饭，听见外面哭哀哀的一片，不晓得发生了啥事，出去一看，便看见警察把贺勇、世光叔、世维叔还有兴全哥铐在一起，正推着往外走……"

　　贺端阳听到这里，回过了神来，便往外面跑。贺健一看，忙问："端阳哥你打算到哪儿去？"贺端阳说："去看看！"贺健说："早走了！警车就停在村口的，警察把贺勇、世光叔、世维叔、兴全哥推到车里，马上就开走了！"贺端阳一听，立即站了下来，一副不知所措的样子。贺健便又说："他们肯定是早就计划好了的，不然为啥趁吃饭的时候来抓人……"

　　正说着，忽然一阵哀哭声传来，贺端阳抬头一看，原来正是贺世光、贺世维、贺兴全的女人和儿媳妇，一边哭天喊地，一边朝这里来了。贺端阳知是来找他的，也不好躲开，只好站在那里。没一时，这些人便来到贺端阳面前，一时哭声更像比赛似的大了起来。一边哭哭啼啼抹眼泪，一边对贺端阳说："这可怎么办呀？贺主任你可要给我们想办法呀！"说完又说，"他可是听了你们的话，才去砍树的，现在村上可不能不管呀……"

贺端阳听了这话，心里恼得不行，便没好气地说："乱说些啥呀？我叫他们去砍树了吗，啊？这么多人没抓，为啥独独把他们抓走了？是他们自己红口白牙承认的，怪得谁？"贺健听了贺端阳这话，也对那几个女人说："说筋就说筋，说肉就说肉，怎么扯到村上来了？"那几个女人也自知说漏了嘴，此时又不知道该怎么办，只好继续大放悲声，说："天呀，这让我们怎么活呀？一村人吃肉，绾子就挂在几个人身上，我们也不活了……"

这时，听到消息的村民都来了，人越聚越多，全都望着贺端阳。贺端阳一见，不得不让自己冷静下来。见几个女人还在悲天怜地地哭着，便喝了一声，说："还有完没完？难道光哭就解决问题了？"几个女人一听这话，便立即不哭了，全都泪眼婆娑地看着贺端阳。贺端阳便说："我问你们，他们被带走的时候，警察和乡上的人说啥没有？"几个女人一听这话，唯恐落后似的，便七嘴八舌地对贺端阳说了起来："怎么没说呢！乡上那个姓王的乡长，叫我们每家交10000元的罚款，要么拿钱取人，要么坐牢……"

贺端阳听到这里，不由自主地说了一声："啥，10000元？"贺世维的儿媳妇灵光一些，听了贺端阳的话又说："不光要我们交10000元钱罚款，王乡长还要我们给大家说一声，叫砍了树的人积极自首，检举主谋者，争取立功，以获得政府宽大处理，不然全都要像我爸爸他们一样……"

众人听了这话，都"啊"了一声，然后面面相觑了一阵子，才回过头来说："这可怎么办？这可怎么办？看来他们真是要拿我们开刀了！"贺端阳看见大家脸上露出惴惴不安的神情，知道他们现在心里也恐惧了，便说："大家慌啥？他们哪是真想判他们的刑？主要的目的还是想诈钱……"话没说完，那几个女人又哭了起来，说："我们哪去找10000块钱呀……"众人也都说："就是呀，就是呀，要是公安又来找我们，怎么办？"贺端阳一听大家的话，又见众人惶惶不安的样子，也有些沉不住气了，突然有一种豁出去了的感觉，于是气呼呼地说："妈的，变了黄牛还要遭雷打，我们都是为了修路，又没有哪个揣腰包，乡上为啥要和我们这样过不去？我找他们去，要坐牢我一个人去坐，不要再连累村里的人了！"

说罢，果然转身就要往外面走，却被人一把拉住了，问："你到哪儿去？"贺端阳回头一看，见是贺荣，便说："我找乡上去！如果乡上不理，我就到公安局投案自首，说砍树都是我主谋的，一人做事一人当，求他们放了世光叔他们！"说完又对贺荣说，"荣叔，劲松叔没在家里，村里的事就拜托你先照看到……"

贺荣年纪毕竟大些，又经历了很多事，此时倒比贺端阳沉得住气，听了这话，便说："大侄儿，你怎么犯傻了？他们这是想敲山镇虎，借刀杀人，你难道还不明白？"贺端阳说："明白是明白，可我们总不能就像案板的肉，任别人想怎样切就怎样切嘛？"贺荣说："乡上也是拿我们没办法，才把公安搬来的，我们好好想一想，说不定想出办法来了呢！"贺端阳一听这话，又觉得有理，于是对那几个仍在哭哭啼啼的女人说："婶子嫂嫂们，你们不要哭了，我们一定要想办法把叔叔哥哥救出来，救不出来，我贺端阳去顶他们，你们先回去吧！"几个女人听了，又对贺端阳说了一番感谢的话，然后便回去了。这儿贺端阳又对众人说："你们也回去，该干啥就干啥，不要慌张，天塌下来我先顶着。"众人听了，也都渐渐散了，独留下了贺荣、贺贤明和几个村民组长，到贺端阳的屋子里去，商讨救贺勇、贺世光、贺世维、贺兴全的办法去了。

刚坐下，贺贤明就说："他们不就是要罚款吗，要不给他们罚款就是了……"话没说完，贺端阳便马上说："那可不行，交罚款我们就正中了他们的计！"郑全福说："对，不能交！再说他们的心也太狠了，要一家交 10000 元，现在抓了 4 个人进去，一交就是 40000 元，村里哪来那么多款交？"贺端阳说："问题还不在钱多钱少！如果这 40000 元交了能把事了了，那倒还没啥，怕的是他们尝到了甜头，又来逼更多的人交钱，我们的公路就别想修了！"贺荣听了，也说："对，绝不能他们来抓一个人，我们就拿钱去赎人！"众人听了这话，便说："不能拿钱去赎人，那又怎么办？"说完一个个就像陷入了冥思苦想的样子，或捧着头，或耷拉着脑袋不说话了。

过了一会儿，贺贤明突然看着贺端阳，说："要不贺主任还是去找一下贺世海，他不是县政协的啥……"贺长军说："县政协的常委！"贺贤明说："对，叫他给公安那边打声招呼，说不定就把贺世光他们放出来了呢！"贺长军说："哪有那么容易？政协常委也不是官……"贺贤明还要说什么，贺端阳抢在了他前头，说："我刚才也想过去找世海叔，可一想，这不是啥给他长脸的事，真叫我不好去开这个口！再说，我们一直没把卖树的事告诉他，他还以为我们的 20 多万元，是靠村民自己集起来的呢，我们这去求他，就露馅了……"正说着，忽然想起了什么，猛一拍大腿便叫了起来，"有了……"

众人听得贺端阳这声叫唤，都愣住了，便一齐看着他，问："啥有了？"贺端阳高兴地说："去找郎山，说不定他能行！"众人听了这话，脸上又都露出了怀疑的神情，说："他一个做木材生意的，怎么能行？"贺端阳说："你们难道忘了，他能够把木材大车大车地从林业检查站拉过，不正说明他和林业公安那伙人，关系铁得很吗？再说，他还和我说过，说只要是在县内发生的事，没有他搁不平的！管他是吹牛的话也好，还是他真有这个本事也好，去找他一下，也不费事，他不行我们再去找世海叔吧！"

众人一听，觉得有道理，便也高兴起来，直催贺端阳说："对对对，那你快去试试吧！"说完又说，"贺世光几个人本来胆子就小，这时还不晓得给吓成啥样子了呢！"贺端阳也觉得事不宜迟，于是站了起来说："我这就赶到城里去，家里的事就拜托你们了！"众人说："快去，快去，我们晓得该怎样做！"说完，大家站起来便往门外去了。这儿贺端阳去换了衣服，简单地收拾了一下，心急火燎地出了门。

第三十一章　交　易

　　走出门，贺端阳才记起该先给郎山打个电话，于是掏出手机，翻到郎山的电话号码，给他拨了过去。电话响了半天，却没人接，最后响起了一个十分温柔可爱的声音："对不起，你拨打的电话暂时无人接听，请稍后再拨。"贺端阳挂了电话，有些犹豫了，怕到了城里找不着郎山，白走一趟。可又一想，郎山也不是啥重要人物，肯定不会离开城里的，现在救人要紧，先进了城再说！于是迈开大步，急急地往前赶去了。一路上都等着郎山给他回电话，可眼看就要走到城边了，贺端阳口袋里的电话，还一直像哑巴那样闷声不响。贺端阳又掏出手机重拨过去，结果和先前完全一样。贺端阳便不再打电话了，匆匆进了城，拦了一辆出租车，径直往郎山的"明珠林木有限公司"去了。

　　冬天日短，等贺端阳来到郎山的公司时，已是下午 4 点多了，加上天阴着，就像天要黑了的样子。"明珠林木有限公司"里面棚子里的电锯声音，仍在刺耳地响着，可铁栅栏门却关得死死的。贺端阳使劲地摇了摇铁栅栏门，那狼狗听见声音，马上从斜刺里咆哮着向大门冲了过来，脖子上的铁链子在地上拖得哗哗直响。因为隔着门，贺端阳也不怕了。那狼狗叫了一阵，老五才慢腾腾地走了过来，一见是贺端阳，马上就喝住狼狗，叫了起来："是你老弟呀？快进来！快进来！"说着忙不迭地开了门，把贺端阳让进去了。

　　贺端阳等老五锁了门，便迫不及待地对老五问："我郎大哥呢？"老五已经知道贺端阳和郎山的关系，便说："郎老板吃了午饭就出去了，也不晓得他干啥事去了。"贺端阳说："我给他打了几个电话，电话通了，却没人接，他也没回我！"

老五说："是吗？那我再打打看！"说着掏出自己的手机打了一遍，仍是没人接，便回头对贺端阳说，"老板可能把电话放在了一边，没听见！"说完这话后又对贺端阳说，"老弟先到我屋子里坐坐，我等一会儿再给他打！"

贺端阳听说郎山在城里，心里踏实了些，便跟着老五进了旁边的看门房。那房屋十分狭小，又十分凌乱，散发着一股霉味。老五有自知之明，不等贺端阳开口，自己便说："我这儿很乱，像狗窝一样，让老弟见笑了！"贺端阳在椅子上坐了，说："哪里哪里！"老五倒了一杯水过来，放到贺端阳面前，却带着嗔怪的口吻说："你老弟，不是老哥说你的话，你那天太有些对不起我们老板了！"

贺端阳听了这话，有些不明白地看着老五，说："我怎么对不起郎总了？"老五说："我们老板专门给你找了小姐来，你怎么悄悄跑了？小姐又不吃人，你就是不愿意打炮，也不该偷偷地跑了嘛！"贺端阳一听是这事，脸一下红了起来，急忙说："家里确实有事，我怕耽搁了呢！"老五说："再有事，那也花不了多少时间，跑啥嘛？让我们老板白花了钱！"说完又说，"我们老板一般不会随便请小姐陪的，除了关系十分铁的哥们儿，我们老板才会这样。老板那天专门请小姐来陪老弟，那是十分看得起老弟呢，你老弟才不给面子……"

贺端阳的脸不但更红了，身上也觉得毛刺刺的有些不自在起来，忙说："我哪里是不给郎大哥面子，我实在是……"说到这里，贺端阳不知该怎么对老五解释了。老五一见便问："是啥子？老弟是不是下面小弟弟有啥问题？"贺端阳臊得像是无地自容的样子，忙说："那有啥问题？没有！"老五说："没问题怎么不喜欢女人？"贺端阳见和老五说这些，实在没意思，想了想便说："老五哥，我想出去转一转，行不行？"老五说："这鬼地方有啥转头？"贺端阳说："反正我没事，随便出去转一转就是！"老五说："你想出去转，就出去转吧！"说着提起钥匙，又去开了铁栅栏门，让贺端阳出去了。

贺端阳来到公路边，只见天色将晚，大地一片迷蒙，忽听得旁边庙里传来一阵钟磬之声，倒是十分清幽，于是往前走了约 100 米，再拾级而上，往庙里走去了。进了庙里一看，原来这庙子并不大，只一间正殿，几间耳房，两排厢房。正殿对出来的院子中间，一只直径一米多的香炉，里面积了满满一炉灰，还有几把香烛正在袅袅燃着，散发着阵阵幽香。大殿里供着观世音菩萨像，地上一溜蒲团，上面跪着几个善男信女，正在磕头。旁边是三个老和尚，一边击磬，一边口里咿呀有声，在做功课。贺端阳看到这里，也想过去给观世音菩萨磕个头，却见蒲团上都跪了人，没有空的位置，只好在旁边等着。没一时，蒲团上的人都站了起来，一边拍打衣服，一边转过身子，就要朝外走去。贺端阳猛地看见那善男信女中，有一个人正是贺世海公司里接待自己的那个身材高挑的美女。那美女今天一身素妆，只在肩头披了一条紫色羊毛巾，两端松松地从圆润的肩膀滑下，别有一番风味。那美女也认出了贺端阳，朝贺端阳莞尔一笑，似乎有些不好意思的样子。贺端阳正想打招呼，美女已经从他身边走过去了，只留下香风一阵。

贺端阳看了一会儿，正准备去蒲团上跪下时，口袋里的手机却突然响了。贺端阳掏出一看，正是郎山打来的，急忙接了电话，说："我的好大哥，你让我好找！"郎山说："我手机刚才开的震动，没听见！老弟找我有啥事？"贺端阳说："哎呀，真是急死我了！三言两语说不清，还是见了面，老弟慢慢给大哥说吧！"郎山说："你现在在哪儿？"贺端阳说："我就在城里，刚才我到了你公司去，见你不在，我出来转转，现在在普济寺！"

郎山听了，便对贺端阳说："那你下来，到公路上拦辆出租车，直接到那天我们喝茶的茶楼找我！"贺端阳说："那茶楼叫啥名字？"郎山说："就是我们头一回碰面，我请你喝茶的地方，在滨河路，难道你忘了？"贺端阳一下记起来了，便说："好，我晓得了，马上就打出租车来！"说罢，便关了手机，也不进去给观音菩萨磕头了，转身跑出庙外等出租车了。

没过一会儿，一辆出租车开了过来，里面却坐了人，但贺端阳一招手，车也停下了。司机摇下车窗玻璃，伸出头问："到哪儿？"贺端阳说了地方，司机说："我可以把你搭过去，五块钱！"贺端阳说："五块钱就五块钱吧！"说着上了车，挨着旁边一个胖子挤下，司机便开着车走了。到了工农街的十字路口，司机停下车来，贺端阳掏出五块钱递过去，便下了车，直奔滨河路而去。

到了上次那家茶楼前，贺端阳又给郎山打了一个电话，郎山出来接住了贺端阳，嘴里直说："哎呀，实在对不起老弟，先前电话都没接到，得罪！得罪！"贺端阳见到郎山，顿时有种见到了亲人的感觉，忙说："没啥，没啥，自己弟兄，还客啥气？"说着和郎山进了屋。

屋子里暖气融融，和外面简直是两重天地，很多人都东倒西歪地坐在沙发上，外套脱下来搭在沙发两边。郎山把贺端阳带到靠河边的一个像是火车座的座位上坐下，然后招了一下手，一个服务员立即过来，郎山立即对她说："还是来杯龙潭飘雪！"贺端阳见时间不早了，便说："茶就不要了，我给老哥摆会儿龙门阵就是了！"郎山说："到了茶馆不喝茶，哪有干摆龙门阵的？"说完便对服务员挥了一下手，说，"快去快去，怎么不听郎哥哥的话了？叫我跟老板娘说了，看不打你！"那姑娘一听这话，便笑嘻嘻地去了。

没一会儿，姑娘将一杯茶摆在贺端阳面前，这儿郎山对贺端阳说："你老弟上回竟告诉也不告诉一声，便悄悄默默地跑了，我以为你老弟再不会来找老哥了呢！"贺端阳一听这话，又想起老五刚才的话，害怕郎山真的生气了，便说："郎大哥那样待我，我感激还来不及呢，哪敢生老哥的气？"郎山说："那你怎么跑了？"贺端阳想了一下，才红了脸说："老弟给老哥说句心里话，哪个男人又不爱美女？郎大哥的心思，老弟那天当然明白。老弟也想开回洋荤，可又一想，那事就像吸毒一样，只要开了头，就怕收不到手！你也晓得老弟是个干啥子的，要钱没钱，要权没权，一旦有了瘾收不到手，到头来就可能闹得个妻离子散，把一个好好的家都败了！所以，老弟虽然有做贼的心，却没有那个胆！"

郎山一听这话，立即双手抱拳，朝贺端阳拱了拱，说："哎呀，老弟，我没想到老弟是这样想的呀，让老哥佩服，佩服！老哥就是上瘾了，所以成了五毒俱全的人，老弟现在不沾女人，也是好的，老哥现在明白了老弟的心思，以后再不给老弟安排小姐了！"说完便又对贺端阳问，"老弟急急忙忙从家里赶来找我，到底有啥事，说吧！"

贺端阳一听，先站起来，也对郎山打了一躬，说："那老弟在这里就先谢老哥了！"郎山一见，急忙说："坐下，坐下说！"贺端阳便坐下去，把家里发生的事一五一十对郎山说了一遍。说完又说："不瞒老哥说，我现在急得跳河的心思都有了！"郎山轻轻一笑，说："小事一桩，有啥急的，包在大哥身上就是了！"

贺端阳一听这话，正要站起来感谢郎山，郎山又把他制止住了，说："赶得早不如赶得巧！不瞒老弟说，今晚上我们县里四个做木材生意的老板，约了林业公安的糜局长、长防林管理办的余主任，一起'娱乐'……"话没说完，贺端阳便好奇地说："长防林管理办的余主任，郎大哥也熟？"郎山说："做我们这种生意的人，和他不熟还做啥生意？虽说县上规定所有的木材，都要优先卖给招来的外地木材企业，但如果不是他隔三岔五给我们搞点指标，我们几家企业恐怕早就关门了！"

贺端阳听后，便由衷地感慨："大哥的神通果然广大呢！"郎山说："这有啥子？你说的事，等会儿'娱乐'的时候，我顺便给糜局长说一声，保管明天他就放人了！"贺端阳一听郎山说得这么肯定，一时高兴，还是站起来对郎山鞠了一躬，说："谢谢！郎大哥这不但是救了世光、世维他们，也是救了老弟一命，老弟永远不忘！"郎山又挥了挥手说："坐下，坐下！这事我肯定帮忙，而且不但把眼前的事情摆平，还要他们答应永远不要管贺家湾这事了！"

说完这话，郎山却突然看着贺端阳，又作古正经地说了起来："不过，老弟，不是外人，老哥我也有一件事情，要求老弟帮一下！"贺端阳听了这话，便又坐下了，看着郎山说："只要老弟办得到的，尽管吩咐！"郎山说："这事你肯定办得到！"贺端阳便问："啥事，老哥你就直说！"

郎山停了一下，便说了："我帮你们把事情摆平以后，你们还要再卖我几车木材！"贺端阳一听是这事，便马上犹豫了，说："大哥呀，要是别的事还好办，就是这卖木材的事，你把老弟难住了……"话没说完，郎山露出了不高兴的神色，说："怎么难住了？"贺端阳说："郎大哥你都是看见的，上次卖树的事，我还猫儿抓糍粑——没脱到爪爪，现在你又要我卖，不是存心把我弄到监狱里去呀？"郎山说："哪有你说的那么严重？这次我把事情摆平了，林业公安那几爷子肯定不会再来找你们麻烦了，你就放心地卖，还怕个啥？"

贺端阳听了这话，低头不语了。郎山见贺端阳不说话，过了一会儿又说："我晓得老弟不是怕，是心里舍不得再砍那些树了！不过我是生意人，生意人不做赔本的买卖，我话也跟老弟说明白，你以为我找姓糜的帮你们把这事摆平，他就白给你摆了？我那也是要付出成本和代价的！我也不向老弟要钱，现在我是无米下锅了，急需木材，老弟要是同意呢，我们就达成这个协议，我给你把人弄出来，你再卖给我几车木材！要不同意呢，我也就帮不到你们这个忙了……"

说到这里，贺端阳一下抬起了头，看着郎山说："郎大哥可别说这话！只是因为这卖树的事，实在是关系太大了，你容老弟再想想，再想想……"郎山说："我还补老弟一个聪明，他们拿那几个老实人开刀，究竟是冲着谁来的，你还不明白？到时候真的挖出了你这个幕后组织者，你才是吃不了兜着走！"贺端阳听了这话，又沉默了一阵，最后狠了一下心，终于咬着牙，看着郎山说："好，大哥，我也豁出去了，你帮忙给我们把人弄出来，我们再卖两车木材给你……"

郎山听到这里，急忙说："两车木材？两车木材就要我帮你们这么大的忙，兄弟你也太小气了一点吧？"贺端阳说："两车是少了一点，但我说两车，未必就真是只有两车。再说，我们弟弟兄兄的，又不是这次打了交道就不打交道了，大哥就把眼光放长远点，以后说不定还有很多合作的机会呢！"说完又说，"再说，大哥也是贺家湾出去的，就当帮大家一次忙，也是值得的！"

郎山一听这话，忙微笑着点头说："老弟这话我还爱听，那就这样说定了，不许反悔！"贺端阳说："说出来的话怎么会反悔呢？不过我还要给大哥说一声，要等这阵风过去以后，大哥才能来拉木材……"话没说完，郎山就说："老弟放心，这是自然的，大哥绝不会在风头上来给老弟添麻烦！"

贺端阳听了郎山这话，便站起来对郎山说："那好，大哥，事情已经说好了，我就告辞了！"郎山一见，忙对贺端阳问："告辞，你到哪儿去？"贺端阳说："我得赶回去呀！"郎山故意做出惊讶的样子，说："赶回去，现在？天都黑了，你还摸天黑地赶回去？要是弟妹在家里，倒说你欠着她哟，现在她又不在家，你半夜三更地赶回去做啥？是嫌老哥付不起你一晚上的住宿费？"贺端阳急忙红着脸说："我哪是那个意思……"

郎山不等贺端阳说完，又一边挥手叫他坐下，一边打断他的话说："既然来了，就在城里住一晚上！我们马上去吃饭，今晚上老哥要陪糜局长、佘主任'娱乐'，也不喝酒，我们随便到哪个小馆子里，吃点便饭就行！吃了饭，你跟老哥一起到天堂娱乐城，老哥今晚上也不给你找小姐了，你只去看看我们是怎样娱乐的，开开眼界就行！另一方面呢，我当着你的面，把你们的事给糜局长说了，你也好放心！然后出来我再给你找家宾馆，你安安心心在里面睡一晚上，明天一早回去也不迟！"

贺端阳听郎山说要当面把他们的事给糜局长说，倒动了心，于是说："好是好，只是老给大哥添麻烦，太不好意思了……"郎山忙打断他的话说："这花得到我好多钱？大哥现在生意虽说不是太好，但这点钱还是有的！"说完又说，"就这样定了，时间不早了，我们现在就去找饭吃！"说着，招手叫服务员过来结了账，然后便和贺端阳一起出去了。

第三十二章　天　堂

　　走出茶楼，外面已是华灯齐放，大街上比白天还亮。郎山裹了一下衣服，对贺端阳问："吃啥子？"贺端阳说："随便。"郎山说："那我们去陕老倌羊肉馆吃羊肉汤锅！"贺端阳问："远不远？"郎山说："南门广场旁！"正说着，一辆出租车开了过来，郎山急忙招手，出租车驶到两人面前停下了，郎山急忙钻了进去，贺端阳一见，也跟着上了车。郎山说了地方，出租车朝前开去了。

　　路过人民街县政府大门口时，郎山突然想起似的，对贺端阳说："老弟要是上午来，就有好戏看了！"贺端阳忙问："啥好戏？"郎山说："你还不晓得么？两年前我们县上不是从广东引来了一家叫德化集团有限公司的化工厂吗？当时县上的电视台、广播宣传得十分厉害，全县谁人不知？可才生产一年，周围十多个村庄的山林、竹子全部枯死，农民种在地里的花生、大豆、小麦等，也长不出来，即使长出来了，还是根芽芽就死了，许多村民也患上了皮肤病。村民都说是化工厂引起的，向县里反映也没人管！今上午就突然来了几千村民，把县政府围起来了。张县长要到市里开会，可车子没法开出来，还是来了一百多个警察，才把村民赶开呢！"

　　贺端阳听了，还没来得及答话，出租车司机突然说："这有啥？我那老家，乡上几爷子也是昨年，不晓得从哪里引来了一家水泥厂，开先说是用先进技术生产，没有污染，可一生产起来，成天都是浓烟滚滚，害得村民白天晚上都不敢开窗户，树叶蔬菜上，灰尘都是一指多厚，村民也说要来上访呢！"郎山一听这话，便唯恐天下不乱地说："那叫村民赶快到县政府来闹呀！你不来闹，那些当官的哪儿会理你?"司机还没有回答郎山,贺端阳突然想起了一句话,便说:"要想招商引资,就得准备牺牲环境。"郎山一听这话,忽然在贺端阳大腿上拍了一下,说:"老弟这话精辟,一些当官的肯定是这样想的!"

说着话,出租车到地方了,两人下了车,郎山付了车费。贺端阳一看,面前一家餐饮,店面虽然不大,"陕老倌羊肉馆"几个霓虹灯广告字却很醒目。贺端阳便对郎山问:"真是陕西人来开的?"郎山说:"啥子陕西人,城里李二歪嘴和他婆娘开的,冒充陕西人!"说完又说,"不过他这里的羊肉汤锅确实地道!"说着两人便往里走。

贺端阳进去一看,这店确实有些特色,男服务员一律穿短褂,腰上拴着带子,头上系着一根白毛巾,一副黄土高坡羊倌的打扮。女服务员一律穿着蓝色印花上衣,青色大脚裤,脚上穿着一双平底布鞋,头上搭着一块粉红色印花头巾,一副村姑的清纯打扮。屋子里热气腾腾,雾霭氤氲,已经坐了很多人。郎山选了一张桌子坐下,喊服务员过来叫了菜,上了汤锅,和贺端阳两人便一边说些闲话,一边慢慢品尝这羊肉美味。直吃得浑身冒汗,嘴角流油,肚里打嗝,身上都燥热了起来。郎山一看时间,已是过去了一个多小时,这才放下筷子,去结了账,和贺端阳一起走出来,打的去天堂娱乐城,赶下一个活动了。

贺端阳以前曾经听说过天堂娱乐城,说这儿是全县最豪华、消费最高也最令人销魂的娱乐城,只是没有机会来见识过。现在随郎山走来一看,却只见外面墙皮已经脱落,显得有些破旧不堪的样子,门口也没有迎宾小姐。除了"天堂娱乐城"几个字像鬼眨眼一样闪烁外,丝毫看不出有一点豪华的样子。可走进去一看,却让贺端阳大吃一惊。那大厅差不多有一个篮球场般大,全用红色大理石铺了地,几根滚圆的柱子,外面全包了金箔,此时金光灿烂,耀眼夺目。四面墙壁挂着一层厚厚的天鹅绒蓝色壁幔,将外面喧闹的声音给隔开了。屋顶纵横交叉地垂挂着许多彩色三角旗,红白相间,在空调微风的吹动下,像蝴蝶翅膀一样微微颤动。正中屋顶,挂着一只硕大的不断旋转的球形彩灯,灯光从彩色三角旗缝里透下来,五彩斑驳,给人一种迷离恍惚的感觉。

贺端阳才走进去,眼睛还有些不习惯,便使劲眨了几下,这才看清了原来大厅的进门处,横着搭了一个吧台,吧台内站着两个红衣女子。紧靠吧台,有一个小T台,台面全是玻璃的,映着上面的几个小射灯。台的三面都搭着高脚凳,约有三四十个的样子，现在约有二十多个男人坐在上面，或互相聊天，或默默抽烟，似乎都在等着什么的样子。T台正中，立了一根钢管，银光闪闪，熠熠生辉。郎山朝坐在高脚凳上的男人看了一眼，就突然叫了起来："穆老板、林老板、杨老板，你们来了！"随着叫声，那高脚凳上的三个男人一齐回过头，对郎山说："郎老板，怎么现在才来，一个人又放单线去了？"郎山说："放啥子单线哟？我兄弟来了，我得陪陪他！"

说着，便把贺端阳拉到了三个人面前。其中一个人把贺端阳看了看，然后不相信地说："郎老板的兄弟多，又是哪里的兄弟？"郎山说："你们还不相信么？我本该是姓贺的，后来我妈改了嫁，我才姓郎的，这可是我贺家的真兄弟！"说完又指了三人对贺端阳说，"这都是和我一样做木材生意的三位老板，这位是穆老板穆大哥，这位是林老板林大哥，这位是杨老板杨大哥！"

贺端阳一听，就急忙过去和他们握手，一边握，一边打量他们。只见这三个老板，年纪都在五十岁上下，全都大腹便便，肥头大耳，肥猪似的。穆老板穿了一件青色的西服，不但没系领带，衬衣领口还往外翻着，露出衣领上几道污渍。林老板穿了一件棕色真皮大衣，将扣子扣得严严实实，好像怕冷一样。杨老板穿得最别致，里面是一件花格子衬衣，中间一件骆驼毛羊绒线衣，外面罩一件青色羽绒服背心，像是只把肚子和背护着似的。贺端阳和三位老板握完了手，便和郎山一起，也到旁边的高脚凳子上坐下了。

这时，大厅里音乐声突然响了起来，声音高亢、激越，把贺端阳吓了一跳，便悄声对郎山问："要跳舞了？"郎山说："要走台了！"贺端阳不懂，又问："走啥台？"郎山说："你慢慢看就是了！"正说着，T台顶上的灯光突然大亮，坐在高脚凳上的男人，一个个突然屏息静气，把脖子伸长了。只听得旁边耳门一响，一队姑娘约有十多个人，从里面屋子里走了出来。

那姑娘们顾盼生姿，风摆杨柳一般，袅袅婷婷地鱼贯而出，来到T台正中站定，齐齐地对坐在高脚凳上的男人，轻启丹唇，嫣然一笑。

男人们一见，更是高兴得一边欢呼，一边离开高脚凳站了起来。嘘声中，只见穆老板、林老板、杨老板和另两个男人，像是早已按捺不住了似的，几步跨上台去，各搂了一个小姐便朝总台走去。在总台，他们各拿了一个牌子，便朝大厅右边一条通道走去了。路过郎山身边的时候，穆老板和林老板对郎山说："郎老板，你不下手，还要等啥子?"郎山说："你们各自去吧，我陪我兄弟坐会儿!"穆老板和林老板听了，不再说什么，只搂着小姐往前走了。

这儿贺端阳见了，便问郎山："他们到哪儿去?"郎山说："还能到哪儿去?"贺端阳明白问郎山："他们不怕公安局来扫黄呀?"郎山说："你晓得这娱乐城是谁开的?"贺端阳摇了摇头。郎山说："你不晓得也好! 但我要给你说，到这里来的人看怎么玩，从来没人来扫过黄……"说到这儿，忽然醒悟过来，便看着贺端阳问，"老弟现在是不是动了凡心，也想开开洋荤?"

贺端阳没等他说完，脸上就像炭火烤着一般，心也没来由地乱跳起来，便急忙说："没有的事，老哥，我只是随便问问!"说完又说，"老哥要是想去做，就去做，我在这儿等你!"郎山说："不瞒老弟说，昨天晚上我才在外面放了炮，今晚上回去，还不晓得能不能给你嫂子交作业呢? 算了，算了，我们就在这儿等他们……"

一语未了，贺端阳忽然想起了，便改变话题，对郎山问："你说陪糜局长、余主任娱乐，是不是也这样娱乐?"郎山说："他们不这样娱乐，他们只是来打牌!"贺端阳听了这话，过了一会儿才问："他们怎么还没来?"郎山看了贺端阳一眼，明白了他的心思，便说："你怕糜局长不来，我没法完成你的事，是不是?"贺端阳一下不好意思了，说："不是那个意思，我是说怎么没见他们?"郎山说："你放心，他们是要来的!"

说话时，台上那些小姐又被人领了两个走，剩下的退回旁边屋子里去了。音乐声也停止了，这时一些男人又走了进来，填补了空出来的高脚凳。郎山想了想，又对贺端阳说："我们这样坐着也没意思，要不然我们去唱歌!"贺端阳一听唱歌，以为唱歌就真是拿着话筒唱一唱卡拉 OK，便说："行，唱会儿歌可以!"郎山听了，便去总台那儿对红衣女子说了句什么。那红衣女子拿起电话喊了一声，没一时，一个穿蓝旗袍的像是妈咪的女人跑了过来，对红衣女子问："哪位先生要唱歌?"

红衣女子朝郎山指了一下，妈咪样的女人便走到郎山面前，对他说："先生，请跟我走!"郎山站起来，叫了贺端阳，随妈咪样的女人一起走了。也是走的刚才穆老板、林老板他们先时走的那条通道，路过刚才小姐们出来那间屋子时，贺端阳从那面玻璃镜墙往里一看，只见里面还有约二十多个小姐，站成两排肉屏风，也像刚才那些小姐一样，穿着三点式，露着一样的胸、一样的腿，不同的是身上披了一件外套，一副整装待发的样子。贺端阳十分奇怪，他明明在不错眼地看她们，可她们为什么却是一副熟视无睹的样子。还要看时，郎山跟妈咪样的女人已经走到前面，便跟上去了。

走过大厅的通道，又往右拐了一个弯，上了楼梯，到了二楼，原来二楼全是KTV包房，从一些房间里传出的暧昧的声音中掺杂着悠扬的音乐声。走过十几间房间，妈咪样的女人才停住，开了一间房门，让郎山和贺端阳进去了。贺端阳进去一看，这正是一间KTV包房，约有二十平方米大，沙发、茶几、卡拉OK机、液晶电视一应俱全，只是沙发上有很多暧昧的污渍。妈咪样的女人开了屋子里的音乐，在轻柔舒缓的音乐声中，妈咪样的女人才对郎山问："先生，要小姐吗？"

郎山说："不要小姐有啥子意思？"妈咪样的女人听了这话，便说："那好，我去给先生叫小姐来！"郎山说："我是经常到你们娱乐城来耍的，你不要把那些丑八怪给我叫来哟！"妈咪样的女人说："先生放心，我们娱乐城的小姐，个个都像是仙女下凡一样！"一边说，一边出去了。

没一时，妈咪样的女人便带了8个小姐，来到KTV包房内，不等妈咪样的女人招呼，便自行站成一排，又整齐地弯下腰来，对郎山和贺端阳喊了一声："先生晚上好！"声音之大，把贺端阳吓了一跳。贺端阳看时，这些姑娘身高、体形、胖瘦虽与刚才走台的那些小姐一样，穿着却和那些小姐不同。那些小姐都穿着暴露的三点式，这些小姐除了下面都穿着或白、或紫、或黑的短裙，露出白森森的大腿外，上半身都穿得花花绿绿，如百花盛开。但衣服大都敞着，露出半截酥胸和或深或浅的乳沟……贺端阳正看着，忽然郎山口袋里的手机大叫了起来。

郎山掏出手机一看，说："縻局长和佘主任来了！"说完便对两个小姐说，"今晚上就是这样了，我们有急事得马上出去！"两个小姐一听，便噘起了嘴，露出了不高兴的样子。郎山一看，拿过手提包，从里面抽出了几张钱，一个小姐给了200元小费，那白裙小姐和紫裙小姐脸上这才露出了微笑，一人过去端起一只杯子，将里面的洋酒一口喝了，理了理裙子，袅袅地出去了。这儿郎山也整理了一下衣裳，便和贺端阳一起往外走。贺端阳看了看茶几上已经开了盖的洋酒和几罐还没开封的红牛饮料，脸上流露出一种很舍不得的表情。

第三十三章　送　钱

　　郎山和贺端阳出来，没有下楼到总台去结账，而是上了三楼。三楼上也是一些小房间，贺端阳从一些虚掩的门缝看进去，发现里面都摆着麻将机，从一些关着门的房间里，又传来"哗哗"的洗麻将牌的声音，贺端阳便知道这就是赌博的地方。郎山和贺端阳刚上楼，早又有一个皮肤白皙、身材玲珑、身穿紫色旗袍的领班小姐，过来迎着问道："先生订房了吗？"郎山说了房间号，小姐便带着他们往走廊尽头的房间去了。

　　贺端阳进了屋子里一看，这房间比刚才的KTV包房还大，中间一张自动机麻，四把椅子，椅子旁边分别立着四张小茶几。屋子靠东西墙壁两边，各摆着一张三人座的红木架真皮沙发，前面一张红木茶几。沙发旁边，立着两个衣帽架，也是红木的。此外屋角还有三只高脚凳，还是红木的。整个屋子里东西虽然不多，却给人一种富丽堂皇的感觉。郎山和贺端阳还没坐下，穆老板、林老板、杨老板每人胳膊窝里夹着一个包，也匆匆忙忙地走了进来，一见郎山已经先来到屋子里，林老板便说："郎老板今晚上找的一个啥样的小姐？"郎山说："啥样的也没有找，我这点子弹，还得留下来给老婆交作业呢！"杨老板说："郎老板现在怕老婆了！"穆老板说："男子汉大丈夫，怕啥老婆？老婆要吵，给丈母娘说，叫她来退货！"

　　旁边小姐听得有些不好意思了，便打断他们的话说："先生喝什么茶水？"郎山看了看穆老板、林老板、杨老板，然后说："晚上喝了茶睡不着，那就来几杯铁观音吧！"小姐答应一声，正要转身走。郎山又对小姐说："有啥水果，也来几样!"说完又说，"茶水多来四杯，我们还有人没来！"小姐又像唱歌似的回答了一声："是！"这才扭着腰肢去了。

这儿众人正准备坐下，忽然门口走来一男一女，男的五十岁的样子，中等身材，肚子向外凸着，留了一个自然式的发型，身着便装，看起来倒是很朴素的样子。那女人就不同了，十分年轻，大约二十岁出头，一张瓜子脸，柳眉弯弯，两只水盈盈的大眼。尤其是那腰围极细，像是一把就能捏拢似的。贺端阳一见，蓦地想起过去在一本书中看到过"增一分太胖，减一分太瘦"的话，觉得用在这个女人身上倒是十分贴切。再看这女人的收拾打扮，也是用了十分心思的。里面一件淡紫色 T 恤，中间一件玄色低胸羊毛衫，外罩一身烟灰色套装，头发随意披在两肩，手里提一只粉红色小坤包。两人才出现在门口，屋子里郎山、穆老板、林老板、杨老板，早已将一张张柿饼脸笑得稀烂，迎了过去，口里喊道："糜大哥来了！"又对那女人说道，"曹小妹真是越来越漂亮了！"

贺端阳一见，知道是糜局长到了，也身不由己地迎过去，却不知该说什么，只对着姓糜的笑了笑。两人也没说什么，显得有些矜持似的走进屋里，姓糜的才对郎山、穆老板、林老板、杨老板说："来迟了，让你们久等了！"郎山、穆老板、林老板、杨老板忙又笑着说："没有，没有，我们也是刚来！"说完，郎山又把贺端阳喊过去，对糜局长介绍了，糜局长也没说什么，只点了点头，便与那女子一道，在沙发上坐下了。

等姓糜的和那女子坐下后，郎山说："就等佘主任了！"穆老板说："佘主任的脚怎么缠得这么细，糜哥都来了，他还没到……"话音没落，门口忽然一个男人喊了起来："来了！来了！"贺端阳抬头看去，只见这人四十多岁的样子，个子高挑，身材偏瘦，穿一件黑呢长大衣，脖子上围着一条花围巾，鼻梁上架着眼镜，一副文质彬彬的样子。郎山、穆老板、林老板、杨老板一看见他，便问："佘老弟你一个人，还有一个人呢？"

姓佘的一边往屋里走，一边说："女人麻烦，上洗手间去了！"说着，进屋来和糜局长握了握手，刚要对大家说客气话的时候，门口就袅袅婷婷走进一个女子。这女子和刚才糜局长带来的女子一样，非常年轻，又生着一张娃娃脸，就像中学的学生一样。上身一件狐狸领的紫罗兰短大衣，下面一条名牌铅笔裤，脚上一双细高跟红色真皮鞋。盘起的头发像是才刚刚做过，脖子上一串黑白珍珠镶花

207

项链，食指上又是一只大粒头钻戒，右手提一只缎面手拿包。和先前糜局长带来的女子相比，这女子全身上下不但透出一股珠光宝气，还明显有些显摆。郎山、穆老板、林老板、杨老板等一见，也马上迎过去说："我们正说苏妹子，苏妹子就到了！"那女子身子一扭，说："你们打呀，等我做什么？"说这话时，目光却明显看着佘主任，脸上挂着一丝愠气。佘主任装作没看见，只顾和身边的糜局长说话。

正在这时，刚才那领班和另一个服务员小姐，送来了茶水和水果。众人这时都不说话了，领班和服务员小姐将茶水和水果放到茶几，退出去，将门关上了。这儿郎山才对糜局长和佘主任说："人都到齐了，我们开始吧！"说完又问，"糜哥和佘主任你们谁上？"话音刚落，糜局长就摆了摆手，说："我不打，让小曹打吧！"姓佘的也说："我也不打，小苏你去打吧！"小苏没说话，却仍然嘟着嘴。郎山见了，又问穆老板、林老板和杨老板，说："你们哪位先上？"穆老板说："我来吧！"郎山便说："那好，两个美女一方，我和穆老板一方，我打曹妹子的下手，穆老板打苏妹子的下手！"

糜局长带来的曹女子，果然提着小坤包走过来，在桌子的上方坐了。佘主任带来的苏女子一见，虽然脸上还有一点愠色，却也过来在曹女子的对面坐了。这儿郎山和穆老板也在两位女子旁边坐了。郎山见贺端阳坐在沙发上，有些无所适从的样子，便对他说："老弟你不打牌，就端个凳子过来坐在我旁边，看老哥怎样打！"

贺端阳听了，果然端了一只高脚凳过去，在郎山右手边坐下。郎山拿过自己的包，从里面掏了三叠崭新的、还没开封的百元大钞，往桌上一放，说："今晚上就这三方钱，输完了就下课！"穆老板见了，像是和郎山商量好了的一样，也从包里拿出三捆百元大钞，说："三方就三方嘛，我也和你一样！"曹女子和苏女子见了，红了一下脸，像是有些不好意思似的，各自从自己的坤包里拿出几张钱，说："不好意思，我们没郎老板和穆老板那么多钱，先打到，输了再说！"郎山和穆老板说："两位美女手气好，怎么会输呢？"

说着，郎山开了麻将机的电源，那麻将在机器肚子里"哗哗"响了一阵，便叠得整整齐齐地升了上来。那曹女子伸出纤纤玉指，先摸了一张，摆在面前，接着郎山、苏姑娘、穆老板依次摸了。摸完，大家把自己的牌摆放整齐，看了一阵，便开始出牌。贺端阳对麻将不甚精通，看见出了两圈牌后，郎山便输给了曹女子，急忙抽了几张票子递过去。而穆老板也是一样，抽了几张票子给苏女子。苏女子现在已经不生气了，脸上带着甜甜的微笑。接下来又打，郎山又输给了曹女子，而穆老板也输给了苏女子。再打，郎山和穆老板仍是输。十多圈下来，郎山和穆老板面前的钱，已经全部搬到了两个美女面前。郎山便站起来说："两个美女了得，我们哪是她们的对手？"说完又说，"林老板来接着干，我来和縻局长摆会儿龙门阵！"穆老板也说："我也下课了，杨老板你上！"说着两个都离开麻将桌，林老板和杨老板也果然去补上了郎山和穆老板的位置。

这儿郎山把贺端阳喊过去，挨着縻局长坐下，郎山和姓縻的说了一会儿闲话，才指了贺端阳对姓縻的说："縻哥，我这位兄弟今天晚上找你，有点事要麻烦縻哥！"姓縻的一听这话，便立即问："什么事？"贺端阳正准备回答，郎山却先替他说了："他村里有几个村民，私自砍了几根长防林的树，乡政府要罚他们的款，村民不给，乡政府就把你手下的弟兄搬去，把几个村民给抓起来了……"

郎山还没说完，姓縻的便问："什么时候的事，我怎么不知道？"贺端阳说："就是今中午时候的事。"姓縻的说："你是哪个乡的？"贺端阳了。姓縻的又说："可能是徐所长他们干的这事！"郎山说："那几个被抓的村民，按辈分我也该喊叔了，縻哥也当帮兄弟一个忙！"姓縻的说："他们都承认自己砍了树？"

贺端阳听了这话，有些迟疑着不知该怎么回答。郎山便说："縻哥不是外人，是怎么回事你就跟他直说！"贺端阳听了这话便说："那都是几个老实人，乡政府的人吓唬他们，说如果不承认，就把他们送到公安局去，他们便承认了！"姓縻的又问："除了他们自己承认的口供以外，还有没其他证据？"贺端阳忙说："没有了，没有了，我不敢跟领导说假话。"縻局长一听，便说："没有其他证据就好，现在不能光凭口供办案！"说完就又接着说，"明天我叫徐所长他们放人就是！"

贺端阳一听这话，高兴得差点跳起来，正准备谢姓縻的，郎山一边却又说："縻哥不但要叫他们放人，还要给他们说一声，叫他们不要再管这事了！这是乡上和村上的事，就像两爷子打架，他们打他们的，你们掺和进去又得到多少好处？"姓縻的听了，对贺端阳说："不过你们今后也要吸取教训，不要再砍长防林的树了！"贺端阳立即说："我们一定按领导的话做！"郎山说："縻哥可是帮我一个大忙了，过后兄弟再来感谢大哥！"姓糜的说："这是小事，郎老板何必挂在心上？"

正说着，那儿林老板和杨老板也把自己的钱输光了，这时站起来连连说："两位美女厉害，确实厉害，把我们也铲光了！"郎山一见，便说："时间不早了，糜哥和余老弟明天肯定还有公务，那我们今晚上就收场合了，以后再打怎么样？"姓糜的忙说："行，行，各位老板也早点回去休息！"说着，姓糜的和姓余的都站起身，两位美女把各自面前的钱，都装进带来的小手拿包里。来时瘪瘪的包，现在被塞得胀鼓鼓的。塞完才对郎山、穆老板、林老板、杨老板说："对不起，赢了各位老板的钱。"郎山、穆老板、林老板、杨老板急忙说："愿赌服输，应该的，应该的！"姓糜的见两位美女已经把钱装好了，便说："那我们先走吧！"两位美女听了，便袅袅婷婷地过来，各自随着自己的人往外走了。郎山、穆老板、林老板、杨老板把他们送到门外，然后返了回来，拿起自己瘪了的包，下楼去结了账，也各自散了。

等穆老板、林老板、杨老板走后，郎山才对贺端阳说："我带兄弟到皇冠大酒店去登记一间房！"贺端阳说："大哥不要管我了，我随便去找个招待所住一晚上就行了！"郎山说："随便找个招待所，那不是打大哥的脸吗？"说完又说，"我们从这里走过去就行了！"贺端阳听了，果然不说什么，跟着郎山走了。

走了一段路，贺端阳才像是忍不住了似的，对郎山问："郎大哥，你们今晚上怎么老是输钱？"郎山说："啥老是输？难道你还没有看出来？那哪是输钱，那是送钱！"贺端阳更是不解了，说："怎么是送钱？"郎山说："现在当官的，都是家外有家！年底来了，外面家里的那个人，要问他们要钱，他们想向我们要钱，可又不好明说，便打电话约我们打牌。我们岂有不明白他们的心思的？不过是要我们帮他们送钱罢了！"

贺端阳听到这里，多少有些明白了，又问："既然是这样，那你们又怎么不直接把钱给他们？那样多简单！"郎山说："老弟这就不明白了！直接给他们那就是受贿，可打牌输给他们，他们就可以收得理直气壮！何况他们也没有来打，只叫自己外面家里那个人来打，我们把钱输了，他们外面家里那个人既得了钱，他们又摆脱了受贿嫌疑，你说现在当官的狡不狡猾？"贺端阳一听明白了，才说："原来是这样，我说你们怎么光输钱呀？"郎山说："不瞒老弟说，现在这个社会，不但要懂得赚钱，还要懂得往外送钱。如果一个人只懂得赚钱，那他赚了一次，就绝对没有下次了。在社会上混，懂得送钱，才是真正懂得赚钱！"

说着话，便到了皇冠大酒店，郎山叫贺端阳将身份证拿出来，去总台登记了一间单人房。总台小姐把房卡拿给贺端阳后，郎山才说："我就不陪老弟上楼去了，明天也不来送你了，老弟说的两车树的事，可不要忘了，到时我要亲自来落实的！"贺端阳忙说："老哥放心，我说了的话绝不反悔，到时候你来就是了！"说完却又问，"老哥，你说糜局长会不会说假话？"郎山说："啥意思？"贺端阳说："明天他会不会不放人？要不，你回去再给他打个电话说说！"郎山说："今晚上才送了3万块钱给他，他就那么不讲交情？再说，姓糜的说话还是算话的！"说完又拍了一下贺端阳的肩，说，"老弟只管放心地去睡觉，明天回去等着给你的村民压惊就是！"贺端阳听郎山说得那么肯定，于是不再说什么了，又把郎山送出酒店大门，才反身回来，乘电梯到了15楼，找到自己房间，开了门，自去洗漱了睡觉不提。

第三十四章　进　攻

　　第二天天还没有大亮，贺端阳就起床往家里跑。乡下人冬天都起得晚，回到贺家湾，村民才吃过早饭不久。一看见贺端阳回来了，便纷纷围过来，问："贺主任，怎么样了？"贺端阳明知村民问的什么，却故意装糊涂地说："啥怎么样？"村民说："警察抓去的人啥时放出来？"

　　贺端阳听了这话，又故意卖关子地说："你们又没有被抓进去，咸吃萝卜淡操心干啥？"众人说："他们关在里面，要是把大家都供出来了怎么办？"贺端阳说："现在晓得害怕了哦？我问你们，为啥警察没来抓你们，却抓了贺世光、贺世维、贺兴全几个人？"众人说："那是他们自己要承认呢！"贺端阳说："这就对了！俗话说，怕怕怕，挨一下，越怕越挨。贺世光他们老实坦白，就进去吃每天的八两米了！你们死不认账，就在家里和老婆孩子守在一起！"说完又说，"不要相信坦白从宽的话，坦白从宽，牢底坐穿；抗拒从严，回家过年！"

　　众人一听，一下子忘了贺勇、贺世光、贺世维、贺兴全几个人的事，互相看了看，然后才笑着说："可不是这样吗？"说完又对贺端阳说，"我们明白了，即使贺世光他们把我们供出来，我们还是不认账，他们还是没有办法！"贺端阳赞扬地说："这就对了！"说完这话，才把贺世光、贺世维等人就要放出来的事，对众人说了，完了特别叮咛了一句，"你们谁去跟贺世光、贺世维他们几个的家里告诉一声，叫他们放心！"众人一听这话，乐于去做好人，有好几个人立即就撒开脚丫跑去了。这儿贺端阳别了大家，找贺荣、贺贤明去了。

　　找到贺荣、贺贤明，贺端阳把进城找郎山的事对他们说了一遍。贺荣、贺贤明一听森林公安的糜局长表态，要将抓去的几个人放出来，像是一颗石子落了地，高兴地说："谢天谢地，放回来就好了！"说完却又怀疑地问，"姓糜的该不会变卦吧？"贺端阳说："郎山再三对我保证，说姓糜的答应了的事，就绝不会变卦，还叫我回来等着为贺勇、贺世光他们压惊呢！"

贺荣听了这话，说："郎山这回可帮我们大忙了！"贺贤明也说："就是，虽然他改了姓，可到底还有几十根头发姓贺，没有忘本！"贺端阳说："可他这个忙，也不是白帮的！"贺荣、贺贤明一听，便看着贺端阳问："怎么，难道他还要向我们要钱？"贺端阳说："钱倒没要，但他却还要我们卖几车木材给他！"

贺荣、贺贤明一听，立即瞪大了眼睛说："啥，我们这里还没有缩到圈圈，他又要我们卖树，这不更是把我们往火坑里推吗？"贺端阳说："可不是吗？当时我也这样说，可他说，如果这个生意做不成，我们的事他也不帮忙了！当时我想到救人要紧，没办法，我也就答应他了！"说着，又将当时郎山说的话，原原本本地对贺荣、贺贤明说了一遍。

贺荣、贺贤明听了，沉默了一会儿，然后贺荣才说："刚才我还说郎山帮了我们大忙，现在看来，生意人硬是没得个粑粑烙煳了的！卖就卖吧，好在他要得不多，每人再砍两根树给他就行了！"贺贤明也说："就是，一条牛都去了，还舍不得一根牛尾巴？只要人放出来就好了！"贺端阳听了，就说："那好，除了劲松叔没在家里，我们就当开了一个村委会成员会，大家都没有意见，我们就这样定了，晚上我再给劲松叔汇报一下！"

说完，贺端阳又对贺荣、贺贤明说："还有一件事，我也想跟你们商量一下！昨天晚上，宾馆里面的空调开得很大，我也有择铺的毛病，郎山又招待我吃的羊肉！半夜里羊肉在肚子里作起怪来，翻来覆去睡不着！我就在床上想，乡上马书记揪到我们不放，我们光是这样消极防御解决不了问题，也得主动进攻一下，让马书记也晓得一点我们的厉害……"话没说完，贺贤明便问："他是领导，尚方宝剑在他的手里，我们老百姓从来就像菜板上的肉，别人想怎么切就怎么切，我们怎么进攻？"

贺端阳停了一会儿，才说："他是有尚方宝剑，所以他想来查我们就查我们！但我们老百姓，难道就没有自己的武器了吗？"贺贤明说："老百姓的武器就是找到他们，一哭二闹三上吊……"贺荣一听这话，有些明白了，也说："有道理，俗话都说，光脚的不怕穿鞋的，兔子逼急了都咬人呢！"

说完，贺荣便看着贺端阳问："大侄儿既然在说这样的话，肯定有打算了！你说说看，究竟是啥打算？"贺端阳说："既然公安把人放出来了，就证明不该抓！既然不该抓又抓了，就该赔损失，你们说是不是这个理？"贺荣、贺贤明说："理倒是这个理！"贺端阳便说："我想等贺勇、贺世光、贺世维、贺兴全几个人出来后，叫他们带着家里人，到乡上一哭二闹三上吊，找马书记要损失！他给不给不要紧，就是也要让他晓得一点厉害，不再这样揪着我们的小辫子了！"贺贤明一听这话，立即兴奋地击了一下手掌，说："好，这办法好，他们是当事人，叫他们去闹，也不关我们的事！"

贺荣听了，却没立即回答，过了半晌，才说："办法好是好，可贺世光、贺世维、贺兴全都是几个老实疙瘩，胆小鬼，平时树叶子掉下来，都怕把脑壳砸个包，现在他们有那个胆子去找姓马的闹吗？"贺端阳听了，说："我起初也想到了这个问题，可后来一想，这中间不是还有个贺勇吗？再说，贺世光胆小，怕事，不是还有个侄儿贺飞吗？亲侄儿帮叔父抱不平，也是人之常情，是不是？再说，贺世光那个儿媳妇可不胆小！贺世维也是一样，他那一房下，还有贺彬、贺兴武，可都是些不怕事的角儿！贺兴全房下虽然没有敢出头露面的人，可他那个烂眼角女人，横起来了能糊屎搅尿，不好打整呢！"

贺荣、贺贤明听了，想了想也确实是这样，便说："倒是的！"贺端阳又说："瞎子要人牵，跛子要人扶，别看贺世光、贺世维、贺兴全几个人平时老实、怕事，可一旦被人撺掇起来了，说不定比平时胆子大，不老实的人还难缠呢！"说完不等贺荣、贺贤明回答，又紧接着说，"再说，也并不需要他们去和马书记讲啥理，只需要他们在马书记的屋子里装死卖活，出头让贺勇、贺飞几个刺头去就行了！"贺荣、贺贤明听了，连声说："好，好，不过得先跟贺飞说一说！"贺端阳说："这个是自然的，贤明哥你辛苦一下，去把贺飞、贺兴武和贺彬叫来，我给他们说说！"贺贤明答应一声，果然去了。

没一时，贺飞、贺兴武、贺彬便来了。贺端阳便对他们说了贺世光、贺世维他们就要放回来的事，几个人一听，便高兴了，说："这太好了，虽然我们只是他们的一个侄娃儿，但打碎骨头连着筋，我们正愁着呢！"说完便要回去告诉他们婶娘。贺端阳又喊住他们说："回是回来了，可乡政府为啥别的人不抓，单单让警察把他们三个抓去？还不是看他们老实，没人出头替他们说话！你们是亲房，他们懦弱说不出话，都说你们几个是不怕事的，难道你们也不替他们说句公道话？"

三个人一听，连想也没怎么想，便对贺端阳问："我们怎么给他们说话？"贺端阳便把自己的想法，对他们说了。那贺飞、贺兴武、贺彬听了，顿时情绪激动起来，显得慷慨激昂地说："贺主任放心，大路不平旁人铲，何况我们还是他侄儿？这事正该去讨个说法，不然乡上这些人，老是会骑到老实人头上来屙屎！"贺端阳说："这就最好，等会儿他们回来了，你们就带着他们去……"

正说着，贺勇一头撞了进来，众人一见，果然放回来了，便高兴起来，说："回来了，真的回来了！"贺端阳问："怎么你一个人来了，他们三个呢？"贺勇说："也回来了，在后面呢！"贺端阳又问："世光叔、世维叔和兴全哥倒是承认砍了树，可你也没承认砍树，他们为啥把你也抓去？"贺勇说："我也不晓得，抓进去也没问我们，我估计因为我是看林员的原因吧！"

贺端阳说："即使是看林员，也先要把罪定了，才能抓人吧？就这样不明不白地抓去关一晚上，然后又放了，你咽得下这口气？"贺勇问："你说怎么办？"贺飞一听，又急忙把刚才贺端阳对他们说的话，向贺勇说了一遍。

贺飞刚说完，贺勇便摩拳擦掌地说："主任老弟不说，我心里也有这个想法，却又怕孤掌难鸣，现在有贺飞、兴武、兴彬兄弟，我豁出去了，非要姓马的在我们面前下个矮桩不可！"贺端阳说："是你们自己想出这口气的，到时可别说话不把门，说是村干部让你们去的，这就不好了！"贺勇、贺飞、贺兴武、贺彬一听这话，忙说："怎么会呢？都是吃饭不长的人了，难道连话都不会说？"

说完，贺勇像是等不及了，说："世光叔、世维叔和兴全哥怎么还没回来？我出去看看！"说着就要出门去。正在这时，三个人却走进门来，一个个全是蔫头耷脑、不好意思见人的样子。进了门也不说话，过了一会儿，贺世光才说："大侄儿，我们回来了！"贺端阳听了，却故意板着脸说："你们回来就回来了，来找我做啥子？"贺世维说："听说是大侄儿去找人，把我们放出来的！"贺兴全说："谢、谢主任老、老弟了……"

贺端阳仍然做出有些生气的样子，说："哪个叫你们这个样子回来的？"贺世光、贺世维、贺兴全一听，都有些摸不着头脑的样子，过了半天，贺兴全才又嗫嗫着说："这、这也不是光、光彩的事，还、还想拿轿子把、把我们送回来……"话没说完，贺世维也说："就是，没让我们继续坐牢，就是好的了，我们还想个啥？"贺世光也说："没把我们继续关起来，我们就感激不尽了！"

贺端阳听了他们这些话，便又沉着脸对他们说："这样说起来，真该让他们多关你们几天，你们出来好去感激他们！"说完又狠狠说了一句，"要不是看你们年龄比我大，我真想骂你们一句白活了，没出息！"三个人一听，不知贺端阳这话从何说起，一时面面相觑起来。过了半天，贺世光才小心翼翼地对贺端阳问："大侄儿，你、你说我们该怎么办？"贺端阳说："我晓得你们该怎么办？弓硬弦不硬，你们倒霉活该！"

贺世光、贺世维、贺兴全听了贺端阳这话，更加惴惴不安，你看着我、我看着你，一副不知所措的样子。这时，贺飞实在忍不住了，便对他们说："你们怎么这样窝囊，被他们不明不白抓去关了一晚上，不能就这样算了……"贺飞话没说完，贺世光就看着他说："侄儿，不这样算了，我们还能搬块石头，去把派出所砸了？"

贺勇听到这儿，插进话来，说："世光叔，哪个叫去砸派出所？那两个警察是乡上王副乡长和林业站李站长带来的，我们打酒只问提壶人，关派出所啥事了？"贺世维听贺勇这么说，便对他问："大侄儿，你也是和我们一起抓起来的，你说打酒只问提壶人，怎么问？"贺勇说："怎么问？现在时间有些晚了，下午我们几个人，再叫上家里的人，老老少少、大大小小都拖到乡上去，找乡上马书记要赔偿！国家有规定，抓错了人，就是要给赔偿的，他不给，我们就躺在他办公室不走！"

贺兴全一听，脸都吓白了，说："那、那不是造反吗？"贺飞说："啥叫造反，这叫讨说法！"贺勇说："对，我们要不这么做，今后他们还要吃柿子专挑软的捏，骑到你们头上来屙屎！"说完又说，"为啥这么多人他们都不抓，单单抓了我们，还不就是觉得你们软弱好欺负吗？"

贺世光、贺世维、贺兴全一听，觉得也是这样，心里便慢慢地有些愤恨和委屈起来，又听说有赔偿，心眼更动了。贺世光想了想，又对贺端阳问："大侄儿，要是乡上不给赔偿怎么办？"贺端阳故意不理他，把脸扭到一边去。这儿贺飞说："二爸，有啥怎么办的？不给你就和二婶，还有嫂子，睡到他屋里不走就是了！

他越不给你们就越闹!"说完又说,"二爸放心,侄儿晓得你老实,侄儿陪你去,有啥事自有侄儿给你做主,犯了法侄儿去承担就是!"

话音刚落,那儿贺兴武、贺彬也对贺世维说:"叔,虽然这事不关侄儿的事,但打碎骨头连着筋,贺飞陪他二爸去,我们也陪你老人家去! 你和婶不晓得说啥,但哭哭啼啼你们总该会吧? 你们就只管喊冤叫屈抹眼泪,话由我们去说!"

贺世光、贺世维一听,见侄儿们为自己的事,都这样热心,也不好说得什么了。加上被派出所关了一夜,心想也不过如此,胆量也大了一些,便说:"侄儿们都愿意帮我们,我们还有啥说的? 我们跟侄儿一起去就是了!"话音刚落,倒是贺兴全着急起来了,说:"那、那我呢?"贺勇见了,便说:"兴全哥你着啥急,不是还有我吗? 到时你也不说话,只把眼睛一闭,往姓马的屋子里一躺,他不怕也怕了!"贺兴全听了这话,也不说什么了。

贺飞见了,便说:"那就这样定了,吃过午饭,叫上你们家里的人,我们就往乡上走,要是弓硬弦不硬,以后还有人来欺负你们,便再没有哪个出头来帮你们说话了!"贺世光、贺世维、贺兴全听了这话,像是突然有了信心,说:"去就去吧,又不是砍头,怕啥?"说完便回去了。这儿贺端阳、贺荣、贺贤明又和贺勇、贺飞讨论了一些细节,嘱咐他们见机行事,既要让姓马的知道厉害,又不要把事情闹过了头。说完这些,一干人也散去了。

第三十五章　较　量

　　吃过午饭，贺勇、贺飞、贺兴武、贺彬果然带着贺世光、贺世维、贺兴全和他们家里的人到乡上去了。队伍虽然不大，但老老少少、大大小小也有十多个。一路上，贺勇、贺飞、贺兴武等，又不断给贺世光、贺世维、贺兴全打气，教他们该怎么做。贺世光、贺世维、贺兴全和他们的女人，一边"嗯嗯"答应，一边不断点头，很听话的样子。到了乡政府，马书记办公室的门却关着，贺勇、贺飞一见，也不管屋子里有人没人，便过去把门擂得像打雷一样。贺兴武在旁边一看，便对贺世光、贺世维、贺兴全说："他们都在帮你们擂，你们怎么还不去动手？"贺世光、贺世维、贺兴全和他们的女人听了这话，果然拥过去，八九个人挨挨擦擦挤到一起，拳头同时落到门上，一时乒乒乓乓，像打劫一般！一边擂，一边又放开喉咙呼叫："马书记，马青天……"

　　那乡上在家里的人，听见擂门声和叫喊声，先是打开窗户伸出头往外看了一下，接着便纷纷往这儿跑来。办公室王主任先跑了过来，冲他们大声问："干什么，干什么，啊？"贺勇、贺飞、贺兴武、贺彬便说："我们找马书记替老百姓申冤！"贺世光、贺世维、贺兴全和他们的女人听了，也跟着说："我们找马书记给我们申冤！"

　　王主任一听，先是看了看他们，然后便黑着脸训斥了起来，说："申什么冤？你们有什么冤？即使要申冤，也好好地说嘛，把门打得个雷吼地响的，就把冤申了？"众人听了这话，没吭声。王主任又继续看着众人，大声命令地说："马书记到县上开会去了，你们有什么事跟我到办公室说！"

218

话音刚落，贺勇早不满意姓王的这个态度了，便不怀好意地说："这乡上怪了，难道马书记还会下儿，又下了一个小马书记来？"刚说完，贺飞补了一句，说："马本来就要下儿，下个小马驹儿好为王嘛！"贺兴武、贺彬听了这话，便"哧哧"地笑，一些围过来的乡干部也忍不住，背过身子掩嘴而笑。这儿王主任早气白了脸，噎在那儿半天说不出话来。偷笑了一会儿的乡干部这时回过了神，便替王主任圆场说："王主任是乡政府办公室主任，你们有什么给他说了，他记下来，马书记回来后，他就转给马书记，这与你们亲自跟马书记说是一样！"贺勇听了，却不理其他干部，只说："我们只找马书记！"贺世光等也便跟着说："我们只找马书记！"乡上的干部听了这话，便不说什么了。

　　正在这时，王副乡长和林业站李站长从外面进来了，看见这里围着一群人，也跟着过来看。刚刚走到人群边，便看到了人群里的贺勇、贺世光、贺世维等人，王副乡长觉得奇怪，于是目光在贺勇、贺世光、贺世维、贺兴全脸上扫了一遍，突然黑着脸问："你们怎么出来了？"贺勇正没出气的地方，一听这话，便像和王副乡长有仇似的，说："越狱出来的，你快报警呀！"

　　贺勇说完这话，像是害怕王副乡长会逃窜似的，又马上对贺世光、贺世维、贺兴全说："就是他和林业站那个姓李的人，带人来抓的我们，不要让他们走了！"贺世光、贺世维、贺兴全和他们的女人听了，果然就过去，一把抓住了王副乡长和林业站李站长的衣服。

　　王副乡长见众目睽睽之下，被贺世光、贺飞和两个邋里邋遢的女人抓住，急了，忙叫："干什么？干什么？你们想干什么，啊？"贺飞说："你们带人来把人抓去，不明不白地关了一晚上，到底是犯了啥罪，总得给个说法不是？"贺世光等人听了这话，像是训练好了似的也叫了起来，说："我们也没犯罪，警察都承认抓错了，乡政府要给我们赔偿！"

　　王副乡长一听这话，便叫道："警察什么时候说的把你们抓错了？"贺飞说："没抓错怎么又把他们放了？"王副乡长有些不好回答了，便说："抓错没抓错是他们的事，又不是我们抓的，你们要赔偿也不该找我们……"话还没说完，贺勇、贺飞、贺兴武又喊了起来："是你们带人来抓的他们，只问你们要！"贺世光、贺世维、贺兴全和他们的女人听了，也喊："只问你们要！"说着，把王副乡长和李站长的衣服越扭越紧了。

那王副乡长和李站长的脸，早变成了酱茄子，想挣开又挣不开，王副乡长只得叫："反了，反了，犯法的倒把执法的欺负起来了！"贺勇一听这话，更像是被激怒了，纷纷问他："谁犯法了？谁犯法了？"那质问的唾沫星子喷了王副乡长一脸，王副乡长也没法去擦，只气得对旁边的乡干部叫道："还不赶快报警，立在这儿看笑话呀？"

在现场的乡干部一听这话，似乎才意识到自己的责任，于是过去一边拉众人，一边对他们说："是王副乡长和李站长带人来抓的你们不假，可他们只是带路，带个路有什么错？再说，你们要赔偿也不是他们能做决定的，有什么要求，跟我们说了，等马书记回来，看马书记怎么说吧！你们把他俩从今天抓到明天，他们也不会答复你们！"

贺勇的矛头本来也不是要指向王副乡长和林业站姓李的，不过是今天临时碰到了，听了这话便说："那好，等马书记回来了我们再来吧！"说着一挥手，那贺世光、贺世维、贺兴全和他们的女人，就像听到号令一般，马上松开了王副乡长和林业站李站长，朝外面走去了。这儿王副乡长和李站长气极了，黑煞着脸站了半天，才气咻咻地回自己办公室去了。

第二天上午，马书记刚回到乡上，王副乡长便像受了奇耻大辱一般，一头闯进马书记的办公室，也不等马书记说什么，便怒气冲冲地嚷道："反了！反了！真是岂有此理！"马书记看着他问："什么反了？"王副乡长继续叫道："贺家湾那几个偷树的农民，昨下午到乡上来，扭到我和李站长要赔偿，实在是太嚣张了！"说着便把昨下午的事对马书记说了一遍！

马书记听完，也不由得怒从心上起，猛地一拳击在桌子上，大声叫着说："这不是公然向乡政府挑衅吗？此风不煞，这还了得！"说完便对王副乡长说，"打电话问问林业派出所徐所长，他们为什么把人放了？"王副乡长说："昨下午我就打电话问了！姓徐的回答我，说没有其他证据，单凭口供不能立案，所以他们只能把人放了……"马书记听到这里，又叫道："放屁，他们是干什么吃的？都要我们把证据找齐了，只留他们白吃干饭呀？"王副乡长说："我也是这么说，可他们说，现在维护稳定最重要，能不激化矛盾就不激化矛盾！"马书记听了这话，牙齿咬了半响，才说："他们这是有意祖护罪犯，怪不得现在社会治安这样不好，都是公安这群窝囊废闹的……"

一语未了，忽听得门口响起一片呼天抢地的哭叫声，那贺世光、贺世维、贺兴全和他们的女人，在贺勇、贺飞、贺兴武、贺彬的带领下，像早就埋伏在门外似的，此时一声哭喊，齐刷刷地就拥进了马书记的办公室。今天这群人又和昨天不同，那贺世光、贺世维、贺兴全和他们的女人，一进到屋里，便双腿往下一弯，围着马书记就跪下了，一边磕头一边抹眼擦泪地喊："申冤呀，马书记申冤呀，青天大老爷申冤呀……"

喊声此起彼伏，早惊动了谢乡长、向副书记、刘委员、张委员等乡上其他领导和办事员，都纷纷朝马书记办公室拥来。一时，马书记的屋子里便挤得满满的。马书记早已被气得面色铁青，嘴唇哆嗦着说不出话来了。看见这么多乡上领导和干部来了，马书记咬了一阵牙才指了贺勇、贺飞等人问："干什么？你们这是干什么？"

那贺飞听了，便显出一副义愤填膺的样子，说："马书记你还不晓得，乡上前天带人来，把我们村上几个无辜的群众，不明不白地抓去关了一晚上，把他们都吓傻了，睡到半夜三更惊叫唤，说乡政府要枪毙他们！我们要求不高，抓错了就要赔偿，吓出了病就要医病！马书记，你可是青天大老爷，你可得替他们申冤……"话还没完，贺世光、贺世维、贺兴全和他们的女人，又在地上一边磕头一边喊："申冤呀，马书记申冤呀！"

喊着喊着，那贺兴全忽然浑身抖动起来，还没等众人明白是怎么回事，就往前一扑，倒在地上了。这儿贺勇、贺飞、贺兴武、贺彬等人就变脸失色地道："不好了，不好了，出人命了！"一边叫，一边扑过来，抱的抱，掐的掐人中，将贺兴全抱到旁边的长条椅上躺下了。这儿贺兴全的烂眼圈女人，又是扯旗放炮地大声号哭，说男人一旦死了，就要找乡上的人拼命。乡上干部一见，也着起急了，一些人也慌乱地喊："快喊医生，快喊医生！"刚要往乡卫生院去，贺兴全却又醒来了，只是手脚有些乱动，只直挺挺地躺在椅子上。众人松了一口气，便又不去喊医生了。这儿贺勇就大声说："反正我们老百姓是没法活了，马书记今天不给个说法，我们就死在乡政府算了！"

马书记听了，半天才咬着牙齿说："反了，反了！我不信堂堂一级党委、政府，就被你们威胁住了！"说完便对外面喊，"给我打电话叫派出所王所长马上过来！"这儿谢乡长见了，也过去说："不像话！真的太不像话了！有话起来好好说嘛，磕头作揖干什么？"向副书记也说："是你们自己承认砍了树，倒打一耙不是？"贺世光、贺世维听了这话，却说："那是你们拿公安吓我们，强迫我们承认的！"

贺勇见姓马的叫人打电话喊派出所的来，心里对他更有了仇恨，听了贺世光、贺世维的话，便对他们吼着说："跟他们说那么多做啥子？马书记不是又喊人叫派出所王所长来吗？我们就等着让派出所又来抓就是了！"说着，就往地上一坐。那贺飞、贺兴武、贺彬一见，也学贺勇的样，双手往衣服袖笼里一袖，也坐在地上了。贺世光、贺世维和他们的女人，听见贺勇说让派出所来抓，干脆往地上一躺，说："反正不活了，看你们怎么办吧！"

没一时，乡派出所的王所长带了一个干警，果然赶来了。一见屋子里这个样子，也闹不清是怎么回事，便问："怎么了？怎么了？起来，都起来！"那贺勇并不起来，却把双手高高举起，说："王所长你把我们铐起来吧！前天，乡上王副乡长带着两个林业警察，来把我们几个人抓去，不明不白关了一晚上，昨天又把我们放了。我们来请马书记给我们申冤，他不但没给我们一个说法，还把你叫来。你现在就把我们铐到公安局去，看公安局给我们定个啥罪？"

王所长听了这话，便拿眼去看马书记。马书记脸气得煞白，说不出话来，王副乡长便把事情经过说了一遍。那王所长听完，把眉头皱了起来，又看了看地上躺倒的几个人和椅子上的贺兴全，全都病病歪歪的样子，想了一会儿，便对马书记说："马书记，我们借个地方说话！"说完又对贺勇等人说，"你们起来让开，我和马书记到一边商量一下回答你们！"

贺勇听了这话，马上便站了起来说："那我们得跟你们一起，不然马书记躲了，我们到哪里去找申冤的青天大老爷？"贺飞、贺兴武、贺彬和地上的贺世光、贺世维以及他们的女人，也都跟着站了起来，说："就是，我们要跟着你们，你们说你们的，我们又不打扰你们！"王所长生气了，冲着贺勇吼了一声："胡说！马书记是乡上的领导，他躲什么，啊？你们再胡来，我倒真要把你们铐起来了！"贺勇等人听了这话，才说："那好，我们就听王所长的吧！"说完便又在原地坐了下来。

王所长带了马书记，来到乡政府办公室。王所长又叫王主任去把谢乡长、向副书记、张委员、刘委员、王副乡长等人都喊来。等人来齐了以后，王所长才说："这事有点儿棘手！"马书记看了王所长一眼，有些不满地问了一句："有什么棘手的？"王所长说："你们也都晓得，这事儿归林业派出所管，所以事情一发生，你们也没有来找我们！再说，即使找我们，我们也不会管。我们和林业派出所，虽说是铁路上的警察——各管一段，但都是兄弟加同志，互不干涉对方事务！现在他们把人放了，我们又把人抓起来，我们怎样对林业派出所徐所长那儿交代？他们岂不会怪我们多管闲事？弄不好还会大水冲了龙王庙——一家人不认识一家人了，闹出矛盾……"

话没说完，马书记便又气咻咻地说："难道你们眼睁睁地看着他们私闯党政机关，干扰领导办公，也就算了？"向副书记、王副乡长也说："就是，这可是违反治安管理处罚条例的！"王所长说："话倒是可以这样说！可是他们来了，并没有过激行为，譬如打、砸啥的，只是要求解决问题，能说他们违反了治安管理哪一条？再说，我看躺在地上那几个人，全像有病的样子，要是关到我们派出所来，出了事谁负责？"屋子里的人听了这话，都互相看了一眼，然后马书记不服气地问："那依王所长的意思，这事该怎么办？"王所长说："那我就说个不成熟的意见吧！他们不就是要求一点赔偿吗？要依我说，给他们一点钱算了……"

话还没说完，向副书记、王副乡长就叫了起来："那怎么行？这不是更纵容他们了吗？这事万万不行！"王所长听了这话，便看着向副书记和王副乡长，反问了一句："那依向副书记、王副乡长的意见，该怎么办好？"向副书记、王副乡长一听，互相看了看，正要说话，王所长却沉了脸说："现在人在马书记办公室里，抓又不能抓，走又劝不走，怎么办？难道就这样僵下去？时间长了，出了问题，我这个派出所所长守土有责，但更大的责任在哪个身上？你们应该明白！"说完又说，"当务之急，是把他们劝走！一点钱算什么？维护稳定最重要！眼下不是有句话，叫作拿钱买平安吗？关了一晚上，一人不过给他一两百块钱，难道不能大事化小，把矛盾平息了？"

听了这话，向副书记、王副乡长都不说话了。谢乡长看了马书记一眼，见马书记黑着脸没吭声，便说："我同意王所长的意见，大不过一千块，先拿点钱把他们打发走！"张委员、刘委员也说："事情已经这样了，确实要先把事态平息下来！"向副书记想了一下，还是不服气地说："这事传出去，让乡党委、乡政府的脸往哪里放？"王所长见向副书记还是有些不肯接受的样子，便站起来说："我反正建议也向你们提了，采不采纳在于你们，我就告辞了!"

　　说完，王所长就要往外走，谢乡长立即喊住了他，说："老王你别忙走，等会儿肯定还要你帮忙!"王所长说："还有啥事要我帮忙?"谢乡长说："你先坐下来再说嘛!"王所长果然又坐下了。这儿谢乡长便对马书记问："马书记你的意见呢?"马书记鼻子里喷着粗气，过了一会儿才气鼓鼓地说："那哪个去做这个工作?难道我们左边脸拿人扇了，还要涎着右边脸去对他们赔礼?"

　　谢乡长一听，知道马书记是同意了，便说："我知道你们都不好去做这个工作，那我就舍下这张老脸，去跟他们谈吧!"说完又对王所长说，"王所长就辛苦你一下，陪我一起去，给我敲敲边鼓!"王所长说："这倒没有问题!"谢乡长说："那我们就过去了!"说着便起身，和王所长一起往马书记的办公室去了。

　　却说贺勇、贺飞等人，听了贺端阳的话，到乡上来闹一闹，只为让姓马的知道一点厉害，不要再缠着贺家湾砍树这点子事了，也并没有想把事情闹到不可收拾的地步。因此，当谢乡长和派出所王所长进来，说要和大家摆谈摆谈时，一个个便坐得规规矩矩、非常良民似的了。谢乡长首先说了他们来乡上闹事，是不对的，乡上要不是宽大为怀，今天就要依法处理他们了!说完又说乡上调查贺家湾私自砍伐天然林，也是依法办事，没有错误!要不，那长江上游的防护林，岂不是早被人砍光了?至于林业公安把你们抓去又放了出来，并不是说你们就没有错误，也是为了体现治病救人的方针，挽救你们，因此你们到乡上来要赔偿，完全是无理取闹!说到这里，谢乡长却突然又话锋一转，说但是乡政府看见大家年纪大了，一些人还有病，因此从人道主义出发，决定给被抓的人，每人100元钱，有病的去治病，没病的买点保健品回去吃。说完就问大家有没有意见?贺勇首先叫了起来，说："我没有意见!"谢乡长又问贺世光、贺世维、贺兴全，那贺世光、贺世维、贺兴全见乡政府果然给自己发钱，露出一副憨笑的样子，却不知说什么好。贺飞、贺兴武一见，便说："他们早就吓傻了，我们是他们侄儿，帮他们做主。看到谢乡长的面子上，没有意见!"谢乡长便说了一句好，马上从口袋里掏出皮夹子来，数了400元钱，给了贺勇、贺世光、贺世维、贺兴全一人100元。然后王所长又讲了一番遵纪守法、下不为例，如再到乡政府来闹，必将按治安管理处罚条例严惩的话。贺勇、贺飞、贺兴武、贺彬等人一边答应，一边便带着贺世光、贺世维、贺兴全等一干人，从马书记办公室里撤出，满心欢喜地凯旋了。

第三十六章　械　斗

却说马书记到底年轻气盛，又加上从县级机关到乡上工作才一年多时间，未免把威信、形象看得重些，因此谢乡长和王所长一走，他越想心里越不是滋味，突然又非常气愤地说："这是明火执仗地对我们挑战！我们如果就这样算了，今后谁还听乡党委、乡政府的？我们还怎么工作？党委、政府还有什么威信可言？"十分不甘心似的。

王副乡长昨天就被贺勇、贺飞等人围攻过一次，心里更是不满，听了马书记的话，立即把矛头对准了派出所王所长，说："就是，都是派出所耍滑头，歪风邪气不打击，反在中间和稀泥，分明是在助长坏人坏事嘛！"向副书记听了这话，也说："他怎么不耍滑头呢？人家是垂直管理，人、财、物都不在我们手里，多一事不如少一事，既不得罪林业派出所，又不得罪村民，乐得两头做好人，何乐而不为？"

张委员和刘委员听见这话，正想发言，忽然听见马书记气呼呼地又对王主任说："你去把李站长给我喊来，他倒像婆娘死在娘屋里——没他的事一般，连面也没露一下，倒享安乐去了？"王主任听了，答应了一声，果然朝林业站跑去了。这儿张委员、刘委员见马书记生气的样子，便把想说的话都忍了回去，不再吭声了。

没一时，林业站李站长便跑了过来，那张狭长脸上挂着几分不安的神色，一跨进办公室的门，也不敢坐，只是嘴里直说："对不起，马书记，你也晓得我们林业站住得远，我们实在没听见他们又来闹你了……"马书记鼻孔里"哼"了一声，沉着脸打断了他的话，说："谁知道你是真没听见，还是假没听见？"李站长忙说："真没听见，如果敢在马书记面前撒谎，天打雷轰！"马书记听了这话，沉吟了一会儿，突然盯着李站长问："管你撒没撒谎，我不追究了！现在我只问你一句：你们真把贺家湾那些偷砍天然林的人，没办法了？"

李站长听了这话，憋了半天，才红着脸对马书记说："这、这……我们和向副书记、王副乡长一起去调查过，又给林业派出所徐所长报告了，他们来把人抓了，却把人又放出来了……"还要往下说，马书记突然发怒说："你别把向副书记、王副乡长扯进去，也别把责任推到林业派出所，难道离了林业派出所，我们就不执法了？"李站长一听，脸又涨成了紫红色，又吞吞吐吐地说："我们……我们……"马书记见李站长吞吞吐吐的样子，更生气了，又将声音提高了两度说："你们林业站是干什么吃的，啊？现在竟然违法的把执法的欺负起来了，这天下还有什么王法？"说完，突然对李站长问，"你们林业局不是有专门的执法大队吗？"

李站长一听，有些明白了，便说："倒是有执法大队，可是，马书记……"马书记听到这里，有些不耐烦了，又打断他的话问："可是什么，啊？"李站长镇了一镇，便索性抖开了，说："我最初也想请局里的执法大队来，可是马书记你不知道，局里执法大队来，如果收到了罚款，所有罚款都归他们，乡上一个子儿也得不到！如果收不到罚款，我们就得管他们吃，管他们喝，也是一笔不小的开支！你给我们交代过，乡上这次就是要收点罚款，如果罚款由他们收去了，我们辛辛苦苦忙一场，肥水全流了外人田，又怕你怪罪，所以我没敢请……"一边说，一边斜眼去看马书记。

马书记一听县上林业执法大队来，收到罚款了要全部拿走，收不到罚款要管人家吃喝，不管是哪一方面，明显都是赔本的买卖，便又沉吟了。那李站长见马书记没吭声，便又说："再说，局里执法大队来执法，和我们林业站自己执法，也是一样的。他们也不敢抓人、铐人、关人！抓人、铐人、关人还得要林业派出所来，只不过他们人多，阵仗大些……"

马书记听到这里，突然便有了想法，于是马上对李站长说："既然你们执法和他们执法是一样的，为什么林业站不可以在社会上多找一些人下去执法？"李站长一听这话，便急忙说："可、可我们林业站，只有我和小张、小赵才有执法

226

资格，其他同志都没有拿到执法证，何况社会上的人……"李站长还要解释，马书记又打断了他的话说："这有什么？你看现在公安局、交警队，协警多着呢！城管执法，更是临时工当家！你就从社会上请几个狠角儿，协助你们去调查，村民又分得清你们谁有执法证，谁没有执法证？再说，他们只是协助你们，能出什么事？"

马书记的话刚完，王副乡长就接着说："是呀，过去收农业税和提留款时，乡上不是组织过这样的队伍下去'拔钉子'吗，效果还是很明显的嘛！"向副书记想了想，也说："我觉得这办法可以考虑，只要注意了工作方法，我想也不会出什么问题的！"马书记见向副书记和王副乡长都同意了自己的意见，也没再征求张委员和刘委员的意见，便直接对李站长说："这事就这样定了！你下去找几个年轻力壮、得力的人，和你们林业站的人一起下去。林业派出所不是说你们除了口供以外没其他证据吗？你们就下去找证据！他们砍那么多树，肯定还有没来得及卖的！树又不是小东西，可以藏着掖着，你们就家家户户去看，发现才砍下不久的、值得怀疑的树，就抬到林子里合树桩。只要树身和树桩合得起，那就是铁证了，你们就把相照下来，把赃物也抬回乡上，看他们还有什么说的？"

向副书记听见马书记这话，也立即说："这样最好，不说人赃俱获，最起码他们也不敢抵赖了！"李站长一听两位领导这么说，不敢说不同意，站了一会儿，便说了一声："好吧，既然领导这么说了，我们就按领导的意见办就是了！"说罢就退了出去。这儿马书记怕李站长回去落实不了，又特别指示王副乡长说："王副乡长你分管林业工作这一块，要加强督促落实！"王副乡长也答应了一声，人就散了。

李站长听了马书记的话，觉得有些不妥当，却又不敢违背领导的指示。他和乡派出所王所长不同，乡派出所是县公安局直管，乡上奈何他不得。可自己却是乡上七站八所中的一个，端的是乡政府的碗，马书记握着他的官帽子，让他干就干，不让他干就得卷起被盖回家，所以他不能不听马书记的。可是他又知道这样做是不符合规定的，想了半天，便又硬着头皮去给林业派出所徐所长打电话，心想如果他们来人，出了问题自己也就不用担责任了。谁知徐所长听了他的话，说："前天我们不是才把人放了吗，怎么又要来？"又说，"对不起，我们还有更大的案子要办，实在抽不出人来，你们要办，就按照《森林法》有关规定，自己去办吧!"说罢就挂了电话。李站长一听,就知道林业派出所是不愿意出警了,加上王副乡长又不断来催,只得到场镇和社会上,找了七八个被村民称为"混混"的狠角儿,和林业站的5个职工,在贺勇、贺飞、贺兴武、贺彬带着贺世光、贺世维、贺兴全和他们的女人,来找马书记闹事的第四天,突然开到贺家湾"执法"来了。

那时,贺家湾修路已走上正轨,水泥、沙石都拉了回来,贺端阳把在家的男人分成了两拨,一拨人砌贺桂花、曹国玉房屋前面那口被泥沙填平的堰塘涵洞,一拨人砌三层岩外边的保坎。女人们暂时没有事做,贺端阳就让她们在家里干自己的。大家上工不久,就看见林业站李站长带着一拨人,杀气腾腾地向湾里走了过来。大家仔细一看,认出了其中有四五个人,正是当年到湾里来开展"大会战""拔钉子",将贺世龙老汉颠进水塘里的"敢死队员",于是看着他们问:"你们来做啥子?"那几个人仗着是乡政府请来的,加上自从不收农业税和提留款后,他们"失业"在家,感到失落,现在重新受乡上启用,便都有了一种自命不凡的感觉。听了贺家湾人的话,便口气很冲地回答说:"做啥子,执法呗!"说完又说,"你们谁偷砍了长江防护林的树,还是乖乖地把罚款交出来的好,省得我们等会儿搜查!"

众人听他们这样说,不禁哧哧冷笑,说:"也不吐泡口水照照,自己是个啥子东西,也敢说执法?你们以为还是过去打'大会战''拔钉子'的时候?也不想想那年到水塘里摸粮食的狼狈相!"又说,"以为鸡脚神戴只眼镜,就可以冒充正神了不是?"这么一说,那几个人脸便红了,狠狠地说:"正神不正神,你们等着瞧吧!"说完便朝前面走了。倒是李站长站定了对大家说:"老乡们,你们砍没砍树,哑巴吃汤圆——自己心里有数,我劝你们还是适当交些罚款算了,别让我们找到了证据,大家面子上都不好过!"

自从贺勇、贺世光、贺世维、贺兴全几个人被林业公安放回来,又到乡上要到赔偿以后,那贺家湾人自认为没有谁能够把他们怎么样了,这会儿哪会把区区一个林业站站长放到眼里?于是又对李站长说:"你愿找就去找吧,关我们屁事!"李站长一听,觉得自己一番好心,倒被贺家湾人当成了驴心肝,还拿粗话呛他,不觉心里的火又冒了上来,于是也不说什么了,只带了人往村里走去。

过了一会儿,有人还是觉得有些不对劲,便对贺长军说:"长军你年轻些,跑回去看看，他们带那么多过去的‘敢死队员’来，到底想干啥子？"众人听了这话，也都说："对，对，别顺手牵羊把我们的东西拿走了！"贺长军一听这话，便说："好，我回去看看！"说完便飞跑而去。

贺长军回到村里，见有四个人正站在贺世义家的阶沿上，搭着梯子从挑枋上往下取树。原来，贺家湾地处山区，不但村集体有片森林，村民的责任地边和荒地上，也有零星的树木，村民不时将一些树砍回来，搁在屋檐下的挑枋上，让它们干透了，或卖，或打家具，那些弯头疙瘩多的，或劈了做柴烧，也是有的。偏这次贺端阳决定每人到集体天然林里砍五棵树，卖了做公路集资款。一些人从集体林子里把树砍回来后，见集体林子里这些松木又粗又直，又没疙瘩，便起了私心，又趁着郎山是晚上来拉树，容易蒙混过关，就使了个调包计，将自己屋檐下那些弯头疙瘩货取下来，混进了给郎山的货里，而将自己调包换下来的集体林子里的树，重新又搁到了屋檐下的挑枋上。对村民这些小把戏，贺长军自然心知肚明，现在见这些人不取屋檐下的干树，却专找那些还在从树皮里往外流着树液的树取，心下就疑惑了，于是对这些人大声问："你们取树干啥？干啥，啊？"

那取树的四个人，正是当年的"敢死队员"，一则他们被乡政府重新启用，有种"士为知己者死"的忠勇，二则他们也是一向不怕事的，听了贺长军这话，便说："这是赃物，是证据，我们要没收！"贺长军一听，便骂："放你妈的屁，是树就是赃物，你妈是女人，难道你妈就是卖淫的吗？"那几个人一听见这话，又见对方只有一个人，便说："你龟儿子敢过来，我们数你有出息！"贺长军又骂了一句说："放你妈的屁，老子在贺家湾的土地上，还不敢过来？"那几个人说："敢过来就来呀！"贺长军说："老子现在偏不得过来！"

说完这话，贺长军转身就往外面跑。跑到前面路边上，才放声对在修路的人喊："大家快回来呀，那些王八蛋在抄世义叔家里的东西了！"众人一听这话，便说："啥，又敢来抄东西？"说罢，丢了手里的工具便往贺世义家里跑了来。

这儿贺长军见众人来了，又折身跑了回去。从贺毅的房子路过时，看见院子外边两棵李子树之间，搁着一根晾衣竹竿，便顺手取了下来，举着往贺世义的院子去了。到了院子里，便大声喊道："你爷爷来了，怎么样？"那四个人已经把树取下来了，正打算抬起走，一见贺长军举着竹竿跑来，便又把树"哐当"一声丢在地上，其中一个人见贺世义屋檐下也有一根晾晒衣服的长竹竿，也跑过去取了下来，在手里挥着说："你来！你来！看老子们怕也不怕？"贺长军原准备一竹竿打过去，可一看这样子，又有些犹豫了。

正在这时，贺家湾人一边叫，一边朝这儿跑过来了，贺长军的胆子一下大了起来，也不说什么，一竹竿就朝那人打了过去。那人一见，也举起竹竿来迎，两只竹竿在空中一碰，只听得"砰"的一声，贺长军只觉得虎口一麻，手里的竹竿落了地。正准备去拾时，对方的竹竿一下扫了过来，刚要躲让时，左边脑勺突然"当"的一声，便感到耳朵里"轰"的一声，眼前一阵金星乱冒，站立不稳，身子就软下去了。不一时，又感觉到有湿漉漉、热乎乎的东西，从脸颊上流了下来，伸手摸了一下，原来是血流下来了，贺长军便大声叫道："不好了，不好了，打死人了！"

这时贺家湾人已经赶了过来，那贺勇、贺飞、贺兴武、贺健等人，一见贺长军坐在地上，满脸是血，于是一齐大叫："这还了得，跑到贺家湾来把我们的人打了！"说完又对众人号召，"今天一个也不能让他们活着离开贺家湾！"正要冲过去，却见对方有两个人手里握着长竹竿，另两个人见贺家湾来了这么多人，手里没东西，一眼看见阶沿上有根扁担，过去便抄在了手里。另一个人看见实在没东西可拿，便把刚才取树的楼梯提过来，横在了面前。贺勇、贺飞等人一看，便又叫道："大家快到大院子里抄家伙！"众人明白过来，又纷纷朝下面大院子里跑去。不一时，便有一二十人，手里也举了晾衣竹竿、扁担、锄把跑了上来。一到贺世义的院子里，不论青红皂白，兜头便朝那四个人打去。那四人当然不甘被动挨打，也举起手里的竹竿、扁担来挡。一时，只见空中竹竿飞舞，扁担碰撞，混战成一团，人们根本分不清是谁在打谁了，只听见噼噼啪啪的碰击声如炒豆爆响。有人被打着了，发出了鬼哭狼嚎的叫声，有人又在一边高声呐喊，场面乱成了一团。

初时，林业站李站长把人分成了两拨，他们一拨在大院子里查看，正在各家的屋檐下搜寻时，忽见一群贺家湾的汉子拥下来，取了竹竿、扁担就走，问他们干什么也不说，嘴里只嚷着"要打就打，今天看哪个打得赢"的话。李站长突然意识到可能出事了，便叫跟他的几个人上去看看。这几个人见贺家湾人都拿了东西，为防不测，各自也找了竹竿、树棍等东西握在手里。到了贺世义的院子一见，见贺家湾人正围着那四个人打，也便说了一声："狗日的还了得，我们是来执法的，也敢打！"一边说，一边冲进去加入了混战当中。

李站长看见这样，先是懵了，后来慢慢清醒过来，便站在人群中大喊："别打了！快别打了——"可哪里还有人听他的？还想喊时，自己腰上也挨了一下。李站长急了，急忙冲出人群，跑到外面地里高声叫喊："贺端阳，贺端阳，要出人命了，你还不快来！"喊了半天，贺端阳也没答应，又听得那面越来越混乱，竟一下坐在地上哭开了。李站长一边哭，一边又叫："贺端阳，贺端阳，我怕你不出面，死了人你同样跑不脱！"说完这话，一下又跳了起来，往院子里冲去了。

正在这时，贺端阳赶了过来，一看见这个样子，也冲进人群里去大叫："都给我住手！住手！"可人们这时已经打红了眼，根本没人听他的，有人还将他往外掀。贺端阳急了，急忙一脚端开了贺世义灶房的门，从水缸里提出半桶冷水，又拿过一把水瓢，来到阶沿上，从桶里舀起一瓢冷水，就向半空中泼去。众人冷不防被从天而降的冷水一淋，这才突然住了手。往院子里一看，发现地上早已躺了十几个，在那里哭爹喊娘，没躺下的人，要不是脸被竹片划出了血，就是衣服被划破了，一个个如战场上的伤兵一样，心下这才有些害怕起来。

贺端阳趁机一下冲进人群里，目光犀利地盯着大家说："打呀，打呀，怎么不打呀？"说完突然大吼一声，"贺家湾人都退开，退到一边去！"贺家湾人一听，果然往两边退了过去。可没过一会儿，贺家湾人又像有些不服气地，纷纷对贺端阳说："是他们先动的手！"贺端阳还没答话，李站长便哭丧着脸，走过来对贺端阳说："贺主任，今天这事你们要负全部责任，我们可是下来执法的……"

贺端阳没等他说完，气不打一处来，便冲他吼道："你执屎的个法！还不赶快带你这伙乌合之众滚，还想等着再挨呀？"那李站长一听，明白了过来，便不再说什么了，急忙去招呼了他带来的人，受伤较轻的搀扶着受伤较重的，一瘸一拐地回去了，一边走，一边回头看，生怕贺家湾人会追上去的样子。

第三十七章　和　解

李站长一伙人狼狈离开后，大家才有心思回过头来看一看自己这一方受伤的情况，只见贺兴民、贺兴武、贺善怀、贺彬、刘辉、余小明等七八个人，脸上都挂了彩。特别是贺长军，血从左边耳际流下来，不但半边脸颊全是鲜血，连左边衣领和肩头也让鲜血染红了。贺端阳一见，便忙走过去问："流这样多血，伤得重不重？"贺长军说："不晓得，只是开头脑壳觉得晕！"贺端阳说："脑壳晕就不是好事情！"说完便对旁边的贺勇说，"赶快去把万山叔叫来，给看看！"贺长军一听，又说："现在不晕了！"贺端阳说："不晕了也要叫万山叔来给伤口上点药，要是感染了怎么办？"贺兴民、贺兴武等几个挂了彩的人也说："就是，就是，我们这伤口也要处理一下！"贺勇便急忙跑去了。

没一时，村医贺万山便背着药箱，跟着贺勇急颠颠地跑来了。贺万山个子不高，人也很瘦，随时都是笑嘻嘻的样子。他一见贺长军的伤口，就叫了起来："像个小娃儿嘴巴一样，连肉皮子都翻起来了！"说完又说，"幸好只是竹竿打的，如果是扁担这样砍来，你娃儿今天的小命就当场报销了！"众人一听这话，就纷纷又叫了起来，说："狗日的下手好狠，真不该把他们放走了！"

贺端阳一听这话，便把眼睛鼓大了，瞪着他们问："不把他们放走，你们还想怎么样？难道硬要打来摆起几个，你们心里才满意？惹出了祸事，哪个来给你们收摊子？"众人一听这话，便又不吭声了。可过了一会儿，贺兴民像是突然想起了似的说："他们回去，要是来个恶人先告状，又带起警察来抓我们怎么办？"一语刚了，众人都像回过神来似的叫了起来："是呀，是呀，要是像那年他们带

232

人来'拔钉子'，把世龙叔颠到了水塘，我们抱不平去帮了一下忙，结果半夜三更，乡政府就带着警察来把我们抓走了！他们这次比那回伤得还惨，要是又来抓我们，我们不是更吃亏了？"

贺端阳一听这话，也一下难住了。虽然十多年前贺家湾发生那场事时，他还在学校里读书，但回来听说过后，还感觉到几分害怕。现在一听这话，从脚底下便不由自主地冒出几分寒意来。正在这时，却突然听见贺勇大声说："怕个屁！我们也有这么多人受伤，他们要回去告状，难道我们就告不得状？现在我们就到乡上去，告他们下乡抢东西，又先动手打人！乡上几爷子要是敢偏袒他们，我们就往县上走！我们这么多人，怕他们啥子？"众人一听这话，便纷纷叫了起来，说："是呀，是呀，我们又不是没人被他们打倒，为啥子要等着挨刀？"说完便一齐将目光投到了贺端阳身上。

贺端阳听了贺勇的话，突然像开启了一扇天窗一样，猛觉得一股阳光泻进了头脑里，心里就有了主意。现在见众人都拿眼看他，知道众人在等着他拿主意，便说："你们挨了打的人，愿找谁就去找谁，是你们自己的事，我可没有叫你们去找哟！"贺勇一听这话，便明白贺端阳心里是巴不得大家这样的，什么也没说，走到贺长军身边，猛地在他挂满鲜血的脸上抓了一把。贺长军痛了起来，急忙叫道："干啥子，干啥子？"贺勇也不回答，只顾将涂满鲜血的手往自己脸颊上抹，抹完后又去对贺万山说："万山叔，你给我在额角上也贴块纱布！"贺万山问："你好好的贴啥子纱布？"贺勇愤愤地说："狗日的，今天不能便宜了他们！"

众人一听，顿时明白了，那贺兴民、贺兴武、贺善怀、余小明等几个本身脸上就有伤的人，也纷纷把头伸过去，对贺万山说："对，万山叔，给我们脸上也贴一块！"贺万山说："你们本来有伤，还贴什么？"贺兴民等人说："贴了纱布看起来伤得严重些！"贺万山没法，只得去给他们贴了。这儿贺飞、贺全见了，也想往自己脸上涂点血，扮作受了伤的人，也去贺长军脸上抹血，但贺长军怕伤口痛，又死死护住不让贺飞和贺全抹。贺飞着急了，正没办法时，忽见从两条腿之间钻出了一只大红公鸡，那鸡冠像面旗帜似的，火红似血，很骄傲地耸在头顶。贺飞一下有了主意，便马上扑过去，抓住了那只公鸡。公鸡在贺飞手里双腿乱蹬，"喔喔"叫着。还没等众人明白过来，贺飞已经提着鸡走到阶沿边，将鸡摁在阶沿边的石头上，然后又拾起一块鸡蛋大的石头，猛地朝那又红又大的鸡冠砸去，那鸡冠顿时就破了。贺飞也不管那鸡怎样挣扎大叫，将鸡提起来，就把鸡冠贴到自己脸上。顿时，一道道鲜血便从脸颊上流了下来。

贺全一见，马上也将脸凑上去说："给我也沾点！给我也沾点！"贺飞又把鸡冠贴到贺全脸上。这儿又有贺家湾的几个人和郑家塝的郑全兴，唯恐天下不乱似的，也都凑上去，让贺飞把鸡冠往他们额头、手背等暴露着的地方，也都贴一下。贺飞又一一给他们贴去，直到那鸡冠再也不往外渗血了，贺飞才将鸡丢到地上，让它逃命去了。脸上涂了鸡血的人又拥到贺万山这儿来，让他给自己头上或脸上贴纱布。贺万山说："我纱布都没有那么多了！"众人说："随便贴点，将就就行！"贺万山说："装哪个舅子就要像哪个舅子，怎么能随便贴点？"贴完又说，"光贴块纱布，红都见不到一点，血从哪儿冒出来的？过来，我往你们纱布上蘸点红药水！"

说完，贺万山从药箱里拿出红药水瓶，用棉签蘸了，点到纱布上，那药水慢慢在纱布中央洇成一朵小红花，那样儿就真像纱布底下，有一个伤口在往外渗血一样。经过这样一化装，贺家湾又多出了十多个挂了彩的伤员。然后，贺端阳把贺勇、贺善怀、贺兴武等几个人喊到一边，说了一阵悄悄话，便回去了。这儿贺勇、贺善怀、贺兴武等人，等贺飞他们完成化装以后，便领袖似的大手一挥，说："走哟，全部都去，不去的就不是贺家湾人！"那众人本身对今天这事心里就有恨，又听得贺勇、贺兴武这话，便像决了堤的水一样，"呼啦"一声，浩浩荡荡地跟着贺勇、贺兴武等人走了。

却说这天上午，马书记头天下午回了家，没有回来，当李站长等一行人像战场上溃败的伤兵回到乡政府时，王副乡长一见，惊得目瞪口呆，过了半天才问："怎么回事？怎么回事？"李站长耷拉着脑袋，半天没有说话。那几个林业站请来的"敢死队员"，却像死了爹娘一样，一屁股坐在屋子里，哭丧着脸，围着王副乡长"哎哟哎哟"地叫唤不停。王副乡长愣了一会儿后，明白了过来，便铁青了面孔，拳头在桌子上重重一砸，喊道："这还了得！这不是暴力抗法，还是什么？"因他是分管这一块的，觉得出了这样的事，不应该轻易罢休，于是去把向副书记、谢乡长、张委员和刘委员都请了来。

向副书记、张委员、刘委员一见，也惊得半天没说出话来，只不断地对他们问："怎么这样了？怎么这样了？"那些人便带着哭腔说："哎哟哟，痛死了哟……"王副乡长见他们只顾叫痛，又不说原因，便替他们回答说："这还有什么说的？肯定是贺家湾人暴力抗法，给打的！"说完便对办公室王主任说，"快打110，打110！"向副书记也说："对！对！报警，报警！"

王主任听了，就要去打电话，谢乡长却拦住了他，说："先别忙！"说完，走到李站长面前，对他说："你把情况先说说，到底是怎么回事？"李站长听了，又迟疑了一下，这才哭丧着脸说："我也不知道是怎么发生的。我们在下面院子里正忙着，看见许多贺家湾人下来拿竹竿扁担，跟着上去看，才发现已经打成一片了。我们其他的人也跑过去帮忙，我劝他们劝不住，才跑出来喊贺端阳……"

谢乡长没等他说完，便又看着他问："贺家湾有没有伤人？"李站长道："我没看清楚，打架停了过后，贺端阳怕我们又打起来，就叫我们走，我们就走了。"谢乡长听完了，便对王主任说："先不要忙报警，可以给马书记汇报一下，其他的事，等我们派人到贺家湾去，看看贺家湾有多少人受伤后再说！"说完又对李站长说，"先把有伤的带到乡卫生院去治伤，没伤的先回去，一切等马书记回来后再说。"李站长听了，果然带着他那批人往乡卫生院去了。

等李站长带着他那伙人走后，谢乡长正要叫上王副乡长、张委员，和自己一起到贺家湾去时，那大门口突然哭爹叫娘，喊声一片，回头看去，只见黑压压一群人，有脸上、身上血迹斑斑的，有被人扶着的，有自己拄着拐杖的，也有把手吊到脖子上的，哭哭哀哀地拥了进来。一到院子里，就往地上或躺或坐，有的呻吟，有的叫喊，乱成了一片。那乡政府的人，包括向副书记、王副乡长、张委员、刘委员一见贺家湾伤了那么多人，早已吓得目瞪口呆，手足无措起来，想躲又不敢躲，想上去劝解，又怕一时脱不了身。就连谢乡长也慌了好一阵，过了半天才对大家喊："乡亲们，乡亲们，有什么话起来说！地上太凉，有的同志身上有伤，别感冒了！"向副书记、王副乡长听了，也跟着喊。可那些人哪里肯听，只在那里口口声声说："活不下去了！活不下去了！乡上派些打手下来镇压群众，我们没法活了，哎哟哟，好痛哟……"

正这么说着，忽听人群中有个声音在愤怒地喊："在这里和他们说了有啥用？走哟，大家到县里去找青天大老爷申冤呀！"话音一落，只见人群就乱了起来，那些躺着坐着的人，一边从地上站起来，一边也叫着说："就是，就是，到公路上拦车去哟——"这儿谢乡长、向副书记、王副乡长、张委员、刘委员一见，慌了手脚，急忙带了乡干部冲到大门口，拦住了铁栅栏门。那谢乡长一边对众人打躬，一边说："乡亲们，乡亲们，有什么话好说得，不要去县上了！不要去县上了！"说完又对王主任大声喊，"王主任，立即给马书记打电话！"王主任答应一声，便跑到办公室去打电话。

却说昨天晚上，马书记和几个朋友在一起打牌，打完牌后又一起出去吃烧烤喝夜啤酒，回家晚了，今天早上便起不来，一觉睡到了上午10多点钟，还觉得有些睁不开眼睛，头也有些昏昏沉沉，便决定给自己放一天假，今天就不到乡上去了。可就在这时，王主任打来了电话，告诉他乡上发生的事。他一听贺家湾有三四百人在乡政府，里面有好几十个人受了伤，浑身是血，现在要到公路上拦车到县上来，头脑"轰"的一声便炸了。想到如果这三四百人真到了县上，其中还有几十个受了伤的人，不说别的，就是那社会影响也就够他受的了！如果再碰到一两个好事者，拍成照片发到互联网上，那他更是会吃不了兜着走，轻则背个处分，重则背起被盖卷回家吧！

想到这里，马书记忽然感到全身上下一阵发凉，便立即对王主任说："告诉谢乡长、向副书记，把乡政府大门锁死，叫谢乡长他们先做安抚工作，无论如何不能让一个人到县上来！"说完又说，"我马上回来，你叫张委员再找一个同志，立即赶到贺家湾去，就是跪下作揖，也要把贺端阳和村委会干部，以及村民小组长，都请到乡上来！"说完就迫不及待地放下了电话。

王主任接了马书记指示，不敢怠慢，也马上过去，对谢乡长、向副书记、王副乡长、张委员、刘委员等耳语了马书记的话。谢乡长听了，果然叫王主任去拿来一把大铁锁来，"咔嚓"一声便把大门锁上了，还派了几个干部在这儿守住。张委员也不敢懈怠，叫了薛干事从后门溜出去，骑上摩托车便往贺家湾赶去。这儿贺家湾村民见乡政府锁了大门，便大叫："乡政府不让我们到县上去，把大门锁了！"一些人便跑到大门前，将铁栅栏门撞得"嘎嘎"地响。谢乡长、向副书记、王副乡长又急忙拉住做工作，谢乡长又让乡干部一齐上阵，想把院子里的人拉到自己屋子里去，这样来把人群分开。可众人就是不愿走，劝了半天，才勉强同意离开露天坝子，到楼梯口和走廊上去或躺或坐下了。又留出一部分人，也守在大门口，做出一副随时冲出去的样子。那谢乡长原本打算叫乡卫生院的医生再来给大家瞧瞧伤情的，看见这个样子，也不敢轻易去开大门了。

这样大约僵持了一个小时，马书记终于回来了，乡干部们都松了一口气。在乡干部的严密防范下，马书记一走进院子，就看见楼梯口走廊，都横七竖八躺满或坐满了人，其中好多人头上都贴着纱布、脸上挂满紫乌紫乌的血迹，脸一下就吓青了——他在县委党校工作期间，哪见过这样的场面？偏那些人一见马书记，又都一声连一声地呻吟叫唤起来，要马书记开了门，让他们到县上去！马书记哪里又敢答应？又不知道该怎么去劝说这些人，连门也没开，便对王主任问："贺主任还没有来？"王主任说："张委员和薛干事骑摩托接去了，还没来。"马书记说："两辆摩托怎么坐得下那么多人？我开车去接他们！"说着，也不等谢乡长、王主任他们回答，便又在乡干部的严密防范下，开了大门上的那只小门，出去发动了停在外面的小车，然后逃离似的朝贺家湾那条土机耕道开去了。

　　开出不久，却迎面碰到了张委员、薛干事两人推着摩托车，身后跟着贺端阳、贺荣、贺贤明、郑全福、贺世财等一群贺家湾的村组干部，不慌不忙地朝乡上走来了。马书记一见，就像见到了救星一样，也早忘了前面的嫌隙和不快，急忙下车，双手抱拳，直朝贺端阳他们打躬说："贺主任，各位，辛苦了，辛苦了！"接着不等贺端阳答话，便又说，"各位，各位，今天这事，可得仰仗大家帮乡上多做些工作！我也没想到会出这样的事，回头我再追查林业站的责任，啊，就拜托了！"说着又连连打躬。

　　贺端阳见了，便说："马书记，这事我也有责任，我也没想到会出这样的事！"说完却又补了一句，"今天要不是我，可就要出大问题了！"贺荣、贺贤明和几个村民小组长也说："就是，就是，今天多亏了贺主任！"马书记听了说："我知道，我知道，回头我再感激贺主任和各位！"说完又拉着贺端阳的手说，"贺主任来坐我的车，我还有话跟你说。"贺端阳听了这话，也不好拒绝，便跟着马书记去了。

　　上了车，马书记发动了汽车，一面掌着方向盘，一面回头对贺端阳说："老弟，砍树的事，今天就到此为止了！跟老弟说句真心话，这事要不是林业站给县林业局汇报了，县林业局追得紧，老哥这里不好跟上面交差，也不会让他们下来查的，谁知道会出这样的事呢？"贺端阳清楚马书记说的是假话，但见好就收，听了这话，便说："马书记，我晓得，要不是上面有人逼着你，你夹在中间作难，怎么会不放过我们呢？毕竟我是在你领导之下，都是一家人是不是？"马书记说：

"怎么不是这样呢？你们砍点树卖了，也是为了修路，为了全乡经济的发展，作为乡党委、乡政府，支持来不及呢！"说完这话又说，"好了，好了，这事我们不再说了，就是林业局还不肯收手，一切责任由我来给你们承担！可今天这事，老弟可要替乡上多做点工作……"话还没完，贺端阳就说："马书记你放心，不说你这样信任我，就只讲上下级关系来说，我也该和乡党委、乡政府保持一致，是不是？再说，我也不晓得他们跑到乡上来了，刚才听张委员说了，我也十分气愤！对这些人不给点颜色看看，今后村委会也怕不好开展工作了！"马书记听了这话，便高兴地说："那就好，老弟，今晚上乡政府请客，我可要好好敬你们一杯！"

说着话，车子就开到了乡政府，乡干部过来放马书记和贺端阳进去以后，王主任又要锁门，贺端阳大声说："不要锁了，我看哪个敢往县上走？"王主任果然便把大门敞开了。这儿贺端阳走到上楼的地方，看见楼梯口和走廊里躺着坐着的人，一下便沉下了脸，也不说话，只把眼光盯住大家，盯了一会儿，这才说："好哇，好哇，大家都能干了，能跑到乡政府闹事来了！"

贺勇、贺兴民、贺兴武等几个脸上挂了彩的人便说："我们被林业站带来的人打了……"话还没完，贺端阳忽然朝地下"呸"了一声，说："放屁！被林业站的打了，你们过来给我试试，看看一个巴掌是不是拍得响？拍响了，我贺端阳马上给你1000块钱！拍不响，你们给我1000块钱，来不来试？"贺勇、贺兴武等人听了，哪里能去试？贺端阳接着沉下脸说："实话告诉你们，林业站的人被你们打得更狠，现在正在乡卫生院急救，有两个人恐怕还有生命危险！我正在找打人的人，你们还有×脸坐在这里，等着公安来抓你们……"

说到这里，众人脸上故意露出了惊惶之色，这时贺荣、贺贤明和几个村民小组长也赶来了，便对众人说："算了，大家都回去吧！他们打了你们，你们也打了人家，他们没有来找你们算账，就是烧高香了，你们还想在这儿赖人家不成？硬是要到公安局去蹲几天黑屋子，心里才舒服呀？"众人听了这话，互相看了看，没人回答，贺端阳便又说："话说回来，你们是和林业站的人发生的冲突，跑到乡政府来闹啥？乡政府哪点对不住我们贺家湾？别的不说，就是那1000亩的柑橘苗，乡政府向你们要过一分钱吗？后颈窝摸得到看不到，你们今天不靠人，明天靠不靠人？活着不靠人，死了靠不靠人，啊？飞蛾扑到了眼睛里，你还要人给你吹一下呢!"

众了听了还是不吭声。过了一会儿,贺勇才说:"可我们挨了打,医药费怎么办?"贺端阳说:"啥医药费?明说,现在回去的,不管你们有啥伤,都到贺万山那里治疗,治疗的钱全由村里报销!要是不回去,一分钱也别想!"众人一听这话,便蠢蠢地动了起来,说:"那我们就回去嘛!"贺端阳一听这话,便对各小组长说:"你们各把各的人领回去,不回去的,以后他家里不管发生了啥事,村上和各小组都不要理他们了!"

郑全福、贺世才等几个小组长,果然便去叫自己小组的人。不一会儿,这些人便扶的扶,牵的牵,走出了乡政府。等众人走完,贺端阳、贺荣、贺贤明等几个村干部才说要走,马书记灿烂着一张笑脸,把他们拉住了。至此,村、乡两级干部围绕着一场执法与被执法的是是非非,才算是偃旗息鼓,平息了下来。

第三十八章　客　至

　　和乡上和解以后，贺端阳将一门心思都扑到修路上来了。他一个人又要到工地上检查、监督各个村民小组的施工情况，又要筹划着买材料，还有保管和安排使用这些材料等琐碎事情。贺荣和贺贤明虽然也是村委会成员，可贺荣年纪大了，又兼着村民小组长，贺贤明小时患过小儿麻痹症，腿上留下了残疾，走路一瘸一瘸的，两人虽然能给贺端阳出些主意，却难以挑起大梁。所以贺端阳觉得有些忙不过来，这天上午，便在村办公室里给贺劲松打了一个电话，说："劲松叔，现在马书记和我们打了和气牌，砍树的事算是彻底没事了……"话没说完，贺劲松在电话那面便高兴地说："真的？"贺端阳说："可不是真的！"接着便把发生的事对贺劲松说了一遍。贺劲松听了后，说："这就叫不到黄河心不甘，不见棺材不落泪！我就说过叫大侄儿放心嘛，贺家湾人可不是好惹的！"贺端阳说："是呀，还真让劲松叔说准了！"

　　说完，贺端阳又接着说："劲松叔，我们已经把全副精力都投到了修路上，可里里外外只有我一个人，裤裆里打麻将——有些哈不开，砍树的事也平息了，劲松叔和苏二婶可以放心大胆地回来了！"贺劲松听了这话，过了一会儿才回答："我和你苏二婶倒是想回来的，可你兴蓉姐姐大前天才在医院里生了一个大胖小子，你苏二婶现在还在医院里呢！即使要回来，不说等到满月，至少也要十天半月后，她自己能够下床行走时，我们才好说走的话吧！"说完又说："大侄儿你就辛苦一点，多挑些担子！我给你说过，我这个代理支书，只是你前面的一块挡箭牌，你该干啥子就干啥子，就像原来'一肩挑'一样！过段日子我们就回来了！"

240

贺端阳一听人家才添了外孙，就马上要他回家，这样实在显得有些不近情理，便说："那好，劲松叔，你就在那里安安心心地照看外孙，替我向兴蓉姐姐问好！"贺劲松说了几个"好"字，贺端阳便挂了电话。

打完电话，贺端阳正准备出去，忽听得贺贤明在下面院子里大声叫喊："贺主任，贺主任，客来了！"贺端阳以为是乡上什么人来了，急忙出去一看，却是郎山和老五站在院子里。贺端阳一见，立即露出喜出望外的样子，一边往楼下跑，一边叫道："哎呀，原来是郎大哥呀！你怎么舍得来了？"说着去拉了郎山的手直摇晃。摇完过后，又去拉老五的手，一边摇，一边又拍着老五的肩，说："老五，我们山上可没有你城里舒服哟！"

说完，贺端阳又对郎山问："郎大哥你们是坐啥子车来的？"郎山还没答，贺贤明抢在了前面说："摩托车，他们都坐的摩托车！"贺端阳听了，便又看着郎山说："郎大哥怎么坐摩托车来？"郎山说："摩托车怎么了？你以为我就不是坐摩托车的命？告诉你，老哥倒霉的时候，走哪儿都全凭这 11 号车呢！"说着便拍了拍两条大腿。贺端阳一听，便笑着说："那是，那是，皇帝还有三灾八难的时候呢！"

老五说："我们郎总晓得你们这条路不好走，所以没有开车来！"贺端阳听后又笑着说："等开了年路修通了，郎大哥的车就可以直接开到贺家湾了！"说完又问，"摩托车放到哪儿的？"贺贤明说："开到修路的地方开不进来了，我就把它们放到兴国那儿了！"贺端阳说："让兴国好好看着，可别让小孩子去把镜子敲烂了！"贺贤明说："我已经给兴国说了！"贺端阳听后，说了一声："那就好！"

说完，贺端阳便带了郎山和老五往楼上走，贺贤明说："你们谈，我就回去了！"说完，转身便向外走。贺端阳回头，又喊住了他，说："你去问问贺勇，看他家里有啥野味没有？如果有，买点出来，安排一下伙食，中午叫上贺荣叔，也来陪郎大哥喝杯酒！"又说，"郎大哥虽说姓了郎，可他身上的每根毫毛，都姓贺呢！"贺贤明听了这话，答应了一声，便瘸着一条灵活、一条不灵活的腿走了！

贺端阳把郎山带到楼上，拿过一条擦桌子的毛巾，将桌子和椅子都掸了一遍，招呼郎山坐下了，这才说："大哥要来，怎么也不先打个电话？老弟也好来接你呀！"郎山却没有接贺端阳这个话茬，将大衣的扣子解开了，露出了里面的皮夹克，又把右腿抬到左腿上，跷成二郎腿，然后脸上带着几分似嗔似怒的样子，对贺端阳说："我以为老弟把大哥忘了呢！"

贺端阳听了这话，立即说："怎么会把大哥忘了呢？"郎山说："没忘，怎么也没到城里来一下？"贺端阳把眉头皱拢来，扮出了一张苦脸，然后说："哎哟，老哥你不晓得，这段时间，把老弟整得个晕头转向呢！"说着，便把乡上组织人下来执法、引起斗殴等事情，给郎山说了一遍。

郎山一听，便笑着说："原来是这样一回事！老哥我还以为给你把人放了，事情摆平了，你就把老哥我忘了呢！"说完右腿的鞋尖在左腿上转了转，然后目光才乜斜着对贺端阳问，"老弟该不是抽了鸡巴就不认人了吧？"从郎山一来，贺端阳就清楚他是为什么来的，于是说："大哥你把老弟看扁了，老弟怎么是那样的人？"郎山笑了一下，说："老弟不是那样的人就好，我也就不绕圈子了！月亮坝坝里耍刀——明砍（侃），老弟答应卖我的树，该兑现了吧？"

贺端阳听了这话，想了一想，说："这事老弟一直记着呢！可我们才把前面的事情搁平，老哥能不能再缓一段时间……"话还没说完，郎山便沉了脸说："没法缓了！不瞒老弟说，现在年终来了，各地催着我供货，可老哥现在是盐干米尽，就等着老弟的树救急了！再缓下去，老哥就只有去跳大河了！"郎山话完，老五便又接着说："是呀，要不是着急，我们老板怎么会亲自骑辆破摩托，颠这么远的路来求你老弟呢！"郎山又说："我这人做事，喜欢一刀切肉，一刀洗板，不喜欢拖泥带水！既然老弟的事情我给你搁平了，老弟答应的事情也就该给我了，这才公平合理，你说是不是？"

贺端阳听了郎山这话，知道今天要是不答应他，怕是不行的，便说："郎大哥有难处，怎么不早说呢？既然是这样，就是有天大的风险，老弟也承担了！"说完，又拍了拍胸脯说，"老哥放心，我贺端阳承诺的事，绝不拉稀摆带，明天我就安排人上山砍树！砍好以后，大哥派车来拉就是！"郎山一听，做出有些高兴的样子，立即伸出大拇指对贺端阳晃了晃，说："这才是我的好兄弟！"可那儿老五却像是并不高兴，黑着脸对贺端阳说："老弟好小气！老弟进城来，我们老板又是安排你吃，又是安排你玩，待你也够意思了！你说两车就是两车，就不能多一车？我们老板要是没遇到难处，会稀罕你这两车木材？"

贺端阳一听这话，又瞧见老五那张脸一沉下来，额角上那道疤痕就闪闪发亮，有些凶神恶煞的样子。便知道他们今天一个唱红脸，一个唱白脸，是准备好了的，于是又笑着说："老五你放心！我说两车哪能是两车？真佛面前不烧假香，我也给老哥你们说个实话，我那天从县上一回来，就开村委会研究过了，决定按村里大小人等计算，每人再卖给郎大哥两棵树！两棵树听起来不多，可全村1000多人口，加起来就是2000多棵树。如果你调火车来，半车也不够，如果你是开拖拉机来装，20车也有余！老五说是不是？"

郎山一听说有2000多棵树，不等老五回答，就兴奋得在大腿上拍了一巴掌，突然跳起来叫道："好，老哥就喜欢老弟这样的爽快人！"老五见了，也急忙抱拳对贺端阳说："老弟仗义，刚才的话多有得罪，老五这里赔不是了！"说着，就朝贺端阳拱了拱手。

贺端阳见事情已经谈妥了，便不再说什么，又对郎山问："郎大哥今天算是古人说的游子还乡，要不要去看看你父亲的坟和你奶奶？"郎山一听，便说："那好哇，我也想到湾里看看！上回来拉树是晚上，黑咕隆咚的，啥子也没看见。"贺端阳说："那好，我就带你四处看看！"郎山听了，就站起来把大衣扣上，那老五也一样，贺端阳见了，就把门锁上，带了他们顺着正在修的村道往上马坟走。正碰上修路的人下工，贺端阳就把郎山介绍给他们，又把那些人介绍给郎山，说他是啥子辈的，该叫啥；他又是啥子辈的，又该叫啥；谁谁谁又是和他爷爷是一房的。说完又对大家说："郎总如果不是跟着他娘走，就是我们贺家湾的人了！打碎骨头连着筋，即使他现在姓郎，还是我们贺家湾人！"上次买树，众人已经知道了郎山，现在听贺端阳这么一说，该叫哥的便叫他哥，该叫大侄儿的便叫他大侄儿，有几个辈小的，又甜脆脆地追着他叫叔，弄得郎山忙不迭地答应，倒像衣锦还乡似的。

到了上马坟，贺端阳便指了一处隆起的土堆说："这就是你爹的坟！"郎山一看，只见坟头已经坍塌，土堆上枯干的蒿草半人多高，坟前也没有祭奠过的痕迹。郎山就疑惑地看着贺端阳问："这真是我爹的坟？"贺端阳说："坟头我还会乱指？我原来也不晓得这个土堆是哪个的坟，反正从没见过人来烧过一张纸。上回在城里碰到你后，我回来讲了，一些老辈子才带我来看，我才晓得这是你爹的坟！那些老辈子还记得当时埋你爹的情景，说你娘抱着你来磕头，你在你娘的怀怀里，还看着大家咧嘴笑呢……"

郎山没等贺端阳说完，突然"扑通"一声就跪在了地上，朝土堆重重地叩了几个响头，说："爹，我是郎山，是你的儿子！我虽然没有见过你，可你还是我爹，儿子现在回来认你了，给你磕头了！"磕罢头站起来，突然从口袋里掏出了1000块钱，对贺端阳说，"老弟，我没有时间，你找个人把我爹的坟垒一垒，这是垒坟的工钱！"贺端阳一见，急忙挡了回去，说："这就是郎大哥的不对了，这样一点事，还要你拿钱？回头我找个人垒了就是！"说完又说，"你以为老弟当了个村长，连这点事都办不到？"郎山一听这话，便又把钱揣了回去，然后对贺端阳作了一个揖说："那郎山就在这里感谢兄弟了！"

说完这话，郎山又突然对贺端阳问："你说我奶奶耳朵啥都听不见了？"贺端阳说："啥都听不见了，可眼睛还能看清楚人！"郎山说："耳朵听不见，光眼睛能看清人有啥用？那就不去看她了，看了我心里反而不好受！"贺端阳听了，便知道郎山只认死人，不认活人。因为认了死人不会拖累他，认了活人却可能拖累他。再一想，也理解郎山这样做，那么小就离开了贺家湾，断了联系，宋志英又从没有抚养过他，祖孙之间谈不上什么感情，不愿去看她就算了。但他以为郎山会把刚才那1000块钱，托他转给她，但看郎山丝毫没这意思，自己也不好提醒，便什么也没说，转身就往回走。到了贺贤明家里，午饭已经做好，贺荣也来了，几个人陪着郎山吃了饭，那郎山和老五便回去了。

郎山和老五一走，贺端阳便把郎山来催卖树的事对贺荣、贺贤明说了。贺荣一听，便说："既然答应过人家，迟卖早卖都是卖，那就卖吧！"贺贤明也说："就是，人家帮忙把我们的人放出来了，如果我们不答应人家，不就成了说话不算话的人了？"贺端阳说："上次卖树是为了集资修公路，村民卖的钱都上交了。这次和乡政府闹矛盾，大家都表现得很团结，因此这次卖树的钱，村里不打算收了，就当村里犒劳大家。但正因为谁卖的钱谁得，这就要求绝对的公平，组织要比上次更加严密！你们看怎么个砍树法？"

贺荣、贺贤明听了，像是没有想好的样子，互相看了看，然后说："我们没想到办法，还是你说好了！"贺端阳想了想便说："这次虽然仍是家家到山上砍树，但每人只有两棵，数量比上次少多了，我想让贺勇、贺飞等人，先到林子里把树编上号，然后再让村民抓阄，一树一阄，每人抓两个，抓到多少号就是多少号，对号砍树，这样就不会乱了！"

贺荣、贺贤明听了，立即说："这样最好，树有大有小，即使碰到稍小一点的树，那也是卵大卵小，各人碰到，怪不得人！"贺端阳说："还有，这次每人只砍两棵，不像上次五棵，所以就不一个村民组一个村民组地去砍了，我想分两天砍完！第一天老湾的人去，第二天新湾和郑家塝的人去，你们看怎么样？"贺荣、贺贤明听后又说："行，反正是对号砍树，也不会乱，就是一天去砍完也不怕！"贺端阳说："一天砍完人又太多了！"贺荣、贺贤明马上说："那就还是两天吧！"贺端阳见他们也同意了，便说："那好，我去找贺勇、贺飞，你们分头去找几个村民组长，等把树的号编完以后，大家就上山砍！"贺荣、贺贤明说："没问题，大家听说砍树卖的钱归自己，高兴还来不及呢，谁还会不积极？"说完，果真分头行动去了。

　　按下贺端阳、贺荣、贺贤明三个人，分别去安排布置砍树的事不提，只说过了三天，贺家湾人便又从那片天然林里，每人砍下了两棵树。这儿贺端阳通知了郎山，郎山在贺家湾村民砍树的当天晚上，便又派了卡车来，将村民砍下的树装到车上，当场付了款，便把树拉走了。因为砍的都是成材的树，那郎山一共拉了五车，至此，贺端阳不但履行了卖两车树给郎山的承诺，而且大大超出了。看见郎山把最后一车树拉走，贺端阳心里不禁涌出一股从来没有过的轻松的感觉。他觉得自己这段日子活得实在太累，像挑着一副千斤重担，在吃力地往前跋涉一样。现在可好了，千斤重担终于从肩头卸下来了，什么都了结了，从此以后，他只会轻装前行了！想到这里，贺端阳便不由得对着夜空，长长地舒出了一口气。

第三十九章　内　讧

　　贺端阳以为随着郎山最后一车树拉走，贺家湾从此天下太平，再不会有啥令他烦恼和操心的事了。可是，事情却是了而没了，结而没结！郎山把树拉走的第二天，贺良毅便气冲冲地跑到贺端阳家里来了。还在院子里，贺良毅就像一只叫鸡公一样，雄赳赳地叫了起来："贺端阳，贺端阳，你们当官的管不管？"

　　贺端阳听见有人叫，急忙出来一看，才见是贺良毅。贺良毅个子不高，却长得十分粗壮结实，脸上挂着一绺一绺的横肉，穿一件半新旧的黑色羽绒服，大冬天的却敞着怀，只用里面的一件汗衫和烂了领边袖口的毛衣御寒，嘴里"呵呵"地哈着白气。因为贺端阳和他有仇，这时便尽量忍耐着心里的火气问："啥事我没有管？"贺良毅朝空中舞了一下手，马上喷着白沫说："啥事，你是装着不晓得吧？"

　　贺端阳一听这话，便沉下了脸，说："有啥事你就直说，全湾一千多口子人，每天都要发生很多事，我又没有长千里眼，哪儿啥事我都晓得？"贺良毅听了，气焰稍微往下降了一点，就说："说就说，你以为我怕哪个？我问你，明明规定每个人只砍两棵树，可贺长军为啥要多砍两棵，是不是有人在暗中支持他？"

　　贺端阳听后，便盯着他问："你说哪个在暗中支持他？"贺良毅一下语塞了。贺端阳便又问："贺长军真的多砍了两棵树，你没看花眼？"贺良毅说："我眼睛又没有瞎，那树编没编号，我难道都看不清楚？喊明叫现说，不但我看见的，还有人也看见了的！"说完又对贺端阳大声问，"这事你管不管？"贺端阳说："我说过不管吗？"贺良毅便说："那好，我就等着你管！他要不把多砍的树拿出来，对不起，我这里给你打个招呼，明天我也要到林子里，再砍两棵树！"说完，也不等贺端阳回答，便满脸怒气地转过身子，往回走了，一边走，一边嘴里还叽叽咕咕地说着什么。

贺良毅走后，贺端阳在原地站了许久，才慢慢地回过神来。他想，这个贺长军，怎么会去多砍两棵树呢？这不是在给我找麻烦吗？那贺良毅明知道贺长军不但是小房人，还是他的铁杆支持者，那年为参加竞选，贺良毅兄弟下毒手打他，就是贺长军赶来救的他。两人虽不是一个娘生的，却胜似亲兄弟。现在贺良毅跑到他面前来告他的状，显然是故意的，如果贺长军真多砍了树，这倒让他有些难办了。想到这里，贺端阳便急忙找人，把贺长军叫了来。

没一时，贺长军便匆匆忙忙地赶了过来。几天前，贺长军在和林业站带下来的"敢死队员"打架时，左边脑皮上被竹片划破的伤口太深太长，贺万山缝了7针，才将伤口全部缝住，这时还包着厚厚的纱布。一见贺端阳，便问："哥，你找我？"贺端阳本想一见贺长军，便发一通脾气的，可一眼看见他头上缠着的纱布，心便软了，只用了一副随便的口气问："听说你多砍树了？"

贺长军听后，愣了一会儿，便用了一副气咻咻的口吻大声说："肯定是贺良毅这龟儿子来告的状！"贺端阳听了，便沉了脸，说："你不管是哪个来说的，我只问你，是不是有这回事？"贺长军朝贺端阳看了一眼，见他怒目圆睁，满脸杀气，一副恨不得一口吃了他的样子，有些害怕了，过了一会儿才不满地回答说："我是多砍了两棵……"

话还没完，贺端阳便一声大吼："你体面些，要多砍两棵树？"说着那胸脯一边起伏，一边盯着贺长军。贺长军先是愣了一会儿，然后突然像是豁出去了的样子，迎着贺端阳的目光说："我也不是故意想多砍两棵树，你把眼睛鼓那么大做啥？"贺端阳听了这话，果然把语气放轻些，说："不是故意想砍，那怎么又砍了？"贺长军说："我的树是148号，善怀哥的树是147号，我看见挨着他树的旁边，有一棵树也是去了一块皮的，上面也有墨迹，以为就是148号，砍下来一看，才知不是，原来是贺勇他们编号编错了的，我148号还在那一面。可砍都砍了，我又没法让树重新生上去，我说：'怎么办？'善怀哥就说：'砍就砍了呗，你这次为大家的事，受的伤最重，流了那么多血，也没有啥人来慰问过你，多砍一棵树，相信大家也不会说啥！'我一听这话，想想也对，所以又去把148号那棵树也砍了，这就多了一棵！"说完便看着贺端阳。贺端阳沉默了一阵，又说："这一棵树是砍错了，那为啥接着还要多砍一棵，难道也是看错了？"

贺长军红了一下脸，又把头扭过去，避开了贺端阳的目光，然后才像是有些不好意思地说："这棵树是我有意砍的，我砍总有我的理由嘛……"贺端阳不等他说完，便马上又追问："啥理由，啊，多吃多占还有理了？"贺长军一听，马上说："怎么没理？我想贺善怀也说得对，我受了这么重的伤，谁来看过我？我总不能白挨一顿打吧？湾里哪个人也像我这样，为了大家的事去挨一顿打，流我这样多的血，缝上好几针，多砍两棵树，我保证心服口服，啥话都不得说！"

说完，贺长军又看着贺端阳，不服气地说："你现在当了官，跟着你跑的兄弟不说沾你的光，可你总不能小题大做吧？为了你能当上村主任，我给你跑了多少路，说了多少话，要不，你能那么顺利地当了吗？我挨了打，村里没给我一点慰问，不就多砍两棵树嘛，有啥不得了的？就算是村里给我的一点补偿，也是说得过去的！你眼睛鼓起铜壳子那么大，我不相信吃到肚子里的东西，你还要我吐出来不成！"

贺端阳听了贺长军这番话，一下子倒像被噎住了的样子，张了张嘴却没说出话来。过了一会儿，那目光才变得温和起来，看着贺长军说："不是哥小题大做，你受了伤，村上没来看你，哥确实有错！可你也不该去多砍两棵树。第一棵树砍错了，还情有可原，可第二棵树就不应该砍了！一棵树值多少钱嘛？我是担心你那样做了，后面有人也那样做，村里就又会乱套！更重要的是现在让贺良毅抓住了把柄，他到我面前来告状，这明是将我的军！我要是不处理你，他要说我包庇！要处理你，肯定会把我们弟兄的关系闹僵，你说我现在该怎么办？"

话刚说完，贺长军就叫了起来："怕他个屁！他贺良毅弟兄隔三岔五就要到林子里偷一回树，湾里哪个不晓得？他还有脸说别人……"话没说完，贺端阳便打断他说："他偷树是大家都晓得，可就没有人把他抓住，你也没法……"贺长军听到这里，也气咻咻地打断了贺端阳的话说："我多砍了两棵树，他就把我抓到了？捉贼捉赃，他要来告，为啥不当场抓到？我现在树也卖了，他有啥把柄说我多砍了树？我现在还可以说他是诬告呢！"

贺端阳一听，脑袋里突然亮开了一条缝，便问："你多砍两棵树的事，谁还晓得？"贺长军说："就只有他和善怀哥晓得！当时善怀哥的树是147号，贺良毅的树是 149 号，我们挨到一起的，所以只有他两个晓得这事！"贺端阳听了，马上说："这就好！你立即去跟善怀哥说一声，就说他不晓得这事。如果贺良毅再来催问这事，我就说我问过了，贺长军打死不承认，现在没有证据，我也没办法！"贺长军听了就笑了起来，说："对，我并没有多砍一棵树，要是我多砍了树，怎么不当场把我抓到？"说着又感激地对贺端阳补了一句，"还是自己哥好！"说完便什么事也没有似的走了。

吃过午饭，贺良毅果然又来问贺长军多砍两棵树的事，贺端阳便对贺良毅说："我上午把贺长军叫过来问了，他打死个人说自己没有多砍树，捉贼捉赃，我手里也没有抓到证据，叫我怎么处理？"贺良毅一听就跳了起来，挥舞着手大声说："怎么没证据？他就是多砍了两棵！"贺端阳说："当时你怎么不把他抓到？现在来说，空口无凭，你说他多砍了，他说没有多砍，你让我听哪个的？"

贺良毅一听，自己来告贼，反倒无理了，便气得脖子上两条青筋突突直跳，继续喷着唾沫星子乱飞地叫："你这是包庇！还有贺善怀也看见他多砍了两棵树的！"贺端阳说："那我们一起去问贺善怀，只要贺善怀能证明贺长军多砍了树，村委会一定严肃处理！"贺良毅一听，犹豫了一下，便又叫了起来，说："我不去，我不去！贺善怀跟你们是一伙的，他肯定会说贺长军没有多砍！"

说完，贺良毅便对贺端阳威胁说："我晓得现在你们小房人裹成了一团，想欺负我们大房人！我明告诉你，我们大房人不怕！他贺长军前面能作揖，我贺良毅后面也能弯腰，明天我也要去砍！"贺端阳听了，便说："你要杀人我都没办法，别说砍树！"说完又说，"只要有了证据，不管啥人私自去砍了树，村上一定严惩不贷！"贺良毅听了这话，又脸红筋涨地在地上跳了一下，说："我贺良毅不是吓大了的，我就要去砍，看你能怎么样？"说完便怒气冲冲地回去了。

第二天，贺良毅果然拖了一把锯子，到林子里锯树去了。他不是锯的两棵，而是四棵，树锯倒以后，让三个哥哥去帮他扛。贺良全、贺良仁、贺良礼果然去了，四弟兄一个扛一棵树，大摇大摆地朝修路的工地上走来，唯恐别人不知道似的。在工地上修路的村民一见，先是互相看了一眼，接着便都叫了起来："这是怎么回事？才砍了树，怎么他们又砍了这样几棵树？"贺良毅听了，也不避讳，反而理直气壮地回答众人说："为啥？为的是别人敲大锣敲得，我贺良毅敲瓦片也敲得！"众人听出了贺良毅话中有话，便又问："你说哪个敲大锣了？"贺良毅说："我晓得哪个敲大锣了？你们要问，就去问贺长军好了，或者问干部好了，干部就晓得哪个敲大锣了！"说完，和贺良全、贺良仁、贺良礼一起，扛着树扬长而去了。

这儿众人有些明白了，便拿眼四处去找贺长军，可贺长军因为伤口没好，没来上工，众人便一下把贺荣、贺贤明围住了，七嘴八舌地叫了起来："这像啥子话？我们在这儿出力流汗，人家才在那儿砍树打算卖钱，我们修路还有个啥意思？"说完又说，"树也不是哪一个人的，要砍大家砍！村上如果不严肃处理，我们马上就去砍！"贺荣见大家十分冲动，便对众人说："大家先不要冲动，是怎么回事，我也不晓得！贺主任到乡上开会去了，等他回来后，我和贤明先把今天的情况给他汇报了再说！"贺贤明也说："对，大家还是先干活吧！"

有几个气大的人，听了贺荣和贺贤明的话，却说："还干个屁！我们在这里干活，别人却在那里捡便宜、吃福喜，等干部解决了我们才干活！"一些人听了，也都说："就是，我地里的油菜管得了，先回去管一天再说！"说完，扛起工具便走。另一些人见了，生怕吃了亏似的，也马上拿起铁锤錾子说："我家里也有点事，先走了！"说着便纷纷离开，贺荣、贺贤明喊不住，只好眼睁睁地看着他们走了。

傍晚的时候，贺端阳从乡上回来了，贺荣、贺贤明便立即赶过去，把上午发生的事对他说了。贺端阳没想到贺良毅真的去砍了树，而且还这样大摇大摆地，想替他遮掩都不行。村里要不严肃处理，大伙一旦效仿起来，那造成的后果真是不可想象的！再说，现在公路才开头，要是人心因为这事散了，公路半途而废，那更不行！可是怎样严肃处理，贺端阳又一时没有主意。想了半天，便把贺长军多砍两棵树的事，原原本本对贺荣、贺贤明说了一遍。

贺荣、贺贤明听完，沉默了半天，贺荣才说："按说来，贺长军多砍两棵树是不对的，可事出有因，加上第一棵树又是砍错了的，也情有可原，如果村里要处理他，真还有些说不过去！"贺端阳也说："我也是这么想的！这次打架，虽然还有一些人脸上挂了彩，可谁也没有他伤得严重。他也不是为自己的事挨的打，村里也没去看他，多砍了两棵树，也不过值百把块钱，这百把块就当村里买了慰问品去看他，所以批评是该批评，但就既往不咎，不做处罚了吧！"

说完，贺端阳就把目光投向贺贤明，问："贤明哥你的意见呢？"那贺贤明是大房人，生怕贺端阳和贺荣说他不和他们一条心，听了贺端阳的话后便马上说："我没有意见，就按贺主任说的办，该既往不咎就既往不咎！"说完却又问了一句，"那贺良毅这里怎么办呢？"贺端阳想了一会儿，说："贺良毅太胆大妄为了，他凭啥理由要去砍四棵树？"贺贤明说："那怎么处理？"

贺端阳张了张嘴，正要回答，贺荣却抢到了他前面，说："还处理啥？要既往不咎，就都一视同仁！"贺端阳说："那不便宜贺良毅了？"贺荣又停了一会儿，才带着上辈人口吻说："老侄呀，不要看到这次便宜了他，要看到大局。你也不是不晓得，贺家湾大房人和小房人，过去一直争来争去，窝里斗，唯有这次向乡政府要钱和砍树集资这件事情上，表现得十分团结，这难道不是一件好事吗？可现在如果单单处理了贺良毅，大房人会不会说我们小房人现在掌了权，就单找大房人的不是了？如果闹起来，又窝里斗，岂不让人笑话？如果连贺长军一齐处理，那又确实有些对不起贺长军！所以我的意见就是从现在起，既往不咎，下不为例！"

贺贤明是大房人，平时和贺良毅兄弟的关系也不错，正愁不知该怎么为贺良毅说情，一听贺荣的话，正中自己的意，于是也说："荣叔说得有道理，如果单独处理了贺良毅，大房肯定有意见，所以我也赞成一视同仁，贺良毅砍了几棵树，也卖不到多少钱，就算了！"

贺端阳一听贺贤明的话，便知道他是在为贺良毅说话，但仔细想一想贺荣的话，也觉得确实有道理，便说："我倒不是想非处理啥人不可，担心的是怕大家不服，闹起情绪来，影响了修路怎么办？还有，一些人要是也到林子里砍树，又怎么办？"贺荣想了一会儿，说："有啥不服的？明天上午开一个村民大会，宣布一个规定，从现在开始，任何人都不得到林子里砍一棵树，违者每棵树罚款200元！你强调严一些，并且除贺勇以外，再增加两个人看林子，看还有谁敢去砍树了？"说完又说，"你再给大家讲清楚，郎山要求我们多卖他两车树，我们已经卖给他了，他再也不会到贺家湾来买树了！没有人来买树，我看贺良毅就是把树砍回来，还能一根一根地把树扛到城里去卖？他要把树一根一根扛到城里去卖，别的不说，他躲也躲不过林业检查站那一关！即使躲过了，也是豆腐盘成了肉价钱，除了他是寻了背时运，否则才不会这样做！"

一听到这里，贺端阳忽然茅塞顿开，猛地拍了一下自己的大腿说："是呀，只要没人来买树，那树放到屋檐下又变不成钱，还有谁会冒着风险去砍呢?"一边说，一边又拍着自己的头，接着说，"我怎么就没有想到这一点呢!"说完这话，便对贺荣和贺贤明说，"那就这样办! 明天上午公路就停半天工，开一个村民大会!"贺荣、贺贤明听了，便说:"好，那我们现在就去通知人!"说完便离开了。

第四十章　魔　头

　　第二天上午，村里果然停了半天工开村民大会。贺端阳让贺贤明先组织众人学习《村规民约》，贺贤明果然就结结巴巴地念起来。《村规民约》是贺端阳上任之初，由村民大会集体讨论制定的，相当于一部贺家湾村的宪法。其中就有："凡村民私自盗伐集体林木，每盗伐一棵罚款 100 元"的规定。村民一见贺端阳让贺贤明念《村规民约》，就以为贺端阳要按《村规民约》中的条款来处理贺良毅了，一时都高兴起来。尤其是平时受过贺良毅弟兄欺负过的人，更巴不得处罚得更严重些。而贺良毅弟兄和大房一些人，虽然表面不动声色，却暗暗地攒着劲，等着大闹一番。还有一些好事的人，知道贺良毅弟兄的脑壳不那么容易剃，等着看贺端阳笑话。种种情状，不一而足。

　　贺贤明磕磕巴巴读完《村规民约》以后，便让贺端阳讲话，众人一听，会场一下安静得掉根针都听得见，一双双目光都集中到贺端阳身上，等着看好戏。可贺端阳却说："今天开村民大会，刚才贺贤明组织大家学了《村规民约》，大家就一定以为这个会是处理人的，其实不是！今天开这个会，一是提醒大家，不要违反了《村规民约》，防微杜渐，以后要自觉遵守《村规民约》！第二是希望大家团结起来，拧成一股绳，早日把我们的公路修好……"

　　说到这里，众人开始议论起来，贺端阳一见，便话锋一转，说："确实，昨天有个别人没经过批准，就私自到集体林子里砍了树，违反了《村规民约》，这事本该严惩不贷。但据我们调查，这事是由一些人怀疑贺长军多砍了树引起的！虽然违反了《村规民约》，却是事出有因，不是故意偷盗。所以，经村委会研究，对这种行为提出严厉批评，在经济上就不做处罚了……"

话还没说完，下面村民就乱了起来，一些人叫道："啥不做处罚？那不是砍了就白砍了？""这不公平！不罚款，最低也要把树退出来才对！""《村规民约》又不是揩屁股的纸，我们要求按《村规民约》办！"贺端阳一见，叫喊的大多数是小房的人，便把脸沉了下来，大声说："吵啥吵？是几棵树的事情大，还是当前我们的中心任务大？我刚才说了，私自到林子里砍树是不对的，我们要严厉批评，你们也不要看见别人有一点缺点错误，就抓住不放嘛！"

众人一听这话，便不叫喊了，可脸上还是挂着明显的不平之气。贺端阳瞧了他们一眼，便又接着说："当前我们的主要任务是啥？就是大家齐心协力，把公路修好，让我们贺家湾的日子越过越好！如果因为一点小事七拱八翘，闹得不团结，像昨天那样，一有点气就丢了工具回家，我们的路啥时才能修好？路修不好，不说对不起世海叔的 20 万块钱，也对不起我们自己嘛，大家说是不是？"

贺端阳以为自己一番话就会说服了大家，没想到话音一落，有人便叫道："你这是拿修路来为多砍树的人开脱，想大事化小，小事化了，我们不干！"这人刚叫完，接着又有人叫："对，要砍大家砍，我们也去砍！"贺端阳一看，叫喊的人中有贺兴武、贺飞、贺健等，便狠狠地瞪了他们一眼，然后大吼一声说："敢！真没有王法了，是不是？"说完，这才又大声对众人宣布道，"昨天村委会研究过了，为加强对长江生态林的保护，从今天起，任何人不得私自到林子里砍树！有人胆敢去砍，一经发现，每盗伐一棵罚款 200 元……"

众人一听每棵树罚款 200 元，都像被吓住了似的。贺端阳见了，又马上接着说："其实大家就是到林子里把树砍回来，有啥用？前次村里让大家砍，主要是有人来收树！现在给大家明说，我们该郎山的树，已经全部卖给他了，他也再不会冒着风险到贺家湾来收树了！没人来收树，我不相信你们要把树一根一根往城里扛？即使你们真一根一根往城里扛，恐怕还没扛到城里，就被林业检查站给没收了不说，还要罚你们的款！所以，即使你们真有胆量到林子里砍树，砍了也是白砍，村里晓得了，还要每棵树罚 200 元，不是屙屎攥鼻涕——两头走崩呀？"说完又说，"你们哪个不怕事，就去试试，反正我贺端阳是说得出来，就做得出来！"

众人听了贺端阳一番话，想想也是道理，尤其是小房人，一见贺端阳黑了脸，便说："不砍就不砍嘛！哪个睁起眼睛去跳岩？""就是，没人来收树了，我们还去砍起做啥？吃多了没事干呀？"贺端阳一见众人都想通了的样子，便说："这就对了，过去的事，大家都既往不咎了，现在团结起来向前看，该干啥就干啥！"说完又大声问，"大家还有啥说的？"众人说："既往不咎就既往不咎吧，几棵树也富不起来，还有啥说的？"贺端阳一听，便挥了一下手，说："那就散会！"众人虽然嘴上答应没啥说的了，可心里仍有怨怼，一听这话，就一边嘟哝着，一边散开了。

可是，令贺端阳万万没想到的是，第二天，老五却带着四个二十多岁的年轻人，每人骑了一辆摩托车，头上戴着一顶红色头盔，摩托车的后座上横着一根两尺多长、小孩手臂般粗的钢管，威风凛凛地开到贺家湾来了。开到村口，看见众人都在修路，便从摩托车上跳下来，将后座上的钢管斜别在皮带上，朝着修路的工地走来了。一边走，老五一边叫："买树，买树，我们郎老板买树，有多少买多少！"

众人正不知这些人来干什么，一听买树，便纷纷停下了手中的活儿，对他们问："真的买树？"老五说："不买树我们来这山上干啥子？"贺良毅听了忙问："买树怎么没见开车子来？"老五说："今天是来预定，预定了才开车子来拉！"有人听了这话，又忙问："多少钱一棵？"老五说："我们老板说，贺家湾的人，不论大人还是小孩，都是他的亲人，所以他不亏大家！上回每棵50元，这回每棵加10元，60元一棵！"说完又说，"这比城里市场上都还高了，还不要大家往城里扛，我们老板要不是看到他也是贺家湾出去的，才不会给这么高的价呢！有这样打起灯笼火把都难找的好事，你们有树为啥不卖？"

众人听后，有些犹豫了，又问："真的60元一棵？"老五说："那还有假！"说着从裤子兜里扯出几叠钱来，对众人挥舞着说，"我们老板不喜欢拖泥带水，歪嘴婆娘照镜子——当面见效，只要你把数字报了，我这里先给钱，然后才来拉树！这下你们可以放心了吧？"说完眼睛扫了众人一遍，又接着问，"兄弟，你卖多少棵？说了就拿钱！"一边问，一边将手里的钱抖得"哗哗"直响。

众人见了花花绿绿的票子，互相看了看，心里虽有所动，却不敢先开口说卖的话。过了半天，有人才半遮半掩地说："卖是想卖，可我们昨天才开了会，不准砍集体林子里的树了！"话完，一些人也跟着说："就是呀，砍一棵树要罚200

元钱呢！"老五听了，便朝四周指了指，说："你们贺家湾，难道只有集体林子里才有树？到处都是黑蓊蓊的，哪儿不是树？"众人说："那是各家责任地边上的！"老五说："责任地边的难道就不是树？过了这个村，就没那个店了！我跟你们说，县里这么多做木材生意的，只有我们老板才可以这样大摇大摆地开着车到乡下来收树！你们现在不卖，以后谁来收你们的？"说完，老五又压低了声音，悄悄对众人说，"集体林子里的树，明里不准砍，还不能暗里砍，砍下来了哪个晓得是责任地边的树，还是集体林子里的树？我告诉你们，如果树好，我们老板还可以加钱……"

正在这时，贺良毅忽然过来，拉了老五的衣袖一下，说："老五，你过来一下，我有话对你说！"说着拉起老五要走。众人一见，便知道他是想悄悄对老五报卖树的数字，因他多砍了集体林子里的树，心里正不平，现在又见他这样神秘兮兮的，更是来气了，有人便喊道："有啥子话不能当着大家说，不就是有几棵树要卖吗？"那贺良毅一听这话，也就干脆不顾了，便冲那人说："就是有几棵树卖又怎么着？连贺端阳都说既往不咎了，你还想怎么样？"

这话一下惹恼了许多人，便叫了起来："屁的个既往不咎！都是一样的村民，为啥前面的人砍了就既往不咎，后面的人就要罚款？"这样一说，包括大房的人都觉得有些不公平了，便也纷纷跟着说："就是，林子是大家的，为啥子有人砍得，有人就砍不得？要砍大家都砍，要不砍大家都不砍！"老五一听这话，脸上那道疤痕放起光彩来，说："这话在理！这话在理！前面的人作揖，后面的人弯腰，法不治众，别说村规民约，就是法律都拿大家没法！"

这话一完，刚才叫嚷的人都觉得有理，便拉着老五，有人报了要卖 10 棵，有人报了要卖 15 棵，甚至还有人报了要卖 20 棵，一边报，一边还为自己找理由，说："反正包产地边的树，留起也是留起，还影响了庄稼，不如全部砍来卖了！"那老五一见，高兴得眉开眼笑，立即叫跟着来的一个马仔掏出笔和本子来记录。那马仔记一个，老五便当场将钱付了。

登记了半天，才将名单登记完，老五手里的几捆钞票也光了，可还有人没登记上，心里便慌了，说："我们的怎么办？"老五一见便说："没有登记上的别着急，你们要是放心，现在先登记了，拉树的时候给钱也行！要是不放心，就放到下回现钱拉现货也行！反正我们老板说了，贺家湾的人都是他的亲人。他只要做木材生意，就要长期到贺家湾来买树，你们啥时卖都行！"说完又说，"你们也给那些今天没来的人说一声，就说我们老板买树，有多少买多少！"那些没登上记的人听了这话，说："那好，那好，我们回去给他们说，你们下回又来吧！"

说完，大家正要散开，却见老五身后的几个马仔忽然从背后取下别在裤腰上的钢管，在手里一边拍一边黑着脸大叫："大家别忙走，我们五哥还有话说！"众人一听，立即站住，回头一看，全都愣住了。只见老五也黑煞着一张面孔，和刚才判若两人。

就在众人面面相觑，弄不清出了什么事的时候，那老五说了："各位登记了的请听着：人亲钱不亲，我们老板相信你们，把钱全部给了你们，到时谁要是敢说话不算数，不卖那么多树给我们老板，我们这些弟兄，不瞒你们说，个个都是敢白刀子进、红刀子出的人，他们手里的钢管，可是不认人的！"那些报了数的人一听这话，起初有些被吓住了，可过了一会儿，却都大起胆子说："怎么会说话不算数呢？我们连钱都收了，肯定要卖那么多树给你们的！"老五听了，便说："那好，你们明天把树砍好，后天我们老板就派车来拉！"说完，也不等那些人回答，老五一挥手，那几个马仔又把钢管收起来别在裤腰上，往停摩托车的地方去了。

贺端阳是在天黑时，才听见贺勇来告诉他这事的。贺端阳一听，头"轰"的一声就大了，说："这还了得！这样一来，不就乱套了吗？"贺勇说："可不是这样！黑毛猪儿家家有，到时他们把包产地边的树和集体林子里的树混到一起，谁能说得清楚？到时候集体林子里的树被一些人偷砍多了，我这个看林员可负不起那个责任！"贺端阳说："你赶快去叫贺荣叔和贺贤明来，我们商量一下！"那贺勇一听，果然急急忙忙地跑去了。

没一时，贺荣和贺贤明便来了，贺端阳把贺勇刚才说的情况给他们说了一遍。还没等贺端阳说完，贺贤明便说："可不是这样！下午起码有一半人向我请假，说明天家里有事，修路就不来了！我问他们有啥事，他们又不说。后来我才听人悄悄说，他们是回家砍树！"贺荣也说："就是，我听说有人一次就要卖几十棵树，他们责任地边哪有那么多树？就是有，他们难道舍得一次砍光？前两天贺良毅私自去林子里砍了几棵树，村里没有处理，一些人心里本来就不服气，如果这次他们浑水摸鱼，都偷偷摸摸地去砍，那林子怕就要毁了！"贺端阳想了一会儿，便对贺勇说："你去叫贺飞、贺兴成、贺兴武、贺健几个人，就说我说的，叫他们这几天晚上辛苦一下，共同去守守林子！"

贺勇答应一声，正要走，贺荣说："那么大一片林子，别说这么几个人，就是再派几十个人，怕也守不过来！"贺贤明也说："就是，只要有了做贼的心，守怎么守得住？"贺端阳一听这话，便皱紧了眉头问："那怎么办？"贺荣也想了想，说："我看大侄儿你还是去找找郎山，只要郎山不来买树，也就没有人去砍树！"贺贤明说："可是人家把钱都给了，怎么可能不来买树了？"贺荣说："他把钱给了，只是这一次嘛！只要他以后再不来买树了，即使这一次有人去林子里偷砍几棵树，也损失不大，怕的是以后呢！"贺端阳听了这话，又皱着眉头想了一会儿，才突然说："对，无论怎样派人防守，也只是治标不治本！治本之策只有让郎山不再来买树！"又说，"我明天就到县上去找郎山！"说完，便让贺荣、贺贤明回去了。

第四十一章　劫　难

　　第二天一大早，贺端阳果然便去县城找郎山。因为去得早了，郎山大约刚起床不久，左手提了一塑料袋豆浆，右手举着一根油条正在啃。两边的咀嚼肌一鼓一鼓，像是青蛙的肚皮一样。贺端阳本想开门见山就说老五昨天到贺家湾买树的事，一见郎山这样，便笑着说："郎大哥吃得这么简单呀？"郎山见了贺端阳，大约有些不好意思了，顺手把嘴角的豆浆抹了，这才说："吃啥都是变成屎，早上吃那么好干啥子？"说完才对贺端阳问，"你这么早就来了，吃早饭没有？"贺端阳本来没吃，但一见郎山这样，便说："吃过了，吃过了，我在家里吃了早饭才来的！"郎山说："吃过了我也不叫你吃了，你先坐一会儿，我把这根油条吃完就来，啊！"

　　贺端阳只好在屋子里坐下了。没多久，郎山就进来了，嘴角还挂着油条渣滓，往椅子上一坐，便对贺端阳说："老弟清晨八早的就来了，又有啥事？"贺端阳也不想隐瞒，便看着郎山问："昨天老五带着人又到贺家湾买树来了……"还没等贺端阳说完，郎山便说："是呀，是我叫他们来的，怎么了？"

　　贺端阳一听这话，便把眉头一皱，做出一脸苦相说："哎呀，大哥，你怎么能这样？你这不是故意和我过不去吗？"郎山一听，忽然板了脸，露出了满脸不高兴的神色，盯着贺端阳问："你我弟兄好好的，我啥时和你过不去了？我是做木材生意的，当然要买树了！不买树你让我喝西北风呀？"

　　贺端阳见郎山生气了，急忙说："大哥你不要生气，你听我把话说完！前次你来买树，我们规定每人砍两棵，可过后发现有人又到集体那片林子里私自砍树，所以我们就开了一个村民大会，规定了不能再到林子里砍树……"郎山没等贺端阳话完，又打断了他的话，没好气地说："我买我的树，这关你们林子啥事？"贺端阳见郎山压根儿不想听他说话的样子，便尽量压制住火气说："郎大哥你买你的树，按说来是不关我们林子的事，可你这一来出高价买，就保不住一些见钱眼开的人，又要去偷偷砍集体林子的树了！"

郎山听了这话，仍然绷着脸说："老弟你这才怪了！我是来买树，又不是到你贺家湾来砍树，你那林子里的树，就是被村民砍光了，又关我啥事？"贺端阳说："你不来买树，就没有人去集体林子里偷树了……"

一语未了，那郎山突然一拳击在桌子上，翻了脸道："放屁！你这么说来，今后你那林子没有了，倒是我的罪了？告诉你，我这个木材公司有政府发的执照，我买树是合法的，没人能够拦住我！我把钱都给你的村民了，给了钱他们就要把树给我，到时如果有人拦阻，我郎山可不是吃素的！"贺端阳一听这话，脸上火烧火燎，一会儿白，一会儿红，像是被人扇了耳光一样。正想解释，忽听郎山黑着脸大声对他说："不要说了，我不想听了，反正我明天要派车来拉树！"说完便对外面喊了一声，"老五，送客！"

那老五像是在门外候着似的，一听这话，一步就跨了进来，脸上露着凶相，对贺端阳说："走吧！"贺端阳一见事情已经这样，也不想再说什么了，便也黑着脸站了起来，转身就往外面走去。一边走，鼻孔里一边扇着粗气，牙齿用力咬着嘴唇，两边腮帮像含了一个核桃似的鼓了起来，眼睛里闪着愤怒的光芒。走到铁栅门边，那老五才突然对贺端阳说："老弟，我劝你识相点！这段时间，到处都在向我们老板要树，我们老板踩到火石要水浇，心情不好，你可不要再惹恼他了！惹恼了他，他可是六亲不认的！"贺端阳听了这话，停住了脚步，他本想说一句："他心情不好关我啥事？"可一见老五那副恶狠狠的样子，就把话咽了回去，一步跨出铁栅门，气咻咻地朝前走了。

走了很远，贺端阳心里的怒气也没有平息下来，心里一遍又一遍愤愤地想："吃屎的把屙屎的欺负了，还没听说有这样的事？我不相信就没有办法了！"极力冥思苦想了一会儿，终于有了一个主意，便说："好，就这样办！只要没人从林子里砍树，我看你来买啥子？"这么一想，便觉柳暗花明，阳光灿烂，心里不觉高兴起来。心里一高兴，便听见肚子里传来一阵"咕咕"的叫声，才记起自己还没有吃早饭。正好看见路边有一个小店，门口坐着一个像老板娘的女人，四十多岁的样子，身体微胖，穿一件浅黄色羽绒服，拦腰拴了一条围裙，呆呆地望着公路上来来往往的汽车。

贺端阳便急忙走了过去，老板娘忙站起来，笑吟吟地对他说："老弟吃点啥？"贺端阳说："有没有馒头和稀饭？"女人一听这话，脸色就黯淡下来，说："没有，我们只卖米粉和面条。"贺端阳的肚子已经饿了，便对女人说："那给我煮一碗米粉吧！"女人一听，急忙去了。

这儿贺端阳坐下来，看见桌上有一张报纸，是市里的晚报，便拿过来随便翻翻，刚翻到第一版，便看见上面一条消息：《我市反腐又出重拳，市职业技术学院后勤部总经理薛某被立案调查》！贺端阳吃了一惊，急忙认真看了下去。只见上面写着：

> 本报讯：记者昨日从市纪委获悉，我市职业技术学院后勤部总经理薛某因受贿和其他经济问题，已被市纪委立案调查。同时被纪委带走协助调查的，还有该院后勤部经理罗某……

贺端阳一看，想起村上为那 1000 亩土地的事，送给罗经理的 5000 元钱，心里不禁骂了一声："活该！肯定是这样的冤枉钱得多了！"骂完，又庆幸那次他们没来看自己那 1000 亩地，不然村里又会白白损失 25000 元钱，那姓薛和姓罗的在受贿金额中，又会多上一笔。一想到这儿，贺端阳便把报纸折起，揣进口袋里，他还不知道板桥村的宋支书，知不知道他们村范德元外甥被纪委带走协助调查的事？他想把报纸拿回去给宋支书看看。可一想到宋支书，贺端阳又同情起他的外甥来。觉得姓罗的虽然人长得不怎么样，但还算得上有侠义肝肠，说了带姓薛的来看，果然带来了，还算说话算数的人！可为啥受贿嘛？这一抓进去，别说老婆孩子，就是三亲六戚，也要替他担忧！如此看来，还是古话说得好，人不要有贪心，要使人不知，除非己莫为，做得再巧妙，像贺春乾和伍书记一样，终究有一天还是会被人发现的……正这么想着，女人把米粉端上来了。贺端阳便不再想什么，呼哧呼哧地把米粉填进肚子，然后抹了一把头上的汗，付了钱，便急急地赶回去了。

一回到贺家湾，贺端阳便把贺荣、贺贤明喊到村委会办公室，对他们说了到城里找郎山的事。贺荣、贺贤明听了，还没来得及说什么，贺勇忽然一头撞了进来，神色慌张地对贺端阳说："不好，刚才我到林子里看了一下，昨晚上起码被人偷砍了两百多棵树！"贺端阳一听这话，吃了一惊，忙问："你真的看清了是昨晚上砍的？"贺荣也说："就是，前几天每人砍了两棵树，那树桩也肯定还是新鲜的，你别把那些树桩也当成是昨晚上砍的了！"贺勇说："怎么会呢？前几天砍的树，树桩虽然是新鲜的，可从树皮中流出来的树脂，已经凝结了，昨晚上砍的，树脂还像人的眼泪一样在流呢！"

贺端阳听了这话，咬着牙齿半晌没有吭声，过了一会儿，才生气地对贺勇说："我叫你喊贺飞、贺兴武、贺健他们和你一起防守，你没有去叫他们吗？"贺勇急忙叫屈说："怎么没有？可林子那么大，我们怎么守得住？再说，天气那么冷，夜又那么长，我们总不能不回来眯一会儿吧？"过了一会儿，贺勇又望着贺端阳说："一晚上就被偷砍了两百多棵，这还是开头，如果不制止的话，怕是要被砍光的！"

贺贤明一听这话，突然在桌子上擂了一拳，然后义愤填膺地说："妈的，搜，麻雀飞过都有影子，家家户户搜，我不相信搜不出来！"贺荣听了，想了想说："搜是搜得出来，可那树上又没有刻字，即使搜出来了，他死不认账怎么办？"贺贤明说："那怎么办？"说完又望着贺端阳。

贺端阳又沉默了一会儿，才说："看来我们只有这样了！从今天晚上起，我们三个人，加几个村民小组长，再加贺勇、贺飞、贺世民、贺兴武、贺兴成、贺彬、贺健、贺善怀、余小明、郑兴全、刘辉、贺长军、贺中华、贺长安等十多个身强力壮的汉子，一共二十多人，分成四个组，我们三个村干部和贺勇，一人带一个组，分别扎住四个上山的路口！只要我们守住了路口，那些想去偷砍树的人，我不相信能从天上飞过去！只要没人敢去林子里偷砍树，他们把自己责任地边那点树卖光了，郎山来买不到树，自己都不会来了！"

话一说完，贺贤明、贺勇都齐声叫起好来。贺贤明说："这办法好！只要守住了我们的人不去偷树，他郎山还来买个屎！"贺勇也高兴地说："就是，那林子四面都是悬崖峭壁，只有四条路才通得到林子里，只要守住了路口，任何人也到不了林子里去，主任老弟这办法绝了！"只有贺荣过了半晌才说："这办法好是好，可现在天气这样冷，山上风又大，让大家整晚整晚地守在露天里，身体再好也怕吃不消的!"

贺端阳听了这话，便说："这有啥难的? 我已经想好了，今下午就分别去选择背风的地方搭棚子，地上稻草铺厚些，大家再多带一两床棉絮就行了!"话一说完，贺荣便说："这还差不多!"贺贤明也说："只要有个窝棚挡风，大家不过是换个地方睡觉罢了! 如果还冷，那林子里多的是干树枝，捡拢来烧堆火就行了!"

贺端阳见贺荣、贺贤明都同意了，便说："你们都没意见了，那就把几个村民小组长和刚才我点到的那些人通知来，我们开个短会，把组分了，然后各自好上山搭棚子!"贺荣、贺贤明和贺勇一听，果然跑去通知人。没一时，人都到齐了，贺端阳便把刚才和贺荣、贺贤明商量的事说了一遍。有几个人一听是到山上守树，先还有些疑虑，可一见贺端阳、贺荣、贺贤明都要带头去守，也不好说什么了。贺端阳便把人分成了四组，由自己、贺荣、贺贤明和贺勇各带了一组，立即分头行动，各自带上家什便上山去了。

却说这天晚上，那林子里的树，果然一棵也没被偷砍。第二天，那老五真的带着上次跟来的几个马仔，开着两辆卡车，摇摇晃晃地到贺家湾来了。那些卖树的人也早已把树扛到了公路边。老五一家一家地验树，验完后把树装在车上。装完了以后，老五这才站在车上，仍像上次一样，从兜里掏出一捆花花绿绿的票子，一边挥舞一边喊："还有谁卖树? 我们老板说了，这次卖树的，每棵树再加5元，65元一棵，65元钱一棵……"

那些已经卖了树的人一听，便惊得叫道："又涨了5块呀?"老五说："可不是吗? 要卖的又马上来登记，登记了就给钱! 要卖的快来呀!"可那些人却惋惜地说："再贵我们也没有卖的了!"那些前天没有登记上的人，经不住诱惑，便过去登记，却只有5棵、6棵的。老五便问："怎么只这样一点? 人家前天都是10棵20棵的?"那些人便愤愤地说："你们前天为啥不多带些钱来?"老五一听，便问："怎么了?"那些人因为心里有气，便把村里将通往林子的路口给守住了的事，给老五说了。老五听后心里一下明白了，便说："那好，你们有多少就先卖多少吧，反正过了今天，我们还要来买树的!"说罢，付了那些人的钱，便拉着两车满满的木材走了。

却说贺端阳、贺荣、贺贤明带着几个村民小组长和十多个村民，在通往集体林子的四个路口一连守了四个晚上，林子都风平浪静，没再发生一棵树被偷盗的事了，就渐渐有些松懈了。先是几个年龄较大的小组长感冒了，贺端阳便又把每组的人划成两拨，每拨三个人，上下夜轮流值守。下半夜要辛苦一些，他因为是村主任，就自愿在自己这个组守下半夜。贺善怀、贺彬、刘辉、贺长军、郑小明都劝他守上半夜，可他没有答应。

　　这天晚上，他刚刚脱了衣服睡下，突然听见外面大声叫喊："贺主任，贺主任！"一边叫，一边将大门擂得"咚咚"响。贺端阳急忙披衣起床，开门一见，却见是贺彬、刘辉和贺长军，三个人像是被人追赶着似的，神色惊惶不定地喘着。贺端阳一见，急忙问："出啥事了？"几个人喘了半天，贺长军才说："不好了，老五带着一二十个烂、烂龙来了，个个背上背着一把两尺来长的刀、刀，看见我们就叫我、我们滚！还说他们的刀、刀不认人……"

　　贺端阳一听，太阳筋顿时"突突"地跳了起来，便咬了牙、红了眼睛说："这还了得，竟然跑到我们地盘上来撵人了！"说完将手往衣袖里一套，穿好衣服，便对贺彬、刘辉和贺长军说，"走，我们去看看！"刘辉一听，双腿马上筛起糠来，说："贺、贺主任还是不去了吧，那些人凶、凶得很呢！"贺彬也说："就是，要不就多叫些人一起去！"贺端阳仗着和老五还有一面之交，便说："怕啥子？我不相信他们还敢在贺家湾地盘上杀人！"

　　说罢就要走，刘辉却一边往后退一边说："贺主任你们要去就去，我上有老，下有小，可、可不想成为他、他们的刀、刀下鬼……"贺端阳没等他说完，便说："你怕死不去算了，我和贺彬、贺长军去！"贺彬本来也不想去，可听贺端阳这么说了，不好拒绝，便只好硬着头皮答应了。贺端阳便对里面屋子里喊了一声："妈，你起来把门关到，我上山去了！"说完就带着贺长军、贺彬走了。

　　到了山上棚子前，果然有四五个人，鹊巢鸠占，在棚子里面猜拳行令，大呼小叫，像是在喝酒庆祝他们的胜利一样。听到脚步声，几个人立即停止了吵闹，一齐拔下背上的刀冲出来，虎视眈眈地瞪着贺端阳他们。贺端阳先是打了一个寒战，见中间果然有老五，胆子便壮了一些，对老五说道："老五，你们这是干啥，啊？"话音刚落，老五便恶狠狠地道："干啥？这山上空气好，我们兄弟在城里住厌了，来呼吸一点你们的新鲜空气！我可告诉你们，识趣的马上走开，要是打扰了我们呼吸新鲜空气，我们的刀子可不认人的！"贺端阳听了这话，不相信他们真会在这里来撒野，便说："老五，你可要认清楚，这是在贺家湾，只要我一声招呼，就会让你们出不去……"

话音未落，那老五突然一步跳到贺端阳面前，一把抓住贺端阳的衣领，又"飕"的一声，将刀拔出来横在贺端阳的脖子上。贺彬、贺长军一见，"呀"地叫了一声，便坐在了地上。那老五瞪着贺端阳说："想吓老子，也不称二两棉花纺（访）一纺（访），老子们是干啥子的？别说是你湾里这几个屌人，就是真枪真刀，老子们哪里没见过？不瞒你说，我们老板不喜欢跟他做对的人！你敢跟他做对，我现在就教你怎样学会睁一只眼、闭一只眼！说，你要哪只眼睛睁，哪只眼睛闭？"

说完，又将刀"飕"的一下取出来，贴在贺端阳脸上。旁边几个小马仔听了老五这话，也一齐喊道："宰了他！宰了他！"贺端阳浑身只顾筛糠，哪还说得出半句话来。筛了一会儿，那老五才收了刀，说："看在你和我们老板原来还有点交情的面上，今晚上我先饶了你，要是还敢来阻挠我们老板的事，一刀就穿了你！"说着将贺端阳用力往前一攘，吼了一句："滚！"

那老五的手一松，贺端阳往前扑了一下，便像被抽了筋骨似的瘫在了地上。起初想还逞点英雄气爬起来，可那腿竟不听他大脑指挥，站了半天也没站起来。贺彬、贺长军这时回过了神来，便战战兢兢地爬起来，过去扶起他，三个人便跌跌撞撞地朝山下跑去了。

第四十二章　绝　地

　　贺长军和贺彬把贺端阳送到家里，贺端阳还像怕冷似的直打抖，牙齿一阵阵地碰得嘎嘎响。想去敲门，手却半天没举起来，贺长军才帮他去敲。敲了半天，李正秀起来开了门，一看贺端阳面如土灰，腿脚打战，丢魂失魄一般，便也惊慌失措地叫了起来："这是怎么回事，怎么回事，啊？"

　　贺长军和贺彬将贺端阳扶在椅子上坐下了，贺彬才对李正秀说："婶，你还不晓得，好吓人哟！端阳哥去盘问城里来的那些烂龙，那些烂龙把刀架在端阳哥的脖子上，说要不是看到他和郎山还有点交情的分上，就一刀抹了他……"话还没说完，李正秀的身子也便一边筛糠，一边"哇"的一声哭了起来，说："天啦，你怎么去惹那些烂龙呀？要是出了事怎么办呀……"贺端阳这时已经缓过一些神了，听见妈哭，便没好气地说："哭啥，我还没有死嘛！"

　　李正秀一听这话，便马上像做错事一样住了声，却仍是抽抽咽咽、泪流不断。贺长军便对李正秀说："婶，你别这样流泪抹眼的了，深更半夜让人听见笑话，端阳哥好歹还是个村主任嘛！"说完又对她问，"有没有开水？去倒杯开水来给端阳哥喝，压压惊！"李正秀听了，果然进灶房里提来一瓶开水，倒了一杯，贺端阳接过去一口气就喝了。喝完，感觉好了些，便对李正秀说："妈，你先去睡吧，我们都没事了！"说完又对贺长军、贺彬说："你们也回去睡吧……"

　　贺长军、贺彬同样心有余悸，巴不得贺端阳说这话，于是说："那好，端阳哥，我们就回去了！"说完正要走，贺长军忽然又回头说："端阳哥，你千万不要再去惹那些人了，那些人看来不是一般的烂龙，像是黑社会的！"贺彬也说："就

266

是，刚才刘辉说得对，我们都是拖家带口的，要是出了啥事，婆娘娃儿谁来管？"贺端阳说："这些我都晓得，你们走吧！"贺长军、贺彬便去开门。可贺端阳忽然又喊了他们一声，说："回来！"贺长军和贺彬带着疑惑的目光问："端阳哥还有事？"贺端阳说："今晚上的事，你们嘴巴可要紧点，不要到处去说！"贺长军和贺彬听说是这事，互相看了一眼，明白了贺端阳的心思，便说："端阳哥你放心，我们不说就是了！"说完，这才又回过身子，打算开门。

正在这时，外面却先响了咚咚的拍门的声音，贺长军和贺彬吓了一跳，忙问："哪个？"外面的声音答道："是我、我和荣叔……"声音颤颤抖抖，但贺端阳还是听出了是贺勇的声音，便说："是贺勇，快开门！"贺长军和贺彬便一齐去把门开了，随着一阵寒气涌入，果然见贺荣扶着贺勇站在门外。那贺勇同样面无血色，上颚骨和下颚骨嘎嘎地打战，发着清晰的声音。

贺端阳现在已经好了一些，再说，即使他心里再慌再怕，这时也要做出镇静的样子。一见，忙站了起来，将椅子让给了贺勇，自己和贺荣在他对面的凳子上坐了下来。那贺勇的牙齿磕碰了半天，才结结巴巴地说："也不晓、晓得是、是从哪里来了一伙黑社会的，背、背着刀，把、把刀指、指到我们胸、胸前，把我们赶、赶出来了，占、占了我们的棚、棚子……"

话音未落，贺彬便像万事通似的，说："是郎山手下的老五带的人来，端阳哥刚才……"话没说完，贺端阳便狠狠瞪了他一眼，贺彬一见，忙把没说完的话咽回去了。贺端阳说："这里没你们的事了，你们回去睡觉吧！"贺长军和贺彬一听，这才转身往外面走。才跨出门槛，贺端阳又盯着他们的背影说："你们要多长个心眼，悄悄看看那些人啥时离开？"说完又说，"我不相信他们就长期扎在贺家湾了！"贺长军和贺彬答应了一声，这才走了。

贺长军和贺彬一走，贺荣才对贺端阳说："这可怎么办，大侄儿？我活了几十年，还是头一次碰到这样明火执仗的事！刚才睡得热热火火的，听见有人敲门，起来一看，才是贺勇、贺善怀、贺兴民他们，一个个三魂吓脱了两魂似的。一问，才晓得是被一伙烂龙给吓的。贺善怀、贺兴民也要来找你，我把他们劝回去了，说：'你们现在去找他，他又有啥办法？等明天村里开个会再说吧！'他们听了，才回去睡觉了。"贺端阳听了这话，便说："荣叔，真佛面前不烧假香，我刚才……"说着便把自己刚才的事对贺荣说了一遍。说完，心里又像有只小兔子一样乱跳起来。

贺荣一听，脸上也变了颜色，说："幸好没出事，要出了事怎么办？这些烂龙可不比乡上那些人，他们是啥都可能干出来的！"说完又说，"大侄儿可千万小心些！"贺端阳听了这话，便愤愤地说："都说我们贺家湾人团结，不怕事，难道我们就这样怕他了不成？"贺荣说："大侄儿你难道还没看出来，这次大家恐怕不会像和乡政府争那样团结了！一是那些烂龙手里的刀，可不比乡上派下来的'敢死队'手里的竹竿。大家都是有老有小的人，哪个不怕死？更重要的，是好多人都想浑水摸鱼，到集体林子去偷偷砍点树卖给郎山。砍了的还想多砍，没砍的更想砍，他们巴不得有那些烂龙保护，怎么会像对付乡政府一样巴心巴肠地跟着你干？"

贺端阳听了这话，沉默了半天，才说："荣叔你说得对，怪去怪来，还是怪贺家湾人眼窝子浅，见钱眼开，他们要不砍树，郎山来收啥树？事到如今，我也没有啥办法了，明天开个村民小组长和村民代表会议，让大家来共同想办法管住我们自己的人，只要我们自己的人自觉了，那些烂龙总不会自己来砍树！"贺荣一听这话，便说："大侄儿这话说得对，要想不让外人打破篱笆钻进来，首先是自己人要把篱笆扎牢！"说完又说，"时间也不早了，今晚上就这样吧！"说完就站了起来。贺勇一见，也跟着站起来，贺端阳看见贺勇腿脚还有些打战，便又对贺荣说："荣叔辛苦一下，顺路送一下贺勇哥！"贺荣说："大侄儿放心，我晓得！"

说完，贺荣便去开门，手刚把到门闩上，却忽然像想起什么似的，回头对贺端阳说："还有一句话，我不晓得该不该问？这事你给贺劲松说没有？"贺端阳一听，像猛地想起了似的，说："我好几天都没给他打过电话了！"贺荣说："大侄儿是应该给他说说的，他现在好歹是村里的一把手，虽然是代理，可毕竟是支书！村里出了这些事，他不能老是当甩手掌柜，让你一个人在家里顶起碓窝耍狮子——费力不好看！"贺端阳一听这话，便说："荣叔提醒得对，我等会儿就给他打电话，如果他关了机，明天一早我又给他打！"贺荣听后，不再说什么，便和贺勇一起走了。

贺端阳关了门，想起贺荣刚才的话，便掏出手机给贺劲松打电话。他以为这样深更半夜的，贺劲松一定已经关了机，没想到电话却是开着的，只是响了半天，贺劲松才接。贺劲松显然已经睡得懵里懵懂的，说话的口音都带着一种惺忪的、半醒不醒的味道："是大侄儿呀，这么大晚上有啥子事？"贺端阳听见贺劲松问，便颤抖着声音说："劲松叔，你快回来吧，侄儿快吃不消了！"贺劲松说："啥事这么严重？"贺端阳说："老叔还不晓得，湾里可出大事了！"

接着，贺端阳便把郎山来湾里强买强卖，一些人悄悄到林子里砍树的事对贺劲松说了一遍。害怕贺劲松听见不回来，贺端阳把今晚上发生的事对他隐去了没说。说完又对贺劲松说："劲松叔，你可千万要早点回来！不管怎么说，乡上宣布了你负责支部工作，如果那林子继续这样砍下去，上面追查起来，我们哪个都走不脱！"贺劲松听了这话，沉吟了一会儿才说："那好吧，大侄儿，明天我去看看有哪天的车票，让你苏二婶留下来照顾你兴蓉姐姐，我一个人先回来吧！"贺端阳听了这话，心里踏实了一些，便说："那好，劲松叔，我就等着你回来了！"说完才放下电话去睡了。

第二天天还没亮，贺端阳又被一阵"咚咚"的擂门声惊醒，爬起来一边揉着眼睛，一边去开了门，一看，却是贺长军和贺彬。两人也没进屋，便像报告喜讯一样对贺端阳说："那些烂龙走了！"贺端阳听了像是不相信似的，问："真的走了？"贺长军说："可不是吗？和拉树的车一起走的！"贺端阳忙问："这么早就来拉树了？"贺彬说："就是，车子也不晓得是啥时开来的，停在村口的路边上，装了两车……"

话还没说完，贺端阳就盯住他们问："你们都看见有哪些人卖树？"贺长军说："卖树的人可多了，可因为天黑，我们都没看清楚人！"贺彬也说："就是！老五临走时还对卖树的说：'你们放心，我们明天晚上还要来，你们有多少树，我们都要，每棵树再增加5元钱！'"贺端阳吃了一惊，又忙对贺长军、贺彬问："他真说了每棵树再加5元？"贺彬还没答，贺长军说："可不是吗？我们听得清清楚楚的！"贺端阳没说话了，沉吟了一会儿才说："你们辛苦了，回去睡一会儿吧！"说完又说，"吃过早饭，你们到林子里去，看看昨晚上有多少树被砍了？"贺长军和贺彬说了一声："是！"然后便转身回去了。

这儿贺端阳虽说觉得眼皮发黏，却没有一点睡意了，便在椅子上坐下来，眼睛看着屋梁发呆。坐了一会儿，天渐渐发亮了，也不等李正秀起床，自己去生了火做饭。饭做好了，李正秀才起来，一看贺端阳做好了饭，便说："你这么早起

269

来做啥子?"贺端阳说:"我睡不着。"李正秀说:"是不是昨晚上吓着了?要不叫凤山叔来给你收一下魂!"贺端阳不耐烦地说:"妈你又来了,我又不是三岁小孩子,哪就那么容易吓着了?"说着去舀了饭,闷头吃起来。李正秀见了,也不说什么了。

吃了饭,贺端阳就到村委会办公室通知村民小组长和村民代表开会了。通知了半天,却只来了几个人。贺端阳一见,便生气了,说:"还有的人怎么没来?"贺荣说:"我都喊了的,有的昨晚上受了惊吓,有的胆子小,恐怕不会来了!"贺端阳没法,便只有开会,可刚刚讲了开会的目的,来的几个人便义愤填膺地叫了起来,说:"太不像话了,到他们包产地边去数树桩,又看他们卖了多少棵树给郎山,多出的就肯定是偷砍集体林子里的,重罚他们!"

话音刚落,贺端阳就说:"问题是我们现在并没有掌握到他们卖了多少棵树给郎山,他们自己也不会说,怎么罚?他们到时候不认账,我们反而把人得罪了!"贺荣也说:"数树桩这办法肯定不行!"贺贤明说:"现在很多人想的是怎样去林子里砍树,没砍树的看见砍了的,心里不服,砍得少的看见有人比自己砍得多,心里也不服,大家的心思都不在修路上了!昨天和前天,每天都只有稀稀拉拉几个人上工。上工的人也不肯出力,这样下去,路恐怕明年都修不好!"

贺端阳听了这话,便说:"不要扯远了,现在最重要的,是大家想办法怎样处理好林子的事!处理得不好,林子砍光了,我们都不好交代!"贺贤明一听贺端阳这话,便不再说什么了。大家见贺贤明不吭声,互相看了看,便也都闭了嘴。正在这时,贺长军和贺彬一头撞了进来,也没看屋子里其他人,便对贺端阳说:"可不得了,林子里昨天晚上怕被人砍了几百棵树,到处都是树枝和才砍了的树桩……"众人一听就叫了起来:"照这样砍下去,要不了多久就会被砍光了!还开啥子会?把林子分到每家每户,不就完了?"贺端阳说:"分到各家各户就不砍了?恐怕还会砍得更快!"

众人一听这话,便又有些束手无策了。过了一会儿,贺贤明突然说:"我不相信就把郎山这杂种没办法了!"众人忙问他:"有啥办法?"贺贤明说:"下次郎山的汽车再来收树,就扎了他的轮胎,让他拉不成树,不就行了吗?"话音刚落,马上就有人对他说:"你不怕死,你就去扎吧!"贺贤明一听这话,立即不说话了。但过了一会儿,又像不甘心地说:"扎轮胎不行,那我们就干脆把机耕道挖断，让他的车子进不了村……"有人一听这话，觉得还行，便打断了贺贤明的话说："对，只要他车子进不了村，木材也就没法外出了！"但话音一落，贺荣却一边摇头，一边说："他的车子是进不了村，可我们修路要拉水泥、沙石，怎么办？"众人一听这话，便又不吭声了。

又沉默了一阵，忽然新湾的贺贵明说了起来："他妈的，郎山这杂种和昨晚上那些家伙算个屁呀？充其量只是一些'小混混'，还不够真正的黑社会！要说黑，还有比他们更黑的！依我看，我们干脆来个'以烂治烂'，去请比郎山更黑的黑社会来替我们守林子，他郎山就没有办法了！"众人一听这话，纷纷说这办法可以，就问贺贵明哪里还有比郎山更烂的"烂龙"？贺贵明说："只要我们愿意去找，哪儿会找不到？听说县上就有个'一四六'公司，就是一个黑社会组织，不但老板是个劳改犯，手下的人也尽是些不要命、不怕死的劳改释放犯！为啥叫'一四六'公司？就是遇到事情，一四六地拿命去摆平，可比郎山厉害多了！"

大家一听这话，就把目光一齐转向了贺端阳。贺端阳还没说话，贺荣先开了口，说："这是个馊主意，千万要不得！不说人家愿不愿意来，就是来了，我们也恐怕给不起人家的保护费。再说，郎山这里我们已经是个教训了，到时只怕是赶走了一头狼，又引来一只虎，更不好收场呢！"

贺荣说完，众人又哑了，这时贺端阳说："荣叔刚才说得对，请黑社会来肯定是不行的！"说完又说，"大家刚才只想到了怎么样去制裁郎山，却没有想到怎样管住我们自己！郎山派来的这些人，都是不要脸、不要命的，我们不能和他们硬拼。现在只要我们的人不卖树，郎山自然就不会来了！"众人一听这话，就说："是这样的，可刚才贺贤明说得对，现在好多人看见郎山手里的票子，心就动了，没有去砍的人想去砍，砍得少的想多砍，怎样才把他们管得住？"

贺端阳说："昨晚上我想了一晚上，办法只有一个，就是加强对我们自己人的管理！晚上偷偷上山砍树，不是一般小孩和老人能干的，肯定是家里的主要劳动力。那些烂龙为了让一些人方便偷树，把住了通往林子的路口，可他们不能把我们每个院子都把住，是不是？从今晚上起，每个村民小组组织三五个人的巡逻组，由小组长带队，每隔一个小时就到村民家里查看一次，发现当家人不在家里的，严加追问，回答不出来的，那就肯定是上山偷树去了！然后马上上报到村里，村里再组织人到他房前屋后守候，我不信抓不到他的证据，到时我们一定杀一做百……"

众人还没听完，便叫起好来。可有两个村民小组长却皱起了眉头，说："这、这……"贺端阳一见，便知道他们的心思，就沉下脸说："你们怕得罪人，是不是？变了泥鳅就不怕糊眼睛，怕得罪人就不来！"贺荣也说："你们只是进屋去查看一下当家人在不在，唱黑脸主要还是村里组织人来，你们怕啥？"那些人听了这话，这才不说什么了。贺端阳见了，便又说："那就这样定了！现在各个村民小组长立即回去召开村民会，给大家讲清楚，然后就把巡逻组组织起来！我可把话说到前头，哪个村民小组组织不起来，我就拿哪个村民小组长是问！"说罢就宣布散了会，并和贺荣、贺贤明亲自到两个村民小组长没来的村民组去召开会议，组织巡逻组去了。

却说这天晚上，果然又是风平浪静，老五带的那伙烂龙，天黑不久又来到山上路口的棚子里，却是白守了一夜，第二天天亮的时候，两辆卡车只装了几十根木头，晃晃荡荡地开走了。

可是在第三天晚上，那伙人却不在山上路口的棚子里守候了，而是一到贺家湾，就骑了摩托车，威风凛凛地在贺家湾各个院子间突突地穿梭往来着，像是电影里的鬼子巡逻兵一样。摩托车巨大的车灯光柱，不时像探照灯一样，划破贺家湾黑沉沉的夜空。各小组组织起来巡逻的人，看见那些烂龙背上银光闪闪的刀片和摩托车后座上的钢管，哪里还敢出门去？

就在这天晚上，贺家湾集体林子又被人盗伐了几百棵树。

第四十三章　突　围

　　第二天一大早，贺荣、贺贤明、几个村民小组长，还有贺勇、贺飞、贺世民、贺兴武、贺兴成、贺彬、贺长军、贺中华、贺长安等人，就拥到贺端阳家里来了。几个村民小组长像是要急于撇清自己身上的责任，一进门就苦着脸喊："贺主任，这可怎么办？不是我们没有带头到各户去盘查，只是我们选出的几个巡查队员，一看见那伙烂龙背上的刀，就不跟我们去了，我们也没办法……"贺端阳没等他们说完，便黑着脸说："我都晓得了！"说完又问，"你们说还有啥子好办法？"众人一听这话，便面面相觑了。

　　正在这时，郑锋忽然拄着拐杖，脸上的黑云堆了一层又一层，比雷雨前天空的黑云还厚，由郑全兴扶着，一步一步地走来了。贺端阳一见，急忙站了起来，换了一张笑脸迎过去说："你老人家怎么来了？"话音刚落，那郑锋跨进了门槛，忽然举起手里的拐杖朝桌子上狠狠地打去。那桌子上有一只泡菜碗，被震得跳到了地上，哗的一声碎了，泡菜撒了一地，满屋子立即弥漫着一股酸菜味。众人都吓得喊了一声："老革命，你这是怎么了？"

　　郑锋却不管众人，只怒发冲冠地朝贺端阳骂："妈的个巴子，当的啥官？村里人个个都是贼了，那林子今天被东偷几百棵，明天被西偷几百棵，就像鸡巴毛一样，越拔越少了，你还管不管？妈的个巴子，老子当支部书记那阵，哪个龟儿子敢……"贺荣、贺贤明、郑全福见他一边朝贺端阳骂，身子一边颤抖，怕他中了风，急忙过去扶住他，说："你老革命有意见就提，别这样激动！"又扶他到椅子上去坐，可老革命却犟着不去坐，继续怒气冲冲对贺端阳说："妈的个巴子，都是毛主席死早了，要是毛主席在，哪个龟儿子敢这样？绑起来给我送学习班，斗他三天三夜，他一下就老实了……"

众人都清楚郑锋的脾气，遇事只顺着他的话说，给他戴高帽子，保准他的气一会儿就消了，于是说："可不是吗，你老人家说得太对了！就是毛主席在的时候好，可以办学习班，可以斗争人，现在不好，不能办学习班，不能斗人，所以大家胆子就大了，人就是这样——贱！"郑锋果然气小了一些，只用拐杖指了贺端阳说："我告诉你，你再不把林子管好，妈个巴子，我就发动党员和村民罢免了你！"

郑全福见贺端阳脸上青一阵、白一阵，实在不过意，便过去对郑锋说："你老人家说这么多干啥？你怎么晓得贺主任没有管？他这不正召集我们开会，研究办法吗？你想想嘛，林子真的遭破坏了，对他有啥好处？"郑锋听了这话，才说："你们在开会呀？好嘛，那我就不说了！"可说完又说，"妈的个巴子，我明告诉你们，再不把偷树的风气刹住，我可不饶你们！"说罢转身就往外走。这儿郑全福对郑全兴使了一个眼色，郑全兴便急忙过去扶住老人家，和他一起走了。

郑锋走后，贺端阳坐在椅子上，还胸脯一起一伏地铁青着脸，半天说不出话来。贺荣见了，便劝他说："算了，你还不晓得他的脾气？他是洋铁桶子，眼睛里容不得半粒沙子，有啥话就要说出来的，过一会儿就忘了！"郑全福也说："就是，他不晓得情况，贺主任千万不要跟他一般见识！"贺端阳这才说："老革命他骂得对，如果再不把村里的偷树风刹住，那林子毁了，不说法律容不过我们，就是那山没有了保护的，如果下暴雨发生泥石流，轻则毁坏田地，重则村毁人亡，那我们就是千古罪人了！"说完又望着大家，恳求地说，"大家还是想想办法吧！"

一听这话，众人便又沉默了。过了一会儿，郑全福像是被憋急了，试探着对贺端阳说："贺主任，我看这也不行，那也不行，我们还是去找乡政府吧……"话还没说完，有人便讥笑起来，说："找乡政府？乡政府有多大？连林业公安郎山叫放人就放人，乡政府还管得了郎山？"众人一听这话，便都说："是呀，是呀，要是乡政府管得了郎山，那上回乡政府又不得请些社会上的小混混，来我们贺家湾执法了哟！"

郑全福听了众人的话，有些着急了，便说："乡政府是管不了郎山，难道这点我都不明白？可乡政府的头上有县政府，县政府难道还管不了林业公安？上回赶场，我听到有人念一段顺口溜，说现在政府怕群众，群众怕黑社会，黑社会怕公安，公安怕政府！鲢鱼咬尾，一个怕一个呢！为啥公安怕政府？因为政府不但管着公安那些当官的的乌纱帽，而且管着公安那些人的口粮！政府要不给那些公安吃饭的钱，他们也就抖不起威风来了。我思来想去，觉得这世界上，还是政府最大！"说完又补了一句，"要不，怎么会成立政府呢？"

众人一听这话，有些明白过来了，便纷纷说："是这个理呀！乡政府虽然管不住郎山，可乡政府可以向县政府反映呀？乡政府向县政府一反映，那郎山能买通林业公安，他还能买通县政府？县政府要林业公安出警，林业公安敢说半个不字？县政府一出面，问题不就解决了？"这样说着，众人突然觉得事情像已经解决了一般，感到政府才是自己的靠山，如此让大家伤透脑筋的事，原来如此简单和容易，因此人人又都觉得政府很重要了。说完，便都望着贺端阳。

正在这时，贺劲松忽然一脚跨进了屋子，众人一见，仿佛见到天外来客一般，纷纷叫了起来，说："这下好了，贺支书、贺会计回来了！"贺端阳一见，也喜出望外地站了起来，迎着他说："哎呀，劲松叔，你可回来了，正盼着你呢！"说完又对众人说，"好了，你们先回去吧，我和贺支书先商量一下，回头再通知大家！"众人一听，知道他们要先沟通一下情况，便先离开了。

众人走后，贺端阳便迫不及待地把村里发生的事对贺劲松说了一遍。贺劲松说："我一进村就听说了，没想到郎山是这样的人，起初我们还以为他帮了我们大忙，没想到我们是引狼入室！"说完又说，"现在的关键问题是，大家提了些啥办法没有？"贺端阳说："我们使尽了浑身解数，像是端公捉鬼，啥法都使尽了！可既管不住郎山不来买树，也管不住村里的人不卖树！只要村里的人不卖树，郎山来买不到树，他自然不会来了；或者只要郎山不来买树，村里人的树卖不出去，自然也不会有人去林子里偷砍树了，可现在我们是两头都管不住，像是鸡生蛋、蛋生鸡一样，陷进了一个怪圈！刚才郑全福建议还是去找乡政府，说乡政府虽然管不住郎山，可他们可以向县政府反映，县政府出面就管得住郎山了……"

他的话还没说完，贺劲松说："郑全福这个建议是对的，政府是人民的政府，有回开会，谢乡长还在会上说，有困难，找政府，现在我们真有了困难，不找政府还能找谁？"说完又说，"别小看那片林子，因为是长江中上游天然防护林，如果真毁了，我们自然是有责任，可乡上也是猫儿抓糍粑——脱不了爪爪的！再

275

说，对付郎山这样类似黑社会的人，不能靠我们单枪匹马，一定得政府出面，才能管住他！"

听了这话，贺端阳的脸红了半天，最后才迟疑地说："劲松叔，叔侄面前，我也不说假话！刚才我一听郑全福的话，就觉得在理！可一想起自己几次和乡上闹，有些像是不要政府的样子。尽管马书记说与我们和解了，可我也不晓得他心里真实的想法。现在一有了事，又要政府出面来解决，我真有些茅坑边捡根帕子——不好揩（开）口！"说完不等贺劲松答话，便又望着他说，"劲松叔你回来得正好，乡上宣布了你代理支书，不管怎么说，你都是村里的一把手，你又没和马书记闹僵过，劲松叔你就去给乡上说说，怎么样？"

贺劲松一听是这事，便说："大侄儿你说得对，我晓得你在马书记面前一时还拉不开脸。那好，我就拉下这张老脸，去给马书记和谢乡长说说！"贺端阳马上舒了一口长气，说："那就好，劲松叔，那片林子就指望你了！"贺劲松说："都是大家的事，也是该我做的！反正才回来，我也没啥事，我这就去，我相信他们不会不管的！"说完，两人就散了，贺劲松径直去了乡上。

天傍黑的时候，贺劲松才回来，贺端阳在村办公室已经等得有些心焦了。一见贺劲松，便忙迎出去问："怎么样，劲松叔？"贺劲松说："到屋子里说吧！"贺端阳便和他一同进了办公室，坐下后，贺劲松才说："没问题了！"贺端阳问："马书记和谢乡长怎么说？"贺劲松说："谢乡长到县上开会去了，没在家，倒是马书记十分重视，说我们那片林子非常重要！又说上面正在进行林权制度改革，对于不好管理或管理不好的集体林木，经村民代表会议同意后，可以承包到个人……"

贺端阳还没听完，便说："上次我们就讨论过了，承包给个人，只怕砍得还要快！为啥呢？现在大家看见郎山手里的钞票，觉得价钱又高，所以偷偷摸摸都要去砍，一旦像土地那样承包到户了，谁还现铁不打去炼钢？一个早上都怕要砍光卖完呢！"说完又说，"还有一层，承包给私人了，我们那每亩两元钱的看管费，又到哪儿去收？两元不多，一年几千块钱，糠壳不肥田，却也能松下脚呢！再说，如果遇到今年修路的难事了，我们还可以打点林子的主意，如果分下去了，你到哪儿打主意？"

贺劲松等贺端阳说完后，才说："你把马书记的话理解错了！马书记说的承包给个人，可不是像包产到户一样，分给各家各户……"贺端阳忙问："那是什么意思?"贺劲松说:"马书记说,现在招商引资工作领导抓得这样紧,我们乡上今年也还没有完成招商引资的任务,为啥不可以找一些外地有实力的老板来承包呢?一旦有实力的外地老板来承包了,既不会少我们的收入,又让我们省了不少心,不是一举两得吗?"

听了这话,贺端阳觉得在理,便说:"如果有外地老板来承包,又不少我们的收入,当然是好事!可哪儿那么合适,就有外地老板等着呢?"贺劲松说:"我也这样对马书记说,可马书记说,只要有梧桐树,就不愁没有凤凰来!我们那片林子是优质林,说不定有多少老板想着呢!马书记叫我们别着急,乡上村上都一齐努力,哪里会找不着老板?"可贺端阳听了,却说:"他哪里晓得我们的苦楚?我们现在是踩到火石上,他说的却是慢慢从长江里去运水来救我们。等他找着了有实力的老板,那片林子恐怕早就被人砍光了!"

贺劲松听了,隔了一会儿才说:"你放心,今晚上你就可以睡你的安稳觉了!"贺端阳问:"怎么能睡安稳觉了?"贺劲松说:"我给马书记说了后,马书记已经做了安排!他联系了派出所王所长,从今晚上开始,由乡政府、派出所、林业站三家,联合在通往我们村机耕道的路口,设立治安检查站!派出所王所长虽说不愿意去得罪林业公安,可现在郎山请的烂龙,是背得有大刀钢管,这是严重危害社会治安的行为,他们总不能不管吧?所以,那些烂龙再厉害,总不敢真枪真刀地和政府、派出所对着干!马书记说,只要卡住了那里,那些烂龙便没法来了。村里再加强防范,就没人敢上山偷砍树了!"贺端阳听了,一颗心一下落了地,说:"真是这样,那就好了!"说完又说,"那劲松叔过两天再到乡上打听打听,看是不是真有老板愿意来承包,如果价钱公道,承包出去也未尝不是好事!"贺劲松说:"你放心,我会关注到这事的!"说完,两个人便回家去了。

吃完晚饭,贺端阳便通知贺荣、贺贤明、贺勇、贺飞、贺世民、贺兴武、贺兴成、贺彬、贺善怀、余小明、郑兴全、刘辉、贺长军、贺中华、贺长安等人,让他们又去山上的棚子里守候。当天晚上果然又风平浪静,第二天、第三天也是如此。贺端阳知道是乡上设的卡子起了作用,心里便万分感激,觉得真还是政府的力量大,以后还得多依靠政府。守了五晚上,贺端阳便把守候的人撤了,第二天派贺勇去林子里,一棵树也没被盗伐。半个多月来,贺端阳心里始终压着厚厚的乌云,现在终于见到了春风暖阳,便由衷地高兴起来。

第四十四章　尾　声

却说过了半个月左右，贺劲松从乡上回来，就急急地赶到贺端阳家里，对贺端阳说："大侄儿，林子承包的事定下来了！"贺端阳听了这话，感到有些意外，便说："这么快就定下来了？"贺劲松就笑着说："马书记早先不是说过吗？皇帝的女儿不愁嫁嘛！"贺端阳问："承包费谈成啥价？"贺劲松又笑了笑，像是有些不好意思开口似的，最后才说："承包费嘛，说高又不高，说低也不算太低，就看你从啥子角度来算账了！"贺端阳见贺劲松吞吞吐吐的样子，便直截了当地问："老板究竟肯出啥价？"贺劲松这才说："每年3万块钱，承包期为20年……"

贺端阳还没听完，便叫了起来，说："我们1000多亩林子，每年才3万块钱，每亩才二十来块钱，只两三棵树就能卖两百多块钱，这也太低了吧！"贺劲松说："如果这样来算，价钱确实低了！可马书记有个算法不同！他说，那林子属天然林，天然林国家是严禁砍伐的，只能在林子里种点菌子啥的，值得到几个钱？所以现在每年能净收3万块钱承包费，既不要村上操一点心，村里也落了3万块钱，所以还是划算的！"说完见贺端阳还是有些嫌价低了的样子，便又说，"大侄儿也要想一想，我觉得马书记的话也说得对！俗话说，多得不如少得，少得不如现得，那林子放在那里，说不定麻烦事情还多呢！别的不说，现在国家给的一点看管费，乡政府都要针上刮铁，吃3块回去，村上只剩2块钱，一年三四千钱！这一承包出去，虽然一年只有3万块，细水长流，20年也有60万元，总比现在这样强！"

贺端阳一听贺劲松这话，便明白贺劲松是想按这个价格，把林子承包出去，也不好说什么，过了一会儿才说："那好吧，劲松叔，既然马书记也有这个意思，就按这个价格把它承包出去吧！承包了我们也确实少操些心！"说完又问，"啥时签合同？"贺劲松听后又犹豫了一下，然后才看着贺端阳，仍是谦卑地笑着说："不瞒大侄儿说，我已经把合同签了！"

贺端阳一听这话，看着贺劲松，张着嘴半天没说话。贺劲松一见，又笑嘻嘻地对贺端阳解释说："是这样的，大侄儿，今天我到乡上去，正碰上老板也来了，马书记就对我说，既然村上也来了，那今天就把合同签了吧！我说：'还是等我回去和贺主任商量了，由贺主任来签合同吧！'可马书记说：'这是好事，难道贺主任还会不同意？再说，你是村文书兼村会计，现在又是代理支书，贺主任又一直信任你，难道你签了，贺主任还会说东道西？'我一听这话也对，在马书记的催促下，就大着胆子签了！"

贺端阳听了，还是绷着脸没吭声，贺劲松看见贺端阳这个样子，过了一会儿，才小心地说："大侄儿要是觉得我不该签，马上去改过来也行！"贺端阳一听这话，这才忍着满肚子的不高兴说："劲松叔你这是啥话？签就签了，还去改干啥？再说，价钱也是谈拢了的，你签我签不都一样？"说完，突然才像是想起地问，"哎，说了半天，这个老板是哪个地方的人，叫啥子名字，我还不晓得呢？"贺劲松见贺端阳这样问，又过了一会儿才说："你看，搞了半天，我还没有跟你说老板是哪个呢！大侄儿你万年也想不到是哪个？我告诉你吧，就是郎山……"

话没说完，贺端阳又惊得叫了起来："郎山？怎么是郎山？他又是怎么晓得我们的林子要承包的？"贺劲松说："就是呀，我也在想这些问题呢！想不给他承包呢，又是乡上好心好意找的人，不答应便会得罪乡上，所以也就答应了！"说完又说，"不过，管他是哪个承包，只要不少我们那3万块钱就行！再说，他承包了也好，尽管他后来弄些烂龙来贺家湾吓大家，但他毕竟是贺家湾出去的人，以后有啥话也好说！"说完就看着贺端阳。贺端阳想了想便说："这就叫不是冤家不碰头，合同签都签了，即使不想给他承包，那也没办法了！你也说得对，不管哪个承包都是承包，那就这样了吧！"贺劲松说："就是，包都包出去了就算了，大侄儿从今以后，可以尽管睡自己的安稳觉了！"说完这话，贺劲松就回去了。

贺劲松走后，贺端阳却越想越觉得这事有些不对头。承包林子这样的大事，怎么说承包就承包了？别说开村民大会，就是自己，贺劲松也没向他本人提起过！更重要的，贺劲松虽是代理支书，但按《村民委员会组织法》的规定，他不能做村里的法人代表，村文书、村会计更不能代替自己，怎么就由他在合同上签字了呢？承包费明显偏低不说，怎么又单单是郎山来承包？这一切他都觉得中间有些蹊跷，可想了半天又想不出蹊跷在哪儿？再说，贺劲松又是自己委托他去找乡上马书记的，并且他又一直给自己出主意、想办法，支持自己的工作，他是没有任何理由怀疑贺劲松的。想来想去没找到答案，便决定第二天到城里去找郎山问问。不管怎么说，郎山和他还算是有一定的交情，现在他又承包了湾里的林子，相逢一笑泯恩仇，不至于像上次那样，把他撵走了吧！

第二天，贺端阳揣着一脑袋的不明白进城去了。那郎山也真的不像上次那样了，一见贺端阳，亲热得像是一个娘胎里出来的一样，抓住他的手直摇晃说："哎呀老弟，我以为老弟生了大哥的气，从此不认我这个大哥了呢！"贺端阳说："哪里是我生了大哥的气，明明是大哥生了我的气嘛！我还怕大哥不认我这个小兄弟了呢！"郎山听了这话，便马上拍了拍贺端阳的肩膀，又笑着说："老弟，说个实话，大哥确实有些对不住你！可大哥也实在没法了！老弟你不晓得，大哥那段时间都差点要疯了！到处都在向我催货，我不履行合同，人家就要到法院起诉我，你说我有啥法？"说完不等贺端阳回答，又接着说，"要是县上没做出把木材优先供应那些外地商人的决定，我怎么会看得上你那个小小的村集体林场？都是那招商引资给闹的！"

贺端阳听了这话，不想和他兜圈子，便直截了当地说："大哥把我们那片林场承包了，这下就好了……"话还没说完，郎山便像知道他的来意似的，马上站起来对贺端阳打了一躬，说："老弟，包是包了，你也晓得的，那山在你的地盘上，还得仰仗老弟关照，大哥在这里就给兄弟行礼了！"贺端阳说："大哥还需要我关照？我就不明白，你是怎么晓得我们那林子要承包出来的？"

郎山一听，马上盯着贺端阳说："怎么，你老弟还不晓得？不是贺劲松来对我说的吗？"贺端阳一听郎山这样说，心里不由得一惊，却故意装作不在意地说："原来是劲松叔来找的你，他回来事情多，可能忘了对我说！"说完又说，"那倒不要紧，反正我们是商量过要把林子承包出去，哪个找你都一样！不过大哥，实话实说，你给那价也实在太低了！我们那林子有1000多亩，树都成林了，马上就可以择伐。你才给我们3万元承包费，摊下来，每亩20多元，就两棵树钱！

你想一想，你每亩才择伐两棵树吗？"

郎山听完，忽然看着贺端阳笑了起来，然后说："老弟，我就晓得你要来说这话！老弟你放心，大哥心里明白，一定不会亏待你！"说着，拉开抽屉，从里面抽出两沓崭新的、还没拆封的百元大钞，往贺端阳面前一放，说，"老弟，怎么样，大哥不是吃独食的人吧？"贺端阳一见，忽然愣了，半天才说："郎大哥，你这是啥子意思？"郎山说："老弟，你先把这点小意思收到，等大哥把那林子全部砍了以后，大哥肯定还会有重谢……"

话没说完，贺端阳便惊得叫了起来，说："啥，你要把那林子全部砍了？"郎山说："不为了砍树，我还承包它做啥，吃多了呀？"贺端阳说："可那是天然林，国家严厉禁止砍伐的呀！全部砍光，怎么可能呢？"郎山听了，不禁又笑出了声，指了指贺端阳，然后才说："老弟呀，我说你幼稚，你还真是幼稚，现在这个社会，有啥不可以改变的？"

一面说，郎山一面从抽屉里拿出了一份红头子文件，递到贺端阳面前，又接着说："老弟看看这是啥？"贺端阳拿过文件一看，原来是林业局和长防办联合下发的，只见那文件标题写着：《关于贺家湾村低产林改造项目的决定》。贺端阳没来得及往下看，一看那文件标题，便又对郎山叫了起来，说："明明是天然林，怎么一下就变成了低产林？"郎山又笑了一下，然后才不慌不忙地说："不变成低产林，我怎么能砍？"说完又说，"不过老弟你放心，砍了以后，我们会全部栽上杉树，保证山还是绿的！"

贺端阳一听，心里全明白了，原来郎山是要把天然林全部变成经济林！接着，贺端阳在心里迅速算了一笔账：杉树是速生木材，10年左右便能长成林，1000多亩杉树成材后，按现在市场的价格，平均每亩可以收入好几万元，1000多亩就是几千万元！这还不说，因为他们打的是改造低产林的招牌，国家每亩还要给200元造林补助，1000多亩加起来就是将近30万了。还有现在林子里的树，都是上等松木，全部砍下来后，不说值几千万元，至少也是数百万元！可郎山给村上的呢？每年才区区3万元，等于是白给了一片林子给他！想到这里，贺端阳心里实在有些不平衡起来，可又不好说什么，便说："大哥这样一来，要不了几年，便是亿万富翁了！"

郎山没有听出贺端阳话里讥讽的意思，还以为是在恭维他，马上摇了摇头说："老弟，哪里那么容易就成亿万富翁了？社会上找钱社会上花，你以为这林子就是我一个人承包的呀？"贺端阳一听这话，便马上问："哦，还有其他人入股呀？"郎山说："你以为这红头子文件就是那么容易下的？"贺端阳说："这么说起来，林业局糜局长和长防办的余主任，都有份哟？"郎山一听，忽然正了脸色说："老弟，我们哪儿说话哪儿丢，我可没说这话，啊！"

贺端阳心里完全明白了，却又想："如果林业局糜局长和长防办余主任都有份，那么乡上马书记和村上贺劲松，会不会也有一份呢？要不，他们为啥事先不对我说一声儿，就悄悄签了合同？"想向郎山问个明白，可看郎山的样子，大概什么也不会说了。于是站起来说："那好，大哥，我就不打扰你了，以后还来日方长！"郎山听了这话，也说："对对对，老弟说得对，来日方长，大哥绝不会亏待你！"说完，又抓起那两沓钱往贺端阳的口袋里塞。贺端阳见了，也不推辞，只说了声："谢谢！"便告辞郎山走了出来。

走出来，贺端阳却是越想心里越不是味道。想起那么大一片林子，贺家湾人辛辛苦苦看守了几十年，现在一下变成郎山的了。郎山想砍就砍，想栽就栽，这一砍一栽之间，银子就像水一样，"哗哗"地流进他们几个的荷包里，转眼之间他们就变成了千万富翁、百万富翁！可贺家湾人每年只得到区区3万块钱，摊在每个人头上，刚刚20块，还不如在林子里捡菌子卖！早晓得是这样，还不如让贺家湾的村民们把林子里那些树偷偷砍光呢！村民砍了，肥的是贺家湾人，可现在却肥了郎山那一伙人了！

一想到这里，贺端阳又想自己这段时间，为了保住那片林子，一方面想方设法防止村民砍树，一方面又和郎山这伙人斗，日夜操心，吃不好饭，睡不好觉，而且还让老五把刀横在了脖子上，吓得个半死，可现在郎山把林子一砍，自己所有的付出都没有一点意义了！这么一想，贺端阳又更觉委屈。再又一想，这林子是在自己手里包出去的，林子没有了，乡亲们骂，那可是指着自己脊梁骨骂，自己还有啥脸面在贺家湾生活下去？想到这里，贺端阳便觉得自己真是一个败家子，是贺家湾的不肖子孙，是混账王八蛋！怎么当初没好好想一想，就答应把林子承包出去了呢？事已至此，他想反悔已经来不及了！又想起签这合同，乡上姓马的和村上贺劲松，把他瞒得紧紧的，明明是贺劲松主动来找的郎山，可他在自己面前还假装不知道，这中间一定有鬼！说不定姓马的和贺劲松早就串通好了，只把他撇在一边。一想到这里，贺端阳心里更是有气了，有种被人出卖了的感觉，却又哑巴吃黄连——有苦难说，谁叫自己让贺劲松去找姓马的呢？千错万错，还是自己的错！可事到如今，又该怎么办呢？想到这儿，又狠狠地骂了一句："娘的，给我两万块钱，想收买我呢，我就没有用过两万块钱！"

贺端阳就这样，一会儿愤愤不平，一会儿责备自己，心里如塞了一团乱麻，步履蹒跚地走到了城里，还没有理出任何一点头绪。他想挽救那片林子，想不让郎山那伙人就那么轻而易举地发起大财，把贺家湾那样巨大一笔钱赚走，想不在贺家湾留下千古骂名，可又不知道该去找谁？他想起郑全福说的找政府的话，觉得这话很对，可现在他不知道该去找哪个政府？按说林业局和长防办是代表政府管林的，他们最应该管这事，可现在他们却发了改造那片林子的红头子文件，显然这一级"政府"找了也是白找！乡上姓马的也是"政府"，可姓马的说不定已经在郎山那里入了股，或得了郎山的好处，和郎山穿上连裆裤，这一级"政府"也是找不得的！找林业公安，可郎山手里有"政府""改造低产林"的红头子文件，铁路上的警察——各管一段，林业公安显然也是管不着这事的。再说，那林业公安姓糜的，和郎山称兄道弟，即使郎山违法，也不一定会管呢！所以，贺端阳想了半天，也不知道该找谁，才能把那片林子保住！

走着走着，贺端阳突然来到了人民街，远远看见了县委那辉煌而威严的大门，脑袋里突然亮开了一条缝，一道霞光照了进来，眼前顿时光明一片。他想起那次县委陈书记来视察他们那片果园时，和他又是握手，又是拍肩，亲热得像是兄弟一样，还鼓励他好好干！看样子陈书记是个好干部，为啥不去找他呢？他是县委一把手，全县的山山水水和子民百姓，都归他管。他不但能管得到乡上马书记，也管得到林业局麻局长和长防办的余主任，以及林业公安的糜局长，如果陈书记觉得这事不能做，那只需他一句话，贺家湾的林子就能够保住了！一想这里，贺端阳不由得信心大增，便急忙转身，就要朝县委大门走去。可才走两步，看见大门口站着的两个穿制服的保安，心里一下又虚了。想到："陈书记还记得我这个小小的村支部书记吗？要是他不肯见我怎么办？或者保安不肯放我进去，我又怎么进得去？即使进去了，要是陈书记手下的人拦着我，不让我见陈书记，我又怎么办……"如此想了半天，还没拿定主意。最后干脆横了一条心，想："管他娘的，该死的鸡鸡朝天，先去试试看！要是保安不让我进，要是进了陈书记不肯见我，要是陈书记见了，他也不肯管这事，那就说明贺家湾这片林子，该被郎山砍了！贺家湾的祖宗神灵在上，也怪不得我贺端阳是不肖子孙了！"这样一想，便深深地吸了一口气，然后挺起胸来，向大门走去……

2010 年 10 月构思于渠县
2013 年 11 月—2014 年 1 月草成
2014 年 2 月改定